btb

Aus Freude am Lesen

Kapstadt, die Mutterstadt Südafrikas, die Schöne mit den vielen Gesichtern. Während im Schatten des Tafelbergs Flüchtlinge ums Überleben kämpfen, frisst der Alltag an Richard Calloways Glück. Doch dann übernimmt der Anwalt einen Fall, der sein Leben für immer verändern wird: Ein Geschäftsmann soll einen Jungen überfahren haben. Der Augenzeuge ist verschwunden, die Aktenlage undurchsichtig. Und plötzlich gerät Richard in einen Strudel, aus dem es kein Entkommen gibt …

ANDREW BROWN, 1966 in Kapstadt geboren, war während der Apartheid u.a. in der United Democratic Front aktiv und wurde mehrere Male in Haft genommen. Eine mehrjährige Gefängnisstrafe konnte durch ein Berufungsverfahren am Cape High Court abgewendet werden, wo er inzwischen als Anwalt tätig ist. Als Reservepolizist ist er allwöchentlich in einem Township im Einsatz. »Schlaf ein, mein Kind« wurde mit dem wichtigsten Literaturpreis Südafrikas ausgezeichnet und stand auf der KrimiWelt-Bestenliste. »Würde« war auf der Shortlist für den Commonwealth Writer's Prize. Andrew Brown gilt als die neue Stimme in der Literatur Südafrikas. Er ist verheiratet und hat drei Kinder.

ANDREW BROWN BEI BTB
Schlaf ein, mein Kind (73951)

Andrew Brown

Würde

Roman

Deutsch von Mechthild Barth

btb

Die südafrikanische Originalausgabe erschien 2009 unter dem Titel »Refuge« bei Zebra Press, Random House Struik, Kapstadt.

Ein Glossar mit Erklärungen zu fremdsprachigen Begriffen findet sich im Anhang.

FSC
www.fsc.org
MIX
Papier aus verantwortungsvollen Quellen
FSC® C083411

Verlagsgruppe Random House FSC-DEU-0100
Das für dieses Buch verwendete
FSC®-zertifizierte Papier *Lux Cream*
liefert Stora Enso, Finnland.

1. Auflage
Genehmigte Taschenbuchausgabe September 2012

Umschlaggestaltung: semper smile, München
Umschlagmotiv: mauritius images / Trigger images
Autorenfoto: privat
Satz: Uhl + Massopust, Aalen
Druck und Einband: CPI – Clausen & Bosse, Leck
Printed in Germany
ISBN 978-3-442-74392-6

www.btb-verlag.de
Bitte Besuchen Sie auch unseren LiteraturBlog www.transatlantik.de.

Für meine Kinder Kayla, Kieran und Jaimen –

mögt ihr niemals ein anderes Zuhause kennenlernen
als den liebevollen Ort,
den ihr gewählt habt.

Werewere lewe nbo lara igi
Gbebe nii ro koko lagbala
A taboyun a ti koko
Yio ryin lorun
Gbedemuke
Gbedemuke

Ein reifes Blatt fällt leicht
Der Kakaobaum im Hof ist immer grün
Für die schwangere Mutter und das bald geborene Kind
Wird es leicht sein
Sanft
Sanft

Traditionelles Yoruba-Gedicht für die
Namensgebungszeremonie eines Kindes
in Nigeria (von Abiodun Adepoju)

»Hallo. Ich heiße Abayomi. Bitte treten Sie ein.«

Diese wenigen Worte werden sein Leben für immer verändern. Der Klang ihrer Stimme, so nah an seinem Ohr, macht eine Veränderung fast unabdingbar. Wie bei jedem ersten Mal geht auch hier etwas Wesentliches verloren, und zugleich wird eine neue Erkenntnis gewonnen.

Er kann sie noch nicht sehen. Sie steht im Schatten der Eingangstür, geblendet vom Sonnenlicht, das grell auf die weißen Wände fällt. Um ihre Gestalt auszumachen, kneift er die Augen zusammen. Aber bereits ihre Stimme lässt erahnen, dass er mit diesem Schritt einen Weg einschlägt, der in starkem Widerspruch zu seinem bisherigen Leben stehen wird. Der sinnliche Singsang, der Klang ihres fremdländischen Akzents, die erotische Atmosphäre – all das verbindet sich im Bruchteil eines Augenblicks zu einem Ganzen, das ihn beinahe das Gleichgewicht verlieren lässt. Alles trägt eine Frische in sich, die ihn aufrüttelt und aus seiner trägen Gesetztheit reißt.

Selbst wenn er sich jetzt umdrehte und wieder ginge, bliebe ihm etwas Reines und Ergreifendes im Gedächtnis. Er könnte sich irgendwo hinsetzen, umgeben von Betriebsamkeit und Lärm, und sich diese Erinnerung vor Augen führen. Er könnte sie wie einen kleinen Kieselstein in die Tasche stecken und mit dem Daumen immer wieder über die glatte Oberfläche streichen. Oder er könnte sie in einer samtgefütterten Schatulle aufbewahren und manchmal, wenn er allein wäre, herausholen und betrachten.

Es sind nur wenige Schritte, die ihn zu dieser Tür geführt

haben. Gewöhnliche Entscheidungen, die großenteils spontan getroffen wurden, kaum merklich – und doch alle auf diesen einen Punkt zulaufend, auf diese Initiation. Das Ziel seiner halbbewussten Handlungen liegt hinter dieser Tür, in dem dämmerigen Raum, zu dem sie führt. Verlockend und doch heimtückisch. Vielleicht könnte er dem Sog jetzt noch Einhalt gebieten. Er könnte sich zurückziehen, sich entschuldigen und gehen. Oder er könnte einen Schritt nach vorn tun und eintreten.

Ein Schritt zurück – die Tür würde sich wieder schließen, und er würde sich später nur noch an einen kurzen Blick in eine andere Welt erinnern.

Ein Schritt nach vorn – und die Tür würde hinter ihm zufallen. Er würde in einen tosenden Sturm treten, der ihn auf einen wilden Pfad aus Tod und Wiedergeburt triebe. Einmal im Inneren des Hauses wäre für ihn die Straße vor der Tür für immer verschwunden.

Eines weiß er: Über die gleiche Schwelle wird er kein zweites Mal als derselbe Mann treten.

Seine Freunde kennen ihn als zuverlässig und integer. Er jedoch vermutet, dass dies in Wahrheit nur höfliche Umschreibungen für »langweilig« sind. In den Augen seiner Mitmenschen bleibt er stets der Gleiche: alltäglich, konturenlos. Keiner ahnt, wie kurz er davorsteht, die Kontrolle zu verlieren. Er malt sich immer wieder aus, wie er loslässt, wie er seinen Gefühlen freien Lauf lässt – wie einer, der im türkisgrünen Wasser einer Bucht treibt, Arme und Beine gespreizt, weit vom Ufer entfernt.

Einmal träumte er, ein Astronaut zu sein und mit schweren Stiefeln auf sein Raumschiff zu klettern. Er blickte in die Gischt aus Sternen hinauf. Dort oben war es vollkommen still. Dann ging er in die Hocke und sprang. Sein Körper schwebte davon, in den grenzenlosen Weltraum hinaus. Als er aufwachte, lastete eine schwere Traurigkeit auf ihm.

Sein Leben wurde im Lauf der Jahre zu einer Anhäufung aus Bedauern und Reue – der Möglichkeiten wegen, die sich ihm boten und nicht ergriffen wurden, der Chancen wegen, die er nicht zu nutzen wagte. Voll Missmut blickt er zurück. Und trotzdem: Panik erfüllt ihn bei der Vorstellung, seinen bisherigen Weg zu verlassen. Er fühlt sich wie ein Fliesenleger, der während der Arbeit auf einmal merkt, dass sein Muster asymmetrisch verläuft, aber nichts mehr dagegen tun kann. Verbissen fährt er mit seiner Tätigkeit fort, wobei er mit jeder neuen Fliese weiter von seiner ursprünglichen Linienführung abkommt.

Es erscheint ihm, als hätte er sich sein ganzes Erwachsenenleben lang auf einer Verkehrsinsel befunden, umgeben von vielbefahrenen Straßen und Erwartungen. An manchen Tagen trottet er wie ein Zugpferd mit Scheuklappen dahin. An anderen stolpert er verwundet auf einem schmalen Grünstreifen entlang, während große Lastwagen an ihm vorbeidonnern. Keiner bemerkt sein Bluten, sein unsicheres Wanken. Für die anderen verfolgt er entschlossen seinen Weg.

Täglich tauchen kleine Abzweigungen auf, es werden scheinbar unwichtige Entscheidungen gefällt, die ihn jedoch immer weiterführen. Die Gabelungen sind so unmerklich, dass er auf derselben Insel zu bleiben scheint und lange nicht einmal bezweifelt, dass diese Insel seine Bestimmung ist.

Angst, Bequemlichkeit, Ekel – das sind die Zäune, die ihn eingrenzen. Sie mögen kaum zu erkennen sein, und doch sind sie stärker als jede Fessel. Wenn er die Insel jetzt verlässt, wird er mit anderen Welten zusammenstoßen – Welten, die nur wenige Zentimeter entfernt an ihm vorbeirauschen. Etwas Unbekanntes wird ihn ergreifen, und diese Möglichkeit jagt ihm Furcht ein. Die Vorstellung ängstigt ihn, frei dahinzulaufen, hin- und hergeschleudert zu werden durch den Zusammenprall mit fremden Menschen. Aber zugleich weiß er, dass er das Ende seines bisherigen Weges erreicht hat und sich jetzt entscheiden muss: Entweder überwindet er die Grenze, oder er schreckt vor ihr zurück und erstarrt für immer.

Sie steht hinter der offenen Tür, vor den neugierigen Blicken der Vorübergehenden verborgen, und wartet darauf, dass er eintritt. Er holt tief Luft und macht einen Schritt in den Gang hinein. Sie weicht nicht zurück. Jetzt ist er ihr ganz nah. Der Hausflur liegt im Dämmerlicht, das nach der grellen Sonne auf der Straße angenehm ist. Es riecht nach Sandelholz, Zedern und Palmöl.

Der Duft erinnert ihn an ein Strandhaus am Meer von Inhambane, wo er als Kind gewesen war. Er saß dort auf einer Holzveranda und bohrte die Zehen in den warmen Sand, während über ihm im nachmittäglichen Wind Palmwedel rauschten. Neugierig beobachtete er Fischer mit entblößten Oberkörpern, die ihre Boote an den kleinen Strand zogen. Die abblätternden Farben der Planken leuchteten rot, grün und gelb. Das nach Teeröl riechende Holz lief zu einem Kiel zusammen, der eine tiefe Spur im Sand hinterließ. Kleine Fische waren an zusammengeknüpfte Schnüre gebunden, das Salzwasser tropfte von den muskulösen Rücken der Männer. Dem Jungen stieg der Vanilleduft der Kastanien und der Cashewnüsse in die Nase, die auf einem Feuer in der Nähe rösteten. Hinter ihm auf der Veranda zerstampfte eine junge Hausangestellte Maiskörner für das Abendessen. Den Rock hatte sie sich bis zu den Hüften hochgeschoben. Sie roch nach Kernseife und Haaröl.

Die Tür fällt leise hinter ihm ins Schloss.

»Willkommen im *Touch of Africa*. Ich bin Abayomi. Deine Freude.«

1

Stefan Svritsky war ein Mann, der schon vor langer Zeit seine Angst gemeistert hatte. Sein Sieg über die Angst erlaubte es ihm, die Furcht anderer gnadenlos auszunutzen. Er entstammte einer armen Familie aus Murmansk, einer Stadt auf der Halbinsel Kola im äußersten Nordwesten Russlands. Obwohl der Hafen das ganze Jahr über eisfrei war und deshalb historisch als wichtiger Marinestützpunkt galt, lag Murmansk doch nördlich des Polarkreises, und das Leben in dem verschmutzten Sozialwohnungsblock war hart. Sein Vater hatte sich als Deckhelfer auf einem Flottenversorgungsschiff verdingt und zu Hause dieselbe militärische Disziplin verlangt, die er selbst bei der Arbeit ertragen musste. Er terrorisierte seine kleine Familie mit harschen Befehlen und einem aufbrausenden Gemüt. Sein Tod, die Folge eines Unfalls auf See, wurde von allen als Atempause erlebt, auch wenn das niemand laut aussprach. Gleichzeitig mussten sich die Zurückgebliebenen nun mit einer dürftigen Witwenrente über Wasser halten. Um über die Runden zu kommen, verließ Svritsky schon früh die Schule und arbeitete ebenso wie sein älterer Bruder als Schiffsbelader im Handelshafen.

Sein Bruder schien mit der harten Knochenarbeit auf den beißend kalten Piers zufrieden zu sein, aber Stefan wartete bald sehnsüchtig darauf zu entkommen. Nach einer Weile bemerkte er, dass bestimmte Ladungen anders behandelt wurden als der

Rest. Während die meiste eingehende Fracht einen gnadenlosen sowjetischen Verwaltungsaufwand durchlaufen musste, wurden die Holzkisten, die für die Dienststellen der örtlichen Miliz bestimmt waren, unter den wachsamen Augen des Polizeioberkommissars auf einen gesonderten Lastwagen verladen und weggebracht. Svritsky stellte sicher, dass er beim Entladen dieser Güter stets anwesend war, und er nickte dem Kommissar ehrerbietig zu, ehe die Kisten abtransportiert wurden.

Nach ein oder zwei Monaten begann der Mann, ihn ebenfalls zu grüßen, indem er den Kopf ein wenig zur Seite legte, um zu bedeuten, dass er die Aufmerksamkeitsbekundungen des jungen Burschen bemerkt hatte. Eines Morgens, als sie wieder einmal eine neue Ladung löschten, kam einer der Hafenarbeiter ins Stolpern. Die Kiste, die er gerade trug, glitt ihm aus den Händen, und mit einem lauten Knall fiel sie mit der Ecke auf den harten Betonboden. Das Geräusch des berstenden Holzes und die wütenden Rufe des Kommissars brachten den ganzen Pier vorübergehend zum Stillstand. Svritsky stürmte auf den Kollegen zu und brüllte ihn an, um ihn so von den Flaschen mit teurem Whisky abzulenken, die zwischen den zerbrochenen Holzlatten hervorblitzten. Dann warf er hastig eine Plane darüber.

Der Polizeioberkommissar musterte ihn, sagte aber nichts. Als die nächste Ladung eintraf, befahl er dem Kontrolleur mit harscher Stimme, von nun an solle Svritsky die Löschung der Fracht beaufsichtigen. Schon bald machte sich der Kommissar nicht länger die Mühe, selbst zu den Docks herunterzukommen, sondern ließ Svritsky die illegalen Waren direkt zur Miliz bringen. Am Ende des Jahres hatte der junge Mann die Piers hinter sich gelassen und begonnen, ausschließlich für die Miliz zu arbeiten, indem er ihr bei verschiedenen zwielichtigen Aufgaben zur Hand ging.

Sein Aufstieg in der sowjetischen Unterwelt vollzog sich rasch und problemlos. Er wusste, wie man Loyalität mit ausgeprägter Selbstsucht verband. Jahrelang hielt er den Schwarzmarkt im nördlichen Russland unter seiner brutalen Kontrolle und belieferte die gesamte politische Elite mit verbotenen Luxusgütern.

Das Monopol der Miliz fand mit dem Zusammenbruch der Sowjetunion ein jähes Ende. Importkontrollen brachen zusammen, und so mancher Gangster ergriff die Gelegenheit, gewaltsam sein Territorium auszuweiten. Russland wurde für einen früheren Milizganoven immer gefährlicher, so dass sich Svritsky schon bald gezwungen sah, das Land zu verlassen. Nach einem zweijährigen Aufenthalt in Westafrika kam er ohne Freunde oder Familie nach Kapstadt. Es gelang ihm recht schnell, diese fehlenden emotionalen Bindungen zu seinem Vorteil zu nutzen. Durch seine unerschrockene, eigenständige Art wusste er selbst die geringste Schwäche seiner Mitmenschen auszunutzen. Die Entschlossenheit und Bereitschaft des Russen, Menschen auszubeuten, um sein Ziel zu erreichen, machten ihn zu einem gefürchteten Konkurrenten der örtlichen Verbrecher. Mit seiner Mischung aus Intelligenz und Skrupellosigkeit war er ihnen sogar deutlich überlegen. Während sie noch versuchten, mit Drohungen und Beschimpfungen weiterzukommen, führte Svritsky seine Pläne bereits aus. Schon bald hatte er seine Macht in den Nachtclubs und Geschäften der Innenstadt gefestigt.

Sein schwerer Körper und sein fleischig rundes Gesicht, das oft feucht glänzte, unterstrichen noch seinen Ruf als knallharter Gangster. Sein rasierter Kopf und die knopfartige Nase erinnerten an ein Stachelschwein. Als Jugendlicher hatte er unter schwerer Akne gelitten, wodurch seine Haut auch jetzt noch wie die unebene Oberfläche eines Haferbreis aussah. Weißgraue Bartstoppeln verbargen die schlimmsten Narben. Doch wenn er wütend war, rötete sich sein Nacken, als wäre er mit heißem Wasser verbrüht worden, und die Pockennarben schienen sich wie Wunden zu entzünden. Seinen rechten Unterarm zierte die Tätowierung einer nackten Frau, die versuchte, eine Schlange in Schach zu halten. Der dicke Leib des Tieres hatte sich um einen Schenkel der Frau gewickelt und zwischen die Beine gedrängt, wobei es sich vor den zusammengezogenen roten Brustwarzen aufbäumte.

Svritsky trug gern locker geschnittene Shorts, die seine stämmigen Oberschenkel gerade einmal zur Hälfte bedeckten. Dazu hatte er meist weiße Socken und Turnschuhe an. Kurzärmlige Polohemden betonten seine fassförmige Brust und die kraftvollen, behaarten Arme. In einer solchen Aufmachung hätten die meisten Geschäftsmänner lächerlich gewirkt, doch in seinem Fall hob sie die bedrohliche Ausstrahlung noch hervor. In seinen Augen zeigte sich gnadenlose Entschlossenheit. Die Iris wirkte manchmal beinahe opak – ein lebloses Grau wie die Farbe des Meeres seiner Heimatstadt –, nur um sich dann blitzschnell in ein gefährliches Grün zu verwandeln, die schillernde Farbe brennenden Bariums. Am erschreckendsten wirkte er, wenn er sein Gegenüber regungslos anstarrte.

Richard Calloway beobachtete, wie sein Mandant jetzt den zornig funkelnden Blick auf die zierliche Gestalt von Cerissa du Toit richtete, die Behördenleiterin der Generalstaatsanwaltschaft. Du Toit hatte Svritskys Verbrecherlaufbahn in Südafrika verfolgt und ihn immer wieder wegen verschiedener Delikte wie versuchter Mord, Betrug, Korruption, Drogenhandel und Steuerhinterziehung angeklagt. Sie war bisher jedoch stets erfolglos gewesen, was großenteils auf Richards Bemühungen als Svritskys Anwalt zurückzuführen war. Einmal war es ihr mehr oder weniger zufällig gelungen, ihn wegen unversteuerten Einkommens und eines tätlichen Angriffs zu einer unbedeutenden Geldstrafe zu verurteilen. Es war ein ausgesprochen unbefriedigender Fall gewesen, wobei ihre Enttäuschung auch nicht durch den Tobsuchtsanfall gemildert wurde, den Svritsky während seiner Anhörung vor Gericht bekam.

Der Russe war vor zwölf Jahren zum ersten Mal in Richards Kanzlei aufgetaucht. Damals hatte man ihn wegen Kokainbesitzes angeklagt. Sich ganz auf die Unfähigkeit des zuständigen Polizeikommissars und des Staatsanwalts verlassend, war es Richard problemlos gelungen, für seinen Mandanten einen Freispruch zu erlangen. Als Nächstes wurde einer der Handlanger des Russen wegen Erpressung vor Gericht gestellt. Der Fall gab Richard einen ersten Einblick in die gnadenlose Welt des Stefan Svritsky. Eine mittelmäßig geführte Untersuchung und der Widerwille eingeschüchterter Zeugen zu einer klaren Aussage ermöglichten es ihm, die Argumente der Staatsanwaltschaft zu untergraben, auch wenn sich die Angelegenheit monatelang hinzog. Es folgte eine Reihe von Fällen, die einige Beachtung fanden und Svritsky zu Richards profitabelstem Mandanten machten.

Dieser Erfolg stellte sich für Richard als zweischneidiges Schwert heraus, denn er fand Svritsky sowohl körperlich als auch seiner zwielichtigen Geschäfte wegen mehr als abstoßend. Er begann sich zu fragen, warum das organisierte Verbrechen oftmals so glorifiziert und in Filmen und Büchern als geradezu nobel dargestellt wurde, da die Männer angeblich noch wussten, was Treue und Mut waren. Die Realität sah ganz anders aus.

Trotz seiner Vorbehalte hatte es Richard anfangs amüsiert, bei Essenseinladungen wie nebenbei den Namen seines Mandanten fallen zu lassen und so die gesetzten Mittelschichtpaare aus seinem Bekanntenkreis aufzuschrecken. Eine Weile hatte er sie mit schockierenden Geschichten aus der Unterwelt unterhalten. Doch diese Gelegenheiten ergaben sich nicht allzu oft und wogen kaum die vielen Stunden auf, die er damit verbrachte, neben seinem Mandanten zu sitzen und dessen schmierige Boshaftigkeit ertragen zu müssen. Manchmal hatte er sogar das Bedürfnis, sich nach einem solchen Treffen zu duschen, seinen feuchten Nacken zu waschen und seine Haare mit heißem Wasser zu übergießen. Er hatte die unaufhörliche Selbstdarstellung des Russen satt, und gleichzeitig langweilte sie ihn fast tödlich.

Als er drei Tage zuvor die neue Anklage gelesen hatte, waren ihm die Anschuldigungen mehr als vertraut vorgekommen. Während er die Zeugenaussagen überflog, konnte er sich das bevorstehende Kreuzverhör vorstellen, die wiederholten Einsprüche, die Vorwürfe der Täuschung und all die anderen üblichen Possen vor Gericht. Sobald er die Akte zusammengeklappt hatte, beschlich ihn das Gefühl, die Verhandlung wäre bereits vorüber. Er hatte keine Lust mehr, sich mit den Einzelheiten dieses Falls auseinanderzusetzen, widersprüchliche Aussagen zu hinterfragen und sich auf die Schwächen der Anklage zu stürzen.

Hinter den langweiligen Aktenseiten lauerte jedoch auch seine versteckte Angst, was eine Niederlage für ihn bedeuten könnte. Svritsky erwartete Erfolg, und allein die Vorstellung zu verlieren ließ Richards Herzschlag ansteigen. Einmal hatte er versucht, sich zu weigern, einen Fall zu übernehmen. Doch die zornigen Augen seines Mandanten hatten ihn schnell eines Besseren belehrt.

Svritskys kaum unterdrückte Aggression hinsichtlich Du Toit machte Richard nervös. Ursprünglich hatte er es für taktisch geschickt gehalten, seinen Mandanten zu der Besprechung mitzubringen. Er wollte seine Gegnerin verunsichern, wenn nicht sogar einschüchtern. Doch als er jetzt beobachtete, wie sich Svritskys Körper einem Ringkämpfer gleich anspannte, als würde er jeden Augenblick losschlagen, fragte er sich, ob diese Strategie nicht doch etwas kühn gewesen war. Er legte seine Hand auf den Arm des Russen. Dieser fuhr jedoch ungerührt fort, Du Toit anzustarren.

Die Staatsanwältin ließ sich nicht aus der Ruhe bringen. Sie ignorierte den wütend schnaubenden Mann und wandte sich an Richard. »Mr Calloway, ich möchte Ihren Mandanten nicht sehen«, wies sie ihn zurecht. »Um genau zu sein – eigentlich möchte ich auch Sie nicht sehen. Doch da Sie mich um einen Termin gebeten haben, werde ich Ihnen den Gefallen tun und mir anhören, was Sie mir zu sagen haben. Aber ich habe nicht viel Zeit, ja?«

Du Toit hatte kurz geschnittenes Haar mit Strähnen vor den Ohren. Sie trug fast keinen Schmuck und war unauffällig in unifarbenen Hosen und locker sitzenden Blazern gekleidet. Ihr Gesicht war schmal und spitz, und ihre Stimme klang schrill und raspelnd. Dennoch wirkte ihre Körpersprache auffallend selbstbewusst. Ihre Gegenwart machte Richard stets ein wenig nervös. Oft kam er sich wie ein gescholtenes Kind vor, obwohl sie in Wahrheit genauso alt war wie er. Um nicht unsicher zu wirken, rief er sich die Tatsache ins Gedächtnis, dass er ihre juristischen Angriffe wiederholt erfolgreich abgewehrt hatte. Doch mit jeder neuen Herausforderung, jedem neuen Fall, wurde das unangenehme Gefühl stärker, dass ihre hartnäckige Verfolgung seines Mandanten eines Tages doch noch Früchte tragen würde.

Dieses Mal lautete die Anklage auf fahrlässige Tötung. Angeblich hatte Svritsky kurz nach Neujahr hinter dem Steuer eines Ford V8 Coupés gesessen und einen jungen Mann beim Überqueren einer fast menschenleeren Straße in der Nähe des Stadtzentrums überfahren und getötet. Die Staatsanwaltschaft behauptete, der Russe habe angehalten und sei ausgestiegen. Nachdem er festgestellt habe, dass der Mann tot war, sei er vom Unfallort geflohen. Die Sachlage wurde noch durch die Tatsache verschlimmert, dass der Unfall weder der Polizei gemeldet noch ein Krankenwagen gerufen worden war. Stattdessen sei Svritsky – so die

Staatsanwaltschaft – am Morgen nach dem Unfall zur Polizei gegangen und habe den Wagen dort als gestohlen gemeldet.

Die Anklage war ungewöhnlich. Sie hatte nichts mit den üblichen geschäftlichen Machenschaften seines Mandanten zu tun, weshalb der Russe das Ganze auch nicht ernst zu nehmen schien. Doch Richard war auf der Hut. Gerade weil es sich um fahrlässige Tötung und nicht um vorsätzlichen Mord handelte, konnte es sich als ein schwieriger und damit gefährlicher Fall herausstellen.

»Cerissa«, sagte er jetzt und zwang sich dazu, herzlich zu klingen. »Ich weiß, dass bereits Februar ist, aber ich möchte dennoch nicht versäumen, Ihnen noch ein gutes neues Jahr zu wünschen. Hoffen wir, dass es für uns alle glücklich verläuft.«

»Mr Calloway, versuchen Sie es bloß nicht auf diese Tour. Wir wissen beide nur allzu genau, dass ein gutes Jahr für mich nur ein schlechtes für Sie und Ihren Mandanten bedeuten kann. Also bitte keine Schmeicheleien. Ihr Mandant soll draußen warten, und Sie können mit mir in mein Büro kommen – auch wenn ich mir beim besten Willen nicht vorstellen kann, was Sie damit erreichen wollen.« Sie drehte sich auf dem Absatz um und eilte in ihr Zimmer. Die Tür ließ sie offen stehen, damit Richard ihr folgen konnte.

»Ein wenig empfindlich heute, die Gute«, meinte er leichthin.

Der Russe kochte vor Zorn. »Ich werde ihr das Herz ausreißen und es ihr unter die hässliche Nase halten. Diese Schlampe!«

Richard zuckte zusammen. Svritsky spannte den Kiefer so stark an, dass er bebte. Auch die Tätowierung auf seinem Arm fing zu zittern an. Die Schlange und die nackte Frau schienen lasziv miteinander zu tanzen.

»Beruhigen Sie sich, Stefan. Sie markiert nur die Harte. Das ist ihr Job. Vielleicht war es doch keine so gute Idee, Sie heute mitzunehmen. Lassen Sie mich mit ihr reden, und wir treffen uns dann draußen. Rauchen Sie eine Zigarette. Ich berichte Ihnen, was sie gesagt hat.«

Svritsky würdigte ihn keines Blickes, gab aber nach. Mit großen Schritten ging er den Korridor entlang zur Treppe. Seine Tennisschuhe quietschten auf dem gebohnerten Boden, und er murmelte etwas vor sich hin. Richard blickte dem breiten Rücken seines Mandanten mit einer Mischung aus Abscheu und Furcht hinterher. Dann betrat er das Büro.

Du Toits Arbeitsplatz war bis oben hin vollgestellt. Sie saß hinter ihrem zerkratzten Schreibtisch und zog gerade einen Packen Unterlagen aus einem braunen Umschlag. Richard war schon oft hier gewesen, aber trotzdem überraschte es ihn immer wieder, wie karg und ärmlich das Büro der Leiterin der Generalstaatsanwaltschaft ausgestattet war. Akten und Urteilsregister stapelten sich auf Schreibtisch und Boden, und die jeweiligen Inhalte quollen wie Eingeweide aus einem aufgeschlitzten Bauch hervor. Es gab weder Aktenschränke noch Regale, um das Chaos zu bändigen. Er fragte sich, wie sie ohne Registrator und Assistent den Überblick behielt.

Ein winziger Bereich des Schreibtisches war von Unterlagen frei geblieben, um in der Nähe der Wand einen fleckig braunen Wasserkessel und einen Becher unterzubringen. Richard las die Schrift auf dem Becher – »Deine Probleme sind nicht meine« – und schnitt innerlich eine Grimasse. Pulverkaffeegranulat vermischt mit Wasser bildete um den Fuß des Bechers eine klebrig braune Pfütze. Die Fenster aus Aluminium blickten auf einige graue Gebäude hinaus, während die Zimmerwände bis auf wenige eingerissene und verblichene Behördenposter von traurigen Kindern und Frauen mit misshandelten Handgelenken kahl waren. Richard vermochte sich nicht vorzustellen, wie man an einem solchen Ort arbeiten konnte, und doch besaß diese eindringliche Echtheit auch etwas Faszinierendes.

Er dachte an die Räume seiner eigenen Kanzlei, die sich in einem neu renovierten Gebäude in De Waterkant befand. Die offene Bauweise des Hauses nutzte das Tageslicht durch mehrere geschickt konzipierte Portale, ohne dabei Hitze oder grelle Sonnenstrahlen hereinzulassen. Das Dach war in ein Sonnendeck samt Schirmen, Ruhesesseln und einer Bar aus dunklem Holz umgebaut worden. Von dort oben hatte man einen herrlichen Blick auf ganz Kapstadt – vom Fuß des Signal Hill über das Stadtbecken bis hin zum Hafen und der funkelnden Bucht vor Robben Island. Die Büroeinrichtung mit ihren Couchtischen aus Glas und Chrom, den Ledersofas, den breiten Konferenztischen und den Stühlen mit hohen Lehnen wirkte funktional und einladend. Eiswürfel klirrten in Wasserkrügen, in denen Zweige frischer Minze schwammen.

Die Innenarchitektin, mit einer der Firmenpartner verheiratet, hatte die hellen Räume durch zurückhaltend farbenfrohe Kunstwerke noch freundlicher gestaltet. Im Foyer wurde der Besucher von einer Reihe von Leinwänden begrüßt, deren Struktur an Baumrinden erinnerte. Die Naturthematik wurde außerdem durch einen kleinen japanischen Garten und einen Bonsai auf jedem Couchtisch fortgesetzt, während Palmfarne und Bambus bis ins Dachgeschoss mit seinen Holzträgern hinaufreichten. Einer der Partner hatte einmal vorgeschlagen, in der Kanzlei eine Taubenfamilie frei fliegen zu lassen. Aber die Vorstellung, ihren Klienten die Verträge mit Vogelexkrementen präsentieren zu müssen, hatte die anfängliche Begeisterung der Kollegen im Keim erstickt.

Jetzt sehnte sich Richard fast nach seinem Büro. Er malte sich aus, wie er mit einem Schokoladen-Biscotto den Milchschaum seines Cappuccinos auftunkte. Nomphula, die geschäftige Tea Lady, legte ihm immer einen Keks auf seine Untertasse, obwohl die Kekse eigentlich den Klienten vorbehalten waren, die im Foyer auf ihre teuren Beratungsgespräche warteten. Der Büroleiter setzte auf »kleine Aufmerksamkeiten und tiefe Dekolletés«, wie er das nannte, um von dem schwindelerregenden Stundensatz der Seniorpartner abzulenken. Der Ausschnitt der Empfangsdame war tatsächlich atemberaubend.

Doch trotz dieser hübschen kleinen Details besaß der schmuddelige Raum der Staatsanwältin mehr Leidenschaft und Charakter als Richards vornehme Kanzlei. Die wenigen Hilfsmittel unterstrichen für ihn nur noch ihre Entschlossenheit, ihren Einsatz – und seine fehlende Begeisterung für seinen Beruf. Du Toit bedurfte keiner Effekthascherei, da war er sich sicher. Sie musste zu gesellschaftlichen Anlässen keine amüsanten Geschichten erzählen. Er konnte sie sich nicht einmal als Gastgeberin vorstellen. Sie besaß weder die Leichtigkeit noch die Verlogenheit für solche Dinge. Abends im Bett, wenn sie mit ihren müden Gedanken allein war, wusste sie jedoch, was sie erreicht hatte. So abgedroschen es auch sein mochte – Richard verspürte auf einmal einen nagenden Zweifel an seinem Erfolg, seinen Mandanten bisher immer wieder frei bekommen zu haben. Geld und eitle Genugtuung reichten ihm plötzlich nicht mehr.

»Mr Calloway.« Du Toit kam gleich zur Sache. »Wenn Sie mit Ihrem Mandanten noch mal unangekündigt hier auftauchen, werde ich Sie der Anwaltskammer melden. Sie wissen genau, dass Sie mir sein Kommen verschwiegen haben. Ich habe Ihnen keine Genehmigung erteilt.«

»Tut mir leid«, erwiderte er ein wenig zu widerstandslos, wie er fand. »Ich habe wohl vergessen, Sie rechtzeitig darüber zu informieren. Verzeihen Sie. Er raucht jetzt draußen eine Zigarette.«

Richard ärgerte sich über seine eigene Taktik. Er hatte die Staatsanwältin damit keineswegs eingeschüchtert, sondern nur gegen sich aufgebracht. Das Ekzem in seinen Kniekehlen fühlte sich trocken an und juckte. Er sehnte sich danach, die Salbe, die ihm der Dermatologe verschrieben hatte, aufzutragen, um die Reizung zu lindern.

Du Toit schnaubte und zog ein zerknittertes Päckchen Zigaretten aus der Jackentasche. Sie öffnete das Schiebefenster und runzelte die Stirn, als eine staubige Brise ins Zimmer wehte. Das Plastikfeuerzeug wirkte billig, erzeugte aber eine große blaue Flamme. Sie zog an der Zigarette und blies den Rauch in den warmen Wind hinaus. Richard ekelte sich auf einmal vor dem Qualm, der über ihre Haut und ihre Haare strich, als er ins Zimmer zurückgeweht wurde. Er stellte sich den rauchig beißenden Geruch ihres Körpers am Ende eines Tages vor.

»Nicht mal im eigenen Büro darf man heutzutage noch rauchen«, meinte sie wehmütig und ein wenig weicher.

Richard nutzte die Gelegenheit und trat näher an den Tisch heran. »Cerissa, hören Sie«, sagte er. »Will die Generalstaatsanwaltschaft diesen Fall wirklich verfolgen?« Er versuchte, seine Stimme zu senken, um ernster zu klingen. »Ich habe mir die Unterlagen und Zeugenaussagen genau angesehen, und meiner Meinung nach liegt für eine Anklage überhaupt nicht genug vor … Natürlich nur, soweit ich das beurteilen kann«, fügte er hinzu, als er sah, wie sich ihre Miene verfinsterte. »Diese Zeugenaussage … Die Aussage des einzigen Zeugen … Meiner Ansicht nach ist sie völlig unbrauchbar. Daraus lässt sich keine Anklage machen. Sie ist nicht einmal richtig unterschrieben. Wir wissen doch alle, dass es sich um einen falschen Namen handelt, und außerdem erfahren wir kaum etwas darüber, was der Zeuge gesehen haben will.« Er merkte, dass er zu weit gegangen war, und hielt inne, um auf ihre Reaktion zu warten.

»Stimmt. Wir wissen, dass es sich um einen falschen Namen handelt«, erwiderte Du Toit kühl. »Das macht aber die Aussage noch lange nicht falsch, Mr Calloway.«

»Verzeihen Sie, soll das heißen, dass Sie diesen Zeugen tatsächlich aufgetrieben haben? Haben Sie mit ihm persönlich gesprochen?«

»Nein, das soll es nicht heißen. Ich will damit sagen, dass Ihnen eines bestimmt nicht entgangen wäre, wenn Sie die Akten tatsächlich so genau angesehen hätten, wie Sie behaupten: Wir haben einen Zeugen, der beobachtet hat, dass Ihr Mandant wenige Minuten vor dem Unfall vor seinem Club in das betreffende Fahrzeug gestiegen ist. Und wir haben einen weiteren Zeugen, der am Unfallort selbst war und gesehen hat, wie jemand, dessen Beschreibung eindeutig auf Ihren Mandanten zutrifft, aus seinem Wagen gestiegen ist und den sterbenden Fußgänger kurz in Augenschein genommen hat. Das klingt in meinen Ohren nach einem klaren Fall. Wenn Sie also wirklich die Unterlagen gelesen hätten, Mr Calloway, dann würden Sie das wissen. Also – was wollen *Sie* mir eigentlich sagen?«

Richard errötete und wechselte dann die Taktik, indem er seiner Stimme einen festeren Ausdruck verlieh. »Ms du Toit, solange Sie diesen angeblichen zweiten Zeugen nicht auftreiben, identifizieren und uns seine konkrete Aussage vorlegen, werde ich beantragen, das Verfahren einzustellen. Mit Verlaub, aber man kann nicht von mir verlangen, einen Mann zu verteidigen, dem fahrlässige Tötung vorgeworfen wird, wenn der wichtigste Augenzeuge nicht identifiziert ist und nichts weiter ausgesagt hat, als dass er gesehen haben will, wie der Wagen das Unfallopfer überfahren hat. Ich glaube nicht, dass mich der Richter dazu zwingen würde, unter diesen Umständen weiterzumachen. Bestimmt nicht.«

»Das ist also die Version, die Ihnen Ihr Mandant aufgetischt hat, Mr Calloway?« Du Toit verschränkte die Arme, die Zigarette noch immer zwischen den Fingern. »Dass er nicht dort war? Dass er nicht hinterm Steuer saß? Dass er keine Fahrerflucht begangen hat?«

Sie hatte Stefan Svritsky lange genug verfolgt, um zu wissen, dass dies stets die Schwachstelle der Verteidigung war: Svritsky verteidigte sich vor Gericht mit keinem einzigen Wort. Richard riet ihm immer das Gleiche. Er durfte kein Geständnis, keine Aussage und keine Erklärung abgeben. Die Staatsanwaltschaft musste somit alles selbst beweisen, angefangen mit den banalsten Fakten bis hin zu den wesentlichen Punkten der Anklage. Das bedeutete aber auch, dass Richard aufgrund dieser Taktik nie in der Lage war, der Staatsanwaltschaft eine eigene Version des jeweiligen Vorfalls zu liefern. Er konnte weder strafmildernde Umstände geltend machen oder Einspruch erheben noch dem Gericht irgendwelche Hinweise hinsichtlich der jeweiligen Anklage geben.

Mit dieser Strategie war Svritsky bisher immer gut gefahren, hatte aber seinen Anwalt gleichzeitig in eine undankbare Position gebracht. Eigentlich war Richard von Natur aus entgegenkommend. Er genoss Fälle, bei denen er Teil eines Teams sein und mit mehreren Kollegen zusammenarbeiten konnte, um sich etwa mit Auseinandersetzungen zwischen Laien zu beschäftigen, die das Gesetz nicht kannten und rechtlichen Beistand brauchten. Zugegebenermaßen war diese Art der Beratung vielleicht etwas patriarchalisch, aber er schätzte es, wenn jemand von einer solchen Gemeinschaftsarbeit ebenso wie von seiner fachlichen Expertise profitierte.

Doch bei Svritsky kam das nicht in Frage. Richard sah sich dazu gezwungen, in die Rolle des schwierigen, abwehrenden Strafverteidigers zu schlüpfen, der die Staatsanwaltschaft ständig in Zugzwang brachte.

»Cerissa, Sie kennen Svritsky. Ich kann Ihnen die Angelegenheit nicht aus seiner Sicht schildern.«

»Dann haben wir uns nichts weiter zu sagen, Mr Calloway. Auf Wiedersehen.« Sie wandte sich von ihm ab, um ihre Zigarette auf der äußeren Fensterbank auszudrücken und sie dann treffsicher in den Abfalleimer zu werfen. Richard nickte. Da er nichts mehr hinzuzufügen hatte, verließ er ihr Büro.

Auch wenn die flüchtige Zusammenkunft auf den ersten Blick fruchtlos geblieben war, wussten doch sowohl Du Toit als auch Richard, dass er sein eigentliches Ziel erreicht hatte: Die Staatsanwältin hatte zugegeben, dass der Augenzeuge des Unfalls noch nicht ausfindig gemacht worden war und wohl auch in nächster Zeit nicht gefunden werden würde. Sie wussten zudem beide, dass die Anklage ohne diesen Zeugen sehr dürftig ausfiel. Es gab die Aussagen der Polizisten vor Ort, des Pathologen, der die Leiche obduziert hatte, und eines Kriminalinspektors, der ein paar hundert Meter entfernt das Nummernschild des Unfallwagens entdeckt hatte. Offensichtlich hatte es sich bei dem Aufprall gelockert und war dann abgefallen. Es war gerichtsmedizinisch belegt worden, dass das Blut auf dem Nummernschild mit dem des Verstorbenen identisch war. Außerdem gab es Aufnahmen des entstellten Leichnams, und den Unterlagen der Kfz-Zulassungsstelle zufolge gehörte das Nummernschild zu dem grünen Ford und somit zu Svritskys Flotte von Geschäftsfahrzeugen. Das reichte zwar für einen Indizienprozess gegen den Wagen aus, nicht aber, um Stefan Svritsky selbst vor Gericht zu bringen.

Um den Russen anzuklagen, musste die Staatsanwaltschaft ihren Fall auf eine hastig hingekritzelte Aussage aufbauen, die vor Ort von einem jungen Polizeibeamten aufgenommen und mit einem unleserlichen Gekrakel unterschrieben worden war. Der Zeuge wurde als »Samora Machel« aufgelistet und hatte als Adresse »Maputo Street, Kapstadt« angegeben. Beide Angaben stellten sich als falsch heraus, und es war allein der miserablen Allgemeinbildung des Polizisten zu verdanken, dass er das nicht sofort bemerkte.

Die kaum lesbare Aussage ließ vermuten, dass der Zeuge den Unfall mit dem auffallenden Coupé mit angesehen hatte und den Fahrer wiedererkennen würde. Obwohl genaue Einzelheiten fehlten, traf die Beschreibung erschreckend genau auf Svritsky zu. Die Staatsanwaltschaft erwartete, dass der Zeuge, wenn er erst einmal gefunden war, Svritsky bei einer Gegenüberstellung problemlos identifizieren würde.

Richard vermutete allerdings, dass der Mann ausgesprochen schwer aufzuspüren sein würde. Falls man ihn aber doch ausfindig machte, wäre er wohl kaum bereit, seine Aussage vor Gericht zu wiederholen.

Mit diesen neuen Informationen trat Richard gequält lächelnd zu seinem Mandanten. »Ich habe gute Nachrichten, Stefan. Die Staatsanwaltschaft konnte den Zeugen bisher nicht finden. Sie will zwar trotzdem Anklage erheben, aber ohne den Mann hat sie nichts in der Hand. Außerdem bin ich mir ziemlich sicher, dass Du Toit nur blufft. Vermutlich wird sie einen außergerichtlichen Vergleich vorschlagen. Wenn wir ihr zu verstehen geben, dass sie sich das sonst wo hinstecken kann, wird sie ganz schnell den Schwanz einziehen.« Richard neigte in Svritskys Gegenwart zu einer roheren Umgangssprache, auch wenn ihm diese Tatsache missfiel. »Sie wird die Anklage bestimmt fallen lassen. Die Frau hat keine Beweise, ihr bleibt gar keine andere Wahl.«

Svritsky strich sich mit der feisten Hand imaginäre Haare aus dem Gesicht. »Bis dahin muss ich Sie aber trotzdem bezahlen, oder?«, sagte er mürrisch und reichte Richard wie zum Beweis einen Umschlag mit Geld. »Verflucht, dieser ganze Scheiß kostet mich jeden Tag mehr. Ich sollte dieser Tante einfach zeigen, wer hier das Sagen hat. Dann hab ich endlich meine Ruhe. Ohne diesen ganzen Mist. Warum belästigt man mich ständig mit dieser Kacke, die Sie nicht in den Griff bekommen? Können Sie mir das mal verraten?«

Richard hatte schon vor langem gelernt, dass es besser war, auf Fragen, die der Russe derart herausfordernd mit erhobenem Kinn und zornigem Blick stellte, keine Antwort zu geben.

»Und dann dieser kleine Scheißer … Er hat mein Auto kaputt gemacht«, fuhr der Russe fort, der sich allmählich in die Rolle des Empörten hineinredete. »Ich mochte dieses Auto. Es war zwar alt, aber der V8-Motor war noch verdammt gut. Richtig geschnurrt hat er … Ein schöner Wagen. Ich bin gern mit ihm gefahren. Und dann läuft mir dieser Bursche vor die Räder. Taucht plötzlich aus dem Nichts auf … vor meinen schönen Wagen und … *Knall*!« Svritsky schlug die beiden Handballen aufeinander. »Jetzt kann ich ihn natürlich verschrotten, als wäre er ein Stück Müll … Noch mehr Scheiße … Und nun behaupten die, das alles wäre meine Schuld gewesen!« Er schüttelte empört den Kopf und warf die brennende Zigarette in den Rinnstein.

Richard hob die Hand, um seinen Mandanten zu beruhigen. Aber Svritsky kam jetzt erst so richtig in Fahrt. »Ich hatte nur ein paar Gläser im Club, mehr nicht. Dann bin ich still und leise nach Hause gefahren. Jedenfalls war das der Plan. Verstehen Sie? Allein. Plötzlich springt mir dieser Junge vor die Windschutzscheibe. Als ob er *absichtlich* mit mir zusammenstoßen wollte. So was von Scheiße! Sie hätten mal die Kühlerhaube sehen sollen. Ich hatte gerade viel Geld dafür gezahlt, sie frisch lackieren zu lassen. Ein kleines Vermögen hat mich das gekostet. Und jetzt die ganzen Kratzer und Dellen und die kaputte Windschutzscheibe. Dann auch noch das Dach, ganz verschmiert … Echte Scheiße. Ich hab noch gehofft, dass man das vielleicht noch mal reparieren kann, aber dann fiel mir auf: Das Nummernschild war weg. Also mussten wir den ganzen Wagen loswerden. Das hat mir fast das Herz gebrochen, ehrlich. Den ganzen Wagen! Wegen irgendeines Idioten, der nicht aufpassen konnte, wohin er läuft. Das bricht mir echt das Herz. Dieser ganze Scheiß. Ständig dieser Scheiß.«

Richard murmelte etwas Unverständliches. Er überlegte, wie er an die Sache herangehen sollte, ohne gegen sein Berufsethos zu verstoßen. Zu wissen, dass sein Mandant tatsächlich hinter dem Steuer des Wagens gesessen hatte und wahrscheinlich zur Zeit des Unfalls betrunken gewesen war und dass er obendrein fälschlich behauptet hatte, sein Auto wäre gestohlen worden, stellte keine unüberwindlichen Probleme dar – vorausgesetzt, er machte vor Gericht keine bewusste Falschaussage. Er würde jede Zeugenaussage in Frage stellen müssen, ohne selbst eine Version des Vorfalls liefern zu können. Er würde die Verhandlung in kleine, voneinander getrennte Einzelteile zerlegen müssen, die in keinerlei Verbindung mehr zueinander stehen durften. Wenn die Staatsanwaltschaft die Details schließlich wieder zusammenbringen wollte, würde nur noch eine bruchstückhafte, unzusammenhängende Kette von Ereignissen vorhanden sein. Er musste den Fall durch hartnäckiges Hinterfragen der Hauptbelastungszeugen gewinnen und sicherstellen, dass er die kleinsten Unstimmigkeiten aufgriff, bis schließlich die ganze Anklage in sich zusammenfiel.

Das war keine Vorgehensweise, die er genoss, und sie kam ihm weit entfernt vom eigentlichen Sinn eines Gerichts und den Gesetzen vor. Er seufzte ergeben, während er sich den dicken Umschlag mit Geldscheinen in die Jackentasche schob. Seine Kniekehlen juckten unerträglich.

In diesem Moment vibrierte das Handy in seiner Brusttasche. Eine neue SMS war eingetroffen – eine Mitteilung seiner Frau Amanda. Er blieb im Schatten einer verkrüppelten Platane stehen und las die ausführliche Nachricht. Amanda teilte ihm mit, dass sie an diesem Abend ein Treffen mit ihrem Lesezirkel habe. Raine müsse unbedingt rechtzeitig im Bett sein, sein Essen sei im Kühlschrank, und die Hunde müssten noch gefüttert werden.

Richard merkte, wie er gereizt wurde. Die Mitteilung kam ihm wie ein Eindringen in seine exklusive Geschäftswelt vor, als würde sein Status als Ernährer durch unbedeutende häusliche Anweisungen in Frage gestellt. Die Nachricht seiner Frau legte nahe, dass er eine Anleitung brauchte, um sich angemessen um die Bedürfnisse seiner Familie zu kümmern. Oder vielleicht hatte Amanda auch einfach nichts Besseres zu tun, als derartige Belehrungen in ihr Handy zu tippen?

Während er durch die Nachricht scrollte, stieg ihm ein unangenehmer Geruch in die Nase. Er steckte das Handy ein und warf einen Blick auf den Fuß des Baumstammes. Unter den leeren Chipstüten und den Zigarettenstummeln entdeckte er ein halb eingetrocknetes menschliches Exkrement, nur Zentimeter von seinem Fuß entfernt. »Igitt«, murmelte er und trat aus dem Schatten des Baumes zurück ins Sonnenlicht. Er blickte sich um, als ob er erwartete, den Schuldigen noch zu entdecken, wie er hastig die Hose hochzog und davonlief. Ein alter *Bergie* saß auf einer niedrigen Mauer, die Arme wie welker Seetang über seine Knie hängend. Er riss den Mund auf, als wollte er gähnen, und entblößte eine Reihe angebrochener Zähne.

Richard wartete nicht darauf, was der Mann sagen wollte, sondern eilte hastig Svritsky hinterher, um dem Geruch zu entkommen, der ihn zu verfolgen schien.

Die Voranhörung fand zwei Tage später vor dem Landgericht statt. Die Vorsitzende Richterin, Mrs Shirley Abrahams, war eine Frau mittleren Alters und galt als erfahrene Strafjuristin, die einige der wichtigsten und schwersten Fälle vor dem Landgericht verhandelt hatte. Sie stellte hohe Anforderungen und weigerte sich, dieselbe Laxheit an den Tag zu legen, was die Prozessformalitäten betraf, wie das einige ihrer Kollegen taten. Zudem war sie dafür bekannt, Verbrechen nicht auf die leichte Schulter zu nehmen und gleichzeitig unabhängig und objektiv zu sein. Einige Jahre zuvor, als sie noch für das Amtsgericht tätig gewesen war, hatte sie bereits einmal einer Kautionsanhörung vorgesessen, als Svritsky wegen versuchten Mordes angeklagt worden war. Wie Richard erwartet hatte, erwähnte sie diese Anhörung gleich als Erstes.

»Mr Calloway«, sagte sie. »Wie Sie sicher wissen, ist Ihr Mandant für mich kein unbeschriebenes Blatt. Ich habe vor einiger Zeit einmal eine Kautionsanhörung im Amtsgericht geleitet. Gerichtsentscheidung 1043/06. Hält mich Ihr Mandant für befangen, oder hat er nichts dagegen einzuwenden, wenn ich auch dieser Angelegenheit vorsitze?«

»Nein, Euer Ehren. Danke der Nachfrage. Ich habe bereits vorsorglich mit meinem Mandanten gesprochen, und wir sind beide mehr als einverstanden, dass Sie dieser Verhandlung vorsitzen.«

Abrahams nickte. »Gut. Ehe wir fortfahren, wollten Sie mir noch etwas mitteilen, wenn ich richtig informiert bin?«

Richard schob seine Papiere zusammen. »Ja, das möchte ich, Euer Ehren.«

Er warf einen Blick auf seinen Gegner. Die Generalstaatsanwaltschaft hatte den Fall einem vergleichsweise jungen Anwalt namens Bradley Dumbela übertragen. Dumbela hatte in kürzester Zeit die Karriereleiter des Landgerichts erklommen, da er mit seinen genauen Fallvorbereitungen, seinen Umgangsformen vor Gericht und seiner Effizienz meist einen sehr guten Eindruck hinterließ. Er war ein schlanker, gepflegter junger Mann und stets makellos gekleidet. Es kam niemals vor, dass er sich seines schwarzen Sakkos entledigte, und er hatte nur eine kleine Auswahl an Krawatten, die er vor Gericht trug. Jetzt beobachtete er Richard aufmerksam, den offenen Füller über einem weißen Blatt Papier gezückt.

»Ja, Euer Ehren«, sagte Richard noch einmal und blickte zum Richterstuhl. Er hielt einen Moment lang inne, um sich zu sammeln. Sobald er glaubte, konzentriert genug zu sein, fuhr er fort: »Wir befürchten, dass sich mein Mandant weder angemessen auf diesen Gerichtstermin noch auf das bevorstehende Verfahren vorbereiten konnte und sich somit im Nachteil befindet. Wir wissen nämlich nicht, wer der Mann ist, den die Staatsanwaltschaft als ihren Augenzeugen bezeichnet, noch haben wir eine Ahnung, wie dessen Aussage genau aussehen wird. Euer Ehren, wenn ich Ihnen eine Kopie dieser Aufzeichnungen hier geben dürfte, dann werden Euer Ehren mit eigenen Augen sehen, was ich meine ...«

»Nein, Mr Calloway«, unterbrach ihn die Richterin scharf. »Sie dürfen mir zu diesem Zeitpunkt weder Aufzeichnungen noch Aussagen oder sonstige Beweisstücke überreichen. Die eigentliche Verhandlung hat noch nicht begonnen. Die Staatsanwaltschaft ist noch Herr des Verfahrens und kann entscheiden, welche Beweise sie vorlegt und welche nicht. Wenn die Staatsanwaltschaft also einen Zeugen aufrufen möchte, der zuvor nicht identifiziert worden ist oder dessen Aussage Ihrer Meinung nach ungenügend ist, können Sie zum gegebenen Zeitpunkt dagegen Einspruch erheben. Aber wenn ich Sie richtig verstanden habe, möchten Sie die Fortsetzung des Verfahrens verhindern. Aus welchen Gründen? Könnte es nicht sein, dass sich die Staatsanwaltschaft im Laufe der Verhandlung doch noch gegen diesen Zeugen beziehungsweise seine Aussage entscheidet? Dann wäre Ihr Problem gelöst. Oder sehen Sie das anders, Mr Calloway?«

»Nun, Euer Ehren – ja und nein«, erwiderte Richard. »Wenn die Staatsanwaltschaft den Zeugen letztendlich nicht in den Zeugenstand ruft, dann hat sich die Sache erledigt. Aber wenn sie sich doch dazu entschließt und Euer Ehren unseren Einspruch ablehnen? Dann würde die Basis, auf der wir diese Verhandlung führen – nämlich dass ein Aufrufen des Zeugen unfair wäre –, untergraben, was meinem Mandanten natürlich zu großem Nachteil gereichen könnte. Und das ist ein Nachteil, den wir von vornherein haben und nicht erst, wenn sich die Staatsanwaltschaft entscheidet, den Zeugen aufzurufen.« Richard hatte das Gefühl, dass er sein Argument gut formuliert hatte. Doch Richterin Abrahams schüttelte den Kopf.

»Mr Calloway, wollen Sie damit etwa andeuten, ehe wir in dieser Angelegenheit auch nur einen ersten Schritt unternommen haben, dass ich höchstwahrscheinlich zu einem bestimmten Zeitpunkt eine unfaire Entscheidung treffen werde, weshalb die Verhandlung vorsichtshalber besser gar nicht erst stattfinden sollte?«

Richard wurde blass. Seine Argumentation kam ihm auf einmal wackelig vor. Er wollte gerade etwas erwidern, als die Richterin fortfuhr.

»Tatsächlich behaupten Sie Folgendes«, erklärte sie mit einem kalten Lächeln auf den Lippen. »Wenn ich zu irgendeinem Zeitpunkt der Verhandlung ein unfaires Urteil fälle, würde das Ihrem Mandanten zum Nachteil gereichen, weshalb das Verfahren am besten überhaupt nicht erst stattfinden sollte. Wenn ich diese Argumentationsweise akzeptieren würde, dann käme es nie zu irgendeiner Gerichtsverhandlung, Mr Calloway. Das sollten Sie doch wissen.«

»Mit Verlaub, Euer Ehren«, erwiderte er im Bemühen, die Streitfrage zu seinen Gunsten zu entscheiden, »mein Mandant hat das im Grundgesetz verankerte Recht zu erfahren, welche Beweise gegen ihn vorliegen, was auch im Fall *Der Staat gegen Mentoor* bestätigt wurde. Das Verhalten der Staatsanwaltschaft leistet diesem Recht in keiner Weise Genüge.«

»Gerade Sie, Mr Calloway, sollten die Bedeutung des Mentoor-Falles nicht überschätzen. Nach Mentoor ist Ihr Mandant zwar dazu berechtigt, die Beweise einzusehen, die der Staat gegen ihn zusammengetragen hat, aber er kann keinerlei Einspruch erheben, wenn diese Beweise nicht eindeutig sind oder nicht auszureichen scheinen. Eigentlich sollte er sich sogar freuen, wenn die Staatsanwaltschaft nur schwache Beweise gegen ihn in der Hand hat. Wenn er allerdings der Ansicht ist, das Aufrufen eines Zeugen sei für ihn überraschend oder dass die Beweisführung der Staatsanwaltschaft zu seinem Nachteil gereicht, weil er sich eines bestimmten Beweises nicht bewusst war, dann wäre es meiner Meinung nach am geschicktesten, zu dem Zeitpunkt Einspruch zu erheben, wenn dieser Beweis vorgelegt wird. Zum jetzigen Zeitpunkt hingegen sehe ich keinerlei Veranlassung, einen solchen Einspruch anzuerkennen, Mr Calloway. Ihr Antrag – wenn es denn einer gewesen sein soll – wird hiermit abgelehnt.«

»Wie es Euer Ehren für richtig halten«, murmelte Richard und ließ sich auf seinen Stuhl fallen. Die letzte Bemerkung der Richterin kam ihm unnötig vor. Er drehte sich zu Svritsky um, der hinter ihm auf der Anklagebank saß. Die Pupillen des Russen hatten sich bedrohlich verdunkelt.

Hinter ihm befand sich der zuständige Polizeibeamte, Captain Riedwaan Faizal. Er hatte die Arme verschränkt und verzog die Lippen zu einem kaum merklichen Lächeln. Faizals Image als harter Cop ließ es selten zu, dass er Emotionen zeigte – von aggressiven Wutanfällen einmal abgesehen. Er und Richard hatten sich lange nicht gesehen, doch ihre gegenseitige Abneigung war in dieser Zeit nicht kleiner geworden.

»Mr Dumbela, die Anklage, bitte.«

Richterin Abrahams klickte erwartungsvoll mit ihrem Kuli. Richard erhob sich wieder und klopfte dabei gegen die Anklagebank, um Svritsky zu bedeuten, ebenfalls aufzustehen. Der Russe hievte sich schwerfällig hoch, wobei er theatralisch seufzte. Richterin Abrahams blickte auf und starrte ihn aus schmalen Augen kritisch an.

Dumbela las die Anklage wegen fahrlässiger Tötung vor.

»Bekennt sich Ihr Mandant schuldig oder nicht schuldig, Mr Calloway?«, fragte die Richterin.

»Nicht schuldig, Euer Ehren. Kein Vergleich und keine Schuldanerkenntnis nach Paragraf 220.«

»Mh… nicht weiter überraschend. Können Sie das bestätigen, Mr Svritsky?« Abrahams gehörte zu den wenigen ihres Amtes, die noch darauf bestanden, dass der Beschuldigte für das Protokoll versicherte, sein Anwalt habe das Bekenntnis richtig vorgetragen. Sie sprach seinen Namen so korrekt aus, als ob sie eine Weile geübt hätte. »Für das Protokoll, Mr Svritsky. Bitte noch einmal schön laut und deutlich«, fügte sie hinzu, als spräche sie mit einem Kind.

»Ja«, knurrte er. »Das stimmt so.«

»Sehr gut«, erwiderte sie etwas freundlicher und wandte ihre Aufmerksamkeit wieder Richard zu. »Die Verhandlung wird auf den fünften März festgesetzt, also in drei Wochen. Mr Dumbela, ich hoffe, dass Sie bis dahin Ihre Zeugen beisammen haben, bereit zur Aussage. Mr Calloway, ich bewillige grundsätzlich keinen Aufschub, wie Sie inzwischen wissen sollten, sondern erwarte, dass Sie dann ebenfalls so weit sind. Lassen Sie uns versuchen, diesen Fall in einer Sitzung abzuschließen, ja?« Sie wartete die Antwort nicht ab, sondern erhob sich, sobald sie die letzten Worte gesprochen hatte, und ging zu der Tür, die zu ihrem Amtszimmer führte.

»Die Anwesenden mögen sich erheben«, rief der Gerichtsdiener verspätet und versuchte, sich aus dem kaputten Stuhl hochzukämpfen, auf dem er sich den Vormittag über gefläzt hatte.

Nachdem die Richterin verschwunden war, trat Richard zu Dumbela. Der Staatsanwalt rückte gerade seinen exakt geschlungenen Krawattenknoten zurecht. »Bradley, wir wissen beide, dass Sie mit Ihrem Augenzeugen nicht weit kommen werden. Was tut sich in dieser Hinsicht?«

Ein schmales Lächeln zeigte sich auf Dumbelas Lippen. »Mr Calloway, ich habe bereits mit Ms du Toit gesprochen. Sie hat mir erzählt, dass Sie bei ihr waren.« Er hielt inne, als würde ihm erst jetzt die ganze Tragweite dieser Handlung bewusst. »Machen Sie sich keine Sorgen. Wir werden ihn finden. Wir haben einige gute Anhaltspunkte, die uns sicher weiterhelfen. Der Zeuge ist zwar vom Unfallort verschwunden, nachdem er mit dem Polizisten, der seine Aussage zu Protokoll nahm, gesprochen hatte. Aber ich bin mir sicher, dass wir ihn bald wieder haben werden. Uns liegen einige gute Anhaltspunkte vor«, betonte er noch einmal. »Sie können also ganz beruhigt sein, Mr Calloway.«

Dumbelas gespielte Höflichkeit klang höhnisch. Er schien auf Richard herabzublicken. Vielleicht ein unausgesprochener Rassismus, dachte Richard und sah Dumbela hinterher, der den Gerichtssaal verließ.

»Und? Was hat er gesagt?«, wollte Svritsky von hinten wissen.

»Er meint, sie würden den Zeugen auftreiben.« Richard stieg ein ranziger Geruch in die Nase, und er wich einen Schritt zurück. »Er scheint sich seiner Sache sehr sicher zu sein«, fügte er gedankenverloren hinzu.

»Wirklich? Das werden wir ja sehen«, erwiderte der Russe. Seine hellen Augen funkelten im kalten Licht des Gerichtssaals.

2

Ifasen konnte den köchelnden Pfeffersuppeneintopf bereits riechen, noch ehe er die Tür erreicht hatte – das typische süß-säuerliche Aroma des *obe ata*, gekocht aus reifen Tomaten, Paprikaschoten, rotem Palmöl und einem billigen Stück Hammel oder Ziege, falls man es sich gerade leisten konnte. Der Duft verscheuchte den Gestank von Urin und Zigarettenrauch, der den Hausgang durchzog. Heute Abend würden sie den Eintopf auf ihre Teller geben, die Sauce in den dampfenden Reis einziehen lassen und sich das Ganze dann in kleinen Stückchen in den Mund schieben. Ihre Finger und Münder würden dabei rot wie von Lippenstift werden.

Der Duft ließ in Ifasen Bilder aus der Kindheit aufsteigen. Er sah Abeni vor sich, das Hausmädchen seiner Eltern, wie sie in der Küche Okra schnitt, mit flinken Fingern gesprenkelte Bohnen schälte und ihn wegscheuchte, wenn er versuchte, eine der abgekühlten Paprikaschoten zu stibitzen. Sie kochte stets mit weit geöffneter Hoftür, so dass eine kühle Brise in die Küche wehte, während sie vor einem Tisch stand und die durchsichtigen Bohnenhäute nach draußen zu den wartenden Hennen schnippte. Manchmal landete eine solche Haut auf dem Rücken einer Henne, und sie mussten beide lachen, wenn sie beobachteten, wie die anderen danach pickten und so das Tier dazu brachten, panisch durch den Hof zu rennen. »Siehst du, mein Kleiner«, hatte sie ihm einmal voller Zuneigung erklärt, »in Nigeria ist es nicht immer gut, etwas zu haben, was alle haben wollen.«

Abeni war eine schwergliedrige Yoruba-Frau gewesen, mit kräftigen Beinen und einem weichen Bauch. Ihr breites Gesicht schien immer von einem Lächeln zerknittert zu werden – fast so, als bestünde das Leben aus einem ständigen Kitzeln. Wenn sie einmal die Stirn runzelte, dann geschah das nur in freundlichem Spott, indem sie für einen Moment ein langes Gesicht zog, um es sogleich wieder in einem schallenden Lachen aufzulösen. Das Leben mit Abeni stellte eine Reihe wunderbarer Mahlzeiten dar. Sie kochte Ifasen seinen geliebten *adalu*, einen gelben Maisbrei mit Bohnen, bedeckt mit Pfeffersuppe. Fürsorglich stellte sie stets eine Kanne mit Wasser, Zitronenscheiben und Eis neben seinen Teller, falls er sich an dem Pfeffer verschluckte. Zwischendurch versorgte sie ihn mit kleinen *chin-chin*, Schottischen Eiern und schmackhaften Fleischpasteten.

Ehe er an seinem Geburtstag erwachte, bereitete sie bereits *moyin* für ihn vor. Sie mahlte die Bohnen zu einem Brei und mischte ihn mit Tomaten, Paprika, dünnen Fleischstücken, verschiedenem anderem Gemüse, Ei und Gewürzen, bevor sie alles, in eine Folie gewickelt, langsam dünstete. Wenn Ifasen erwachte, erfüllte der herrliche Duft schon das große Haus. Seine Geschenke mussten warten. Er gab sich die größte Mühe, seine Aufregung zu beherrschen, um als Erstes ein Stück seines Geburtstagsfrühstücks zu sich zu nehmen, zusammen mit einem frisch gepressten Obstsaft. Seine Familie schüttelte über seinen großen Appetit stets lachend den Kopf, während sich Abeni im Hintergrund hielt und ihn lächelnd beobachtete, die Arme stolz vor der Brust verschränkt.

Ifasen sehnte sich nach der Schlichtheit eines vertrauten Geschmacks und nach den regelmäßigen Mahlzeiten, die sein Leben zu Hause bestimmt hatten. Die Erinnerungen an seine

Kindheit schaukelten wie aufgehängte Wäsche vor seinem inneren Auge hin und her, jedes Stück durch einen Geschmack oder einen Duft in seinem Gedächtnis festgezurrt. Manchmal vermutete er, dass seine Familie allein durch Abenis Kochkünste zusammengehalten wurde und alles bereits viel früher zerbrochen wäre, hätte es sie nicht gegeben.

Er wünschte sich, seinem eigenen Sohn eine solch kulinarische Erfahrung mit auf den Weg geben zu können. Doch in einem fremden Land war es schwierig, die richtigen Zutaten zu finden. Es gab keine Yamswurzel für *ikokore* oder *iyan*, keinen Maniok für *gari*, keine Kolanüsse zum Kauen, keine *oro*-Samen für *ogbono*-Suppe, ja nicht einmal richtige Kochbananen für *dodo* oder im Ganzen geröstet als *bole*. Zum Trinken gab es keinen Vanille-*zobo*, keinen Palmwein, kein Selbstgebrautes. Hier gab es nur Bier mit vielen verschiedenen Etiketten, aber immer demselben wässrigen Geschmack. In den südafrikanischen Restaurants wurden ausländische Gerichte serviert: Pasta, Pizza, Curry oder scharf mariniertes Hühnchen, dessen Haut durch die Gewürze orangefarben war. In den Geschäften konnte man vakuumverpacktes Essen aus langen Kühlregalen nehmen, zwischen denen einsame Menschen ihre Einkaufswagen aus Metall hin und her schoben.

Ifasen sehnte sich danach, seine Hände in einen Rupfensack voller Trockenbohnen zu tauchen, braunen Reis über seine Finger in eine Papiertüte rieseln zu lassen und dabei die Rufe und das Gelächter der Händler zu hören. Manchmal hatte er das Gefühl, dass dieses Fegefeuer, in dem er wartete und das er nicht verlassen konnte, in Wahrheit gar nicht mehr in Afrika war.

Er öffnete die Wohnungstür und blieb einen Moment lang auf der Schwelle stehen. Sehnsüchtig blickte er sich in der vollgestopften Wohnung um und sog gierig den Duft der Pfeffersuppe in sich auf. Seine Füße schmerzten von einem langen Tag an der Kreuzung, und er wollte nur noch seine Schuhe ausziehen. Doch erst einmal genoss er die Geräusche seines Zuhauses. Sie hatten etwas Beruhigendes. Er konnte hören, wie seine Frau leise mit seinem Sohn sprach und ihm erklärte, was sie gerade kochte. Er wusste, dass der Junge auf dem zerkratzten Küchenboden saß, Wachsmalkreiden um sich verteilt hatte und das weiße Blatt Papier vor ihm voller Farbe war. Er spürte, wie sich sein Herz zu öffnen begann.

»*Okeke*«, sagte er leise, als ob er befürchtete, ein ungewünschter Eindringling zu sein. »Ich bin wieder da.«

»Hallo, Ifasen«, antwortete Abayomi ebenso sanft. Sie blickte auf und lächelte. Keiner von ihnen erkundigte sich jemals danach, wie der Arbeitstag des anderen verlaufen war. »Ich mache gerade *obe* – und Sunday hat Fisch für uns aufgetan.«

Ifasens Miene verdüsterte sich, als er den Namen des Mannes hörte, der die Wohnung mit ihnen teilte. Abayomi hatte sich bereits wieder dem Herd zugedreht.

»Michael«, sagte sie und wandte sich an den kleinen Jungen, der im Schneidersitz auf dem Linoleumboden saß. »Begrüße deinen Vater. Er ist nach Hause gekommen und …«

»Ich wünschte, du würdest ihn nicht so nennen«, unterbrach Ifasen seine Frau. »So heißt er nicht. Du weißt, wie sehr mich dieser Name ärgert.«

»Ifasen«, erwiderte Abayomi scharf und holte tief Luft. »Hör auf damit. *Chei!* Er wird in diesem Land nie Fuß fassen, wenn wir ihn weiterhin Khalifah nennen.« Ihre Stimme klang gereizt, als hätte sie auf seine Bemerkung gewartet. »Das weißt du genau. Ich muss dir das nicht noch mal erklären. Das ist kein Land für Khalifah, das ist ein Land für Michael. Weshalb sonst sprechen wir zu Hause Englisch? Deshalb sind wir hier … und leben so, wie wir das tun.«

Einen kurzen Moment lang zitterte ihre Stimme, und der

kleine Junge blickte zu ihr auf. Er spürte die Wut seiner Mutter. Sie hielt inne und versuchte, ihren Ärger zu bändigen. »Bitte, Ifasen. *Haba?* Lass uns nicht wieder davon anfangen. Nicht heute Abend.«

»Du hast recht«, antwortete Ifasen. Er bemühte sich, seine Heimkehr nicht zu ruinieren. Doch es fiel ihm schwer. Seine Worte klangen gepresst. Das Kind merkte nichts von den Qualen des Vaters, sondern wandte sich wieder seinem Bild zu. Dicke Farbstriche verliefen im Zickzack über das Papier. Ifasen spürte, wie das Herz in seiner Brust heftig pochte und seine Fingerspitzen kribbelten. Abayomi warf ihm einen trotzigen Blick zu, ehe sie den Kopf schüttelte und ihm den Rücken zudrehte, um wieder in dem köchelnden Eintopf zu rühren.

Ifasen ließ die Sache auf sich beruhen und ging in das vollgestellte Wohnzimmer hinüber. Er schob mit dem Knie einen zerschlissenen Sessel beiseite und schaltete den Fernseher an. Auf dem Bildschirm erschien eine amerikanische Vorabendserie – samt eingespieltem Gelächter und hohlem Gerede. Er setzte sich. Sein Körper versuchte es sich auf den rostigen Federn bequem zu machen. Der Abend war durch den kurzen Schlagabtausch mit seiner Frau bereits zerstört. Mit halb geschlossenen Lidern blickte er auf die Mattscheibe, ohne etwas wahrzunehmen.

Die Auseinandersetzung darüber, wie sie ihren Sohn nennen sollten, erinnerte ihn an eine Unzahl von anderen schmerzhafteren Themen, zu denen auch die Frage nach ihrer mehr oder weniger frei gewählten Verbannung aus der Heimat gehörte. Ihre Liebe und die darauf folgende Hochzeit hatten seine Familie aufgewühlt. Das Heilen dieser Wunden und das Überwinden der Kluft zwischen dem jungen Paar und Ifasens Eltern war durch kleine Gesten und Kompromisse nur mühsam und bei weitem nicht vollständig gelungen.

Es erstaunte Ifasen noch immer, dass seine Mutter selbst in den furchtbaren Zeiten, in denen sich Nigeria bei ihrer Hochzeit befand, die Kraft dazu hatte, sich mit dem angeblich minderwertigen Familienhintergrund seiner jungen Frau zu beschäftigen. Während in den Provinzen rohe Gewalt herrschte, die immer wieder zu brutalen Übergriffen führte, hatte Na'imah an der Liebe der beiden wie ein altes Weib gezupft, das die Fäden aus einer kaputten Strickjacke herauszieht. Doch jung wie sie beide waren – Abayomi war zu diesem Zeitpunkt erst einundzwanzig –, vermochte niemand, ihre Verbindung zu lösen oder auch nur in Frage zu stellen.

Ifasens Eltern waren stolze Hausa muslimischen Glaubens. Sein Großvater war ein islamischer Gelehrter gewesen, dessen Interpretationen des Koran und seiner Lehren weithin verbreitet und respektiert waren. Sein Vater, Hussain, trug noch das traditionelle weiße Kleid und besuchte jeden Morgen die Moschee, ehe er sich auf den Weg zur Arbeit machte. Seine Mutter Na'imah verbrachte einen Großteil ihrer Zeit damit, in schärfster Weise ihr Missfallen über all jene zum Ausdruck zu bringen, die es versäumt hatten, irgendein noch so kleines muslimisches Ritual zu beachten. Ihre Besessenheit mit der formalistischen Befolgung religiöser Vorgaben ließ sie engstirnig wirken und brachte ihre mangelnde Intelligenz noch deutlicher zum Ausdruck. Manchmal erschrak Ifasen, wenn er bemerkte, welche Verachtung er für seine Mutter empfand. Doch er vermochte die Enttäuschung nicht abzuschütteln, die er von früher Kindheit an gehegt hatte, wenn ihm wieder einmal bewusst wurde, dass diese hagere Frau mit der schrillen Stimme seine Blutsverwandte war. Ihre abschätzige Art reizte ihn und ließ ihn jedes Mal zusammenzucken, wenn sie wieder ausführlich die Unzulänglichkeiten eines Nachbarn hinsichtlich der Scharialehre erörterte.

Obwohl Ifasen einen anderen Weg gegangen war, als man von ihm erwartet hatte, und trotzig eine Frau heiratete, die von einem anderen Volk und von einem anderen Glauben abstammte, fühlte er sich manchmal noch immer von seiner Familie gefesselt. Er hatte die edlen, regelmäßigen Gesichtszüge seines Vaters und dessen hohe Stirn geerbt. Er besaß auch dieselbe Reserviertheit – eine tief sitzende Ernsthaftigkeit, die ihn abweisend und manchmal sogar hochmütig wirken ließ. In Wahrheit jedoch war er ausgesprochen unsicher. Sobald er sich herausgefordert fühlte, legte er seinen Schutzpanzer an und wirkte herablassend und selbstgerecht.

Na'imah hatte einmal einen Freund Abayomis als »dreckigen Köter« bezeichnet, was in ihrer beschränkten Welt eine echte Beleidigung darstellte. In jenen Momenten, in denen sich Ifasen mit erstarrter Miene in sich selbst zurückzog, machte Abayomi seitdem seine Mutter nach und entwaffnete ihn jedes Mal, indem sie ihm immer wieder »Du dreckiger Köter« zuzischte und ihn dabei wie ein Wolf umkreiste, bis er schließlich aufbrüllte und sie zu fangen versuchte. Es war eine Taktik, die sie inzwischen immer weniger anwandte, so dass er mit seinen inneren Kämpfen allein blieb.

Abayomis Familie war nicht weniger stolz als die seine und das vielleicht aus besserem Grund. Ihre Großmutter mütterlicherseits war eine Yoruba gewesen, ihr Großvater hingegen ein Igbo. Abayomi hatte die statuenhafte Schönheit ihrer Großmutter geerbt; sie bewegte sich selbstbewusst und würdevoll. Die Eltern ihres Vaters entstammten einer langen Linie aus Igbo-Intellektuellen und Künstlern.

Obwohl man ihre Eltern nicht als Hurra-Patrioten bezeichnen konnte, waren sie doch von dem stärker werdenden Igbo-Nationalismus durchdrungen gewesen, der die mutige Unabhängigkeitserklärung der Republik Biafra von Nigeria im Jahr

1967 ausgelöst hatte. Vor Abayomis Geburt hatte ihr Vater Jideofor an der Universität Wirtschaftswissenschaften unterrichtet. Er hatte einem intellektuellen Kreis angehört, dessen Mitglieder nun großenteils wichtige Positionen in der neuen Biafra-Regierung einnahmen. Jideofor war ebenfalls angesprochen und ins neue Finanzministerium berufen worden, wo er an der Ausarbeitung einer strategischen Planung für die junge Nation beteiligt war. Die biafranische Flagge wehte drei stolze Jahre. Doch die Euphorie hielt nicht lange an: Der nigerianische Staat, der zuerst heimlich und dann recht offenkundig vom Westen unterstützt wurde, mobilisierte seine Truppen und erklärte Biafra den Krieg.

Im Jahr 1970 fand der biafranische Traum ein blutiges Ende. Mehr als eine Million Menschen wurde dabei getötet. Großbritannien ignorierte die Gräueltaten, während die restliche Welt so tat, als hätte es Biafra nie gegeben. Für Abayomis Vater bedeutete der Krieg furchtbare Verluste. Er verlor seine Freunde, seine Stellung und seinen Optimismus für sein Land und dessen Bewohner. Er sprach nie über die Republik, über die Hoffnungen, die sie gehegt hatten, oder was ihnen entrissen worden war. Nach dem Zusammenbruch Biafras war er einer zunehmenden Verfolgung durch den militaristischen Staat ausgesetzt und zog sich mehr und mehr in sich zurück. Für die Überlebenden um ihn herum schien er immer stärker in einem Morast aus Depressionen zu versinken, aus dem er nicht mehr herauskam. Doch die Geburt von Abayomis älterem Bruder Abazu und dann die Abayomis rissen ihn aus seiner tiefen Traurigkeit. Er liebte es, seinen Kindern ein guter Vater zu sein, und richtete all seine enttäuschten Hoffnungen auf die beiden.

Jideofor gab seiner Tochter den Igbo-Namen Okeke, doch ihr bevorzugter Name Abayomi war yorubaischen Ursprungs und von ihrer Großmutter für sie ausgewählt worden. Obwohl Ifasen sie inzwischen mit ihrem Igbo-Namen rief, hatte er es zuerst, als er sie kennenlernte, geliebt, die runden Vokale ihres Yoruba-Namens auszusprechen und zu hören. Sie hatten kurz nach ihrem Kennenlernen zum großen Entsetzen seiner Eltern geheiratet, und Abayomi war sechs Monate danach mit ihrem bisher einzigen Kind schwanger geworden.

Khalifah wurde in Abeokuta zu einer Zeit geboren, als es immer wieder zu heftigen Auseinandersetzungen zwischen Muslimen und Christen kam. Der schwelende Konflikt führte schließlich unter General Obasanjo zu einem offenen Kampf. Er zog sich über viele Jahre und brachte Tausenden den Tod. Kurz bevor Abayomi schwanger wurde, hatte die Ermordung eines bekannten Hausa-Führers die Gewalt in Nigeria erneut geschürt und im Süden des Landes große Flüchtlingsprobleme ausgelöst. Zwangsläufig kam es zu Ausfällen gegen die Igbo, was Abayomi dazu bewog, in dem bollwerkartigen Haus seines Vaters Hussain in Abeokuta Zuflucht zu suchen. Unter demselben Dach wie Ifasens Eltern leben zu müssen, stellte sich für die jungen Leute als höchst belastend heraus, da Abayomi von Na'imah mehr als einmal daran erinnert wurde, wie wenig ihr familiärer Hintergrund dem Ifasens entspräche.

Als ihr Sohn geboren wurde, beschloss das Paar, ihn Khalifah zu nennen, um Ifasens Familie Respekt zu erweisen. Trotzdem warf Na'imah ihrer Schwiegertochter weiterhin finstere Blicke zu, wenn sie hörte, wie diese das Baby mit seinem zweiten Namen, Michael, ansprach. Abayomi flüsterte bei solchen Gelegenheiten Ifasen jedes Mal »dreckiger Köter« zu, aber er hörte auf zu lächeln oder ihr hinterherzujagen. Stattdessen wirkten seine Augen traurig und bedrückt, wenn er sah, wie seine Mutter ihre faltigen Lippen schürzte und mit dem Kopf Richtung Himmel wies, als wäre sie debil, während sein neugeborener Sohn, in eine Wolldecke eingewickelt, in seinen Armen lag.

Jetzt rief er nach seinem Sohn, wobei er die christliche Variante seines Vornamens wählte, um seine Frau nicht noch einmal zu verärgern. Er winkte das Kind zu sich, das nur kurz vom Küchenboden aufblickte und sich dann wieder seinen Farbkringeln zuwandte. Vielleicht spürte es, dass es nur eine Spielfigur in der Auseinandersetzung seiner Eltern sein sollte, und verweigerte sich.

Die Geste, das Neugeborene Khalifah zu nennen, war von Ifasens Familie nicht einmal gewürdigt worden, und Ifasen wusste, dass seine Frau ihre Großherzigkeit inzwischen bereute. Seit ihrer Flucht nach Südafrika nutzte sie jede Gelegenheit, um ihrem Unmut darüber Ausdruck zu verleihen, obwohl sie inzwischen Tausende von Kilometern von den Großeltern entfernt waren. Die drei waren geflohen, nachdem die Stimmung gegen die Igbo immer schlechter wurde. Wie unsicher ihre Lage selbst in Abeokuta war, wurde ihnen bewusst, als eines Tages die Militärpolizei auftauchte, um Abayomi nach den Verstrickungen ihres Bruders in die Bewegung *Freies Biafra* zu befragen.

Abazu war aus Nigeria geflohen, kurz nachdem General Abacha die Macht übernommen und die Wahlen für ungültig erklärt hatte. Die Annullierung der Wahlen war international kritisiert worden, und Abazu hatte als junger Journalist seiner Meinung Ausdruck verliehen, indem er in der örtlichen Zeitung einen scharfen Artikel über die Militärjunta veröffentlicht hatte. Einem ausländischen Korrespondenten stach der Artikel ins Auge, und er schickte ihn an die englische *Times*. Dort wurde er neben dem Leitartikel abgedruckt, der Abacha bezichtigte, sein Versprechen einer demokratischen Wahl nicht gehalten zu haben. Außerdem erschien der Artikel auch auf der Webseite der Zeitung. Angeblich ordnete General Abacha daraufhin persönlich Abazus Verhaftung an – eine zweifelhafte Ehre für einen jungen Aktivisten, der das Land in einem Fischerboot verlassen hatte. Inzwischen lebte Abayomis Bruder in Amsterdam, wo er sich gemeinsam mit anderen nigerianischen Flüchtlingen ein winziges Loch von einem Zimmer teilte. Trotzdem war er noch immer einer der Hauptaktivisten der Bewegung *Freies Biafra*.

Hätten die Obeyis nicht ein so hohes Ansehen genossen, wäre Abayomi höchstwahrscheinlich verhaftet worden. Doch der örtliche Polizeichef schickte nur zwei seiner Beamten zum Haus der Familie – einen Geheimdienstbeauftragten in Zivil und einen uniformierten Polizisten. Ohne Vorankündigung klopften die beiden eines Tages an die Tür. Na'imah begrüßte sie würdevoll und erlaubte ihnen einzutreten, ohne nachzuhaken, was sie eigentlich wollten. Abayomi vermutete fast, dass ihre Schwiegermutter vorgewarnt worden war. Die alte Frau hatte sogar ein wenig gelächelt, als ihr die Männer erklärten, dass sie Abayomi ein paar Fragen stellen wollten – fast so, als hätte sie ihre Schwiegertochter sowieso schon länger im Verdacht, heimlich Hochverrat zu begehen, und als wäre sie nun mehr als erleichtert, dass die Behörden sie endlich gefasst hätten.

Na'imah gab sich unterwürfig und respektvoll, als sie den beiden Tee in zarten Porzellantassen servierte, die nur zu besonderen Gelegenheiten herausgeholt wurden. Dazu reichte sie Gebäck, das sie hübsch auf einem Teller anrichtete, und schickte die Bedienstete aus dem Zimmer. Abayomi gegenüber, die ohne Tee mit verschränkten Armen dasaß, ließ sie immer wieder ein abfälliges Schnauben vernehmen. Na'imah verfolgte aufmerksam die Befragung und lauschte den Antworten ihrer Schwiegertochter, inwieweit sie noch in Kontakt mit ihrem Bruder stand. Mindestens einmal merkte Abayomi, wie ihre Schwiegermutter finster die Stirn runzelte. Doch zum Glück war der Polizist viel zu sehr von Abayomis auffallender Schönheit abgelenkt, um auf Na'imah zu achten.

Die Befragung endete ohne Ergebnis, und die Polizisten baten

Abayomi, sie zu kontaktieren, falls sie von Abazu hören sollte. Sie versprach es und senkte den Blick. Die ganze Angelegenheit hatte etwas Routinemäßiges gehabt, aber Ifasen regte sich dennoch schrecklich auf, als er am Abend davon erfuhr. Er war wütend, weil seine Mutter die beiden Männer so freundlich empfangen und sie es zudem versäumt hatte, ihn davon zu unterrichten. Es kam zu einem großen Streit. Abayomi zog sich mit dem Säugling in ihr Zimmer zurück und lauschte den schrillen Bezichtigungen Na'imahs sowie dem lauten Brüllen Ifasens. Der Streit tobte und legte sich, nur um dann die halbe Nacht hindurch von einem Raum in den nächsten getragen zu werden. Das ganze Haus hallte davon wider.

Als Ifasen schließlich zu Bett ging, war er erschöpft und verzweifelt. »Wir können hier nicht länger bleiben«, erklärte er seiner Frau. Diese nickte, auch wenn sie sich nicht sicher war, ob er damit das Haus seiner Eltern oder Abeokuta meinte. Obwohl sie bereits darüber gesprochen hatten, ein eigenes Zuhause zu finden, hatte bisher noch keiner der beiden den Gedanken geäußert, Nigeria zu verlassen.

»Es ist zu gefährlich, Okeke. Für dich. Für Khalifah. Wir müssen fort von hier.«

Manchmal fällt man wichtige Entscheidungen, ohne lange darüber nachzudenken. In jener Nacht wurde Ifasen nicht nur klar, dass allein der gute Ruf seiner Familie seine Frau und sein Kind nicht beschützen konnte, sondern auch, dass seine Mutter durchaus dazu fähig war, die Situation zu nutzen, um die Ehe ihres Sohnes zu untergraben, ja vielleicht sogar, um Abayomi ernsthaft zu schaden. Das Militär würde sich mit der Zeit immer mehr für seine Frau interessieren, denn die Vorgeschichte ihrer Familie und Abazus politische Aktivitäten machten sie zu einer leichten Zielscheibe.

Wenige Monate später hatten sie sich einen Plan zurechtgelegt, wie sie Nigeria verlassen wollten. Ein Händler vor Ort stellte den Kontakt zu einem Agenten her, der einen wohlhabenden südafrikanischen Geschäftsmann vertrat.

Sobald der Prozess erst einmal in Gang gesetzt war, trug er sie wie ein Schnellzug mit sich fort. Es blieb ihnen keine Zeit mehr, sich alles noch einmal durch den Kopf gehen zu lassen. Heimlich und hastig wurde verhandelt. Das Geld wurde ihnen förmlich aus der Hand gerissen. Sie nahmen einen Kredit auf, um die Busfahrkarten zu bezahlen, und man fertigte falsche Pässe und gefälschte Flüchtlingspapiere für sie an. Ohne dass sie davon wussten, wurde in ihrem Namen sowohl in Nigeria als auch in Südafrika bestochen, und die Bestechungen wurden akzeptiert. Sobald sie einmal die Entscheidung getroffen hatten zu fliehen, waren sie zu einem Handelsgut geworden und gehörten zum Warenbestand des illegalen internationalen Flüchtlingsgeschäfts. Niemanden scherte es, wovor sie flüchteten oder wohin sie rannten.

Innerlich waren sie noch immer unsicher, hin- und hergerissen und zutiefst verängstigt, als man sie hastig von Simbabwe aus im Durcheinander von Beit Bridge über die Grenze nach Südafrika schaffte. Wenige Stunden nach ihrer Ankunft wurden sie bereits Opfer eines Betrügers, der sie um ihre letzten Ersparnisse brachte, indem er ihnen Falschgeld unterschob. Abayomi hatte mit gesenktem Kopf auf den Zementstufen eines Lebensmittelladens gesessen. Der Staub hatte ihre Knie weiß gefärbt, und sie hatte aus Enttäuschung und Fassungslosigkeit geweint. Khalifah war zu diesem Zeitpunkt noch nicht einmal zwei Jahre alt gewesen.

Inzwischen hatte der Junge seinen vierten Geburtstag gefeiert, und Ifasen machte sich immer mehr Sorgen. Obwohl Abayomis Einkommen für die Schulgebühren reichen würde, gab es in Südafrika wenige Möglichkeiten für Immigranten. Ifasen befürchtete, dass die Zukunft seines Sohnes nicht viel besser aussehen würde als seine eigene.

Er hörte, wie seine Frau die Zeichenkünste des Jungen lobte. Sie warf Ifasen durch die Küchentür hindurch einen Blick zu, forderte Khalifah aber nicht auf, das Bild seinem Vater zu zeigen.

Die Vorabendserie näherte sich mit einer Reihe von einfallslosen Einzeilern, unterlegt von eingespieltem Gelächter, ihrem Ende. Ifasen wartete gereizt auf die Nachrichten, die folgen sollten. Er war sich der Spannung in der beengten Wohnung mehr als bewusst.

In Abeokuta hatte das junge Paar Kraft aus seinen Unterschieden geschöpft. Vom ersten Moment an hatten sie das Unbekannte im anderen geliebt. Ihre Zuneigung entsprang einer Faszination und Neugierde für die Andersartigkeit ihres Gegenübers. In einer Gesellschaft, die ihre Verbindung skeptisch, ja feindselig beäugte, waren sie bereit gewesen, den anderen jederzeit zu verteidigen, als ob ein Angriff auf einen von ihnen einen Angriff auf ihre ganze Beziehung bedeutete. So hatten sie auch aus dem Wunsch heraus, Ifasens Familie davon abzuhalten, ihre Verschiedenartigkeit gegen sie zu verwenden, stets eine unzertrennliche Einheit gebildet.

Doch als sie die Sicherheit ihrer Heimat hinter sich ließen, um den afrikanischen Kontinent zu durchqueren, verloren sie ihr Vertrauen in den anderen. Sie spürten die Kluft, die sich zwischen ihnen aufgetan hatte, vermochten aber nicht, den Grund dafür zu nennen. Die kleinsten Dinge führten nun zu Auseinandersetzungen. Inzwischen vermittelte ihnen ihre Verschiedenheit nicht mehr Kraft und Stärke, sondern riss sie auseinander – jeden Abend, jede Nacht, jeden aufwühlenden Streit nach dem anderen.

Ifasen starrte auf den Bildschirm. Eine junge Moderatorin

mit einem freundlichen Gesicht lächelte einladend und räusperte sich, ehe sie mit monotoner Stimme die Nachrichten des Tages vortrug. Eine Autobombe war in Pakistans Hauptstadt explodiert und hatte zahlreiche Menschen in den Tod gerissen. Auf dem Bildschirm zeigten sich versteinert dreinblickende Journalisten, die auf einem Marktplatz standen und auf ein weit verteiltes Durcheinander aus Abdeckplanen und Särgen zeigten, während sie versuchten, das tragische Ereignis in Worte zu fassen. Die Dürre in Australien bedrohte noch immer die Existenz vieler Schaffarmer. Inzwischen hatte sich zudem ein Feuer in den begrünten Randgebieten von Sydney ausgebreitet. Die Aufnahmen vom Hubschrauber aus zeigten graue Rauchschwaden, die aus dem Wald darunter aufstiegen. Der amerikanische Präsident traf sich mit seinem chinesischen Amtskollegen. Die beiden Männer grinsten sich grotesk an, erstarrt in einem Händeschütteln, während die Blitzlichter aufleuchteten und die Kameras filmten. Die bevorstehende Rugbytour nach England wurde von einigen bürokratischen Hindernissen überschattet, da der junge schwarze Flügelstürmer keinen gültigen Pass hatte und die britischen Behörden nicht gewillt waren, eine Ausnahme zu machen. Die jeweiligen Beamten bezichtigten sich nun gegenseitig der Inkompetenz und des Rassismus.

»Man kann es wirklich kaum glauben, dass wir hier in Afrika sind«, schimpfte Ifasen vor sich hin. »*Chei!* Ich wette mit dir: Abuja könnte im Niger versinken, und wir würden das hier als Letzte erfahren. Dieses Land kümmert sich um nichts, was irgendwie afrikanisch ist – es sei denn, es geht um Sport. Da interessieren sie sich allerdings auch nur für dieses bescheuerte Spiel mit dem eiförmigen Ball. Was ist nur los mit diesem Land?«

»Du klingst wie deine Mutter«, meinte Abayomi aus der Küche. Sie wusste, dass ihre Stimme einen scharfen Unterton angenommen hatte. In letzter Zeit reagierte sie immer gereizter auf die Klagen ihres Mannes. »Kannst du dich noch erinnern, wie sie zwei Minuten lang den Nachrichten im Radio gelauscht und sich dann beschwert hat, dass niemand die Schariagesetze einhalte? Wenn sie etwas länger gewartet hätte, wäre bestimmt eines dieser schrecklichen Programme gekommen, in denen irgendein Imam etwas über die Nigerianer im Norden und ihr Recht auf einen islamischen Staat erzählt hätte.«

»Ich hab jetzt die ganzen Nachrichten angesehen«, gab Ifasen verärgert zurück, »und da kam überhaupt nichts, was mit diesem Kontinent zu tun hat. Als ob wir nicht existieren würden … Und doch sind wir hier.«

»Vielleicht hat die Welt keine Lust mehr, immer nur erbärmliche Wehklagen von unserem Kontinent zu hören.«

Ifasen spürte, wie ihm das Blut in den Kopf schoss. »Soll das gegen mich gerichtet sein? Hältst du mich für erbärmlich? *Bin ich für dich erbärmlich, Frau?*« Er wechselte in Hausa.

»Nein, Mann«, erwiderte Abayomi, wobei sie ihn mit der englischen Übersetzung der Hausa-Anrede ärgern wollte. »Aber ich merke, dass du deinen ganzen Frust von der Straße mit nach Hause gebracht hast. Und unsere Wohnung ist zu klein für deine Launen. *Chei!* Ich habe auch gearbeitet; ich bin auch frustriert. Mir hängen diese schmutzigen kleinen vier Wände auch zum Hals heraus. Ich will auch nicht, dass sich mein Kind sein Zuhause mit einem Fremden teilen muss. Aber wir wissen beide, wie die Dinge liegen und …«

»Hör auf, über deine Arbeit zu reden, Okeke«, empörte sich Ifasen. »Ich kann mir kaum vorstellen, dass du dich nach deiner *Arbeit* frustriert fühlst. Die sollte dich doch eigentlich sehr *befriedigen.*« Seine Stimme überschlug sich. Er merkte, wie seine Schläfen zu pochen begannen. Das Zimmer kam ihm jetzt noch kleiner vor, angefüllt mit rauchigem Lärm. Er hieb mit dem Handballen gegen den Schalter des Fernsehers, um ihn auszumachen. Der kleine Tisch, auf dem der Apparat stand, kam ins Wanken.

»Nein! Nicht, Ifasen! *Chineke!* Nein!« Abayomi schrie hemmungslos laut, als ob die Macht ihrer Stimme seine Worte auslöschen könnte. Doch es war bereits zu spät. Er hatte das Unaussprechliche zwischen sie geworfen, und jetzt tanzte es wie ein böser Geist vor ihren Augen hin und her.

Sie kam aus der Küche und starrte ihn wütend an. »Willst du vielleicht ins Lager von Lindela, *o*? Willst du das? Nach Krugersdorp zur Rückführung? Dort kann man sterben, Ifasen. Dort könnten wir alle an den Krankheiten sterben, die da wüten, während wir darauf warten, nach Nigeria zurückgeschickt zu werden. Willst du das? Ist es das, was du willst? Für dich selbst? Für deinen Sohn?« Ihre Stimme versagte fast, als sie ihr gemeinsames Kind erwähnte. »Für mich? *Chineke!*« Tränen begannen ihr über die Wangen zu laufen.

Ifasen war entsetzt. Die schmerzhafte Wahrheit, die ihm aus Versehen herausgerutscht war, stand unüberwindbar zwischen ihnen. Der Zweifel nagte seit langem an ihm und ließ ihn nicht zur Ruhe kommen – wie eine wiederkehrende Krankheit, die niemals ganz verschwand und ihn immer wieder unerwartet traf. Etwas drückte schwer auf seine Brust, und er fragte sich, ob er tatsächlich krank wurde. Betrübt betrachtete er seine Frau, die mit herabhängenden Schultern vor ihm stand. Die Tränen benetzten ihren Hals. Sie öffnete den Mund, und ein Speichelfaden zeigte sich zwischen ihren Lippen. Ifasen hätte sie am liebsten wie ein Kind hochgehoben und davongetragen. Er wollte erneut mit ihr fliehen, an einen lichten, freundlichen Ort. Doch er rührte sich nicht von der Stelle. Die Risse, die sich zwischen ihnen aufgetan hatten, ließen ihn erstarren.

Die Stille verwandelte sich nach einer Weile in eine Art Gebet. Wenn keiner von uns etwas sagt, dachte er, löst sich dieser Moment vielleicht einfach in nichts auf. Wie ein schlechter Geruch, der sich verflüchtigt. Ihr leises Schluchzen war das Einzige, was noch an das Vorgefallene erinnerte. Er wartete und wagte nicht, sich zu rühren. Wenn sie nicht mehr so laut Luft holt, ist alles vorbei …

Beide zuckten zusammen, als jemand an ihre Wohnungstür schlug. Es war ein selbstbewusstes Trommeln auf die hohle Sperrholzplatte. Abayomi hob ihre Schürze und wischte sich mit einer raschen Bewegung das Gesicht ab. Dann warf sie Ifasen einen wütenden, verletzten Blick zu und beugte sich hinunter, um Khalifah hochzuheben, ehe sie in die Küche zurückkehrte. Erst jetzt bemerkte er, dass sich sein Sohn an das Bein seiner Mutter geklammert hatte und Zeuge des Streits geworden war. Er fluchte leise vor sich hin und ballte die Fäuste, ehe er zur Tür ging. Als er den Riegel zurückschob, drehte die Hand auf der anderen Seite bereits den Knauf und stieß die Tür auf, so dass Ifasen gezwungen war, einen Schritt zurückzuweichen. Ein Mann mit einem schmalen Schnurrbart und einer Sonnenbrille auf der Nase trat grinsend ins Zimmer.

»Hallo, Nigel! Wie geht's? Alles senkrecht?« Der drahtig muskulöse Mann bohrte einen Finger in Ifasens Brust und kam ihm dabei zu nah. Ein Polizeirevolver war in seinen Gürtel geschoben. »Schlägst du schon wieder deine Frau? Hä? Hä? Komm schon, Nigel, mein Junge, sag es mir. Was ist los?«

Das Gesicht des Mannes befand sich nur wenige Zentimeter von Ifasen entfernt, und der Zigarettengestank, der ihm entgegenschlug, war fast unerträglich.

»Und deine Frau? Wo ist sie? Hä? Noch Lust gehabt auf ein nächtliches *opskop*? Ein kleines Geplänkel im Wohnzimmer? Auf nigerianische Art? Bei euch ist das wie eine Religion, *nè*? Das *ist* eure Religion: Frauen verprügeln. Einige von uns beten, andere gehen in die Kirche, aber ihr Nigels, ihr lasst einfach eure Faust sprechen, was? Knallt der Frau einen Stiefel rein und nennt das dann spirituelle Erleuchtung. Das ist doch so bei euch – was, Nigel, mein Junge?«

Der Polizist folgte Ifasen, der weiter zurückwich, und bohrte ihm dabei immer wieder den Finger in sein Brustbein, während er ihn über den Rand seiner Sonnenbrille hinweg anstarrte. Er hatte sich angewöhnt, sich wie einer der Cops aus der alten »Miami Vice«-Serie zu kleiden. Wenn er nicht so bedrohlich gewirkt hätte, wäre seine Aufmachung komisch gewesen. »He, Nigel. Ein kleiner *skommel met die vroumens* – was?«

Ifasen wich noch einen Schritt zurück. Er hatte bereits mehrmals mit Inspector Jeneker von der zentralen Polizeiwache in Kapstadt zu tun gehabt. Vor allem schien sich Jeneker für die Immigranten der Stadt zu interessieren und dabei aus unerfindlichen Gründen eine besondere Abscheu gegen die Nigerianer entwickelt zu haben.

»Ich heiße nicht Nigel, Inspector«, erklärte Ifasen so ruhig wie möglich. »Mein Name ist Ifasen. Und niemand von uns hat die Polizei gerufen. Wir brauchen keine Polizei. Hier gibt es kein Problem. Also – vielen Dank, aber Sie hätten sich nicht die Mühe machen …«

»Nein, nein, Nigel«, unterbrach ihn Jeneker. Seine Mundwinkel schimmerten feucht. »Du musst mir nichts vormachen. Wir kennen uns doch. Ich bin schon früher mal hier gewesen – nicht wahr, mein Freund? Und was das Rufen der Polizei betrifft … Nun ja, deine Frau ist wohl kaum in der Verfassung, irgendetwas zu unternehmen, selbst wenn sie wollte, was? Du kannst meinen Besuch also als vorsorglich bezeichnen. Genau das ist er – vorsorglich.« Er horchte dem Begriff nach, als gefiele er ihm besonders gut. »Hier bin ich also, direkt vor eurer Tür, um herauszufinden, ob du dich in letzter Zeit mal wieder spirituell gefühlt hast. Und was höre ich da, als ich gerade anklopfen will? Was höre ich da?«

Ifasen schüttelte den Kopf.

»Da höre ich, wie du deine Frau mal wieder beschimpfst. Eine Hure nennst du sie. Also, ehrlich – ist das nett? Finde ich nicht, Nigel. Finde ich ganz und gar nicht. Gut, vielleicht steckt ja ein Körnchen Wahrheit drin.« Jeneker grinste höhnisch. »Aber der Rest … Ich meine, der Rest ist wirklich nicht nett, Nigel.«

»Es reicht!«, rief Abayomi aus der Küche. Sie streckte den Kopf heraus. »Es reicht, Jeneker. Sie können nicht einfach in unser Heim eindringen und solche Dinge behaupten. Es geht mir gut. Ich habe Sie nicht gerufen. Ich habe auch niemanden gebeten, die Polizei kommen zu lassen. Mein Mann und ich haben uns nur gestritten. Er hat nichts Gemeines gesagt. Mein Mann ist respektvoll und liebenswürdig. Er würde mir nie wehtun. Er ist ein ehrenwerter Mann, und es ist nicht richtig von Ihnen, so mit ihm zu sprechen.«

Jenekers Schultern spannten sich sichtbar an. Mit geballten Fäusten beugte er sich vor. Einen Moment lang sagte er nichts, sondern musterte sie nur von Kopf bis Fuß. Dann grinste er, kam einen Schritt näher und legte seine feuchte Hand auf die entblößte Haut ihres Ellenbogens. Abayomi wandte den Kopf ab.

»Dein Boss lässt dich schön grüßen«, flüsterte er heiser und rückte ihr so sehr auf den Leib, dass seine stoppelige Wange fast die ihre berührte. »Er hofft, dass du ein braves Mädchen bist.« Noch immer grinsend wich er wieder einige Zentimeter zurück und schob dabei seinen Kaugummi im Mund herum.

Abayomi starrte ihn feindselig an. »Deshalb sind Sie also hier? Mandla hat Sie geschickt? Fehlt ihm etwa der Mut, selbst zu kommen? Er schickt lieber Sie, den Boten des Boten.« Jenekers Miene verfinsterte sich bei dieser Beschreibung. »Richten Sie ihm aus, dass er nicht mein Boss ist. Ich gehöre ihm nicht.«

»Da irrst du dich gewaltig, Hure«, erwiderte der Kommissar

und zog das letzte Wort betont in die Länge. Auf einmal war er ernst geworden, beunruhigend ernst. »Da irrst du dich gewaltig. Du gehörst ihm sehr wohl.« In seiner Stimme schwang fast ein wenig Traurigkeit mit. »Das weißt du, und ich weiß es auch. Die Frage ist nur, ob dein Kerl hier das auch weiß.« Wie zur Bekräftigung spuckte er seinen Kaugummi in Ifasens Richtung.

In diesem Moment öffnete sich die unverriegelte Wohnungstür erneut, und eine dürre Gestalt kam hereingestürmt. Zuerst grinste der Mann über das ganze Gesicht. Als er jedoch Inspector Jeneker im Wohnzimmer entdeckte, zuckte er erschreckt zusammen.

»Fuck!« Das Schimpfwort rutschte ihm unfreiwillig heraus. Seine Stimme klang schrill. »Alt wird man nicht an einem Tag, aber der Gruselmann lässt mich heut altern auf einen Schlag.«

Seine dunkle Haut schien in die Hohlräume seines Körpers gesogen zu werden. Trotz seines ungesunden Aussehens bewegte er sich auffallend anmutig und elegant. Er eilte durch den Raum und verschwand in seinem Zimmer, wo er die Tür hinter sich zuschlug. Noch ehe ihn Jeneker einholen konnte, drehte sich bereits der Schlüssel im Schloss.

»Du kannst mir nicht entkommen, Sunday«, rief ihm der Inspector hinterher. »Ich weiß, wo du wohnst, *man*! Ich bin doch der Mann, auf den du gewartet hast!«, fügte er höhnisch hinzu und rieb dabei mit den Handflächen über die geschlossene Tür.

»Ich muss jetzt schlafen. Bin voll geschockt!«, erwiderte Sundays schrille Stimme gedämpft durch die Tür. »Lass mich erst mal leben!«

Jeneker seufzte und wandte sich zum Gehen. Auf der Schwelle der Wohnungstür blieb er stehen und drehte sich noch einmal zu Ifasen um. Mit schräg gelegtem Kopf musterte er ihn von oben bis unten.

»Nigel … Ich werde dich im Auge behalten. Verstanden? Ich

weiß, dass du deine Frau prügelst – so wie alle anderen Nigels. Oder du schlachtest eine Ziege mitten im Wohnzimmer, wie das Nummer 408 tut. Oder du entzündest wie Nummer 213 mitten in der Küche ein gemütliches kleines *Braii* und benutzt dazu praktischerweise die Fensterrahmen. So was tust du doch auch, oder? Ich kenne euch, Nigel. Ich weiß, was ihr seid. Ich kenne euch alle. Wenn du auch nur einmal danebentrittst – ein einziges Mal –, dann erwische ich dich. Dann war es das. Hast du mich verstanden, *Boytjie*?«

Ifasen rührte sich nicht von der Stelle. Er befürchtete, die geringste Bewegung könnte den Polizisten nur noch mehr anstacheln. Aber Jeneker wartete seine Reaktion gar nicht erst ab. Er riss die Tür auf und verließ die Wohnung. Der widerwärtige Gestank aus dem Hausflur drang nun bis in ihr Wohnzimmer.

3

Richard stand im Stau und trommelte mit den Fingern auf das Lenkrad seiner Luxuskarosse. Der Motor heulte ungeduldig auf und ließ den Wagen immer wieder erbeben, während er den Highway entlangkroch. Der Drehzahlmesser schlug bei der kleinsten Berührung des Gaspedals heftig aus. Richard war begeistert wie ein kleiner Junge gewesen, als ihm der elegante Mercedes SLK 280 geliefert worden war. Die scheinbar unbegrenzte Motorkraft und die rennwagenartige Beschleunigung versprachen ein Ende der Langeweile auf der Straße, während die Tieferlegung und der sportliche Roadster-Look sowohl Jugend als auch Erfolg ausstrahlten.

Ehe der Wagen eingetroffen war, hatte sich Richard immer wieder ausgemalt, wie es sein würde, das silbern glänzende deutsche Auto zu fahren. Er träumte davon, hinter dem Steuer zu sitzen und wie ein windschnittiger Vogel im Berufsverkehr an den anderen in ihren schäbigen Mittelklassewagen vorbeizuziehen. Der unerfahrene Verkäufer hatte ihm KW, Drehmoment und Beschleunigung genannt: Sechs-Zylinder, 2996 cm^3 Hubraum, maximales Drehmoment von 221 bei 2500 Umdrehungen pro Minute, Beschleunigung von null auf hundert in 6,3 Sekunden. Richard hatte sich die Angaben genau gemerkt, um sie wie nebenbei herunterrattern zu können und gleichzeitig potentiellen Bewunderern zu verstehen zu geben, dass es sich im Grunde nur um ein kleines Spielzeug handelte, nur um eine bescheidene Ablenkung in seiner bereits so verblendeten Welt.

In den ersten Wochen hatte der Wagen auf seinem Privatparkplatz auch tatsächlich sehnsüchtige Blicke und bewundernde Pfiffe heraufbeschworen. Für eine Weile war Richard befriedigt gewesen. Er hatte sich eine teure Sonnenbrille angeschafft, sich einige CDs mit passender Fahrmusik besorgt und als verspielten Touch einen kleinen grünen Gecko an der Heckscheibe befestigt. Die Reifen hatten angenehm neu gequietscht, wenn er ins Parkhaus fuhr, und er hatte den Motor etwas lauter als nötig aufheulen lassen, um sein morgendliches Eintreffen kundzutun.

Doch schon wenige Wochen später hatte sich sein Geschäftspartner und Freund David Keefer den neuen Porsche Cayenne 4x4 zugelegt, und zwar mit glänzender Metallic-Lackierung und höher gelegtem Fahrwerk. Trotz seiner massiv wirkenden Gediegenheit besaß der Wagen die geschmeidige Eleganz eines Raubtiers. Alle wollten die glatten gelbbraunen Ledersitze ausprobieren und dem perfekten Klang aus dem Surround-Soundsystem lauschen. Um die ganze Bandbreite seiner Anlage vorzuführen, wählte David einen prätentiösen Klassik-Remix mit hohen klaren Geigentönen und einem donnernden Bassbeat. Richard musste zugeben, dass die Wirkung beachtlich war. Die Sitze waren breit und bequem, und man hatte genügend Platz für die Beine.

»So lässt's sich durch Afrika reisen«, hatte der hochgewachsene, rothaarige David erklärt, als ob er plante, irgendeine andere Strecke als die zwischen seinem Haus mit Meerblick und der Kanzlei zu fahren. Richards SLK wirkte neben den großzügig geschwungenen Linien und den schweren geländetauglichen Reifen des Cayenne geradezu langweilig. »Drei Komma sechs Liter Hubraum«, fügte David hinzu und wies dann gedankenverloren mit dem Kopf auf Richards Sportwagen, der neben dem seinen parkte. »Auch der Bodenabstand ist nicht übel«, überlegte er laut.

Richard hatte ihm einen finsteren Blick zugeworfen. Aber die unbeholfene Art seines Freundes hatte jeglichen Verdacht einer bösartigen Stichelei hinfällig werden lassen.

David hatte sich besorgt gezeigt, dass er die Neonleuchtröhren an der Decke der Parkgarage schrammen könnte, wenn er sein Wave-Board oben auf das Dach des kolossalen Wagens schnallte. Er machte sich tatsächlich Gedanken darüber. Gleichzeitig unterstrich diese Sorge die Tatsache, dass Richards Auto tiefer gelegt war und somit dessen einziges Problem darin bestand, wie er in seiner Einfahrt die Schwelle überwand, ohne dabei den Unterboden zu schrammen. David hätte sich genauso gut laut überlegen können, ob eine neue Marke von Kondomen für seinen beachtlichen Umfang nicht zu klein sein würde. Richard gab sich uninteressiert und meinte gehässig, dass einige kaputte Neonröhren doch wohl ein geringer Preis für das Vergnügen seien, ein solch maskulines Fahrzeug zu besitzen.

Sein Ärger nahm noch deutlich zu, als der neue »farbige Partner« – wie Selwyn Mullins, der Seniorpartner der Kanzlei, Igshaan Solomons nannte – eines Tages in einem neuen dunkelblauen Bentley-Coupé erschien. Richard hatte noch nie etwas Vergleichbares zu Gesicht bekommen. Der Lack war so üppig aufgetragen, dass die Oberfläche flüssig wirkte – als ob man den Arm bis zum Ellenbogen hineintauchen könnte. Es war ein lang gezogenes Fahrzeug, dessen Türen fast bis zu den Hinterreifen reichten, aber bereits weit vor den Sitzen begannen. Die Heckscheibe war auffallend klein, die Achsen hatte man hoch aufgehängt, um genügend Platz für die unglaublich großen Räder zu lassen. Die hellen Ledersitze waren handgenäht, und die Innenausstattung erhielt ihren letzten Schliff durch ein schimmerndes Eichenholzfurnier. Die Kühlerfigur verwies auf die edle Herkunft des Wagens.

Richard erkundigte sich nach den genauen Spezifikationen des Autos. »Ich habe keine Ahnung«, antwortete Igshaan ungeniert. »Wir Neger interessieren uns nicht für technische Details. Uns geht es mehr um Stil. Sieht dieses koloniale Armaturenbrett nicht witzig aus?« Die ironisch belustigte Haltung des Mannes seinem Wagen gegenüber machte Richard noch wütender.

Carmen, die Empfangsdame mit den großen, seidig schimmernden Augen, glitt als Erste auf den Beifahrersitz. Igshaan grinste breit, als er ihr die Tür aufhielt, und ahmte dabei den Akzent der Kapebene nach, wie ihn der Chauffeur eines Minibustaxis von Bonteheuwel an den Tag gelegt hätte. »*Net vir jou, my lekker lady.*«

»Mein Gott, diese Sitze«, schmachtete sie und streckte genüsslich die Beine aus. »Und so viel Platz. In diesem Auto *muss* man einfach Sex haben.« Sie kicherte, so dass ihr gebräuntes Dekolleté unter ihrem Stretchtop bebte, und strich mit beiden Händen über das Leder. Der Wagen stank geradezu nach Angeberei, und doch ertappte sich Richard immer wieder dabei, wie er ihn noch Monate später verstohlen aus den Augenwinkeln begutachtete.

Jetzt saß er in seinem eigenen Auto und kam sich eingesperrt wie ein Haustier vor. Während er darauf wartete, dass der billige koreanische Untersatz vor ihm in die Gänge kam, verspürte er nichts mehr von der Vitalität, die er sich vom Kauf des Wagens versprochen hatte. Stattdessen kam es ihm jetzt fast lächerlich vor, so tief unten zu sitzen, die Pobacken nur wenige Zentimeter vom Teerbelag der Straße entfernt. Er war zwischen dem menschlichen Ausfluss gefangen, der aus der Stadt wie Eiter aus einer Wunde quoll. Um ihn herum stauten sich die vollen Wagen mit jeweils fünf bis sechs Mitfahrern, die allesamt versuchten, nach Hause zu gelangen. Die praktischen Gesichtspunkte, unter denen die meisten ihre Transportmittel gewählt hatten, standen im krassen Gegensatz zu seinem protzigen Wagen. Er glaubte zu sehen, wie einige der Vorbeifahrenden hämisch grinsten, als sie von ihren höher liegenden Taxis und Bussen zu ihm herabblickten. Er stellte sich vor, wie sie sein gealtertes Gesicht, sein dünner werdendes Haar und die Tränensäcke unter seinen Augen in dem Sportwagen musterten, der eigentlich besser zu einem jungen Kerl gepasst hätte.

Im Seitenspiegel bemerkte er das grelle Licht eines Mopeds, das sich zwischen den stehenden Fahrzeugen hindurchschlängelte und auf ihn zukam. Ein Mann mittleren Alters auf einer Vespa tuckerte an ihm vorbei. Man konnte unter dem Helm seinen fleckigen Bart ausmachen. Seine Strickjacke und eine Proviantbüchse waren mit elastischen Gummibändern hinter ihm auf dem schmalen Sitz festgezurrt. Er wirkte wie ein übergroßer Erwachsener auf einem Kinderrad, die Beine wie die Flügel einer Fledermaus von sich gestreckt.

An einem anderen Tag hätte so jemand Richard vielleicht amüsiert, doch heute war er verdrossen und gereizt, so dass er beim Anblick des kleinen Motorrollers, der sich durch die erhitzte Luft zwischen den anderen Fahrzeugen wackelnd einen Weg bahnte, einen richtiggehenden Hassanfall verspürte. Das lächerliche Aussehen des Mannes schien Richards Eindruck von sich selbst als konservativ und rechtschaffen nur noch zu unterstreichen, jene einengende Befangenheit, die sowohl seinen Schutzwall als auch sein Gefängnis darstellte. Wie frei könntest du sein, dachte er, wenn du aufhören würdest, die beobachtenden Blicke der anderen zu bemerken. Oder dich darum zu scheren.

Doch als er das orangegelbe Licht eines weiteren Motorrads sah, das sich wieder von hinten näherte, drehte er instinktiv das Lenkrad ein wenig zur Seite, so dass der Bug des Wagens einige Zentimeter nach rechts fuhr und den freien Streifen zwischen den wartenden Autos verstellte. Es geschah beinahe unbewusst, unbeabsichtigt, wie er kleinlich behauptet hätte. Der Motorradfahrer trat heftig auf die Bremse, als ihm klar wurde, dass die Lücke zu klein war, und blieb auf Höhe von Richards geschlossenem Fenster stehen.

Im Vergleich zu dem windigen Roller wirkte das Motorrad riesig. Der Motorblock war gewaltig, und die Verkleidung schimmerte in einem aggressiven Orange. Die Miene des Fahrers wurde durch das Visier des Helms und eine dunkle Sonnenbrille verdeckt. Er hatte den Reißverschluss seiner Lederjacke bis zum Hals zugezogen. Immer wieder drehte er am Gas und brachte so den Motor auf Touren, der kehlig fauchte, bis Richards Tür zu surren begann. Der Oberschenkel des Mannes befand sich ganz in der Nähe der Wagenscheibe, und sein Körper ragte bedrohlich über Richard in seiner Sitzschale. Die unausgesprochene Aggressivität schüchterte Richard ein. Seine Hände fühlten sich trotz der Klimaanlage feucht an. Widerstrebend drehte er das Lenkrad auf die andere Seite, so dass sich die Lücke wieder öffnete, als sich der Verkehr einige Meter weiterschob.

Mit einem letzten tiefen Fauchen des Motors ließ der Fahrer die Kupplung los, und das Bike schlängelte sich flink an ihm vorbei. Richard meinte zu sehen, wie der Mann seinen behelmten Kopf schüttelte, aber er war sich nicht sicher. Das Rücklicht des Motorrads war schon bald zwischen den Blechhüllen verschwunden, die in der nachmittäglichen Sonne vor sich hin brüteten.

Der Verkehr kroch um die Flanke von Devil's Peak. Das alte englische Blockhaus stand auf dem Kap und blickte auf die Bucht hinunter. An den unteren Hängen des Berges waren Gruppen dicht aneinander wachsender Kiefern zu erkennen, die ursprünglich als Brennholz eingeführt worden waren und sich jetzt um die weißen Steinblöcke des Rhodes-Denkmals drängten. Richard suchte den Grasabhang in der Nähe der Straße nach Anzeichen von Wildtieren ab. Er entdeckte eine kleine Herde Gnus, die im Schatten der Bäume lag, sowie zwei Steppenzebras, die Schnauze an Schnauze dastanden und sich nicht rührten. Die Parkverwaltung hatte sämtliches Damwild abgeschossen, das von Cecil John Rhodes eingeführt worden war. Doch die grauen Eichhörnchen und die vielen Stare, ebenfalls von den Kolonialherren hierhergebracht, waren noch immer in der ganzen Stadt verbreitet.

Ihm wurde bewusst, dass er eine weitere halbe Stunde bis nach Hause brauchen würde. Auf einmal fühlte er sich von der Arbeit erschöpft, und die Vorstellung, einen Abend zu Hause zu verbringen, bedrückte ihn. Er war einen Großteil des Tages mit Svritsky zusammen gewesen und war Akten und Dokumente durchgegangen, um nach Widersprüchlichkeiten zu suchen, die zu dessen Vorteil genutzt werden konnten.

Sein Klient hatte sich kaum interessiert gezeigt und sich geweigert, sein Handy auszuschalten. Immer wieder war er aufgesprungen und durch Richards Büro gelaufen, während er auf Russisch in sein Telefon brüllte. Zweimal hatte er auch Richards Festnetz benutzt, ohne ihn vorher um Erlaubnis zu fragen. Jedes Mal hatte er sich ausführlich und laut unterhalten. Richard war sich sicher, dass es sich um Auslandsgespräche handelte, und nahm sich vor, sie unter den Extraausgaben auf seiner Rechnung zu vermerken.

Richards Sekretärin Nadine hegte eine heftige Abneigung gegen Svritsky und weigerte sich strikt, irgendetwas mit dem Russen zu tun zu haben. Sie war eine drahtige, geschiedene Frau mit einem harten Gesichtsausdruck, die eine Zigarette nach der anderen rauchte. Obwohl sie fast nie an ihrem Schreibtisch zu sein schien und meist ihrer Sucht nachging, schaffte sie es, Richards

Leben mit einer geradezu erschreckenden Effizienz im Griff zu haben. Von anderen – einschließlich Richard – erwartete sie eine ähnliche Kompetenz und Tatkraft und wirkte oft kurz angebunden, denn Vergesslichkeit, Ungenauigkeit und Verwirrtheit waren Dinge, die für sie einem Altersschwachsinn gleichkamen. Ihre Unwilligkeit war in dieser Hinsicht unerbittlich.

Die anderen Angestellten der Kanzlei und manchmal selbst die Partner fürchteten sich vor Nadine. Sie arbeitete nun seit über zehn Jahren für Richard, und die beiden waren zu einer stillen Übereinkunft im Umgang miteinander gekommen, die die Spannungen zwischen ihnen auf ein Minimum verringerte. Svritsky jedoch belastete ihre Beziehung stark und trieb es manchmal so wild, dass sie ganz daran zu zerbrechen drohte. Einmal, vor etlichen Jahren, hatte er schwankend unter Richards Bürotür gestanden und ihm mit lauter Stimme erklärt, dass er diese »alte Schachtel« endlich loswerden und sich stattdessen eine Sekretärin »mit prallen Titten und vollen Lippen« holen solle. Nadine hatte ihn hasserfüllt angesehen und war dann für den restlichen Nachmittag verschwunden, wodurch sich Richard gezwungen sah, eine andere Schreibkraft zu organisieren. Nach der nächsten Konsultation verschwand Svritskys silbernes Feuerzeug, das er auf Richards Schreibtisch hatte liegen lassen. Richard zweifelte keinen Moment daran, dass es von Nadine entsorgt worden war.

Richards Partner zeigten sich ebenfalls wenig begeistert, wenn es um Svritsky ging. Einige Wochen zuvor hatte Igshaan Solomons bei einem Meeting auf die Gefahr einer schlechten Presse hingewiesen, die der Kanzlei durch einen solchen Klienten drohen könne. Er hatte eine herablassende Miene aufgesetzt, mit mahnender Stimme gesprochen und Richard behandelt, als ob diesem die Feinheiten der modernen Rechtspraxis bisher verschlossen geblieben wären. Igshaan hatte betont, dass ein derartiger Klient vor allem zu einem Zeitpunkt ein ungünstiges Licht auf die Kanzlei werfen könne, wenn die anderen Partner versuchten, verstärkt wichtige Firmenkunden zu akquirieren. Dabei hatte er Selwyn Mullins einen bedeutsamen Blick zugeworfen.

Selwyn war Seniorpartner und hatte die Kanzlei mitbegründet. Wie ein altes Schlachtross besaß er die Erfahrungen und Narben eines langen Lebens voll juristischer Scharmützel. Normalerweise saß er bei jeder Vorstandssitzung am Kopfende des Konferenztisches und hörte schweigend zu, wie sich sein Nachwuchs zankte. Selwyn tat sich nicht leicht, die angebliche Wichtigkeit neuer Strategien oder die sich stetig ändernden Firmenprioritäten zu akzeptieren. Communications und PR, Internetpräsenz, die Bedeutung von *Black Empowerment* und *Political Correctness* – all das waren Konzepte, die er nur mit Mühe ernst nahm. Und dafür galt ihm Richards tiefstes Mitgefühl.

»Heutzutage haben alle angesehenen Kanzleien einen guten Strafverteidiger«, hatte Richard erwidert und Candice Reeves zugezwinkert, von der er sich ein Lächeln erhoffte. Sie hatte ihn jedoch nur mit einem zweifelnden Blick bedacht.

»Das dürfen Sie die Leute von Quantal aber nicht hören lassen«, hatte Igshaan entgegnet und seinerseits David Keefer und Selwyn vielsagend angeblickt, als ob allein er die nötige Sensibilität für Black-Empowerment-Fragen besäße.

»Vielleicht sollten wir einen Nebeneingang für meine Klienten zweiter Klasse anschaffen, damit keine Gefahr mehr besteht, dass sie mit der Elite von Quantal zusammentreffen«, hatte Richard zurückgeschossen und dabei auf ein wenig ruhmreiches Kapitel der südafrikanischen Vergangenheit angespielt. Igshaan hatte zwar finster dreingeblickt, die Bemerkung aber unkommentiert durchgehen lassen.

Bei Quantal Investments (Proprietary) Limited handelte es

sich um eine private Black-Empowerment-Firma. Mit einem prominenten Aktivisten an ihrer Spitze besaß das Unternehmen nicht nur Verbindungen zu mächtigen Gewerkschaften, sondern hatte sich auch in einer Reihe von lukrativen Geschäftszweigen etabliert und war somit zu einem der größten privaten Konzerne des Landes aufgestiegen. Quantal stand kurz davor, als öffentliches Unternehmen an die Börse zu gehen, was dem Ganzen noch mehr Glanz verleihen würde, besaß die Firma doch nicht nur politische Unterstützung, sondern auch die Glaubwürdigkeit eines Kämpfers der ersten Stunde für die Rechte der Schwarzen. Quantal stellte ein Vorzeigeobjekt des aktiven Kampfes im Finanzsektor dar, wie es der Finanzminister formuliert hatte.

Für Richards Kanzlei würde es nicht nur große Aufmerksamkeit und hohen Gewinn bedeuten, wenn sie Quantal an Land ziehen könnten, sondern langfristig betrachtet versprach eine solche Verbindung auch andere ungeahnte Möglichkeiten. Im Augenblick gehörte es zu den vorrangigen Zielen der Kanzlei, einen solchen Vertrag in trockene Tücher zu bekommen. Igshaan hatte offenbar Verbindungen zu Quantals CEO – Verbindungen, die ihm bereits seine Position in Richards Kanzlei gesichert hatten. Es handelte sich allerdings um einen Kontakt auf recht wackeligen Beinen, den er dennoch bei jeder Gelegenheit an die große Glocke hängte.

Igshaan und David waren jedenfalls beauftragt worden, sich um eine feste Position der Kanzlei bei Quantal zu bemühen. Die Tatsache, dass man in diesem Fall nicht Richard gebeten hatte, sich um die Angelegenheit zu kümmern, bedeutete für ihn sowohl eine Erleichterung als auch eine Kränkung – ein eindeutiger Hinweis darauf, wie wenig seine Partner von seiner diesbezüglichen Sensibilität hielten.

Der Versuch, Quantal zu gewinnen, hatte zwangsläufig zu

langwierigen und unangenehmen Diskussionen hinsichtlich der Frage geführt, ob die Kanzlei auch »schwarz genug« sei, Diskussionen, die durchsetzt waren von verklausulierten Anspielungen auf Igshaans unklaren ethnischen Hintergrund. Ursprünglich hatte man beschlossen, einen schwarzen Partner für die Firma zu finden (»Einen richtigen Schwarzen«, wie Selwyn ungeniert gemurmelt hatte), um diesem ein großzügiges Angebot und eine sofortige volle Partnerschaft anzubieten.

Die Stelle wurde ausgeschrieben, und Bewerbungen tröpfelten nur langsam herein. Igshaan hatte den Partnern mitgeteilt, dass Quantals CEO diesen Schritt sehr begrüßt und ihm zu verstehen gegeben habe, mit dem richtigen Partner werde die Kanzlei durchaus interessanter für sie. Ihm war beinahe der Speichel aus dem Mund getropft, als er den anderen im Vorstand davon erzählt hatte.

Eine Verbindung zu einem russischen Gangster konnte allerdings, falls sie bekannt würde, potentielle Kandidaten und vielleicht sogar Quantal selbst abschrecken. Die dramatischen Korruptionsfälle der letzten Jahre hatten im ganzen Land Misstrauen gesät, so dass bereits der bloße Verdacht einer möglichen Absprache reichte, um die Beziehung zur Öffentlichkeit zu vergiften.

Gleichzeitig ließen sich die finanziellen Vorteile eines Klienten wie Svritsky nicht vom Tisch wischen – nicht einmal von Igshaan. Der Russe war ein zahlungskräftiger Mandant, der der Kanzlei ein nicht unbedeutendes Einkommen sicherte – und zwar sowohl selbst als auch durch seine Kontakte zur Unterwelt. Der Russe bedeutete einen steten Geldfluss, und Richard hatte dank seines Mandanten nicht nur hohe monatliche Zielvorgaben, er konnte sich auch sicher sein, dass die Rechnungen, die er stellte, beglichen wurden. Nach der Schließung ihrer Liegenschaftsabteilung und dem Aufkommen engagierter inoffizieller Steuer- und Arbeitsrechtsfirmen im ganzen Land waren prozessfreudige Klienten, die noch dazu zahlten, ausgesprochen wertvoll.

Deshalb duldeten die Partner Svritskys Namen in ihren Büchern. In dem Meeting war allerdings ausgesprochen worden, was Richard seit langem vermutet hatte: Seine Kollegen beobachteten seine strafrechtliche Betätigung mit spöttischer Herablassung, und sie würden sie nur so lange tolerieren, wie sie Geld in die Kassen spülte. Insgesamt betrachteten die meisten Partner der Kanzlei Strafrecht als kein vollwertiges Recht, sondern nur als notwendiges Übel neben solch wichtigen Bereichen wie Wirtschafts- oder Verwaltungsrecht. Bedeutsame juristische Fragen wurden in den heiligen Hallen des Obersten Gerichtshofes verhandelt, und zwar in Talaren und Perücken, während das Strafrecht sein armseliges Dasein in den schäbigen Korridoren der Bezirksgerichte fristete. Richards Partner erkundigten sich nie nach seinen Fällen, gratulierten ihm ebenso wenig zu seinen Erfolgen und sprachen nur über sein Spezialgebiet, wenn der Name der Kanzlei in Zusammenhang mit einem unrühmlichen Fall in die Zeitungen geraten war.

Er spürte diese Geringschätzung schon seit langem. Aber anfangs hatte sie ihm nichts ausgemacht. Der leicht zwielichtige Wettstreit eines Strafprozesses hatte ihn viel zu sehr fasziniert: Der Einsatz war stets hoch, die Öffentlichkeit interessierte sich für die aufsehenerregenden Details, und die Meute dürstete nach Blut. Richard war sich lange Zeit wie ein Krieger vorgekommen, ein Gladiator in einer glänzenden Rüstung, der in den Ring stieg und sich immer wieder von Neuem der gigantischen Staatsmaschinerie stellte.

Damals hatte ihm ein Sieg auch persönlich viel bedeutet. Und er war ihm leicht erschienen. Ein aufgeweckter Anwalt, der sich einer unterbezahlten Polizei und einer desinteressierten Staatsanwaltschaft gegenübersah, vermochte die zwangsläufigen Mängel im Prozessverlauf und die Lücken in der Beweisführung zu seinem Vorteil zu nutzen. Er hatte Formulierungen wie »wo Gummi auf heißen Asphalt trifft« oder »die schmutzige Seite des Rechts« verwendet, um Freunden und Bekannten seine Tätigkeit zu erklären. Er verstand sich selbst als ein Mann, der die Arbeit verrichtete, vor der andere zurückschreckten. Anfangs war er es gewesen, der Wirtschaftsrecht als etwas ausgesprochen Künstliches und übermäßig Intellektualisiertes verspottet hatte.

Seit einiger Zeit war er die ewigen Konfrontationen vor Gericht allerdings ebenso leid wie die gnadenlos subjektiven Darstellungen eines Tathergangs, die ihm seine Klienten lieferten. Die Siege kamen ihm weniger großartig und bedeutsam vor.

Einer seiner Klienten hatte ihn vor kurzem um Rat wegen einer Kündigung gefragt, und Richard hatte sich spontan dazu entschlossen, sich zur Abwechslung einmal am Arbeitsrecht zu versuchen. Sein Auftritt vor dem Arbeitsgericht war jedoch nicht von Erfolg gekrönt gewesen. Er hatte es versäumt, in der Vorbereitungsphase eine wichtige eidesstattliche Versicherung abzugeben. Die Antragstellung wurde vertagt, um ihm Zeit zu geben, diesen Fehler zu korrigieren, und er hatte sich gezwungen gesehen, Candice, die Juniorpartnerin der Kanzlei, um Hilfe zu bitten, da sie sich normalerweise um das Arbeitsrecht kümmerte. Sie spürte seine Beschämung und kam beim Meeting des Vorstands nicht auf die Angelegenheit zu sprechen, sondern nahm nur diskret die Akte an sich. Noch jetzt lief es Richard kalt den Rücken hinunter, wenn er an diesen Zwischenfall dachte.

Der Verkehr hatte sich wieder in Bewegung gesetzt. Immer mehr Autos verschwanden in den Seitenstraßen, die zu den Wohngegenden führten. Die Straße ging um eine Kurve zu den grüneren Hügeln der südlichen Vororte, wo es Alleen aus Föhren, Sumpfeichen und Platanen gab.

Richard fuhr jetzt schneller, fühlte sich aber noch immer unruhig. Nach der Konsultation mit Svritsky hatte er einen jungen Klienten und dessen Mutter getroffen. Die Polizei hatte den Jungen und seine Freunde auf der Straße angehalten. Unter dem Sitz ihres Wagens hatte man eine Reihe von Drogen gefunden: einige gerollte Haschischzigaretten, einen Strohhalm mit Crystal Speed, ein Stückchen gepresstes Hasch und ein paar Ecstasy-Pillen.

»Hasch!«, hatte Richard beim ersten Treffen mit dem Jungen gescherzt. »Woher kommst du denn? Noch aus den Siebzigern?«

Inzwischen bedauerte er sein lockeres Auftreten. Sie hatten aufgrund des jugendlichen Alters des Angeklagten und der relativ kleinen Menge an Drogen vor der Strafverfolgungsbehörde Einspruch erhoben. Dieser aber wurde abgelehnt. Richard hätte das eigentlich nicht überraschen dürfen, da die Verschärfung des Drogenproblems an den Schulen die Behörden dazu zwang, härter durchzugreifen und auch junge Straftäter gerichtlich zu verfolgen.

»Warum kann man sich nicht auf die wahren Verbrecher konzentrieren und die ins Gefängnis stecken, anstatt unsere Kinder zu behelligen?«, hatte die Mutter des Jungen gejammert, während sie nervös über den Lexus-Anhänger an ihrem Schlüsselbund gerieben hatte. »Die Jungs wollten doch nur ein bisschen Spaß.«

Richard hatte die Frau mit ihrer Rüschenbluse und den geschminkten Lippen anfangs recht attraktiv gefunden. Er hatte seinen Charme spielen lassen und aufmerksam jeder ihrer Klagen gelauscht, sich Notizen gemacht und ihr aufregende Anekdoten aus dem Gerichtssaal erzählt. Doch ihr Sohn war ein mürrischer, akneübersäter Junge, der sich weigerte, Richards Fragen mit mehr als einem Schnauben oder einem Schulterzucken zu beantworten. Er hing lässig auf seinem Stuhl, kratzte an der Haut seiner Fingerknöchel und ließ ununterbrochen sein Knie auf und ab wippen. Die unablässigen Forderungen der Mutter begannen Richard auf die Nerven zu gehen, bis ihm ihre Bluse schließlich billig und der Lippenstift geschmacklos vorkamen. Inzwischen war er ihr gegenüber nur noch ungeduldig und wünschte sich, bald den ganzen Fall ad acta legen zu können.

Ein schnittiges BMW-Cabriolet mit heruntergeklapptem Dach glitt neben ihn. Er warf einen Blick zu der Fahrerin hinüber. Ihr lockiges blondes Haar wehte in der leichten Brise hin und her, wurde aber dank der hohen Windschutzscheibe nicht vom starken Ostwind erfasst. Eine Hand ruhte auf dem Lenkrad, während sie mit der anderen ein elegantes Handy an ihr Ohr hielt. Sie blickte geradeaus auf die Straße. Ihr selbstbewusstes, entschlossenes Auftreten erinnerte Richard an Amanda, obgleich die Fahrerin neben ihm wesentlich hübscher war als seine Frau, wie er ehrlicherweise feststellen musste.

Schöne Frauen wirkten anfangs immer begehrenswert, das wusste Richard aus Erfahrung. Doch mit der Zeit verhärteten sich ihre Gesichtszüge, und sie büßten ihre geheimnisvolle Aura ein, indem sie ihren Geliebten gegenüber kritisch wurden. Je mehr ihre Wärme nachließ, desto stärker schien ihr Aussehen in ein staubtrockenes Inneres gesogen zu werden, und schon bald wirkten sie ausgemergelt und hohl.

Richard fühlte sich von unbekannten Frauen auf eine Weise angezogen, die gänzlich anders war als die Anerkennung, die er fremden Männern entgegenbrachte. Anfangs fand er offensichtliche Schwächen und sogar gewisse äußerliche Eigentümlichkeiten bei Frauen liebenswürdig, während er Männern gegenüber keinerlei Nachsicht zeigte. Er war bei seinen Geschlechtsgenossen vorsichtig und sich der unausgesprochenen Eifersüchteleien und Unsicherheiten bewusst, die an ihnen nagten und ihnen wie

Schatten folgten. Dennoch waren seine langjährigen Freundschaften ausschließlich auf Männer beschränkt. Er war zwar mit einigen von Amandas Freundinnen näher bekannt, entwickelte manchmal auch eine verbotene Zuneigung für die Ehefrau eines Kollegen oder umgarnte seine Klientinnen mit seinem Charme. Aber die Sache verlor irgendwann immer ihren Reiz für ihn, und er ging auf Distanz. Schlagartig wies er die Bedürfnisse und Wünsche der jeweiligen Frau von sich und konnte beobachten, wie ihn ihre Augen zuerst verletzt, dann kühl und schließlich bitter anblickten.

Richard glaubte ein Mensch zu sein, der in Gefahr stand, Affären zu haben. Er stellte sich solche Beziehungen als etwas Kurzfristiges vor, als eine plötzliche gegenseitige Anziehung, die leidenschaftliche Erfüllung fand und dann nach ein oder zwei Wochen zu einem Ende kam. Hie und da malte er sich eine überwältigende Verliebtheit in eine geheimnisvolle Frau aus, die seine volle Aufmerksamkeit forderte, die ihn gierig genoss und dann befriedigt zurückließ. Doch zu seiner eigenen Verwunderung und manchmal auch zu seinem Bedauern war er Amanda die ganze Zeit über treu geblieben, wenn man von einer kleinen Episode einmal absah.

Diese Affäre war gänzlich unspektakulär verlaufen und ernüchternderweise ohne jeglichen Anflug von Geheimnis ausgekommen. Das Ganze war mit einer Schreibkraft auf Zeit passiert, die Selwyn eingestellt hatte, als sich seine Sekretärin in den Flitterwochen befand. Ausgelassen wie ein Golden Retriever war die Frau am ersten Tag in der Kanzlei erschienen, ein wenig schlaff und untrainiert unter einer wilden Haarmähne, mit zahlreichen Armreifen und großen Ohrringen. Richard hatte mitten in einem anstrengenden Betrugsfall gesteckt und sie kaum bemerkt, bis wenige Wochen nach ihrer Ankunft eine Kanzleiparty stattfand.

Die neue Sekretärin trank zu viel und tanzte ausgelassen mit sämtlichen anwesenden Männern, ehe sie am späten Abend ihren leicht verschleierten Blick auf Richard richtete, der bereits mehr als eine halbe Flasche Whisky intus hatte. Als sie ihn am Handgelenk berührte und etwas Anzügliches in sein Ohr flüsterte, nahm er sie zum ersten Mal wahr. Der kurz darauf folgende Sex war atemlos und in weniger als einer Minute vorbei. Er hatte sie auf den Tisch in einem der Besprechungszimmer geschubst und sich betrunken auf sie geworfen. Es hatte sich angefühlt, als wäre er in warme Milch getaucht. Ihr Atem, der nach Alkohol roch, war ihm heiß und unangenehm ins Gesicht geschlagen, während er ihr Höschen heruntergezogen und sich aus seiner Hose gewunden hatte. Ihre feuchte Seidenstrumpfhose fühlte sich klebrig an. Er ließ sich ungehemmt gehen, stöhnte benommen auf und kam innerhalb nur weniger Sekunden.

Eine Woche später hatte sie die Firma wieder verlassen, ohne dass einer der beiden den Abend noch einmal erwähnt hätte. Die Begegnung war so völlig ohne Wärme verlaufen, dass Richard sich nicht einmal schuldig fühlte. Das Ganze kam ihm kaum bedeutsamer vor, als wenn er zu Hause noch rasch masturbierte, ehe er in die Kanzlei fuhr.

Manchmal fragte er sich, ob seine Treue Amanda gegenüber vielleicht weniger mit seiner moralischen Integrität als vielmehr mit seiner Angst vor Ablehnung zu tun hatte. Oder mit der Sorge, dass ihn seine Manneskraft im entscheidenden Moment im Stich lassen könnte. Die Furcht vor Impotenz lauerte ständig in seinem Bewusstsein. Wie andere Männer litt auch er, wenn ihm Erschöpfung und Stress den Willen und die Konzentration raubten, unter Phasen schwacher Darbietungen. Jedes einzelne Versagen fühlte sich wie ein Hinterhalt, wie eine absichtliche Aushöhlung seiner Libido an – ganz gleich, wie selten es vorkommen mochte oder wie zuverlässig abrufbar seine Leistungen im Bett sonst waren. Selbst seine Phantasien wurden immer wieder von Bildern seines Versagens und von Spott und Ablehnung durchzogen. Es bedrückte ihn, wenn er sich Affären ausmalte, für die er seine Ehe aufs Spiel setzte, nur um sich dann in seiner Vorstellung als unfähig herauszustellen, sich selbst oder das Objekt seiner Begierde zu befriedigen.

Sex mit Amanda bedeutete keine Herausforderung mehr. Sie wählten fast immer bequeme Positionen, reduzierten das Vorspiel auf ein Minimum und durchliefen dann nahtlos die Stadien der Erregung, des Höhepunkts und des darauf folgenden Lesens. Er hatte versucht, mit ihr darüber zu sprechen, war jedoch gescheitert, als er ihr seine Bedürfnisse erklären wollte. Er hatte ihr deutlich angesehen, dass sie ihn innerlich als »Perversling« aburteilte, während sie ihm stirnrunzelnd zugehört hatte.

Wenn ihn seine Bemühungen im Bett im Stich ließen, gab sich Amanda immer sachlich. »Stress im Büro?«, fragte sie, ehe sie sich wegdrehte, um nach ihrem neuesten Schmöker zu greifen. Die Tatsache, dass sie so schnell bereit war, sein Versagen zu akzeptieren, hatte etwas Verächtliches an sich. Die Gelassenheit, mit der sie sich abwandte, ließ vermuten, dass sie eigentlich nichts anderes erwartet hatte. Oder dass es ihr im Grunde egal war. Große Vertrautheit machte Sex zu einer ähnlich lästigen Aufgabe wie Geschirrspülen; wenn man sie nicht erledigen musste, gab es keinen Anlass zur Klage.

Richard sehnte sich nach der körperlichen und emotionalen Aufregung ihrer ersten gemeinsamen Jahre. Amanda war die erste Frau gewesen, mit der er eine ernsthafte Beziehung eingegangen war. Vor ihr hatte es nur einige unbeholfene Versuche mit Mädchen gegeben, die bereits nach wenigen Wochen oder manchmal auch Tagen mit tränenreichen Umarmungen und dem hohlen Versprechen ewiger Freundschaft beendet wurden.

Seine Freundinnen waren meist deutlich jünger als er gewesen und hatten sich von seinem Intellekt und seinem draufgängerischen Aussehen betören lassen. Ihre kichernde Bewunderung hatte ihn bald gelangweilt.

Auf die selbstbewusste Persönlichkeit Amandas war er nicht vorbereitet gewesen. Sie hatte ihn auf einem studentischen Gremiumstreffen offen kritisiert und ihre Vorbehalte hinsichtlich seiner Ansichten geäußert, ohne ihn jedoch persönlich verletzen zu wollen. Richard flößte sie sofort Angst ein. Gleichzeitig war er von ihr fasziniert. Seine witzigen Erwiderungen und sein charmantes Augenzwinkern blieben von ihr unbemerkt, wohingegen ihre erschreckend klaren Argumente seine Stellung vor dem ganzen Studentenkomitee in Frage stellten.

Nach dem Treffen hatte er zugesehen, wie sie ihre Papiere weggeräumt hatte. Obwohl lässige Schlampigkeit unter Studenten als Tugend galt, hatte sie ihr frisch gewaschenes blondes Haar gebürstet, so dass es ihr schimmernd in den Nacken fiel. Er bemerkte ihre schlanken Finger mit den exakt gefeilten Nägeln, die sie sich durchsichtig lackierte. Als sie mit ihm debattiert hatte, waren ihre Augen hart und entschlossen, ihre Gesichtsmuskeln angespannt gewesen. Doch als sie jetzt aufblickte und sah, dass er sie beobachtete, lächelte sie. Ohne zu zögern, kam sie durch den Raum auf ihn zu, streckte ihm die Hand entgegen und sagte: »Amanda Greeves. Warum kehrst du nicht die Scherben deines Egos zusammen, und ich lade dich auf einen Wein ein?«

Es war diese kantige Direktheit, die ihn sowohl angezogen als auch anfangs immer wieder hatte leiden lassen. Sie gab sich nie geschlagen und ließ ihm keine seiner unbedachten Bemerkungen unkommentiert durchgehen. Amanda forderte von ihm Ehrlichkeit auf eine Weise, die ihn erschreckte und beeindruckte. Er hatte die ersten Jahre an der Universität überstanden, indem er sich vage ausdrückte und Klarheit durch Charme zu ersetzen versuchte. Amanda verlangte Rationalität und Offenheit – Tugenden, denen er nur schwer Folge zu leisten vermochte.

Ihre körperliche Beziehung besaß etwas ähnlich Forderndes. Sie benannte ihre Bedürfnisse klar und deutlich. Oft erklärte sie, worauf sie Lust hatte oder was sie gern ausprobieren würde. Von ihm erwartete sie ähnlich abenteuerlustige Vorschläge. Manchmal kam sie abends griesgrämig und müde nach Hause, riss sich die Kleider vom Leib und legte sich mit den Worten aufs Bett: »Fick mich einfach, okay?«

An anderen Tagen schlich sie sich in der Mensa leise von hinten an ihn heran, kniff ihn in den Po und flüsterte etwas Verruchtes in sein Ohr, ehe sie auf der Suche nach etwas zu essen weiterwanderte, als ob nichts gewesen wäre. Richard blieb erregt und mit roten Wangen zurück.

Er fragte sich, ob die Geburt ihres gemeinsamen Kindes der Wendepunkt in ihrer Beziehung gewesen war. Die Schwangerschaft hindurch hatten sie sich noch voller Elan geliebt. Der Anblick ihres glatten, geschwollenen Bauches und die steil abfallende Linie zu ihrem Schamhaar hatte ihn unglaublich erregt. Dass sie sich im letzten Monat zurückhalten mussten, hatte den Sex nur noch leidenschaftlicher und explosiver gemacht.

Doch als ihre Tochter Raine geboren wurde, überwältigte ihn die Verantwortung und die Reife, die von ihm in seiner neuen Rolle als Vater verlangt wurden. Hemmungsloser Sex schien zu Eltern nicht zu passen. Außerdem wurde ihm, als der schleimige kleine Körper aus Amanda herausgezogen wurde, schlagartig bewusst, dass die Schwellung, der Grund der sinnlichen Nähe zwischen ihnen, nun ein eigenes Wesen geworden war – etwas, das zu ihnen beiden gehörte, aber nicht länger Teil von ihnen war. Er beobachtete, wie seine Frau ihre gemeinsame Tochter mit liebevollen Blicken bedachte, mit Augen voller Bewunderung und Zuneigung, und er wusste, dass sich seine Welt für immer verändert hatte. Er machte dem Kind keine Vorwürfe. Aber er spürte, dass etwas verloren gegangen war, was er nur kurz besessen hatte und was jetzt für immer außer Reichweite gerückt war.

Nun bedienten sie sich für ihr Gefühlsleben aus einem inneren Fundus an abgedroschenen Phrasen, wo sie jederzeit nach den passenden Formulierungen fischen konnten. Manchmal kam Richard das Ganze wie das Verbinden von Zahlenpunkten in einem Kindermalbuch vor: Das eigentliche Bild war sofort erkennbar, und dennoch fügte er gehorsam eine Linie nach der anderen hinzu, bis die vorgefertigte Kreation eines fremden Künstlers schließlich vollendet war.

Vor einiger Zeit hatte Amanda darauf bestanden, zwei reinrassige Labradorwelpen anzuschaffen, da sie noch etwas brauchte, um ihre mütterlichen Instinkte auszuleben. Sie zeigte ein Ausmaß an Zuneigung und Besorgnis für die Hunde, das Richard geradezu wütend machte. Sie küsste die Tiere seitlich auf ihre Mäuler und schob ihre Lefzen beiseite, um das rosa Zahnfleisch zu entblößen. Amandas an sich kühles Wesen schmolz zu kleinen Schmatzlauten, wenn die Hunde die Schnauzen in ihren Schoß drückten und dabei wie verrückt mit den Schwänzen wedelten. Im Wohnzimmer und im Schlafzimmer nahmen die Tiere einen Ehrenplatz ein, blickten verletzt zu Richard auf, wenn er sie verscheuchte, und hinterließen überall eine Spur seidenweicher Haare.

Richard bog vom Highway ab und fuhr eine von lichtem Schatten durchzogene Straße entlang auf die eindrucksvollen Tore einer abgesicherten Wohnanlage zu. In großen Messinglettern war auf einer weißen Säule der Name »Vineyard Heights« zu lesen. Die rot-weiße Sperrschranke war heruntergelassen. Er hielt an, und ein Sicherheitsbeamter mit einem Klemmbrett in der Hand trat eilfertig aus seinem kleinen Häuschen.

»Guten Abend, Mr Calloway – Sir«, begrüßte er ihn höflich.

Da sich Richard nicht an den Namen des Mannes erinnern konnte, nickte er nur schweigend. Die Schranke ging hoch, und er fuhr auf die gepflegte Anlage. Auf der einen Seite der schmalen Straße, die durch das Anwesen führte, verliefen junge Chenin-Blanc-Reben in fein säuberlich angelegten Reihen. Die andere Seite wurde von gewaltigen europäischen Eichen, deren knorrige Wurzeln sich in den Boden krallten, in milde Schatten getaucht. Zwischen den Baumstämmen konnte Richard die Wasserfontäne in der Mitte eines angelegten Sees erkennen, die wie Regen auf die Oberfläche herabrieselte. Ein Schwan watschelte unbeholfen das Ufer hinunter und rutschte, mit der Brust zuerst, ins Wasser, wo er eine Schar kleiner, empört quakender Wildenten verjagte. Der Interessenverband der Eigentümer hatte es für passend gehalten, auch Pfauen auf dem Anwesen anzusiedeln, und so verbrachten die männlichen Tiere jetzt ihre Zeit damit, eindrucksvolle Räder zu schlagen, die örtlich ansässigen, herumstolzierenden Hagedaschs zu verjagen sowie die Pfauenweibchen und ihre Nester mit zurückhaltendem Interesse zu mustern.

Als Richard und Amanda die Wohnanlage zum ersten Mal begutachtet hatten, war ihnen die vorgegaukelte ländliche Zurückgezogenheit kurios und doch irgendwie malerisch vorgekommen. Das Anwesen bot eine Umgebung, in der ein Kind die Natur in einer fein abgezäunten und gezähmten Form gefahrlos kennenlernen konnte. Aber die einheitliche Architektur und die geschmackvolle Farbgebung hatten mit der Zeit eine immer klaustrophobischere Wirkung auf Richard. Das Gefühl, sich in einem künstlichen und irgendwie deplatzierten Ort aufzuhalten, hatte mit den Jahren zugenommen, und inzwischen wirkte das

Anwesen auf ihn nicht anders als die westlichen Wohnanlagen, die er in Riad und Islamabad gesehen hatte – eine Bastion aus etablierten Vertrautheiten, deren Aufgabe es war, die Welt jenseits der Sandsäcke und Zäune auszugrenzen.

Er parkte neben Amandas X3. Jemand hatte das Gartentor offen gelassen, und die beiden Labradore sprangen beim Geräusch seines Autos ausgelassen herbei. Er riss die Tür auf und rief laut, um sie zu verscheuchen, ehe sie den Lack zerkratzten. Die Hunde drehten sich um und flüchteten mit eingezogenem Schwanz ins Haus zurück. Amanda bedachte ihn mit einem vorwurfsvollen Blick, als er den gepflasterten Weg hochkam.

4

Das immer wieder aufblitzende Licht des Stroboskops ließ die Bewegungen der Tänzerin ruckartig und abgehackt wirken – wie die einer Puppe, die man an einem Schießstand aufgehängt hatte, das Opfer eines grausamen Scherzes. Sie schien ihre schlanken Arme hin- und herzureißen, während ihr Kopf von einer Seite zur anderen flog. Mit großen Schritten kam sie auf das Publikum zu, wobei sie der ununterbrochene Wechsel zwischen Licht und Schatten seltsam bedrohlich und unberechenbar machte.

Als sie am Rand des improvisierten Catwalks stand, ragte sie gespenstisch über das Publikum hinaus. Der exakt aufgetragene Kajalstift ließ ihre großen Augen stilisiert und androgyn wirken. Ihre Lippen waren in einem schillernden Rot geschminkt. Die vordere Reihe der Männer sah mit erstarrtem Grinsen zu ihr hoch, ihre Blicke strichen gierig über die Beine der Tänzerin, die regungslos in den Zigarettenrauch und das schummrige Licht über den Köpfen ihrer Zuschauer schaute. Ihre Brustspitzen zeichneten sich unter der weißen Schulmädchenbluse deutlich ab. Ein bauschiger Bommel wackelte vor ihrem Schoß hin und her, gehalten von einem durchsichtigen Plastiktanga.

In diesem Moment ließ das Aufblitzen des Stroboskops nach, und ein rotgelbes Licht erhellte auf einmal die Bühne. Die fieberhafte Einführungsmusik verwandelte sich in einen langsameren, erwartungsvolleren Beat. Einige Männer begannen im Rhythmus des Takts zu klatschen und beobachteten gespannt die Tänzerin.

Richard saß in einiger Entfernung in einem Séparée aus gepolstertem schwarzem Leder. Gedankenverloren folgte er der Vorführung auf der Bühne, nippte an seinem Bier und gab zwischendurch zustimmende Laute von sich, während David Keefer neben ihm ununterbrochen redete.

Richard war seit vielen Jahren nicht mehr in einem solchen Club gewesen, im Grunde nicht mehr seit Studentenzeiten, als er selbstbewusst und betrunken derartige Etablissements besucht hatte. Als er mit David im Taxi vor dem imposanten Gebäude eingetroffen war und den muskulösen Türstehern zugenickt hatte, war er ähnlich aufgeregt wie damals gewesen. Doch diese erste Spannung hatte sich rasch gelegt. Jetzt verspürte er nur noch Langeweile. Zweifelsohne besaß die Mischung aus Männern, Alkohol und nackten Tänzerinnen etwas Schlüpfriges und beunruhigend Lustvolles. Aber das Aufreizende, die nicht greifbare Phantasie eines erotischen Tanzes, war auch deprimierend und letztlich ebenso entwürdigend für das Publikum wie für die Tänzerinnen.

Richard spürte, dass er nicht hierhergehörte, obwohl überall einflussreiche und wohlhabende Männer zu sehen waren. Das hier war keine Ansammlung von Arbeitern und Mechanikern, hierher kam die angesehene Mittel- und Oberschicht in Anzügen und modischen Labels. Trotzdem konnte er den Gedanken nicht abschütteln, dass seine Gegenwart dem Ganzen einen anderen Stempel aufdrückte – als ob er einer Kaste von moralisch integren Männern angehörte, denen eine solche Szene unvertraut und geschmacklos erscheinen musste. Er wandte sich ab, da er befürchtete, dass man die Verachtung in seiner Miene sehen und ihn dafür verspotten könnte.

Eine Kellnerin lief mit einem Tablett voll leerer Gläser und Flaschen an ihnen vorbei. Ihre Brüste drückten sich gegen den nassen Plastikrand. Die Mischung aus schamloser Nacktheit und den ausgelaufenen Bierresten hatte etwas Verstörendes. Richard konnte nicht anders, als die Frau anzustarren. Für einen kurzen Moment erwiderte sie seinen Blick, zeigte aber keinerlei Reaktion. Vermutlich war sie daran gewöhnt, beobachtet zu werden.

In einem anderen Séparée, in dem mehrere Sofas in einem Kreis angeordnet waren, gab eine groß gewachsene, gertenschlanke Tänzerin einer Gruppe laut lachender Geschäftsmänner eine Privatvorführung. Sie drapierte sich gekonnt auf den Schoß eines Mannes und drückte ihre feuchte Haut gegen sein Gesicht. Die anderen Kerle grölten und feuerten die Tänzerin an, während sie sich gegenseitig jungenhaft zufrieden auf die Schulter klopften. Die Frau bemerkte, dass Richard ihr zusah, und fuhr sich mit ihrer rosafarbenen Zungenspitze über die Oberlippe. Peinlich berührt blickte er weg.

Die beiden kurzen Begegnungen – die ernst blickende Bedienung und die Stripperin – machten ihm deutlich, worin der Unterschied zwischen ihm und den anderen bestand. Er verurteilte die Männer nicht, aber im Gegensatz zu ihnen war er unfähig, seine Zweifel beiseite zu schieben und sich ganz der Fiktion dieses Ortes zu überlassen. Er kam sich wie ein eingesperrtes Raubtier vor, gereizt und hungrig. Wie beneidete er die anderen um ihre Fähigkeit, in Phantasievorstellungen ihre Befriedigung zu finden, und wie bemitleidete er sich selbst für sein Unvermögen.

Auf einmal wurde er sich wieder des eintönigen Geredes bewusst, das David neben ihm noch immer nicht eingestellt hatte. »Es ist ja nicht so, dass ich sie nicht lieben würde … Na ja, du weißt schon. Ich meine, ich … ich liebe sie natürlich. Das tue ich wirklich. Ich kann mir gar nicht vorstellen, wie ein Leben ohne sie wäre.«

Wieder gab Richard zustimmende Laute von sich und musterte über den Rand seines Glases hinweg die Umgebung, ehe er einen weiteren Schluck Bier nahm. Das kalte Getränk lief seine Kehle hinab, und er merkte, wie sein Körper allmählich auf den Alkohol reagierte. Wie sehr er sich doch nach der verschwommenen Trübheit eines Rausches sehnte!

David war ein großer Mann mit Sommersprossen, die sein ganzes Gesicht bedeckten. Als Student hatte er sein rotes Haar in einer wilden Mähne getragen, die bei jeder Bewegung mitgewippt war. Auf Frauen hatte er eine unwiderstehliche Wirkung gehabt und so eine Reihe katastrophaler Beziehungen hinter sich gebracht. Er besaß eine naive Ehrlichkeit, die in kleinen Dosen liebenswürdig wirkte, aber für die meisten seiner Freundinnen nach einer Weile unerträglich wurde. David benahm sich so, als wäre er ständig bekifft, indem er unpassend ernsthafte Fragen stellte, was ihm selbst jedoch nicht auffiel. Er war stets fasziniert von der jeweiligen Unterhaltung, und in Wirklichkeit besaß er kaum Erfahrungen mit Drogen. Seine Exzesse beschränkten sich vor allem auf Alkohol.

Sein Lebenshunger und seine Frauengeschichten waren geradezu legendär. Er sprang wie ein Welpe von einer Verliebtheit zur nächsten, platzte tollpatschig in fremde Leben und hinterließ dort eine Spur wohlmeinender Zerstörung. Seine Freunde waren erleichtert, als Charmaine schließlich zustimmte, seine Frau zu werden. Sie schien seine Art gelassen hinzunehmen, doch schon bald stellte sich heraus, dass auch ihre Gegenwart nichts an seinen fatalen Angewohnheiten änderte. Ihre Beziehung war bestimmt von seinen außerehelichen Affären und Schwärmereien.

»Es ist einfach so … Na ja, wir brauchen alle von Zeit zu Zeit mal etwas Abwechslung … Schließlich haben wir nur dieses eine Leben, das wir genießen können, nicht wahr? Da ist es doch nur natürlich, dass man alles auskosten möchte. Das ist nur natürlich. Findest du nicht?«

David plapperte vor sich hin, als wäre er bereits stark betrunken; in Wahrheit hatte er erst ein oder zwei Glas Bier intus. Richard kannte das ziellose Ringen seines Freundes um Worte, vor allem wenn er sich Sorgen machte oder ihm etwas Persönliches mitteilen wollte.

»Wir alle brauchen das von Zeit zu Zeit. Selbst du, Richard«, fügte David hinzu.

Zum ersten Mal sah ihn Richard direkt an. »Was meinst du damit?«

Die Frage klang kalt und herausfordernd, und David zögerte einen Moment mit der Antwort. »Na ja… Also hörst du mir wenigstens zu.« Er wirkte auf einmal verunsichert wie ein zurechtgewiesenes Kind. »Ich habe nur gemeint… Nun, ich meine, dass wir alle – einschließlich dir – manchmal etwas Abwechslung brauchen. Um nicht das Interesse zu verlieren. So sind wir, wir Männer. Jäger und so. Du weißt schon…«

Richard blickte ihm wütend in die Augen. »Keefer, nur weil du deinen Schwanz nicht in der Hose behalten kannst, heißt das noch lange nicht, dass wir alle zu deinem armseligen Lager gehören. Ich habe kein Problem damit, Amanda treu zu sein, und ich habe auch nicht vor, das zu ändern. Erzähl mir also meinetwegen von deinem neuesten Problem, aber tu nicht so, als ob deine Probleme in Wirklichkeit auch die meinen wären. Denn das sind sie nicht.« Wieder fühlte er sich etwas zu anständig.

David murmelte etwas Unverständliches und trank sein Bier mit einem Schluck leer. Bedrückt starrte er auf den Boden des Glases, als hoffte er, darin eine Antwort zu finden, die wie eine tote Fliege im kläglichen Rest des Bieres triebe.

Richard hatte keine Lust auf eine betrunkene Diskussion über die emotionalen und sexuellen Bedürfnisse seines Freundes –

nicht mit David und schon gar nicht mitten in einem Stripclub. Doch so ungeschickt Davids Bemerkungen auch gewesen sein mochten, so hatten sie Richard doch in seiner zunehmenden Niedergeschlagenheit getroffen. Er hatte das Gefühl, als durchliefe er sein Leben so flüchtig wie ein Stein, der über einen See springt, in kurzen, vorhersehbaren Sprüngen, hie und da unterbrochen von kleinen Wasserspritzern, niemals unter die Oberfläche tauchend, um die dunklen Tiefen darunter auszuloten. Momente trunkener Bewusstseinsveränderung fühlten sich wie Leben an, aber sie waren nur ein erbärmlicher Ersatz. Er sehnte sich nach der erhabenen Mischung aus Leid und Rausch, den verzweifelten Empfindungen, die eine neue Liebe mit sich brachte. Deutlich konnte er sich an die heftigen Qualen seiner Liebe zu Amanda erinnern, an die durchdringende Freude bei jedem Zusammensein.

Beseeltheit und Aufregung waren unbemerkt verschwunden und von einer dumpfen Abhängigkeit ersetzt worden. Ihre Beziehung war gealtert und hatte ihren Geschmack wie frischer Wein verloren, der plötzlich kippt und nur noch fad schmeckt. Wenn er auf Reisen war, vermisste er Amanda auf dieselbe Weise, wie ihm die anderen vertrauten Annehmlichkeiten seines Zuhauses fehlten. Wenn sie sich stritten, sehnte er sich danach, sich wieder mit ihr zu vertragen – jedoch nur, da ihn solche Spannungen dazu zwangen, ihr gemeinsames Leben zu überdenken und die Schwächen ihrer Beziehung bloßzulegen.

Richard merkte auf einmal, dass David verstummt war. Er wandte sich seinem Freund zu, der eine Frau anstarrte, die auf ihren Tisch zukam. Sie war groß und hatte wohldefinierte Arme und Oberschenkel, die in hohen schwarzen Lederstiefeln steckten. Jede ihrer Bewegungen strahlte eine herausfordernde Erotik aus, und ihr enges Outfit unterstrich noch ihre schmal geschwungene Taille und die großen Brüste. Richard wollte gerade abwinken, als sich David begrüßend erhob.

»Tashkia! Du siehst phantastisch aus!« Er lächelte. »Selbst Kleopatra hätte sich bei deinem Anblick verstecken müssen.«

Das Haar der Frau war pechschwarz und fiel ihr in einem streng geschnittenen Pony in die Stirn. Richard fragte sich, ob Davids Hinweis auf Kleopatra eine bewusste Anspielung darauf gewesen war. Das Kompliment stellte sich jedoch bei der Stripperin sowieso als vergebliche Liebesmüh heraus, denn sie runzelte nur kurz die Stirn, ehe sie David sanft auf seinen Platz zurückschob. Ihr Haar rahmte ihr Gesicht ein und ließ es eckig, fast männlich aussehen, was ihr einen strengen Ausdruck verlieh. Als sie sprach, war ihre Stimme dunkel, und sie hatte einen starken osteuropäischen Akzent.

»Hallo, Süßer.« Sie zog die Vokale affektiert in die Länge. »Wer ist denn dein hübscher Freund da?« Sie musterte Richard, während sie die Beine in einer angelernten Modelpose übereinander schlug und einen ihrer langen Arme in Richards Richtung ausstreckte. Unwillkürlich begann sich dieser aus den bequemen Tiefen des Sofas hochzukämpfen.

»Und höflich ist er auch noch«, fügte die Frau mit einem schelmischen Zwinkern hinzu.

»Hallo, ich bin Richard«, sagte er und reichte ihr verlegen die Hand. Sie nahm sie und drehte sie um, so dass sie seine Handfläche betrachten konnte. Er lachte nervös. Die Frau hingegen verzog keine Miene.

»Deine Liebeslinie ist etwas kurz, Richard«, meinte sie nach einer Weile und strich mit dem Daumen über seine Haut. »Du brauchst eine Frau in deinem Leben, Richard. Du bist ein netter Mann, und ich habe nette Freundinnen. Lass uns sehen, was wir da tun können. Ja?«

Sie ließ seine Hand los und schenkte ihm ein kurzes, kühles Lächeln. Ihre Blicke trafen sich für einen Moment, ehe sie sich David zuwandte.

»Schatz, du musst mich zu einem Drink einladen. Ich arbeite heute Abend. Aber ich brauche etwas zu trinken. Und dann musst du wieder gehen.«

David eilte davon. Er erinnerte Richard an einen übergroßen Schoßhund, den er einmal in einem Kinderfilm gesehen hatte. Es hätte ihn nicht überrascht, wenn David in Vorfreude gejapst hätte.

Zu seiner Erleichterung wandte sich die Gespielin seines Freundes nun an den Nachbartisch. Sie lachte laut über eine anstößige Bemerkung und winkte eine der Tänzerinnen herbei. Als David kurz darauf zurückkehrte, hatte er einen Fruit-Cooler in der Hand. Sie setzte sich neben ihn, Richard gegenüber. David drängte sich sehnsüchtig an die Tänzerin und ließ ihr Haar über seine Wange streifen, wobei er ihren Duft geräuschvoll einsog.

»Richard, darf ich dir Tashkia vorstellen?« Er betrachtete die Frau mit beinahe erschreckender Verzückung. »Herzchen, das ist der Freund, von dem ich dir erzählt habe.«

Richard zuckte zusammen, als er den Kosenamen hörte, und tat so, als wäre er von der kaum bekleideten Kellnerin abgelenkt, die zwei weitere Gläser Bier an ihren Tisch brachte.

»Ist sie nicht wunderbar, Richard?«

Richard war sich nicht sicher, ob David eine Antwort erwartete, da er damit beschäftigt war, mit dem Handrücken Tashkias Gesicht zu streicheln. Seine andere Hand begann gewagt über ihren flachen Bauch zu wandern und langsam nach oben zu kriechen, bis seine Finger den unteren Rand ihres Tops erreicht hatten. Sie schlug seine Hand beiseite und drohte ihm mit dem Zeigefinger. David lachte – ein warmes Lachen voller Lebensfreude, das Richard mit Neid erfüllte. Das Geplänkel der beiden wirkte pubertär, in gewisser Weise derb, und doch besaß es etwas spielerisch Liebevolles. Ein Funke schien zwischen ihnen übergesprungen zu sein, der das geschmacklose Ambiente und das zweifelhafte Metier der Frau unwichtig erscheinen ließ.

Richard beobachtete gequält, wie sie sich den Finger in den Mund schob, ihn feucht glänzend wieder herauszog und dann zart auf Davids Lippen drückte. Dessen Augen verschleierten sich vor Lust oder auch Liebe. Richard sah gepeinigt weg.

Deshalb hatte ihn sein Freund also gebeten, ihn hierher auf ein Bier zu begleiten. Er wollte mit seiner neuesten Eroberung prahlen und Richard dazu bringen, die Sache gutzuheißen. Er wartete, bis die beiden ihre Aufmerksamkeit wieder ihrer Umgebung schenkten. Tashkia schob Davids Kopf sanft von sich, gab ihm einen Kuss auf die geschürzten Lippen und stand auf.

»Wir finden ein gutes Mädchen für dich. Okay?«, sagte sie zu Richard. »Dann wirst du glücklich sein. Tashkia sucht dir ein hübsches russisches Mädchen.« Lasziv lächelnd strich sie sich mit den Händen über ihre Hüften. »Ein hübsches Mädchen für den armen Richard.« Sie wandte sich wieder an David. »Aber nicht für dich, du böser Junge«, tadelte sie ihn.

David kicherte, doch sie gab ihre strenge Haltung nicht auf, sondern nickte Richard nur spöttisch zu und verschwand dann in den Tiefen des Clubs.

Richard ließ David keine Chance, das Wort zu ergreifen. »Erwarte bloß nicht, dass ich dir applaudiere«, fuhr er ihn an. »Weder offen noch versteckt. Ich bin nicht dein Komplize, nur weil ich hier bin und mit dir ein Bier getrunken habe. Es war sogar ziemlich unfair von dir, mich hierher zu bringen. *Ein hübsches russisches Mädchen für den armen Richard*«, höhnte er. »Verdammt, David. Ich kenne Charmaine seit vielen Jahren. Ihr beide wart noch am Freitag zu einem *Braai* bei uns. Ganz das glücklich verheiratete Paar. Sie ist eine enge Freundin von Amanda. Du kannst nicht von mir erwarten, dass ich hier mitspiele. Allein die Tatsache, dass ich nun Bescheid weiß, ist unmöglich.«

David sah ihn betreten an. »Ich weiß, ich weiß. Es ist unmöglich. Aber für mich auch. Siehst du das nicht? Tashkia ist wunderbar. Ich habe noch nie so etwas empfunden … Sie ist *die* Frau für mich. Ich kann sie nicht zu einem Teil meines Lebens machen, aber ich kann auch kein Leben mehr ohne sie führen. Was soll ich also tun?«

»Gütiger Himmel, David!« Richard hätte seinem Freund am liebsten eine Ohrfeige verpasst, so sehr regte ihn dessen Einfältigkeit auf. »Sie hat Supertitten und vermutlich eine Muschi wie ein Schraubstock. Wahnsinnig toll! Aber komm mir bitte nicht damit, dass sie die Liebe deines Lebens ist.«

David wollte protestieren, aber Richard hielt die Hand hoch, um ihn daran zu hindern. »Und denk nicht einmal daran … *Denk* nicht einmal daran, mir jetzt zu erklären, dass du Charmaine wegen dieser … dieser russischen Nutte verlassen willst.«

Seine Worte waren harscher ausgefallen, als er es beabsichtigt hatte. Als er den Kummer im Gesicht seines Freundes sah, bedauerte er seinen Wutausbruch. Davids große Gestalt schien in sich zusammenzusinken, er schloss die Augen und ließ den Kopf hängen. Richard wartete einen Moment, um sich zu beruhigen.

»Tut mir leid«, sagte er nach einer Weile. »Das war vielleicht etwas hart. Aber lass uns doch bitte die Dinge beim Namen nennen – okay? Sie arbeitet in einem Stripclub, weil sie einen Wahnsinnskörper hat. Den hat sie zweifelsohne. Kein Mann könnte ihren Reizen widerstehen.« David lebte sichtbar auf und rückte auf dem Sofa etwas nach vorn. »Aber letztlich kann sie, wenn du einmal deinen Spaß mit ihr gehabt hast, nie das ersetzen, was du hast. Du darfst nicht immer so völlig den Überblick verlieren, David.«

»Ich weiß … Aber den Überblick zu behalten, war noch nie meine Stärke. Du kennst mich: Was auch immer gerade vor meiner Nase ist, nimmt mich völlig in Beschlag. Alles andere ist dann einfach … na ja … weniger wichtig. Und Tashkia füllt die Fläche vor mir sozusagen völlig aus.« Er kicherte und versuchte offensichtlich, die Stimmung etwas aufzulockern.

»Das tut sie tatsächlich«, erwiderte Richard kalt und kam sich dabei gemein vor. Der Abend war verdorben. Er wollte nur noch weg.

Sie versuchten noch eine Weile, die Vertrautheit zwischen ihnen wieder aufleben zu lassen, doch ihre Bemühungen wirkten steif und unnatürlich, so dass sie es bald bleiben ließen. Richard nippte schlecht gelaunt an seinem Bier und wusste noch weniger als zuvor, was er mit der grellen Frivolität um ihn herum anfangen sollte. Die Stripperinnen hatten ihre Vorstellung beendet und verließen die Bühne, auf der feuchte Unterwäsche und zerknitterte Bänder verteilt lagen. Ein Mann mit ungesund geröteter Haut und beginnender Glatze stand jetzt mit einem Mikrofon dort oben und lachte gellend über seine eigenen Witze. Die Menge lichtete sich. Die Zuschauer griffen nach ihren Jacketts oder bahnten sich einen Weg zur Theke und den Toiletten. Der Komiker auf der Bühne buhlte mit dröhnender Stimme weiter um Aufmerksamkeit.

Richard leerte sein Glas. »Danke fürs Bier, David. Gehst du auch bald?«

David schüttelte gedankenverloren den Kopf. »Ich glaube, ich bleibe noch etwas.« Er blickte zu seinem Freund auf und lächelte matt. Richard zuckte die Schultern und erhob sich.

Draußen spiegelte sich rotes Neonlicht auf dem nebelfeuchten Teer der Straße. Es fühlte sich spät an. Richard warf einen Blick auf seine Uhr. Es war erst früh am Abend, und der Verkehr floss noch zäh dahin. Autoreifen zischten wie Schlangen auf der nassen Fahrbahn. Ein Pärchen stand neben seinem Wagen und küsste sich. Sie hatten die Münder geöffnet, als ob sie sich voneinander ernähren wollten.

Während Richard einstieg, fragte er sich, ob er jemals wieder einen anderen Menschen so küssen würde. Dieser seltsam intime Akt, den Mund eines Fremden zu schmecken. Es erschien ihm grausam, dass ihm nur noch dunkle Erinnerungen daran bleiben sollten. Am liebsten hätte er noch irgendwo weitergetrunken, doch ihm fiel keine Bar oder Kneipe ein, die er allein hätte besuchen können, ohne dabei erbärmlich zu wirken. Die Strecke nach Hause lockte ihn mit Altvertrautem, und gehorsam lenkte er das Auto auf den Highway.

Der nächste Tag begann ruhig – mit einer Zeitung und einem heißen bitteren Espresso an seinem Schreibtisch. Dennoch war Richard innerlich nervös und angespannt. Immer wieder kehrte er in Gedanken zum Abend zuvor zurück, zu seiner humorlosen Reaktion auf David und der unangenehmen Mischung aus Ekel und Faszination, die Tashkia in ihm ausgelöst hatte. Sie hatte offensichtlich gespielt, und doch hatte sie sich ohne Scham als eine Art Edelprostituierte präsentiert. Der Eindruck, dass sie nichts zu verlieren hatte, verlieh ihr einen gefährlichen Reiz. Die Geste mit dem feuchten Finger hatte sowohl lächerlich als auch erotisch auf ihn gewirkt.

Doch am meisten hatte ihn an diesem Abend das zärtliche Geplänkel der beiden aus der Fassung gebracht. Die Art und Weise, wie David an Tashkias Haar gerochen hatte, die Berührung ihres Fingers, der sich auf seine Lippen presste. Das eigentlich Fesselnde war nicht gewesen, dass vor seinen Augen Sex angeboten wurde, sondern dass auf einer rein menschlichen Ebene vertrauensvoll gegeben und genommen worden war.

Die ausgelassene Verspieltheit der beiden hatte in starkem

Kontrast dazu gestanden, wie Amanda ihn an diesem Abend daheim empfangen hatte. »Mein Gott, du stinkst nach Zigaretten und Bier!«, hatte sie ihn angefaucht, als er ihr einen Kuss geben wollte. Angewidert drehte sie den Kopf weg. »Wo zum Teufel bist du gewesen?«

Richard murmelte etwas über ein geschäftliches Meeting, ehe er sich in sein Arbeitszimmer zurückzog. Dort setzte er sich an den Schreibtisch. Der Bildschirmschoner seines Computers schleuderte ihm Sternengalaxien entgegen, während er mit den Fingern auf die Tischplatte trommelte. Richard wusste, dass er mit seiner Frau sprechen musste, um ihr die quälende Zerrissenheit zu schildern, die er verspürte. Aber er fühlte sich verwirrt und unentschlossen. Er brauchte eine gute halbe Stunde, um in Gedanken einen ersten Satz zu formulieren. Der Rest würde sich dann schon ergeben, dachte er.

Doch als er ins Schlafzimmer kam, lag Amanda bereits im Bett. Die Lampe war heruntergedimmt, und sie hatte sich die Decke bis über beide Ohren gezogen. Eine Weile hatte er neben ihr gestanden, ihren regelmäßigen Atemzügen gelauscht und gegen die Tränen angekämpft.

Auch jetzt verschwammen die Buchstaben der Zeitung vor seinen Augen. Titel und Artikel liefen ineinander. Sein Kopf fühlte sich dumpf an, als ob er unter einem schweren Kater litte, obwohl er im Club nur zwei Glas Bier getrunken hatte. Er bat Nadine um einen weiteren Espresso und eine Schmerztablette. Sie seufzte wissend, aber Richard hatte nicht die Kraft, ihre Vermutung zu korrigieren. Der abgestandene Geruch von Zigarettenrauch hing noch in der Luft, nachdem sie sein Büro wieder verlassen hatte.

Nophumla brachte ihm den Kaffee. Sie zeigte auf das Foto, das auf der Titelseite der Zeitung abgedruckt war. Eine junge Frau hockte auf einer schmutzigen Matratze am Straßenrand, drückte ihr Baby an sich und blickte verwirrt in die Kamera.

»Sie verjagen sie jetzt aus den Townships. Meinem Nachbarn wurde gestern der Laden abgebrannt.« Sie schüttelte den Kopf. »Nun haben wir kein Geschäft mehr in der Nähe, wo wir unser Brot kaufen können. Ich muss bis zum anderen Ende des Viertels laufen.«

Richard starrte auf das ausdruckslose Gesicht der Frau auf der Zeitung und fragte sich, was diese Ausländer gemacht hatten, um einen solchen Zorn auf sich zu ziehen. Einen Moment lang überlegte er sich, ob er Nophumla diese Frage stellen sollte, doch als er aufblickte, war sie bereits aus der Tür.

Nachdenklich rührte er in seinem Espresso und wandte seine Aufmerksamkeit dann wieder der Zeitung zu. Er versuchte sich auf einen kurzen Artikel über einen möglichen Wechsel im Aufsichtsrat von Quantal zu konzentrieren. Als er ihn fast zur Hälfte gelesen hatte, wurde er durch lautes Klopfen an der Tür aufgeschreckt. Svritsky stürmte in sein Büro und füllte sogleich den ganzen Raum mit seinem Körpergeruch. Obwohl sich Richard diesmal nicht in der Lage sah, seinen Unmut zu verbergen, schien sein Klient nichts davon zu bemerken.

»Das macht ihr Anwälte also, wenn ihr in euren Büros sitzt«, sagte der Russe. »Hören Sie mit dem Lesen auf und verdienen Sie sich lieber Ihr Geld.«

Richard faltete in aller Ruhe die Zeitung zusammen. Svritsky beugte sich über den Schreibtisch und zog sie ihm aus der Hand, wobei er sie achtlos zerknitterte. Dieser Übergriff und die unangenehme Nähe von Svritskys schweißnasser Hand machten Richard wütend. Doch noch ehe er reagieren konnte, hatte sein Klient bereits einige Papiere vor ihn auf den Tisch gelegt.

»Das sind die Dokumente für den Wagen.« Der Russe machte es sich in einem Sessel bequem. »Wie Sie sehen, gehört er mir nicht. Das ist ein … ein Geschäftswagen. Keine Ahnung, ob Ihnen das weiterhilft, aber jetzt wissen Sie es.«

Nadine tauchte unter der Tür auf, bemerkte Svritsky und drehte sich auf dem Absatz um.

»Ah, danke, gute Frau. Ich nehme einen Kaffee und einige von diesen leckeren Keksen – ja?«

Nadine schnaubte, und Svritsky lachte laut auf. Dann zwinkerte er Richard verschwörerisch zu. »Ich wünschte, Sie würden sich für Ihr Büro eine schönere Aussicht anschaffen. Die ist wirklich hässlich, mein Guter.«

Richard vermochte nicht länger an sich zu halten. »Stefan, Sie können hier nicht einfach hereinplatzen, meine Angestellten beleidigen und boshafte Bemerkungen über meine Arbeitsweise machen. Es reicht! Das ist eine professionelle Kanzlei, und ich habe Partner und auch noch andere Klienten, um die ich mich kümmern muss. Sie sind nicht der einzige. Vergessen Sie das nicht.«

Svritskys Hals rötete sich, und die Farbe seiner Augen wurde sichtbar dunkler. Er starrte Richard an, als müsste er ihn erst einmal genau in Augenschein nehmen, ehe er fauchte: »Und Sie sind nicht der einzige nutzlose Anwalt in dieser Stadt. Vergessen Sie das auch nicht, mein Freund. Sie wollen mein Geld – oder nicht? Dann kommen Sie mir nicht so. Sie machen das, wofür ich Sie bezahle. Und tun Sie verdammt noch mal nicht so, als ob es hier um etwas anderes als um Geld ginge.«

Richard erhob sich. Er hatte Angst, seine Partner könnten Svritskys Tirade hören. Doch noch ehe er die Tür schließen konnte, eilte Nophumla herein. Sie stellte den Espresso und ein Glas mit kaltem Wasser auf den Schreibtisch, legte zwei Schmerztabletten daneben und reichte dem Russen eine Tasse Filterkaffee. Dann hielt sie ihm geduldig das Tablett hin, während er sich mit reichlich Zucker und Milch bediente.

»Danke, Schätzchen«, sagte er. Die Rötung seines Halses hatte nachgelassen, und er grinste, als er in seinem Kaffee rührte.

Richard atmete erleichtert auf, als Nophumla die Tür hinter sich schloss.

»Sie … Sie sind viel zu angespannt, Richard. Sie sollten aufhören, sich ständig Sorgen über Ihre Partner zu machen und was die denken könnten. Ich finde, Sie müssten endlich mal wieder ein bisschen leben.« Der Löffel klapperte auf der Untertasse, als Svritsky die Tasse abstellte und sich zurücklehnte. Er wirkte wieder so entspannt wie zuvor.

»Tut mir leid, Stefan«, erwiderte Richard. Seine Wut ermüdete ihn, und er wusste sowieso, dass er sie nicht lange aufrechterhalten konnte. Er setzte sich hinter seinen Schreibtisch und nippte an seinem Espresso. Der bittere Kaffee brannte in seinem Rachen, und er trank einen Schluck Wasser nach. Sein Klient beobachtete ihn aufmerksam.

»Sie haben recht«, fuhr Richard fort und wischte sich mit dem Handrücken über den Mund. »Ich bin angespannt. Vielleicht brauche ich etwas Abwechslung. Aber ich glaube, nicht auf die Art und Weise, an die Sie denken, Stefan.«

Svritsky lachte. »Es gibt verschiedene Arten, wieder aufzuleben. Da draußen wartet vieles auf uns. Aber Sie sollten nicht das wählen, was Sie sowieso schon kennen. Das ist nämlich der Trick, Richard. Die besten Dinge sind die unbekannten, die neuen. Immer wieder dasselbe tun, bedeutet nicht leben. Das ist … Wie sagt man doch? Das ist nur auf der Stelle treten. Auf die Weise kommen Sie nie an. Sie sehen nie etwas Neues. Sie müssen sich trauen, ins kalte Wasser zu springen. Stimmt doch?«

»Mir machen nur die Haie etwas Sorgen.«

»Haie gibt es nicht nur im Wasser. Nur weil Sie nicht wagen, hineinzuspringen, bedeutet das noch lange nicht, dass Sie nicht in Gefahr sind, mein Freund.« Svritsky lächelte vor sich hin, als ob er sich amüsierte. »Sie wissen nicht, was Haie sind, Richard.

Ich bin schon mit einigen von diesen Biestern geschwommen. Mit riesigen Haien, deren Zähne einen innerhalb von Sekunden in Fetzen reißen können.«

Richard war sich nicht sicher, wie bildlich sein Klient das noch meinte.

»Israelis, Triaden, Albaner«, fügte Svritsky erklärend hinzu. »Das sind keine Leute, mit denen man etwas zu tun haben möchte. Weder im Wasser noch auf dem Land.«

Die beiden Männer schwiegen einen Moment lang, und Richard dachte an ihre unterschiedliche Herkunft. Der Russe trank seinen Kaffee aus und stellte Tasse und Unterteller klirrend auf den Schreibtisch.

»Ich verstehe Ihre Bedenken, Richard. Aber nicht alles da draußen will Ihnen Böses, wissen Sie. Es gibt auch angenehme Dinge. Vergnügen. Wie zum Beispiel eine gute Massage. In meiner Heimat wissen die Frauen, wie man massieren muss. Sie haben starke Hände, ohne einem damit gleich die Muskeln von den Knochen zu reißen. Hier, in Ihrem Land, hat man keine Ahnung von einer guten Massage. Ehrlich – entweder kratzen sie wie kleine Krebse auf deiner Haut herum und benutzen ihre Finger wie lausige Federn. Oder sie fallen über dich her, als wollten sie dich umbringen.«

Richard lachte, als Svritsky aufstand und seine Finger zu Krallen bog, so dass sie wie Bärenklauen aussahen.

»Sie springen dir auf den Rücken und versuchen dir die Rippen von der Wirbelsäule zu trennen. Man erwartet fast, dass sie sich wie ein wildes Tier auf einen stürzen und einem die Zähne in die Haut schlagen.«

Der Russe hielt inne und riss ein Stück Papier von Richards Notizblock ab. Er holte sein Handy heraus und ging sein Telefonbuch durch, ehe er nach einem Kugelschreiber griff. Dann kritzelte er etwas auf das abgerissene Papier und reichte es Richard. An der Stelle, wo Svritsky es mit seinen Fingern festgehalten hatte, war jetzt ein fettiger Fleck zu erkennen.

»Ich war sehr überrascht, als ich hier eine Frau gefunden habe, die eine wirklich gute Massage geben kann. Sie ist zwar keine Russin, aber …« Er zuckte mit den Achseln. »Sie ist trotzdem gut. Sehr professionell. Kräftige Hände. Sie sollten sie ausprobieren, Richard. Rufen Sie sie an. Ich bin bisher erst einmal bei ihr gewesen, aber vielleicht weiß sie noch, wer ich bin. Sie wird es schaffen, dass sich Ihre Schultern wieder jung anfühlen. Sie müssen sich entspannen, mein Freund.« Svritsky ging zur Tür und machte sie auf. »Und unternehmen Sie endlich etwas wegen dieser Frau.« Er deutete auf Nadines leeren Schreibtisch. »So geht das nicht.«

Damit verabschiedete er sich grinsend und verschwand.

Richard zerknüllte das Papier und warf es in Richtung Papierkorb, ohne zu treffen. Es prallte gegen die Wand und rollte hinter einen Blumentopf mit einem Farn. Fluchend stand er auf und beugte sich hinab, um das Papier aufzuheben. Er spürte, wie es ihm durch die rechte Gesäßbacke bis nach oben ins Kreuz fuhr. Mit schmerzverzerrtem Gesicht zuckte er zusammen, streckte aber dennoch den Arm aus und hob die kleine Papierkugel auf. Seine Schultermuskeln fühlten sich unangenehm hart an. Die Anspannung hatte seinen ganzen Rücken bis zum Nacken erfasst.

Mit dem Papier in der Hand richtete er sich langsam auf und ließ die Schultern kreisen, um den Druck zu mindern. Seufzend kehrte er zu seinem Tisch zurück. Er trank einen Schluck Wasser und schluckte die Schmerztabletten, die ihm Nophumla gebracht hatte. Dann strich er das zerknüllte Papier glatt, auf das nur eine Telefonnummer gekrakelt war.

Ungeduldig schob er es beiseite und begann zu arbeiten. Doch die schmerzhafte Verkrampfung seiner Schultern und die in seinem Blickfeld liegende Telefonnummer lenkten ihn immer wieder ab. Nach einer erfolglosen halben Stunde nahm er das Papier wieder zur Hand und wählte die Nummer, die darauf stand, wobei er den Hörer mit seiner rechten Hand hielt, während er mit der linken seine Schulter zu massieren versuchte.

Als am anderen Ende der Leitung abgehoben wurde, bemerkte er seine Aufregung. Eine weibliche Stimme fragte, ob er einen Termin vereinbaren wolle. Es hatte etwas Verbotenes, eine fremde Frau auf ihrem Handy anzurufen, als müsste eine solche Unterhaltung automatisch heimlich erfolgen, ganz gleich, wie unschuldig der Grund des Anrufs auch sein mochte. Richard kam sich töricht und schuldig vor. Vorsichtshalber behielt er die halb offene Tür im Auge, falls plötzlich Nadine auftauchen sollte, und er vereinbarte hastig einen Termin für fünfzehn Uhr am folgenden Nachmittag. Die Frau wirkte höflich und reserviert. Doch ihre Stimme hatte einen warmen singenden Tonfall, der ihm noch eine ganze Weile nachhing, nachdem er bereits aufgelegt hatte.

5

Schweißperlen liefen über Ifasens Nacken, während er sich einen Weg zwischen den wartenden Autos hindurchbahnte. Der Teer unter seinen Füßen dampfte, und er spürte die brennende Hitze an seinen abgelaufenen Schuhsohlen, als ginge er über glühende Kohle. Die Abgase füllten die Luft mit einem beißenden chemischen Gestank, während die Wagen hintereinanderstanden, eine lange Reihe aus Blech, die bis in weite Ferne den Hügel hinabreichte. Er hörte, wie sich die Kühlungslüfter nacheinander einschalteten, um der Überhitzung gegenzusteuern, und merkte, wie die Drehzahl der Motoren kaum merklich stieg, wenn die Fahrer im abgeschiedenen Inneren der Autos die Klimaanlage höher schalteten.

Je kleiner der Motor, desto schriller das Dröhnen, wenn er sich im Leerlauf befand. Die Diesel-*Bakkies* klangen am tiefsten, wenn sie wie gelangweilte Traktoren vor sich hin stotterten. Ifasen betrachtete die Land Cruiser, deren gewaltige Reifen fetten Nacktschnecken gleich unter der Karosserie hervorlugten. Im Gegensatz dazu wirkten die schmalen Räder der blechernen koreanischen Kleinwagen wie Knöpfe, die man seitlich an einem ausgeschnittenen Kartonmodell befestigt hatte. Manchmal wies er einen Fahrer darauf hin, wenn er einen platten Reifen am Fahrzeug bemerkte. Meist jedoch machte er sich nicht mehr die Mühe, da er der stets abwinkenden Gesten überdrüssig war. Stattdessen beobachtete er, wie die Pendler wieder anfuhren und der Gummi am heißen Teer des Bordsteins kleben zu bleiben drohte.

Manchmal kämpfte Ifasen gegen die Langeweile an, indem er schätzte, wie viel die Autos um ihn herum wohl insgesamt wert waren. Meistens kam er auf mehr als eine Million Rand. Sein bestes Ergebnis belief sich auf zwei Millionen siebenhunderttausend Rand, als sich an einem Tag mehrere Luxus-Allrad-Wagen wie bei einer Autoshow hintereinander aufgereiht hatten. Doch die Ampel schaltete unweigerlich immer wieder auf Grün, und die Millionen rollten davon, nur um kurz darauf von einer weiteren Darbietung des Wohlstands ersetzt zu werden. Menschen und Fahrzeuge waren hier endlos in Bewegung – wie ein riesiger breiter Fluss, der niemals innehält.

Das Auto neben ihm stieß wirbelnde ölige Abgasschwaden in die Luft, als der Fahrer ungeduldig aufs Pedal trat, um endlich weiterfahren zu können. Der Rauch trieb durch die Luft und löste sich dabei kaum auf. Ifasen starrte den Mann finster an, doch der vermied jeglichen Augenkontakt. An manchen Tagen belustigte ihn die Reaktion der Fahrer auf ihn, wenn sie krampfhaft wegsahen oder warteten, bis er an ihrem Fenster war, ehe sie vorsichtig ein paar Zentimeter vorkrochen. Sie taten so, als hätten sie wichtigere Dinge zu tun oder als würde die Ampel jeden Moment umschalten, weshalb sie sich nicht mit jemandem wie ihm aufhalten konnten.

Ein offen stehendes Fenster war stets das vielversprechendste Zeichen. Aber oftmals glitt die Scheibe wie von einer unsichtbaren Hand bedient nach oben und schloss sich, ehe Ifasen die Tür erreichte. Der Fahrer blickte in eine andere Richtung oder zuckte höchstens entschuldigend mit den Schultern, als ob auch ihm der Mechanismus seines Wagens ein reines Mysterium wäre.

Besonders grotesk jedoch waren die Frauen mit den manikürten Fingernägeln hoch oben in ihren schicken Geländewagen. Mit einer Hand richteten sie gedankenverloren den Rückspiegel aus, während sie mit der anderen ein Handy an ihr Ohr hielten. Abgelenkt durch den Anruf wanderten ihre Augen durch die Gegend, bis sie zufällig seinen Blick trafen. Er konnte sehen, wie sie panisch die Stirn runzelten und sich nicht länger auf das Gespräch konzentrieren konnten. Eine Weile beobachtete er sie, trieb sein Spiel mit ihren besorgten Mienen. Dann setzte er sich in Bewegung – nicht schnell, sondern offenbar mit einem klaren Ziel vor Augen, was sie meist nervös zusammenzucken ließ. Sie lehnten sich ungelenk gegen das Fenster und drückten mit dem Ellbogen den Knopf herunter, um die Tür zu versperren. Oder sie beugten sich vor, wo sie einen zentralen Schließmechanismus bedienten, so dass alle vier Türriegel auf einmal einrasteten, sobald Ifasen näher kam.

Was geht nur in ihnen vor?, dachte er, in diesen komischen Leuten, die so viel Angst haben.

Doch an diesem Tag machte ihn ihre Weigerung, seine Gegenwart überhaupt anzuerkennen, wütend. Seine Plastikmobiles drehten sich an ihren Aufhängern – billige Elfen und blaue Delfine, die sich in der warmen Luft gemeinsam tummelten. Die Hitze war drückend, und Ifasens Kunden verbarrikadierten sich in ihren kühlen, unerreichbaren Kokons.

Eine Frau mit zwei kleinen Kindern, die sich auf dem Rücksitz balgten, wurde langsamer und blieb in einiger Entfernung von ihm stehen. Sie schüttelte verärgert den Kopf, noch ehe er ihr Fenster erreicht hatte. Die Frau trug ein enges Baumwolltop mit dünnen Spaghettiträgern, das ihre bereits leicht eingefallenen Brüste noch platter wirken ließ. Zigarettenrauch drang durch den offenen Spalt ihres Fensters und schlängelte sich an der Scheibe entlang. Sie starrte Ifasen unfreundlich an und verzog das Gesicht, als ob seine bloße Existenz Abscheu erregte. In ihrer Miene und in der Art, wie sie den Kiefer zusammenpresste, zeigte sich eine solche Verachtung, dass sich Ifasen mit einem Mal schuldig fühlte – als hätte er ihren Kindern etwas Böses angetan oder ihnen eine Welt offenbart, von der sie nichts hätten wissen dürfen. Doch die beiden achteten nicht auf ihn, sondern fuhren fort, aufeinander einzuschlagen.

Die Frau erinnerte Ifasen an seine Mutter. Sie wirkte ebenso verhärmt und lieblos, zeigte einen ähnlich ungnädigen Drang nach Vergeltung. Er musste oft an Zuhause denken – nicht nur an all das, was er zurückgelassen hatte, sondern auch an die Scham, die er empfand, wenn er sich die Missbilligung seiner Eltern seinem jetzigen Leben gegenüber vorstellte. Wie sehr hätten sie ihn verachtet, wenn sie gewusst hätten, dass er sich nun mit dem Verkauf billiger Mobiles über Wasser hielt. Sie hatten solche Hoffnungen für ihn gehegt, ihn bereits als vornehmen Geistlichen gesehen, als glücklichen Geschäftsmann oder als einen erfolgreichen Akademiker. Und wie hätte er ihnen Abayomis Arbeit erklären können, diese fragwürdige Tätigkeit, der sie nachging, indem sie Männern Vergnügen bereitete? Wie überrascht seine Eltern gewesen wären, wenn sie geahnt hätten, was aus ihm geworden war, da er ja selbst kaum wusste, wie er damit zurechtkommen sollte.

Die Frau blickte weg, ihre Lippen zu faltigen Strichen zusammengepresst. Ifasen hatte erlebt, wie seine Mutter den Bettlern auf den Straßen von Abuja mit derselben Miene begegnet war.

An diesem Tag konnte er sich nicht dazu bringen, das Wort »Bitte« mit den Lippen zu formen. Er vermochte nicht einmal schicksalsgeschlagen dreinzublicken, wenn die Wagen neben ihm hielten. Bisher hatte er noch nichts verkauft. Es war viel zu heiß, als dass jemand ein Fenster heruntergelassen oder freiwillig angehalten hätte. Ifasen sah zudem abgerissen und schmutzig aus. Von so jemandem wollte sich keiner etwas einfangen.

Er ließ die Schultern hängen und überlegte, ob er seinen schmalen Körper in den Schatten eines Baumes schleppen sollte, der neben dem Bürgersteig wuchs. Plötzlich hörte er zu seiner Überraschung ein kurzes Hupen. Er drehte sich um und entdeckte eine Frau, die das Fenster ihres rostigen VW-Käfers heruntergekurbelt hatte. Als er auf sie zulief, zwang er sich zu einem Lächeln.

Der klebrige Geruch von Jasminräucherstäbchen schlug ihm aus dem Wageninneren entgegen. »Guten Morgen«, sagte er und bemühte sich, höflich zu klingen. Die Frau hatte blondes Haar, das zusammengedreht war und ihn an getrocknete Fische erinnerte. Offensichtlich wollte sie sich Dreadlocks wachsen lassen. Ein Ring blitzte an ihrem Nasenflügel. Ihre Augen sahen gerötet und feucht aus, als litte sie unter einer starken Erkältung. Ifasen überlegte einen Moment lang, ob er etwas sagen sollte, ließ es aber lieber bleiben. Stattdessen hielt er seine Mobiles hoch, damit sie diese begutachten konnte.

Die Frau betrachtete die zarten Gebilde bewundernd. »Die sind hübsch, was?« Sie sprach langsam und schleppend, als befände sie sich im Halbschlaf. Ifasen nickte. Ein Lieferwagen, der hinter ihrem Käfer wartete, hupte ungeduldig, als sich die Wagen vor ihr in Bewegung setzten.

»Möchten Sie eines kaufen?« Ifasen ignorierte den Fahrer des Lieferwagens, der jetzt wütend zu schimpfen begann. »Sie kosten nur fünfzehn Rand pro Stück.«

»Die sind wirklich hübsch, Mann. Machen Sie die selbst oder was?«

Die maschinell hergestellten und ausgestanzten Figuren flatterten vor ihrer Nase hin und her. Ifasen schüttelte nur widerstrebend den Kopf. Nein, die habe ich natürlich nicht selbst gemacht, dachte er. Schau sie dir doch genauer an, Mädchen.

Der Lieferwagen hupte erneut. Ein junger Mann ohne Vorderzähne und mit kurz geschorenem Haar steckte seinen Kopf aus dem Fenster. »He, woher hast du denn deinen Führerschein, *mei bru*? Von den verdammten Tafelberg Furnishers, im Sonderangebot, oder wie? Los, jetzt fahr!«

»Ist ja gut«, antwortete die Frau und winkte Ifasen näher zu sich. »Kann ich mir die noch mal ansehen? Hübsch, echt hübsch …« Ihre Stimme ging im lauten Aufheulen ihres Autos unter, als es einen Satz nach vorn machte, wohl ebenso von den Kraftausdrücken des Fahrers angeschoben wie vom Motor selbst.

»Nichts zu tun, die Alte, und fährt trotzdem den ganzen Tag im Kreis, oder was!«

Als der Lieferwagen an ihm vorbeifuhr, öffnete Ifasen den Mund, um zu protestieren.

»Was guckst du so dämlich, *Poes*?«, fauchte ihn der Mann an, dessen Gesicht zu einer hässlichen Fratze verzerrt war. Der Wagen rollte weiter, und die Beleidigungen wurden vom Lärm des Verkehrs verschluckt.

Nach und nach wurden es weniger Wagen, und für einen Moment herrschte beinahe Stille. Ein alter Bettler humpelte von der Straßeninsel herunter. Er zog sein zu kurz geratenes Bein hinter sich her, während er seine Krücke fest auf den Teer aufsetzte, so dass der abgestoßene Holzpfahl sein Gewicht tragen konnte. Der Mann arbeitete sich täglich zusammen mit Ifasen die Kreuzung entlang. Seine Kleidung war sonnengebleicht und hatte sich in ein eintöniges Grau verwandelt, wenn man von der knallroten Schnur absah, die er sich als Gürtel um die Taille gewickelt hatte.

Er humpelte auf Ifasen zu und zischte wütend. Ifasen hatte

sich inzwischen an die seltsamen Angewohnheiten seines Straßenkollegen gewöhnt. Er wusste, dass der Bettler unvorhersehbare Wutanfälle, aber auch Freudenausbrüche haben konnte. Oft redete er mit sich selbst, und manchmal schimpfte er so laut, dass er die Vorbeifahrenden verschreckte und damit jegliche Hoffnung auf ein Geschäft zunichte machte.

Ifasen trat einen Schritt zurück, um den Mann vorbeizulassen. Er stank nach Urin und altem Schweiß. Ein kleiner Wagen kam auf der Überholspur dahergeschossen, und der alte Mann drehte sich danach um, entschlossen, die Fahrbahn nicht zu räumen. Das Auto wurde langsamer, betätigte die Lichthupe und wechselte dann auf die mittlere Spur. Der Bettler murmelte etwas, ein leises Geflüster von Obszönitäten, das fast wie ein melodisches Gedicht klang. Mit seiner freien Hand fuchtelte er in Richtung der leeren Fahrbahn. Der Fahrer fuhr so langsam, als er schließlich neben ihm gleichzog, dass er beinahe anhielt.

Plötzlich kam Leben in den Alten. Er riss die Augen auf, fletschte wie ein wildes Tier die Zähne und ließ die Zunge im Mund kreisen. Dann streckte er seine knotige Hand nach der jungen muslimischen Frau aus, die mit umgebundenem Kopftuch auf der Rückbank des Autos saß. Sie zuckte erschreckt zusammen und rutschte hastig auf die andere Seite des Wagens. Der Fahrer schnellte sofort angriffslustig herum und musterte zuerst den Bettler und dann Ifasen. Er versuchte offenbar einzuschätzen, welche Absichten der alte Mann hegte.

Die Ampel schaltete um, und das Auto fuhr weiter. Ein Minibus raste mit quietschenden Reifen über Rot und prallte dabei fast mit dem Kleinwagen zusammen. Erregte Stimmen hallten auf der Kreuzung wider. Der Bettler knurrte etwas, als wäre er mit dem Chaos zufrieden, das er angerichtet hatte, und schlurfte mitten durch den Verkehr, ohne auf die hupenden Autos zu achten, die wegen ihm bremsen mussten. Lässig winkte er ab, während er weiterhin vor sich hin redete.

Ifasen störte der Mann nicht, auch wenn er manchmal seine Kunden verschreckte. Er erinnerte ihn an einen alten Fischer, dem er einmal als Kind in den Ferien im Nigerdelta begegnet war. Auch er hatte verwirrt gewirkt und mit sich selbst beschäftigt, letztlich aber waren sie beide harmlos. Ifasen hatte damals zum Geburtstag eine neue Angel geschenkt bekommen, eine windige Rute mit einer Fangleine so dünn wie ein Bindfaden. Er hatte auf einer der Schlickbänke gestanden und versucht, seinen kleinen Köder in die tieferen Wasserkanäle zu werfen, was ihm jedoch nicht gelingen mochte. Der Köder landete jedes Mal in den niedrigen scharfen Gräsern. Diese zerschnitten den Köder und verfingen sich in Ifasens Angelhaken. Er musste immer wieder die Leine losmachen und von Neuem anfangen, während er sich zunehmend über seine kindliche Ungeschicklichkeit ärgerte.

Der alte Fischer hatte ihn eine Weile beobachtet. Er hatte still am grauen Ufer gestanden und Ifasen angestarrt, so dass dieser immer befangener wurde. Schließlich war er zu ihm gekommen, hatte ihm ohne ein Wort die Angel aus der Hand genommen, die Leine ordentlich aufgerollt und den Haken festgemacht. Dann hatte er Ifasen gezeigt, wie man dünne Streifen des verdorbenen Tierfetts als Köder um ein Stück Brot wickelte. Seine kräftigen Hände waren ölig verschmiert gewesen. Er hatte Ifasen am Hemdkragen gepackt, wobei er den Stoff in seiner Faust zusammenknüllte, und ihn an den jungen Fischern vorbeigeführt, die stolz mit ihren in der Sonne schimmernden Angeln dastanden, die Leinen in geraden Linien ins tiefe Wasser hängend. Sie holten frische Krabben aus ihren Eimern, die noch mit ihren kleinen Schwänzen wackelten, wickelten einen elastischen Faden um die lebenden Köder und befestigten sie an ihren Angelhaken. Die Enden ihrer Leinen verzweigten sich in einer Ansammlung von rotweißen Schwimmern und großen grauen Bleigewichten im Wasser des Nigers.

Die jungen Männer verspotteten die beiden, als sie an ihnen vorübergingen. »Weißt du nicht, dass Fische keine zähen Ziegen fressen, alter Mann? Was wollt ihr fangen? Etwa Aasgeier?« Sie lachten laut und klopften sich vor Vergnügen auf die Schenkel.

Zuerst hatte sich Ifasen geschämt, während ihn der feste Griff des alten Mannes zugleich verängstigte. Aber der Fischer winkte nur wortlos ab, als er den Spott der anderen hörte, spuckte neben den jungen Leuten in den Sand und führte Ifasen zu einem klapprigen Steg, der weit ins Wasser hinausragte. An diesem Tag fingen die beiden sechs große Karpfen, deren fette silbergrüne Körper gegen die Seiten des Eimers schlugen. Die jungen Männer hingegen hatten immer wieder ihre Angeln ausgeworfen, nachdem sie an ihren Haken nur noch die Überreste der Krabbenschalen herausgezogen hatten. Als Ifasen und der alte Mann wieder an ihnen vorbeikamen, grinste Ifasen triumphierend beim Anblick ihrer leeren Eimer. Der Alte hingegen brummte nur leise. Dann ließ er den Jungen los und verschwand wortlos hinter den Sandhügeln.

Ifasen hatte zwei der dicksten Fische des Fangs in das geräumige Ferienhaus getragen. Mit einem stolzen Lächeln hatte er sie Abeni präsentiert. »Wie geschickt du doch bist!«, hatte sie ihn gelobt. Doch trotz der Worte bemerkte er ihre Unruhe. Sie legte die Fische ins Spülbecken und ließ erst einmal kaltes Wasser auf sie laufen. Irgendwie schien sie sich nicht sicher zu sein, was sie damit tun sollte. Hatte sie vielleicht noch nie zuvor einen Fisch ausgenommen? Die Vorstellung, die festen Bäuche der Tiere aufzuschneiden und mit bloßen Fingern hineinzufahren, rief bei Ifasen eine leichte Übelkeit hervor.

In diesem Moment kam Na'imah in die Küche und entdeckte

die beiden Fische in der Spüle. »Glaubst du, wir essen diese Schlammfresser, Abeni? Woher hast du diesen Abfall, mein Kind? Möge Allah uns gnädig sein!«

»Verzeihen Sie, Madam«, stammelte Abeni. »Ein Bekannter hat sie mir gegeben. Sie sind gar nicht für die Familie gedacht. Sie sind für mich. Meine Leute essen solche Fische, Madam.«

Na'imah feixte spöttisch. »Abeni, deine Leute tun viele Dinge, die in den Augen Allahs nicht korrekt sind. Bring sie hinaus. Ich will sie nicht in meiner Küche. Möge Allah uns verzeihen.« Sie hatte nicht bemerkt, dass Ifasen beschämt aus der Küche geschlüpft war, die Wangen feucht vor Tränen und Versagen.

Abeni bereitete die Fische tatsächlich für sich selbst zu. Sie nahm sie aus, bedeckte sie mit frischen Tomaten und Zwiebeln und backte sie in einem leeren Termitenhügel im Garten. Ifasen war später am Abend aus der Küchentür geschlichen und mit einem Teller voll Fisch und Reis hinter dem Haus verschwunden. Das weiße Fleisch des Fisches hatte sich in mundgerechten Stücken von den Gräten gelöst. Er hatte noch nie etwas derart Leckeres und Verbotenes gegessen. Während des Essens dachte er immer wieder an den alten Fischer, der vermutlich irgendwo an einem knisternden Feuer saß und sich ebenfalls die Beute schmecken ließ.

Auch jetzt, als er dem Bettler hinterhersah, wie er fluchend auf den Bürgersteig stolperte, musste Ifasen an den alten Mann von damals denken. Zwei Simbabwer, die auf der gegenüberliegenden Seite der Kreuzung arbeiteten, kamen zu Ifasen herüber, als sich der Verkehr lichtete. Sie verkauften silberfarbene Sonnenblenden für Windschutzscheiben und Handyladegeräte, deren Kabel wie Schlangen von ihren Armen herabhingen. Sie hatten erst einige Wochen zuvor angefangen und sich nicht die Mühe gemacht, sich Ifasen oder dem Bettler vorzustellen. Ifasen hatte sie ignoriert, aber der alte Mann war empört gewesen und hatte versucht, die beiden zu verjagen. Es waren junge und flinke Männer, die lachend und problemlos seinen Schlägen ausgewichen waren und sich lautstark über ihn lustig gemacht hatten. Jetzt nickten sie Ifasen zu.

»Habt ihr schon etwas verkauft?«, erkundigte er sich.

»Nur zwei Blenden. Heute ist es zu heiß. Allen ist zu heiß, und die Leute sind zu beschäftigt, um sich überhaupt nach dem Preis zu erkundigen.« Der Mann blickte die Straße hinunter. Eine Gruppe Autos fuhr an einer weiter entfernten Kreuzung los. Wie eine Welle rollte die Wagenkolonne langsam auf sie zu. »Da kommen wieder welche. Mal sehen, ob wir jetzt mehr Glück haben.« Der andere Simbabwer schnaubte mutlos, ordnete aber vorsichtshalber die Kabel auf seinem Arm an.

Nach einer weiteren Stunde des Auf- und Ablaufens zwischen den wartenden Wagen war es noch immer keinem von ihnen geglückt, etwas zu verkaufen. Dem Bettler jedoch hatte jemand eine Plastiktüte mit Essensresten gereicht. Er saß in einiger Entfernung auf einem Grünstreifen und nagte an einem zerdrückten Sandwich und alten Kotelettknochen. Die zwei Simbabwer schlenderten zu einer nahe gelegenen Tankstelle, um Wasser zu holen. Nur Ifasen blieb zurück. Er stand noch immer in der brennenden Sonne und versuchte inzwischen nicht einmal mehr, seine Mobiles so zu halten, dass man sie sehen konnte.

Das Wetter in Obeokuta war genauso drückend schwül gewesen, wenn es keinen Wind gegeben hatte. Aber die Hitze hatte die Gerüche der Erde und des Gestrüpps in die Nase steigen lassen, so dass sich die Luft mit einem Duft erfüllte, der für Ifasen Heimat bedeutet hatte: Akazienblüten und Erde, Kuhdung und Vanilleschoten. Es war ein berauschendes feuchtes Aroma voller Versprechen gewesen. An heißen Tagen hatte er mit offener Tür und weit aufgerissenen Fenstern im Klassenzimmer gestanden, und die warmen Gerüche waren über die Schulbänke hinweggeströmt. Der Duft hatte seine Schüler beruhigt und ihn selbst mit einem stillen, entschlossenen Ehrgeiz erfüllt.

Doch hier an dieser Kreuzung in Kapstadt kam ihm die Hitze sinnlos und dreckig vor – angefüllt von Abgasen, die seine Haut mit Ruß und Schmutz bedeckten. Jeder Schritt erhöhte seine Körpertemperatur und untergrub seine Entschlossenheit, etwas zu verkaufen. Er verspürte eine große Bitterkeit, wenn er an die Verhältnisse dachte, in denen er jetzt lebte. Wie sehr sehnte er sich nach der Gelassenheit seines früheren Lehrerdaseins, nach dem Respekt, der ihm entgegengebracht worden war, und dem Gefühl, etwas Sinnvolles zu tun. Er hatte den lockeren, freundlichen Umgang mit seinen Schülern und ihre leuchtenden unschuldigen Augen aus tiefstem Herzen genossen. Seine Zeit als Referendar und später als festes Mitglied des Lehrerkollegs – ehe er das Land für immer verlassen musste – kam ihm im Nachhinein wie ein Segen vor. Es war eine Zeit voller Erinnerungen an Abayomi, an die begeisterte Wissbegier junger Menschen, an die beruhigend sichere Routine des Unterrichts und an die Kameradschaft zwischen den Kollegen. Wie viel er für diese höllische Nichtexistenz, in der er sich jetzt befand, doch aufgegeben hatte!

Ifasen wanderte zwischen den wartenden Autos hin und her. Als sie weiterfuhren, bemerkte er einen metallicgrünen BMW mit dunkel getönten Scheiben. Der Wagen kroch langsam an ihm vorbei bis zur weißen Linie, wo die Ampel auf Orange schaltete. Daraufhin beschleunigte er das Tempo. Ifasen beobachtete das Auto aus schmalen Augen. Es bog auf den Platz vor der Tankstelle ein, hielt jedoch nicht an, sondern wendete und überquerte die zweispurige Straße, um wieder an die Kreuzung zurückzukehren.

Ein junger Mann saß hinter dem Steuer. Er ließ Ifasen nicht aus den Augen, während er auf die andere Seite der Verkehrsinsel rollte. Er schien ihm sogar kurz zuzunicken, ehe er wenige

Minuten später auf Ifasens Seite wieder auftauchte. Die Reifen knirschten auf den Glassplittern und Steinchen, als der BMW am Rand hielt. Der Ventilator des Motors schaltete sich ein, während sich das Auto im Leerlauf befand.

Ifasen schlenderte auf den Wagen zu. Das automatische Fenster glitt hinunter, und er spürte, wie ihm der kühle Wind der Klimaanlage entgegenwehte. Laute Musik donnerte im Inneren, der schnelle Rhythmus und die hektischen, schrillen Kreischlaute einer Sängerin ließen die Luft beinahe vibrieren. Zwei flauschige Würfel hingen am Rückspiegel. Der Mann beugte sich vor und drehte an der Hi-Fi-Anlage, um die Lautstärke zu drosseln. An seinem Nacken zeigte sich die Spitze einer Tätowierung. Sein blondes Haar war auf beiden Seiten des Kopfes geschoren, so dass man seine helle Haut deutlich sehen konnte. Oben und vorn hatte er das Haar lang gelassen. Er war muskulös. Der klar definierte Brustkorb und die kräftigen Oberarme zeichneten sich unter dem Stoff seines Shirts ab. Herablassend und selbstbewusst musterte er Ifasen von Kopf bis Fuß.

»Hi, Mann, was geht ab?«, fragte er, ohne Ifasen in die Augen zu blicken.

»Mir geht es gut. Danke. Kann ich Ihnen eines dieser Mobiles verkaufen? Sie kosten nur fünfzehn Rand.«

Ifasen bezweifelte, dass es sich bei diesem Mann um einen Kunden handelte. Trotzdem hielt er die Aufhänger hoch, so dass sich die Figuren in der Sonne drehten. Der Fahrer würdigte sie keines Blickes, sondern starrte nur geradeaus. Sein Gesicht war hart und wachsam, was Ifasen nervös machte. Für einen langen Moment herrschte Schweigen.

»Und? Hast du Puder für mich, Mann?«, fragte der Mann schließlich.

Ifasen verstand sofort, was er meinte. Trotzdem erwiderte er verwirrt: »Wie bitte? Wonach haben Sie gefragt?« In seinen Ohren begann es zu surren. Der Arm, mit dem er die Mobiles hochhielt, fühlte sich auf einmal müde an. Doch er ließ sie weiterhin auf Brusthöhe baumeln, denn die federleichten Stanzbilder schienen eine Barriere zwischen ihm und dem anderen zu bilden.

Der Fahrer drehte sich jetzt ganz zu ihm. Er runzelte verärgert die Stirn, und sein Blick verdunkelte sich sichtbar. »Kokain«, erklärte er. »Ich sagte: Hast du Puder für mich? Ich suche Kokain. Aber ich nehme auch etwas anderes. Sag mir einfach, was du hast. Okay?«

Ifasen ließ die Mobiles sinken. »Tut mir leid«, erwiderte er mit belegter Stimme. »Aber so was verkaufe ich nicht ... Ich verkaufe nur diese Mobiles. Sie kosten fünfzehn Rand pro Stück. Das ist das Einzige, was ich verkaufe.« Er wusste, dass er sich wiederholte, hatte aber keine Ahnung, was er sonst sagen sollte.

»Schwachsinn, Mann.« Die Schultermuskeln des Mannes spannten sich an, so dass sie sich sichtbar hinten am Nacken abzeichneten. »Red keinen Scheiß. Ich weiß, dass du was hast. Ich bin nicht von der Polizei. Okay? Also hör mit der lächerlichen Nummer auf. Du bist doch Nigerianer, oder?«

Ifasen antwortete nicht.

»Nigerianer, oder? Mann, das kann jeder sehen. Und du trägst Nike-Schuhe, während du diesen Plastikscheiß am Straßenrand verkaufst. Verarsch mich also nicht. Wir wissen alle, was ihr macht. Jetzt sag endlich, was du vertickst.«

Ifasen blickte auf seine Schuhe mit den dünnen Sohlen. »Ich verkaufe keine Drogen«, erklärte er mit gesenkter Stimme. Er wandte sich zum Gehen, wobei er die Gegend nach seinen Kollegen absuchte. Doch die Kreuzung war wie ausgestorben.

»Nein, so nicht, Freundchen. So einfach kommst du mir nicht davon. Warte gefälligst, bis ich mit dir fertig bin. Verstanden?«

Ifasen spürte, wie er wütend wurde. Seine Nackenhaut begann zu prickeln. Er blieb stehen und wandte sich zu dem BMW-

Fahrer um, ohne ihm allerdings näher zu kommen. »Hören Sie, Sir…« Er wusste, dass er sein Kinn hochmütig vorstreckte und sich zu seiner vollen Größe aufrichtete. Aber er konnte nichts dagegen tun. »Ich weiß nicht, für wen Sie mich halten. Aber Sie haben den Falschen erwischt.« Er hielt dem finsteren Blick des Mannes stand und fügte wütend hinzu: »Ich *bin* aus Nigeria, und ich verkaufe *keine* Drogen.« Damit drehte er sich auf dem Absatz um und ging steifen Schrittes davon.

Er hörte, wie die Tür hinter ihm geöffnet wurde und ins Schloss fiel. Trotzdem blickte er weiter geradeaus. Nach einigen Metern legte er die zarten Mobiles vor sich auf den Grünstreifen und beugte sich hinab, um die verwickelten Fäden voneinander zu lösen. Einen Moment lang herrschte Stille, während er sich auf seine Arbeit konzentrierte. Dann tauchten die großen Stiefel des Mannes in seinem Blickfeld auf und blieben vor ihm stehen. Der linke Fuß machte einen Schritt nach vorn und trat auf die oberste Strebe eines Mobiles. Ifasen fiel auf, dass die Schnürsenkel des Mannes mit einem doppelten Knoten zusammengebunden und exakt festgezurrt waren. Aus irgendeinem Grund wirkte diese Genauigkeit bedrohlich. Der Mann verlagerte sein Gewicht und drückte den Plastikarm des Spielzeugs langsam nach unten, bis er zerbrach.

Ifasen richtete sich auf, die Fäuste geballt.

»Hör zu, du Arschloch«, zischte der Mann. »Ich kenne eure Drogengeschäfte. Ich weiß genau, dass du Drogen hast. Also hör auf, mir was vorzumachen.«

»Lassen Sie mich in Ruhe!«, brüllte Ifasen. Ihm war schwindelig und übel. Für einen Moment fragte er sich, ob er zu wenig Flüssigkeit zu sich genommen hatte. »Verschwinden Sie einfach und lassen Sie mich zufrieden. Ich will nichts von Ihnen. Ich habe Sie nicht gebeten, hier anzuhalten. Setzen Sie sich wieder in Ihren Wagen und fahren Sie!«

Er machte den Fehler, die Hand auszustrecken, um den Mann zu veranlassen, endlich seinen Fuß von dem Mobile zu nehmen. Er wollte ihn einfach nur zurückweisen. Doch noch ehe er wusste, wie ihm geschah, packte ihn der Mann am Arm und drehte diesen brutal nach hinten. Ein stechender Schmerz durchschoss Ifasens Schulterblatt, und er ging mit einem heiseren Schrei zu Boden. Spitze Steinchen drangen durch den Stoff seiner Hose. Der Mann presste sein Knie auf seinen Rücken. Für einen Moment rang Ifasen nach Luft. Seine Lungenflügel waren wie zusammengepresst, und er geriet in Panik, dass sie sich nie mehr mit Luft füllen würden. Er schrie erneut auf und versuchte sich zu erheben. Doch vor seinen Augen lag ein schwarzer Nebel.

»Ich werde dich umbringen, du verdammtes Arschloch!«, brüllte der Mann Ifasen ins Ohr, das nun feucht von Spucke war. »Ich reiß dir die Eier aus und ramm sie dir ins Maul, bis du daran erstickst!«

Ifasen schossen die Tränen in die Augen, während sich seine Brust hektisch hob und senkte. Er sog die Luft in kleinen Mengen ein, als würde er an ihr nippen. Irgendwie schien es ihm jedoch nicht zu gelingen, sie von der Luftröhre bis in die brennenden Lungen zu bringen. Bestimmt würde er jeden Moment in Ohnmacht fallen. Der Mann brüllte ihm noch immer Beschimpfungen ins Ohr, die wie ein wild loderndes Feuer zischten und knackten. Warum lockerte der Mann nicht endlich seinen Griff? Er musste doch sehen, dass Ifasen kaum mehr Luft bekam und keine Gefahr darstellte.

Vielleicht will er mich töten?, dachte er. Auf dem Boden vor ihm begannen sich verschwommene Flecken zu zeigen.

Das Aufheulen einer Sirene und das Zuschlagen einer Wagentür drangen an sein Ohr. Plötzlich ließ ihn der Mann los. Ifasen brach auf seinen Plastikmobiles zusammen. Er sah, dass die Fäden nun endgültig ineinander verwickelt waren. Konnte er die

Strebe reparieren und das Ganze neu knüpfen? Ehe er zur Seite rollte, packten ihn zwei Hände und zogen ihn auf die Füße. Er stand nach vorn gebeugt da und presste eine Hand auf seine Brust, während er rasselnd Atem holte.

Zwei Polizisten musterten ihn ohne Mitgefühl. Einer der beiden war groß und gut gebaut und zerrte Ifasens Arme problemlos auf dessen Rücken. Ifasen spürte, wie sich Handschellen um seine Handgelenke legten. Noch immer atemlos begann er zu erklären, was vorgefallen war.

»Halt's Maul!«, fuhr ihn der große Polizist an.

Der Fahrer des BMW redete währenddessen eifrig auf den anderen Polizisten ein. »Ich wollte für meine Nichte ein Mobile kaufen. Deshalb habe ich angehalten. Aber der Typ hat mir stattdessen Drogen angeboten. Er meinte, die Mobiles seien nicht zum Verkauf, er würde nur Drogen verticken. Dann wollte er wissen, was ich haben will. Als ich ihm erklärt hab, dass ich nur ein Mobile möchte, hat er angefangen, mich zu beschimpfen. Er war wirklich unverschämt, wissen Sie. Dann hat er versucht, mir eine zu verpassen. Ich dachte schon, er würde sich auch noch über mein Auto hermachen. Also bin ich ausgestiegen und hab ihn mir gegriffen, einfach um ihn zu beruhigen – verstehen Sie? Zum Glück sind dann Sie gekommen.«

»Hat er Ihnen irgendwelche Drogen gezeigt, Sir?«

»Ja ... nein, nein«, erwiderte der Fahrer und zündete sich eine Zigarette an. »Er meinte, er habe sie hier irgendwo in der Nähe versteckt. Wo, hat er nicht gesagt. Aber er war *woes*, wissen Sie. Als ob er irgendwie high wäre oder so. Mit dem Kerl kann man nicht vernünftig reden.«

»Gut, Sir. Sie müssen mit uns aufs Revier kommen und dort eine Aussage zu Protokoll geben. Folgen Sie uns mit Ihrem Wagen, ja?« Der Polizist rief seinem Kollegen, der Ifasen noch immer festhielt, etwas auf Xhosa zu.

Der Mann nickte. Er riss Ifasens Kinn hoch, so dass dieser ihm in die Augen sehen musste, und bohrte ihm den Finger in die Brust. »Also – wo sind die Drogen? Komm schon, zeig sie uns, und dann können wir uns vielleicht einigen. Wo hast du sie versteckt?«

»Bitte«, flehte Ifasen. Er war sich schlagartig der Gefahr bewusst, in der er sich befand. Seine Wut hatte sich in eisige Angst verwandelt. »Bitte …« Er rang um Atem. »Ich verkaufe keine Drogen … Ich habe noch nie Drogen verkauft. Und das würde ich auch nie tun. In meiner Heimat war ich Lehrer. Jetzt verkaufe ich dieses Plastikspielzeug. Sonst nichts. Bitte, glauben Sie mir.«

»Nein, das stimmt nicht«, antwortete der große Polizist, ohne ihn eines Blickes zu würdigen. »Dieser Gentleman hier hat bezeugt, dass du versucht hast, ihm Drogen zu verkaufen. Er ist Bürger dieses Landes. Ich bin Polizist dieses Landes und dazu verpflichtet, unsere Bürger zu schützen.« Er trat noch näher, packte Ifasen am Ohrläppchen und drehte es um. »Du hingegen gehörst nicht einmal hierher. Glaubst du wirklich, wir würden diesen Herrn hier der Lügen bezichtigen und dir glauben?« Die Stimme des Polizisten klang noch härter, als er Ifasen mit der flachen Hand gegen den Kopf schlug. »Hältst du mich für bescheuert oder was?«

Gedämpft durch ein schrilles Sirren in seinen Ohren hörte Ifasen, wie die Scharniere des Polizeiwagens quietschten, als die hintere Tür geöffnet wurde. Sie knallte seitlich gegen den Kleinbus. Das Geräusch hatte etwas Unwiederbringliches. Die Art, wie Metall auf Metall stieß, erinnerte Ifasen an die Armeejeeps in Abuja und wie deren Türen aufgerissen wurden, wenn die Soldaten mit ihren Gewehren heraussprangen. Jetzt packte ihn der große Polizist an der Schulter und bugsierte ihn Richtung Wagen. Er stieß ihn grob gegen die Seite des Fahrzeugs. Das Metall war so heiß wie eine Kochplatte.

Er presste Ifasens Gesicht und Oberkörper gegen das heiße Blech, und dann tasteten die Hände des Mannes Ifasens Beine und seinen Schritt ab. Kräftige Finger schoben sich in seine Hosentaschen, und seine Geldbörse wurde auf der Motorhaube ausgeleert. Ifasen sah bestürzt seiner Busfahrkarte hinterher, die von einer Brise erfasst wurde und über die Motorhaube davonflog. Der Polizist holte einige Geldscheine aus dem Geldbeutel, steckte sie ein und schob Ifasen dann die leere Börse wieder in die Tasche.

»Los, rein mit dir«, sagte er.

Ungläubig sah Ifasen den Mann an und schüttelte den Kopf. »Ich kann nicht …«, murmelte er. Die Stiefelspitze des Polizisten traf ihn genau in der Kniekehle, so dass er das Gleichgewicht verlor und mit dem Gesicht nach vorn auf den Boden stürzte. Sofort trat Blut aus einer Schürfwunde an seinem Unterarm. Der Boden roch nach Getriebeöl und altem Diesel.

»Das war nicht als Einladung gedacht. Ich sagte, rein in den verdammten Wagen!« Er warf seinem Kollegen einen auffordernden Blick zu.

»Sonst wirst du auch noch wegen Widerstandes gegen die Staatsgewalt angezeigt«, fügte der Kleinere der beiden drohend hinzu.

Ifasen erhob sich mühsam und wurde, kaum dass er auf den Beinen stand, von den Polizisten in den engen Käfig des Kleinbusses gestoßen. Ein Ersatzreifen lehnte an der nackten Metallbank. Die Türen schlugen zu, und das Schloss wurde von außen verriegelt.

6

»Hallo. Ich heiße Abayomi. Bitte treten Sie ein.«

Sie schenkte Richard ein strahlendes Lächeln, während sie den Ärmel seines Hemds berührte. »Ich bin Afrikas Freude.« Leise schloss sie die Tür hinter ihm, und schlagartig verstummte der Lärm der Straße. Jetzt war nur noch vereinzelt das gedämpfte Vorbeirollen eines Wagens zu hören. Es gab keine Empfangstheke, das Innere des Hauses erinnerte vielmehr an eine sorgfältig möblierte Privatwohnung.

»Willkommen im *Touch of Africa*. Mein Name bedeutet ›Diejenige, die geboren wurde, um Freude zu bringen‹. Bitte folgen Sie mir.«

Richard konzentrierte sich auf ihre Lippen – wie sich die klar verlaufenden Außenlinien ihres Mundes zusammenzogen, wenn sie sprach und ihn mit ihren sanften, warmen Lauten im Innersten traf. Etwas Menschliches, etwas Wichtiges schien in ihren schlichten Worten zu liegen, als hielte sie in Wirklichkeit eine Predigt. Er war sich nicht sicher, ob es sich um die gleiche Frau handelte, die seinen Anruf entgegengenommen und mit ihm diesen Termin vereinbart hatte. Am Telefon waren ihm die temperamentvollen Vokale und die wattierten Konsonanten ihrer Aussprache nicht aufgefallen.

Für einen kurzen Moment wagte er es, ihr ins Gesicht zu sehen. Ihre schokoladenweichen Wangen und die Linie ihrer

Nase verliehen ihr einen klaren, in sich ruhenden Ausdruck. Er vermochte ihr jedoch nicht in die Augen zu schauen, da er die Intensität ihres Blickes spürte. Sie drehte sich um und legte dabei kaum merklich ihre Finger auf seine Hand. Ihr Rücken wiegte sich hin und her, als sie vor ihm den Gang entlangschritt und dabei ihre Hand nach hinten hielt – wie ein Fischer, der seinen Schwimmer im Boot hinter sich herzieht. Ihre nackten Füße hinterließen keine Spuren auf dem dicht gewebten Teppich.

Sie war etwa so hoch gewachsen wie Richard, doch im Gegensatz zu ihm schien sie über den Boden zu gleiten. Er war sich auf einmal seiner großen Füße bewusst, als er hinter ihr herstolperte. Insgeheim ärgerte er sich über sein Unbehagen und seine plumpen Bewegungen. Er füllte mit seinem Körper den ganzen Flur aus. Vielleicht sollte ich meine Schuhe ausziehen, dachte er, um auf dem sauberen Teppich keinen Schmutz zu hinterlassen.

Die Wände waren in einem hellen Terrakottaton gestrichen, als ob sich das Haus an einen Berg schmiegte und dort aus der weichen Erde herausgeschnitten worden wäre. Es war still und warm und duftete nach Zedernholz und Moschus. Eine eindringliche Melodie drang aus versteckten Lautsprechern an sein Ohr, afrikanischer Gesang, unterlegt von einer tiefen Basstrommel. Die Töne stellten die Härchen in Richards Nacken auf.

Die Eingangstür hatte in einen Flur geführt, an dessen Wänden afrikanische und indonesische Masken mit dunklen Augenhöhlen und bleichen Wangen hingen. Das zottelige Haar der Masken stand in alle Richtungen ab. Es herrschte eine wunderbare Ruhe. Sie schienen allein zu sein, und der bloße Gedanke, im Haus dieser Frau verweilen zu dürfen, hatte etwas Besänftigendes.

Sie führte ihn eine steile Treppe hinauf. Ihre nackten Beine kamen seinem Gesicht einladend nah, als er ihr die von den Jahren der Benutzung abgerundeten Holzstufen hinauffolgte. Bei jedem Schritt spannten sich ihre Wadenmuskeln an und lockerten sich wieder.

Oben angekommen fanden sie sich in einem kurzen Flur mit einem Zimmer auf jeder Seite wieder. Die Türen der Zimmer standen offen. Die Frau führte ihn links in einen fensterlosen Raum. Auch hier herrschte ein gedämpftes Licht. Ein Lampenschirm aus Stoff warf Schattenlinien an die Wände. Das Zimmer wirkte makellos. Auf einem Regal waren einige ausgewählte Gegenstände angeordnet. Eine von beigefarbenen Handtüchern bedeckte Massagebank befand sich in der Mitte des Raumes, an der gegenüberliegenden Wand stand ein Ledersofa.

Richard wandte sich der Frau zu und sah ihr zum ersten Mal direkt in die Augen. Sie war außergewöhnlich schön. Ihr Gesicht wirkte offen und warmherzig, als ob sie ihn kannte und sich über seine Anwesenheit freute. Der Anblick verstörte ihn beinahe. Ihre Augen waren groß und von dichten schwarzen Wimpern umgeben. Sie trug ein schlichtes Wickelkleid, wie er es noch nie zuvor gesehen hatte. Der dunkle Stoff wirkte grob wie Musselin und doch bequem. Er umhüllte den oberen Teil ihres Körpers wie ein *Kikoi*, wobei ihre Schultern frei blieben. Der Stoff hörte knapp unter ihrer Hüfte auf, wo die glatte Haut ihrer Schenkel schimmerte.

»Das ist dein erstes Mal hier – ja?« Ihre Stimme wies einen leichten Singsang auf, der an einen europäischen Akzent erinnerte. Vielleicht Französisch? Doch die Worte waren perfekt geformt und fielen rund durch die Luft. Wieder berührte sie ihn einen Moment lang, und eine menschliche Wärme schien sich zwischen ihnen zu entspinnen. Richard spürte, wie es in seinem Bauch angenehm wohlig wurde. »Ein Freund hat dir diesen Ort empfohlen. Ja?«

»Ja, stimmt«, erwiderte er auf beide ihrer Fragen. Ihre Augen blickten ihn unverwandt an, und er lächelte nervös.

»Das macht tausend Rand.«

Sie nannte den Preis derart freundlich, dass er einen Moment lang verwirrt war. Das Thema wurde so direkt angesprochen, als ginge es um etwas ganz anderes, etwas wie die Zimmertemperatur oder die Farbe seines Hemdes.

»Natürlich«, erwiderte er nach einer kurzen Pause, kramte in seiner Jackentasche herum und zog einen in der Mitte gefalteten weißen Umschlag heraus, in dem ein Bündel Geldscheine steckte. Die Frau am Telefon hatte bereits den Preis genannt, als sie den Termin vereinbarten. Es war ihm teuer erschienen, aber er hatte keine Vergleichsmöglichkeiten, und es gab niemanden, den er hätte fragen können. Er hatte die Scheine mehrmals nachgezählt, ehe er sein Büro verlassen hatte, befürchtete aber noch immer, sich geirrt zu haben.

Er reichte ihr den Umschlag. Plötzlich war ihm das Ganze unendlich peinlich. Die Sorge, dass er möglicherweise etwas missverstanden haben könnte, quälte ihn. Er befürchtete, sie mit seiner Erwartung zu beleidigen, dass sie ihn als Chauvinisten beschimpfen könnte oder etwas noch Schlimmeres.

Doch die Frau wirkte völlig gelassen. Sie dankte ihm höflich, als ob er ihr einen Gefallen getan hätte. »Bitte denk daran«, sagte sie, »dass du mich nicht anfassen darfst. Nur ich werde dich berühren.« Sie blickte ihn erneut direkt an, ehe sie hinzufügte: »Jedenfalls, bis wir uns besser kennen.« Es war eine eindeutige, anzügliche Bemerkung, ein Angelhaken, der ausgeworfen wurde, um ihn zu ködern. Und trotzdem hatte der Hinweis auf eine mögliche Zukunft etwas unglaublich Verlockendes.

Richard nickte, als hätte er nicht im Traum daran gedacht, sie zu berühren. Die Frau am Telefon – er fragte sich noch immer, ob es dieselbe gewesen war – hatte ihm bereits erklärt, dass es sich um eine professionelle Massage und kein Sexangebot handle. Es erschien ihm seltsam voreilig, eine solche Warnung auszusprechen. Doch im Grunde war er erleichtert. Klare Grenzen waren ihm in diesem Fall nur recht. Ohne eine solche Aussage hätte ihn der vertraute Umgang der Frau vermutlich noch mehr beunruhigt. So jedoch merkte er, wie etwas in seinem Inneren vor Freude zu summen begann.

»Möchtest du dich vielleicht zuerst duschen? Um warm zu werden?«

Ohne Scham hielt sie den Augenkontakt mit ihm. Die schlichte Frage schien mit unglaublichen Bedeutungen aufgeladen zu sein. Richard malte sich aus, dass sie ihren Liebhaber auch dann so ansah, wenn sie zum Höhepunkt kam. Der Gedanke hatte etwas Einschüchterndes – nicht nur die Vorstellung, dass sie wirklich einen Geliebten haben, sondern auch, dass sie von ihm körperlich befriedigt werden könnte. Er zögerte, da ihn ihr gelassener Tonfall und die Anspielung auf seine Körpertemperatur verwirrten. »Ja, gern«, antwortete er schließlich.

Sie schenkte ihm ein Lächeln wie einem gehorsamen Kind und reichte ihm dann ein frisches Handtuch von einem Stapel, der auf der Massagebank lag. »Ich zeige dir, wo die Dusche ist. Zieh dich bitte zuerst aus, dann bring ich dich hin. Ganz ausziehen – ja?« Sie verließ das Zimmer wie eine Katze, die sich vom Kaminfeuer zurückzieht.

Richard entledigte sich seiner Kleidung. Nervös faltete er seine Hose zusammen und hängte sein Jackett und das Hemd auf einen Kleiderbügel hinter der Tür. Er steckte seine Socken in die Schuhe und legte seine Unterhose darüber. Sie lag zerknittert da und schien ihn vorwurfsvoll anzusehen, weshalb er sie hastig aufhob und in seine Jackentasche stopfte.

Irgendwie kam ihm der Anblick seiner Kleidung in diesem fremden Zimmer absurd vor. Wie der Zipfel seiner blauen Unterhose aus der Jackentasche heraussah! Nackt stand er da und war sich nicht sicher, was er mit seinen Händen anfangen sollte.

Die fremde Musik spielte noch immer. Die lyrische Stimme plätscherte wie eine Welle gegen den instrumentalen Hintergrund an. Er strich sich mit den Händen über die Schenkel und blickte sich unentschlossen im Zimmer um.

Da vernahm er ein Geräusch. Die Tür wurde wieder geöffnet. Er stand entblößt vor der Frau und versuchte, seine Schultern zurückzudrücken, um seine Brust zu betonen und von seinem schlaffen Bauch abzulenken. Sein Herz pochte wie wild, doch sie lächelte und sah ihm ungezwungen in die Augen. Er spürte, wie seine Anspannung nachließ und ihn eine angenehme Wärme erfüllte. Er wickelte sich das Handtuch um die Hüften und folgte ihr zum Ende des Flurs.

Im Gang war die Musik leiser. Sonst war nichts zu hören. Die Vorstellung, dass er mit ihr allein war, ließ ihn nervös grinsen.

Er duschte sich mit heißem Wasser, das wie kleine Nadeln auf seinen Körper prasselte. Wie viele Männer haben sich wohl heute hier bereits gewaschen?, dachte er. Falls tatsächlich andere die Dusche benutzt hatten, gab es jedenfalls keine Spuren. Die Kabine war makellos sauber. Der Seifenspender war voll, der Wasserstrahl kräftig. Richard fragte sich, ob auch sie hier duschte, wenn sie allein war.

Sorgfältig seifte er sich den ganzen Körper ein, wobei er sich besondere Mühe gab, seine Hoden und sein Gesäß sauber zu waschen. In gewisser Weise wäre es ihm recht gewesen, einfach unter der heißen Dusche verweilen zu können. Doch dann ließ er das Wasser ein letztes Mal auf sein Gesicht prasseln, drehte mit einem tiefen Seufzer den Hahn zu und trat aus der Kabine. Draußen begann er sich abzutrocknen. Er achtete vor allem darauf, dass sein Rücken nicht mehr feucht war, denn er wusste, dass er dort besonders schwitzte, wenn er nervös war. Dann zog er seine Hoden und seinen Penis hoch, um sich auch da sorgfältig abzutrocknen.

Er fühlte sich überwältigt von dem seltsamen Erlebnis. Er stand nackt auf den kühlen Fliesen eines fremden Badezimmers – ein angenehmer Ort, der etwas Häusliches ausstrahlte. Fast kam es ihm so vor, als wäre er aus Versehen in eine Parallelexistenz geraten, in ein Leben, das nichts mit Amanda, seiner Tochter oder der Kanzlei zu tun hatte. Was zum Teufel tue ich hier?, dachte er. Ist so etwas nicht völlig unpassend? Als er merkte, wie die Anspannung seinen Entschluss erneut ins Wanken brachte, meldete sich die Vernunft zu Wort. Es ist nur eine Massage, sonst nichts, beruhigte er sich. Er hatte eine Massage gebucht und dafür bezahlt. Als er jedoch die Badezimmertür öffnete, quälte ihn sein schlechtes Gewissen noch immer.

Das Handtuch fest um seine Hüften geschlungen, kehrte er in den Massageraum zurück. Er war sich seines Bauches bewusst, der ein wenig über den Rand des Stoffes quoll. Das Zimmer war leer, und für einen Moment glaubte er, durch die falsche Tür getreten zu sein. Doch seine Kleider und Schuhe befanden sich noch an derselben Stelle, wo er sie zurückgelassen hatte. Er löste das Handtuch von seinen Hüften und betrachtete sich in dem großen Spiegel, der an der gegenüberliegenden Wand am Kopfende der Massagebank hing. Sein Penis hatte sich in das schwarze Schamhaar zurückgezogen. Beschämt wandte er den Blick ab und wickelte hastig das Handtuch wieder um.

Dann lehnte er sich gegen die Bank und strich sich das Haar aus der Stirn. Einen Augenblick lang überlegte er, ob er gehen sollte. Doch dazu hätte er sich erst wieder ankleiden müssen. Wie würde er es bis zur Haustür schaffen, ohne von ihr gesehen zu werden? Allein die Vorstellung, bei der Flucht von der Frau ertappt zu werden, schreckte ihn derart ab, dass er es bleiben ließ.

In diesem Moment hörte er ihre Schritte vor der Tür, und sie trat ein. Ihre Gegenwart zerstörte jeden Zweifel. Er vergaß schlagartig seine Angst. Mit einer geübten, fließenden Bewegung schloss sie die Tür hinter sich, drehte sich einmal um die eigene Achse und zog dabei die Kordel auf, mit der ihr *Kikoi* um ihren Körper befestigt war. Der Stoff glitt an ihr herab.

Die Wirkung ihrer kleinen Pirouette war atemberaubend. Ihr nackter Körper erinnerte Richard an eine glänzende Nuss. Die pralle Haut schien das wenige Licht, das im Zimmer herrschte, magisch anzuziehen. Kleine Kuhlen oberhalb ihres Schlüsselbeins ließen ihre kräftigen Schultern weicher wirken. Ihre Brüste hatten etwas Geheimnisvolles, ein Eindruck, der vielleicht durch den dunklen Hof um ihre Brustwarzen geweckt wurde. Die Taille der Frau war schlank und floss in einer Linie nach unten zu einem kurz geschnittenen, dunklen Dreieck und dem Umriss ihres Geschlechts.

»Du bist schön«, stammelte er, fasziniert von der Selbstverständlichkeit, mit der sie ihre Nacktheit präsentierte. »Du bist wunderschön.«

»Danke«, erwiderte sie und legte leicht den Kopf zur Seite. Wieder reagierte sie, als ob sie das Kompliment freute, als ob ihr ein guter Freund gerade erklärt hätte, dass ihr Haar heute besonders hübsch aussehe.

Richards Bewunderung war aufrichtig. Er hatte nie zuvor einen solch schönen, faszinierenden Körper gesehen. Sie trat näher, so dass ihre Brustspitzen nur noch wenige Zentimeter von ihm entfernt waren. Er fühlte sich, als wäre er der erste Mann, der sie nackt erblickte, als hätte sie sich für ihn aufbewahrt. Er war aufgeregt und verängstigt. Was würde als Nächstes geschehen? Seine Gefühle waren auf diesen erotischen Angriff nicht vorbereitet gewesen.

»Leg dich auf den Bauch, dann können wir anfangen«, sagte sie leichthin, strich mit der Hand über seine Seite und schob einen Finger in das Handtuch um seine Hüften, so dass es sich löste und zu Boden glitt. Sein Glied stand vor, und er wandte sich peinlich berührt ab.

Die Massagebank war stabil, sie wackelte nicht, als er sich darauflegte. Er vergrub sein Gesicht in dem gepolsterten Loch in Kopfhöhe und machte es sich bequem. Er hörte, wie die Frau um die Massagebank herumging und ihre Hände mit etwas einrieb.

Dann folgte ihre erste Berührung. Sein ganzer Körper schien zu reagieren, als sie kraftvoll mit beiden Händen sein Rückgrat entlang nach oben bis zu seinem Nacken glitt, um dann wieder über sein Gesäß, seine Schenkel bis hin zu seinen Waden nach unten zu wandern. Es war eine einzige gleitende Bewegung, die sofort zahllose Endorphine in ihm ausschüttete. Sein Körper begann sich zu entspannen, Glied um Glied lockerte sich, bis er auf den warmen Handtüchern wie in seine Einzelteile zerlegt zu schweben schien. Die Frau war unablässig in Bewegung, ihre Hände wanderten von oben nach unten, schoben ein Stück seiner müden Muskeln wellenartig über seinen Körper und zogen dann seine ölige Haut glatt darüber.

Er hatte sich noch nie so körperlich angesprochen, so geachtet gefühlt. Es war wie ein unschuldiges Geschenk, das sonst nur ein neugeborenes Kind erhält – eingefordert, aber schließlich doch vergeudet angesichts eines verschlossenen Geistes. Richards Gedanken flossen unverbunden und losgelöst von einer Empfindung zur nächsten, nicht in der Lage, einen Zusammenhang herzustellen. Er schaffte es gerade noch sich zu fragen, ob er mehr Geld hätte mitbringen sollen. Er befürchtete, dass ihre herrlich knetenden Hände aufhören könnten, sobald irgendein unsichtbarer Zähler kein Guthaben mehr anzeigte.

Aber die Frau fuhr fort, mit Kraft und Geschmeidigkeit seine Beine, seinen Rücken und seine Schultern durchzuwalken, bis sie sich ihr dankbar hingaben. Seine Gedanken drifteten wie ein kleines Boot dahin, von Windböen sanft immer weiter vom Ufer fortgetragen. Dann folgte, beinahe abrupt, etwas anderes. Ihre Hände wanderten über seine Gesäßbacken, zogen sie leicht auseinander und glitten zwischen seine Schenkel, ihr Daumen elektrisierend nah an seinem Anus. Er keuchte, ob aus Erregung oder vor Überraschung war ihm nicht klar.

Da er befürchtete, ihm könnte eine Blähung entweichen, kniff er die Gesäßbacken zusammen. Daraufhin wiederholte sie die Bewegung und zog diese noch entschlossener auseinander. Als sich diesmal ihre Finger unter seine Schenkel schoben, spürte er ein leichtes Kitzeln ihrer geflochtenen Zöpfe auf seinem Rücken. Wie nah sie mir ist, dachte er fasziniert. Beim dritten Mal war die Berührung der Haare eindeutig. Sie schlängelten sich über seine Haut, während ihre Hände unter seine Schenkel glitten. Ihre Daumen stießen gegen seinen Hoden. Gleichzeitig spürte er, wie etwas Größeres, Kräftigeres über sein Gesäß fuhr. Sein Körper spannte sich unwillkürlich an und wartete. Die gleiche Berührung wiederholte sich ein zweites Mal, und diesmal erkannte er sie: Es waren ihre Brüste, die schwer über seine Haut strichen.

Sein Verstand vermochte vor Verblüffung kaum mehr mitzuhalten. Ist es so einfach?, fragte er sich verwirrt. War es immer so einfach, so mühelos gewesen? War nur diese eine Grenze zu überwinden gewesen, um seine Prüderie hinter sich zu lassen? Einen Moment lang ärgerte ihn der Gedanke an all die Gelegenheiten, die ungenutzt verstrichen waren. Doch die Empfindung ihres Körpers, der ihn berührte und knetete, fesselte rasch wieder seine Aufmerksamkeit. Das Ganze kam ihm beinahe unwirklich vor. Vielleicht litt er ja unter Halluzinationen? Er versuchte, dieser Frage nachzugehen, ehe seine Gedanken wieder davondrifteten.

Auf einmal spürte er ihr Gewicht auf der Massagebank. Das

Metall ächzte ein wenig, und die Polster neben seinen Hüften gaben nach, ohne dass sich die Bank bewegte. Er fühlte die Wärme ihrer Schenkel, als sie sich rittlings auf ihn setzte und ihre Beine eng an ihn presste. Dann ließ sie sich langsam mit ihrem ganzen Körper auf ihn nieder, so dass er den Druck ihrer Brüste und ihres Bauches auf seinem Rücken fühlen konnte. Nach einem Moment erhob sie sich wieder und strich mit den Brustspitzen über die eingeölte Haut unterhalb seiner Schulterblätter. Ihre Brüste wanderten eine Zeit lang vor und zurück. Plötzlich befand sich ihr Gesicht neben dem seinen und berührte beinahe seine Wange.

»Alles in Ordnung?«, wollte sie mit sanfter Stimme wissen.

Die Frage kam Richard seltsam vor, und er war nicht in der Lage, die richtigen Worte darauf zu finden. Ihre Stimme hatte ihn aus seinen Träumen gerissen, was überraschend aufregend war, denn das Gefühl, in Wahrheit nur einer Halluzination zu erliegen, hatte ihn auf sich selbst zurückgeworfen. Ihr Atem an seinem Ohr zwang ihn, den Menschen wahrzunehmen, der all das in ihm auslöste. Da war so vieles, was er ihr gern gesagt hätte. Doch es gab nichts zu sagen. Diese Spannung – war es eine Begegnung zwischen Fremden oder zwischen Liebenden? – war fast unerträglich. Lähmend.

»Es tut so gut«, brachte er mühsam hervor und kam sich ob dieser mageren Worte undankbar vor.

Er spürte, wie sich ihr Becken auf sein argloses Gesäß senkte. Drahtig kurzes Haar strich aufreizend über seine Haut. In der Mitte etwas Weiches, Feuchtes. Sein Körper reagierte instinktiv, indem er sich zur Quelle dieser Empfindung hochreckte. Er konnte es kaum fassen. Versucht sie wirklich, sich an meiner Haut zu reiben?, dachte er. Allein die Vorstellung hatte etwas Unwirkliches. Doch sie drückte tatsächlich immer wieder mit dem Becken auf ihn herab. Er drängte nach oben, während sie kreisend nach unten stieß. Es fühlte sich wie die köstliche Übertretung einer unsichtbaren Grenze an.

Nach einer Weile wurde sie langsamer, rutschte hin und her und löste sich dann einen Moment lang völlig von ihm. Die Luft strich kühl über seine ölige Haut, und er sehnte sich nach dem erneuten Druck ihres Körpers auf seinem Rücken. Etwas Kleines, Warmes berührte ihn nun stattdessen, eine weiche, beinahe flüssig anmutende Bewegung auf seinen Schulterblättern. Wie eine Murmel lief es feucht sein Rückgrat entlang hinunter bis zu seinem Kreuz, wo es tief zwischen den Pobacken verschwand, um dann auf seinem Schenkel kehrtzumachen und wieder hinaufzuwandern.

Richard hörte ein leises Schmatzen. War es vielleicht ihre Zunge? Er konnte es sich kaum vorstellen. Es war eine derart hemmungslose Bewegung. Er wusste, dass seine Verblüffung nur von seiner Naivität zeugte. Doch eine solche Intimität hatte er nicht erwartet. Die Geste strahlte eine überraschende Ernsthaftigkeit aus: Diese Frau kostete seinen Körper. Sanft biss sie ihn in die Seite seiner Gesäßbacke, dann in seinen Oberschenkel. Sie knabberte an seinem Fleisch. Er konnte es nicht fassen.

Die Spitze ihrer Zunge verfolgte eine Spur auf seinem Rücken und vibrierte dann über die Hinterseite seines Ohrs. Wieder war ihr Gesicht nah bei seinem. »Ist noch immer alles in Ordnung?«, fragte sie liebevoll, wie es ihm erschien, und ein wenig keuchend. Vor Anstrengung? Oder war auch sie erregt? Es kam ihm so vor, als wären sie ein Liebespaar, das sich schon eine ganze Weile kannte. Und doch hatte er keine Ahnung, was seine Geliebte als Nächstes tun würde. Dieses Unbekannte, dieses Nichtwissen machte ihm fast Angst. Er nickte.

»Dreh dich auf den Rücken«, flüsterte sie.

Richard gehorchte. Er befürchtete, sich ungeschickt anzustellen, doch sie zog an einer Seite des Handtuchs unter ihm und drehte ihn so problemlos um. Jetzt konnte er sie sehen. Sie saß noch immer auf ihm. Ihre Brüste schimmerten ölig. Öl von meiner Haut, auf ihrer Haut, dachte er. Er spürte ihr drahtiges Haar an seinem Bauch und blickte nach unten. Die Frau rutschte vor und zurück, so dass er leise aufstöhnte. Sie lächelte und schob ihr Becken in Richtung seiner Erektion.

Als er die Augen schloss – das Bild, das sich ihm bot, war zu viel für ihn –, fühlte er, wie eine warme Welle seinen Penis und mit ihm seinen ganzen Körper überrollte. Während er sich ihr mit einem lauten Stöhnen überließ, zerstoben seine Gedanken in tausend Teile. Er hatte das Gefühl, als befände er sich in ihr. Kann das wirklich sein?, dachte er besorgt. Würde sie das zulassen? Und will ich das überhaupt? Aber wie könnte ich es nicht wollen? Die Welle nahm ihn auf, und er wusste nicht mehr, wie ihm geschah.

Die Frau beugte sich vor und keuchte leise in sein Ohr, während sie mit den Brüsten und dem Bauch über seinen Oberköper strich. Sie schlang ihre Beine um die seinen und schien ihn in sich hineinzuziehen.

Fast glaubte er, er schwebte über der Liege. Sein Verstand vermochte noch immer nicht zu akzeptieren, was da gerade geschah. Doch die Empfindung ließ sich nicht leugnen, auch wenn sich ihm jetzt ein verstörender Gedanke aufdrängte: Ich habe keine Kontrolle mehr. Er war nicht einmal in der Lage, die Augen zu öffnen, obwohl er sich danach sehnte herauszufinden, was mit ihm passierte. Gleichzeitig schreckte er aber auch davor zurück. Ihn entsetzte die Vorstellung, dass sie ihn beobachten könnte, um zu sehen, wann er fertig war. Er fürchtete sich, dass er beim Öffnen der Augen feststellen musste, dass sie ihn betrachtete; nicht wie eine Liebende. Abwartend.

Ein Gefühl der Spannung begann sich unterhalb seines Bauchnabels zu bilden. Es pochte heiß und wurde größer, stieg an, jedes

Mal, wenn er nach oben stieß. Es ergriff seine Lenden und Schenkel, brannte und zog in ihm, bis er es kaum mehr aushielt. Ein Geräusch erfüllte den Raum, ein flehendes Stöhnen, sein Körper zuckte zusammen, und endlich explodierte der geballte Druck in seinem Inneren. Sein Gesicht verzog sich zu einer Grimasse, als er die heftige Welle des Orgasmus spürte.

Er riss die Augen auf. Die Frau ritt auf seinen Schenkeln. Ihr Gesicht wirkte noch immer freundlich, wenn auch ungerührt, während sie seinen klebrigen Samen in der feuchten, hohlen Hand auffing. Richard schämte sich auf einmal für seine Hemmungslosigkeit und dafür, wie sein plumper Körper noch immer unter dem ihren zuckte. Am meisten schämte er sich jedoch für seine falsche Annahme und die Tatsache, dass sie wusste, was er geglaubt hatte. Er lag keuchend auf der Liege, während aus seinem schlaffen Penis noch immer Flüssigkeit in ihre kräftigen Hände tropfte. Jetzt hatte er einen bitteren Geschmack im Mund, und ihm kam das Ganze plötzlich wie ein bedauerliches Missverständnis vor.

Als hätte sie seinen Stimmungswandel gespürt, lehnte sie sich vor und drückte ihm einen langen und liebevollen Kuss auf die Stirn über seinem rechten Auge. Sie hielt die Lippen an seine Haut gedrückt, so dass ihn ihr Atem liebkoste. Mit der Unterlippe zog sie eine unsichtbare Linie unterhalb seiner Augenbraue und spielte zart mit seinem Lid. Wieder spürte er ihren Atem – eine intime Geste, die sein ganzes Gesicht erwärmte. Es hatte etwas Einlullendes und zerstreute alle Bedenken. Dieser Kuss nahm sein entblößtes Herz gefangen. Unwillkürlich streichelte er ihr mit der Hand über den Rücken. Sie bewegte sich nicht, stieß ihn nicht fort, sondern ließ seine Finger über ihre glänzende Haut gleiten.

Richard musste gegen das dringende Bedürfnis ankämpfen, ihr zu sagen, dass er sie liebte. Er wunderte sich über die Seichtheit der Gefühle, die ihn dazu bringen würden, so etwas auszusprechen. Dennoch merkte er, wie die Worte auf seiner Zunge tanzten und einer hinter Glas gefangenen Motte gleich versuchten, seinen Mund zu verlassen. Er schloss die Augen. Sein Inneres fühlte sich zerrissen wie ein Stück zerfetzter Stoff, der im Wind flattert. Er spürte, wie sie sich aufrichtete und ihre Hände seine Beine entlangwandern ließ, bis sie zu seinen Füßen gelangte. Dort massierte sie kurz seine Fußballen und hielt dann seine Sohlen an ihre Brüste gedrückt.

Richard konnte sich einen Moment lang kaum an sein bisheriges Leben erinnern. Wer war er? Die Vorstellung, jetzt in die Kanzlei zu fahren und mit seinen Kollegen zu sprechen, erschien ihm absurd. Wie sollte er an sich halten? Wie sollte er jemals wieder nach Hause zurückkehren? Er würde Abayomis Namen aussprechen, sobald er über die Schwelle trat. Kein anderes Wort würde sich in seinem Mund formen. Er würde immer wieder voll Erstaunen ihren Namen murmeln, selbst wenn er eigentlich etwas ganz anderes sagen wollte. Jeder würde sofort Bescheid wissen, man müsste ihn nur ansehen – das Strahlen in seinen Augen, das glückliche Zucken seiner Lippen, wenn er zu sprechen versuchte.

Er war ruiniert. Und er war gerettet.

»Möchtest du dich duschen?«, fragte Abayomi mit einer Stimme, die ihn an warmes Öl erinnerte. Er schlug die Augen auf. Sie stand neben ihm, und dankbar sah er zu ihr auf. Die Möglichkeit eines anderen Lebens, eines Lebens mit dieser Frau – liebevoll, aufregend und ohne Lasten – kam ihm auf einmal in den Sinn, sprang ihn an wie ein Korken, der von einer Flasche gelöst wird.

»Ja, gern«, sagte er und versuchte mit seinen trockenen Lippen ein Lächeln zu formen. Er hatte Durst, allerdings nicht nach Wasser, sondern nach Alkohol. Er wollte trinken, bis seine Sinne benebelt waren. Durfte er sie fragen, ob er sie auf einen Drink einladen könne? Doch sie trat bereits zur Seite und hielt ihm ein Handtuch hin, höflich und professionell. Die feine Balance zwischen Distanz und Zuneigung brachte ihn noch mehr aus der Fassung.

In der Dusche betrachtete er seinen Penis, der sich jetzt an sein Bein schmiegte. Fast erwartete er, irgendeine Veränderung an seinem Körper wahrzunehmen, als ob ihn diese Erfahrung physisch hätte zeichnen müssen. Es erstaunte, ja erschreckte ihn fast, dieselben weißen Beine und denselben Bauchansatz wie zuvor zu sehen. Er musste sich dringend bräunen und seine Bauchmuskeln trainieren, wenn er sie weiterhin sehen wollte. Es war aufregend, sich vorzustellen, dass es wieder einen Grund gab, an seinem Aussehen zu arbeiten. Gleichzeitig beunruhigte ihn die Tatsache, dass Amanda offenbar keinen Grund mehr für ihn darstellte.

Aber der Gedanke an seine Frau war nur flüchtig und wurde schon bald wieder von den Bildern des gerade Geschehenen vertrieben. Richard lachte leise und schüttelte den Kopf. Wie wunderbar das Leben doch sein konnte! Wie aufregend es war, in dieser großartigen Stadt zu leben! Er atmete tief durch und klatschte sich dann Hände voll flüssiger Seife auf Brust und Bauch. Was für eine herrliche Empfindung, sich wieder so lebendig zu fühlen!

Ehe er ging, reichte er Abayomi noch seine Visitenkarte. »Ich bin Anwalt«, erklärte er mit ernster Miene. »Wenn du also einmal Hilfe benötigen solltest, irgendeine Art von Hilfe … dann ruf mich einfach an. Jederzeit.« Sein Tonfall klang beinahe beschwörend, und sie legte ihm kurz die Hand auf die Schulter, als ob sie ihn beruhigen wollte.

»Danke, Richard«, sagte sie. »Ich würde gerne einmal über eine permanente Aufenthaltserlaubnis und über meinen Immigrantenstatus mit dir sprechen. Vielleicht rufe ich dich ja tatsächlich an. Vielen Dank.«

Richards Herz schlug schneller beim bloßen Gedanken daran, aber er zwang sich, nichts weiter zu sagen. Abayomi begleitete ihn zur Haustür. Nachdem er in das helle Sonnenlicht hinausgetreten war, drehte er sich noch einmal zu ihr um. Doch sie hatte bereits die Tür geschlossen und war verschwunden. Er warf einen Blick auf seine Armbanduhr. Es war zehn nach vier. Nur eine einzige Stunde war vergangen.

Einige Minuten lang stand er orientierungslos auf der Straße. Die Gebäude, der Verkehr, der an ihm vorbeirauschte, die Leute, die vor ihm die Straße überquerten und dabei in ihr Handy sprachen – die Szene wirkte so vertraut, so gewöhnlich. Er hatte erwartet, etwas anderes zu sehen. Der Wandel in ihm kam so unvorbereitet, dass er glaubte, die Welt um ihn herum hätte sich ebenfalls verändern müssen. Wie konnte das Gebäude auf der anderen Straßenseite noch genauso aussehen wie zuvor, wenn sich seine eigene Wahrnehmung so gänzlich gewandelt hatte? Sein Körper kribbelte, und er hatte das Gefühl, als müssten ihn alle anstarren und bemerken, wie er strahlte, wie verändert er war. Seine bruchstückhaften Träumereien wurden von einem Handwerker in einem Overall unterbrochen, dem eine Zigarette aus dem Mundwinkel hing und der sich mit einem Schnauben an ihm vorbeidrängte, wobei sein Werkzeugkasten an Richards Anzug entlangstrich.

Richard begann zu laufen, sich unsicher in Richtung der Kanzlei zu bewegen, automatisch der gleichen Strecke folgend, die ihn hierher geführt hatte. Er fürchtete, dass dieses Gefühl freudiger Erregung, dieser wunderbare Aufruhr in seinem Inneren, wieder verfliegen und nie mehr wiederkehren könnte. Er wollte die berauschende Wirkung am liebsten in kleine Flaschen abfüllen und für immer behalten. Er hatte Angst, dass sie durch den ersten Kontakt mit einem anderen Menschen beschmutzt und zerstört werden könnte. Wie sollte er sich diesen Moment wieder vor Augen führen, wenn er erst wieder mit Selwyn sprach, sich mit Svritsky traf oder mit Amanda stritt?

Einige Schritte vor ihm entdeckte er einen Mann, den er für einen Kollegen hielt, tief versunken in ein Gespräch mit einem anderen. Richard bog hastig in eine Gasse ab, wo ihm sogleich der saure Gestank von Urin und menschlichen Exkrementen entgegenschlug. Doch irgendwie störte ihn dieser Angriff auf seine Geruchsnerven nicht, er verzog nicht einmal das Gesicht. Er lief einfach weiter, noch immer in sich gekehrt, den Kern seines verstörten Herzens fest umklammert. Am Ende der Gasse stieß er auf eine Straße im Stadtzentrum, in der er noch nie gewesen war.

Das klackende Geräusch von Billardkugeln und die gedämpften Rufe von Männern, die offenbar Poolbillard spielten, wehten ihm aus einer Bar entgegen. Der Raum wirkte düster. Ein grünes Heineken-Reklameschild hing schräg an der Wand. Ohne darüber nachzudenken, überquerte Richard die Straße und trat durch die offen stehende Tür. Das Billardspiel wurde für einen kurzen Moment unterbrochen. Ein Mann sagte etwas in einer fremden Sprache, lachte und widmete sich dann dem nächsten Stoß.

Richard merkte, dass er der einzige Weiße in der feuchten Spelunke war. In der Luft hingen Rauch- und Aftershaveschwaden. Einige Männer saßen an der Theke und tranken. Der Barkeeper, ein Glatzkopf mit dicken Speckrollen im Nacken und herabhängenden Wangen, nickte ihm zu. Einer der Gäste nahm seine Geldbörse und sein Handy von einem Hocker. Richard setzte sich und murmelte ein Dankeschön.

»Was kann ich Ihnen bringen?«, fragte der Barkeeper, während er mit einem fadenscheinigen Geschirrtuch ein großes Bierglas abtrocknete.

»Ein Bier«, sagte Richard und betrachtete die Flaschen, die hinter der Glastür des Kühlschranks aufgereiht waren. »Eins, das nicht von hier kommt«, fügte er hinzu.

Der Mann nickte, als handelte es sich dabei um eine gewöhnliche Bitte, und holte eine kleine braune Flasche mit einem edel wirkenden rotgelben Etikett heraus, auf dem *Laurentina Lager* stand.

»Aus Mosambik«, erklärte der Barkeeper und stellte ein gekühltes Glas auf einen Bierdeckel vor ihm auf die Theke. Richard goss sich das Bier in einem kräftigen Strahl ein. Er beobachtete, wie die bernsteinfarbene Flüssigkeit oben eine weiße Schaumkrone bildete. Das Bier schmeckte leicht und frisch und hinterließ einen bitteren Nachgeschmack im Mund.

Der Mann neben Richard wandte sich ihm zu. »Schmeckt's?« Er hatte eine schwere Lederjacke an, obwohl es drückend heiß war. »Kommt aus *meinem* Land«, fügte er hinzu. »Aus Mosambik.«

»Es ist ausgezeichnet«, erwiderte Richard. Das Bier hatte tatsächlich einen reinen, guten Geschmack, und er schämte sich dafür, dass ihn das erstaunte. Ich sollte mir auf dem Weg nach Hause eine Kiste davon kaufen, dachte er. Südafrikanisches oder importiertes europäisches Bier zu trinken, kam ihm auf einmal gewöhnlich vor.

Er strich sich mit den Fingerkuppen über die Augenlider und kehrte in Gedanken zu den sanften Berührungen von Abayomis fremden Lippen auf seiner Haut zurück. Nicht der Sex war es, wovor er Angst haben musste. Es war etwas viel Gefährlicheres. Es war diese Geste der Zuneigung, dieses verstörende Gefühl der Vertrautheit.

Er trank einen weiteren Schluck und wandte sich dann wieder an seinen Nachbarn. »Wenn Sie aus Mosambik sind, was machen Sie dann hier in Südafrika?« Die Frage klang misstrauischer, als er es beabsichtigt hatte, und der Mann betrachtete ihn einen Moment lang skeptisch, ehe er antwortete.

»Ich komme aus Beira. Meine Familie ist noch dort. Ich musste meine Frau und meine zwei Kinder zurücklassen. Ursprünglich habe ich für eine Transportfirma gearbeitet, aber die ist Pleite gegangen. Jetzt arbeite ich hier und in Johannesburg, schicke Geld nach Hause. Dort gibt es kaum Arbeit.«

»Das muss hart sein«, meinte Richard und hoffte, nicht unglaubwürdig zu klingen.

»Es ist hart.« Der Mann nickte. Er schien Richard seine Bemerkung nicht übel zu nehmen. Nachdenklich starrte er in sein Glas. »Ja, es ist hart. Meine Frau fehlt mir, und meine Kinder sehe ich auch nie. Meine Familie will, dass ich wieder nach Hause komme. Und das will ich auch. Wir sind hier nicht willkommen. Manchmal jagt man uns einfach fort. Einigen von uns wurden sogar die Unterkünfte zerstört. Aber wir bauen sie immer wieder auf und fangen von Neuem an. Was bleibt uns auch anderes übrig? Es ist nicht leicht, sich über Wasser zu halten in Ihrem Land.«

Der Barkeeper murmelte zustimmend, und einer der Spieler rief Richards Nachbarn etwas auf Portugiesisch zu.

»Er meint, ich soll lieber draußen heulen, weil ich sonst alle traurig mache. Doch es stimmt: Wir sind alle traurig. Aber wir können nicht weinen.«

7

Die Reihen von Besteck glänzten neben den Suppentellern voll Gazpacho. Die tiefrote Suppe hob sich leuchtend von dem weiß schimmernden Porzellanrand ab und war mit einigen Ringen Frühlingszwiebeln bestreut.

Amanda hatte den Abend wie immer bis ins letzte Detail geplant. Das Essen würde ansprechend präsentiert werden und ausgezeichnet schmecken. Sie hatte mehrere Brotkörbe mit warmem Baguette und dick geschnittenem Bauernbrot gefüllt. Neben Cynthia Garvers Gedeck hatte sie diskret zwei Scheiben glutenfreies Brot gelegt, da diese unter einer starken Gluten- und Laktoseintoleranz litt. Die Lampen waren gedimmt, und türkisfarbene Kugelkerzen verströmten ein weich flackerndes Licht. Die Kerzen waren geschickt so platziert, dass sie sich unterhalb der Augenhöhe der Gäste befanden, damit sie die Unterhaltung bei Tisch nicht störten. Die Servietten waren akkurat gefaltet, und das schneeweiße Tischtuch war perfekt nach unten gezogen, wo es von dezenten Klemmen an seinem Platz gehalten wurde.

Die Luft duftete nach Jasmin und Rosen, ein Geruch, der einer kleinen Duftschale entströmte und jeglichen Knoblauchgeruch beseitigte, der möglicherweise aus der Küche ins Esszimmer dringen konnte. Die Fenster hatte Amanda weit geöffnet, so dass die milde Sommerbrise über die kurz geschnittene Rasenfläche und den mit roten Ziegeln gepflasterten Weg des Anwesens zu ihnen hineinwehen konnte. In der Ferne sah man das letzte orangerote Leuchten der untergehenden Sonne über den Bergen. Der Himmel strahlte in einem üppigen tiefen Blau.

Zu Richards Erleichterung waren die beiden Hunde nach draußen verbannt worden. Sobald sie Amanda drinnen vorbeigehen sahen, begannen sie allerdings zu jaulen und leise an der Terrassentür zu kratzen. Das riesige Wohn- und Esszimmer im Erdgeschoss stellte eine Symphonie in Weiß dar – von den zarten Kattunvorhängen bis hin zu dem hell getünchten Tisch und den Stühlen. Ausgebleichte Muschelschalen, die aus dem Strandhaus stammten, waren in schlichten Holzrahmen arrangiert, während schnörkellose Bambuslampenschirme überall strategisch im Raum verteilt waren. Das Ganze wirkte erfrischend kühl und gleichzeitig doch steril und ohne persönlichen Anstrich.

Richard sah Amandas Essenseinladungen stets mit zwiespältigen Gefühlen entgegen. Ihm gefiel die üppige Zurschaustellung der Gerichte, und er genoss es, sich als gepflegter Gastgeber zu präsentieren. Er liebte es, die verschiedenen Gänge serviert zu bekommen und zu wissen, dass an einem solchen Abend von seiner Frau alles souverän gemeistert wurde. Von dem Moment an, wenn die ersten Gäste erschienen, bis hin zur letzten, betrunken gemurmelten Verabschiedung auf den Eingangsstufen ihres Hauses würde alles wie am Schnürchen laufen.

Doch die Regelmäßigkeit dieser Einladungen hatte auch ihren Preis. Richard störte sich weniger an den tatsächlichen Kosten eines solchen Abends als vielmehr an der Tatsache, dass er kaum etwas bei der Auswahl der Gäste mitzureden hatte, die an seinem Tisch aufeinandertrafen. Amanda allein entschied, wer eingeladen wurde. Sie wurde von dem Ehrgeiz getrieben, so viele Gäste wie möglich um sich zu versammeln, was bedeutete, dass Richards Wunsch, einmal einen alten Freund allein einzuladen, bloß mit einem verständnislosen Seufzer von ihr quittiert wurde.

»Aber wir haben ihn doch erst letzten Monat gesehen, Schatz. Gütiger Himmel, wenn man dir das Ganze überlassen würde, dann würden wir immer die gleichen Leute treffen. Es ist wichtig, neue Menschen kennenzulernen, Richard.«

So war er immer wieder dazu gezwungen, gequälte Unterhaltungen mit ihm völlig fremden Männern zu führen, während Amanda am anderen Ende des Tisches angeregt mit deren Frauen plauderte.

Diesmal hatte sie zumindest David Keefer und seine Frau Charmaine mit auf die Gästeliste des Abends gesetzt. Die Anwesenheit seines Freundes hätte Richard normalerweise gefreut, doch seitdem er von Davids Verwicklungen mit der russischen Stripperin wusste, war seine übliche Leichtigkeit im Umgang mit den beiden dahin. Er hatte das Gefühl, als hätten dieses Wissen und sein Nachmittag im Massagestudio ihn mit einem unauslöschlichen Mal versehen. Als er Charmaine begrüßte, senkte er den Blick und wandte sich dann etwas zu rasch jemand anderem zu. Falls ihr sein Unbehagen auffiel, so ließ sie es sich jedenfalls nicht anmerken, sondern erkundigte sich gut gelaunt bei Amanda, ob sie ihr mit den Vorbereitungen in der Küche helfen könne. David hingegen wirkte bedrückt und abwesend. Als er Richards Hand schüttelte, bedachte er ihn mit einem langen bedeutsamen Blick.

Richard saß nun am Kopfende des Tisches und lauschte dem frühabendlichen Geplauder, während die Gäste allmählich in einen abgestimmten Rhythmus fielen. Er fragte sich, warum er in so seltsamer Stimmung war. Nichts schien ihn zu freuen. Die Suppe sah klebrig aus, und der Geruch der Tomaten kam ihm aufdringlich vor. Das Brot schmeckte nach nichts, der Wein war wässrig und zu säurehaltig in seinem Mund. Ihn irritierte die Art und Weise, wie der Tisch perfekt gedeckt war, jeder Gast die richtigen Utensilien hatte und alle gehorsam darauf warteten, ihr Essen serviert zu bekommen. Sie hätten genauso gut auf ein Prüfungsergebnis warten können. Das Schälchen mit zerstoßenem Pfeffer und Salz kam ihm prätentiös vor. Gewöhnliche Salz- und Pfefferstreuer hätten es auch getan, dachte er, während ihm der Rosen- und Jasminduft übermächtig in die Nase stieg. Er rutschte auf seinem Stuhl hin und her, unfähig, still zu sitzen.

Zu seiner Rechten hatte Amanda David platziert. Doch ihre Unterhaltung wurde durch zwei Männer gestört, die für beide mehr oder weniger Fremde waren. Rechts von David saß ein älterer Typ namens Rale Garver, dessen allergische und hypernervöse Frau Cynthia Amanda aus dem Fitnessstudio kannte. Richard hatte Garver einmal zuvor auf einer Cocktailparty getroffen, wo er allerdings kaum ein Wort mit ihm gewechselt hatte. Er war Rechnungsprüfer und besaß eine große Finanzinvestmentfirma, ein zurückhaltender Mann, der wenig von sich preisgab.

Links von Richard zupfte Cynthia gedankenverloren an ihrem glutenfreien Brot. Neben ihr saß Ryno Coetzee, ein selbstbewusster junger Geschäftsmann, der den Abend damit begonnen hatte, allen zu erklären, dass er im »Import-Export-Geschäft« beschäftigt und erst vor kurzem von einer Reise nach China und Taiwan zurückgekehrt sei. Richard hatte Coetzee noch nie zuvor getroffen, fand jedoch seinen betont modischen Haarschnitt und sein großspuriges Auftreten ausgesprochen unangenehm. Coetzees Frau Kristi war ein junges gertenschlankes Ding, das über jeden noch so schlechten Scherz kicherte und dabei immer wieder ihr blondiertes Haar nach hinten warf. Sie trug enge Leggings und ein blaues Top mit Nackenträgern, das sich über ihren Brüsten dehnte und einen auffallend tiefen Ausschnitt hatte. Richard hatte David dabei ertappt, wie er fasziniert auf den Busen starrte. Er musste seinen Freund auf den Arm tippen, um den Bann zu lösen.

Coetzee erinnerte Richard an einen italienischen Pornodarsteller, den er aus einem der Filme kannte, die er heimlich aufbewahrte. Obgleich das Selbstbewusstsein des Mannes fast an Arroganz grenzte, besaß er zweifelsohne einen gewissen Charme, vor allem wenn er mit den Frauen am Tisch sprach. Er genoss es, im Mittelpunkt der Aufmerksamkeit zu stehen, und zwinkerte immer wieder Kristi zu, was sie jedes Mal in mädchenhaftes Gelächter ausbrechen ließ. Soweit sich Richard erinnern konnte, war der Pornodarsteller in den unteren Regionen ausgesprochen gut ausgestattet gewesen – ein Gedanke, der ihn noch mehr ärgerte, als er beobachtete, wie Coetzee Amanda mit irgendeiner amüsanten Reisegeschichte unterhielt. Sie und Charmaine waren sichtbar von ihm angetan, lachten über seine Witze und bedachten Kristi immer wieder mit neiderfüllten Blicken. Mit den Männern sprach Coetzee über Autos, Golf, seine Investitionen und – mit leiserer Stimme – über die schlanken Körper der Frauen, die in Schanghai die männlichen Hotelgäste beglückten. Cynthia saß zwischen den Männern und wirkte mit der Zeit immer trostloser.

Auch David schien von Coetzee beeindruckt zu sein. Nur Richard langweilte sich. Er bemühte sich, nicht an seine Erlebnisse auf dem Massagetisch zu denken. Doch sobald er innerlich abschaltete und dem Gespräch am Tisch nicht mehr folgte, kehrte er in Gedanken unweigerlich zu Abayomis Händen zurück. Er wollte mit David über das Erlebte sprechen, schreckte aber gleichzeitig davor zurück, da er befürchtete, in dem Moment, in dem er sein Geheimnis enthüllte, jemand anderer zu werden – in Davids Augen und seinen eigenen. Er würde einer von ihnen werden, einer der Männer im Stripclub, ein Mann wie David, der seinen niederen Instinkten nachgab.

Als sich Coetzee an den schweigsamen Rechnungsprüfer wandte, nutzte Richard die Gelegenheit und versuchte, seinen Freund in ein Gespräch zu zweit zu ziehen.

»Hast du dich je gefragt«, begann er und lehnte sich zu David, »ob die … die Erkenntnis, auf die du dein ganzes Leben über gewartet und von der du angenommen hast, dass sie irgendwo da draußen sein würde, in Wirklichkeit gar nicht existiert?«

David blickte ihn verständnislos an, so dass Richard noch einmal ansetzte. »Ich meine … Du weißt schon … die furchtbare Erkenntnis, dass du immer knapp davor stehen, immer das Gefühl haben wirst, als würde dir gleich die wesentliche Erleuchtung deines Lebens kommen, aber dass sie in Wahrheit nie eintreffen wird?«

Obwohl Richard bemüht leise gesprochen hatte, herrschte am Tisch auf einmal Schweigen. »Wovon redest du, Richard?«, fragte David, der peinlich berührt die Blicke der anderen suchte.

»Er redet vom Warten auf seine religiöse Erleuchtung … Und dass sie nie kommen wird«, erklärte Coetzee, der bereits leicht angeheitert war. »Wie wenn man auf einen Orgasmus wartet, von dem man weiß, dass man ihn nie erreichen wird. Sehr frustrierend … Kann ich mir jedenfalls vorstellen«, fügte er anzüglich grinsend hinzu.

»Nun, wir können nicht alle die ganze Zeit über befriedigt sein«, meinte Amanda leichthin und berührte Kristi am Arm. Charmaine lachte etwas zu laut auf, wie Richard fand. Trotz der scherzhaften Erwiderung starrte ihn Amanda zornig an. Seine Frage war unpassend ernst gewesen und drohte, den festgelegten Fluss des Abends zu stören.

»Autsch«, sagte David und verpasste ihm einen freundschaftlichen Stoß mit dem Ellenbogen.

»Tut mir leid«, entschuldigte sich Richard, der merkte, wie seine Kopfhaut zu prickeln begann und es heiß seinen Rücken hochkroch. »Das ist mir gerade so eingefallen. Wartet nur, bis ich mehr Wein intus habe, dann werdet ihr erst die richtig komplizierten Fragen hören.« Er versuchte, locker zu klingen. Nur Cynthia sah ihn einen Augenblick lang mitfühlend an, ehe sie sich wieder ihrer Suppe widmete.

In seiner Verzweiflung wandte sich Richard an Coetzee: »Und? Sind Sie geschäftlich auch viel in Afrika unterwegs, Ryno?«

»In Afrika?« Coetzee legte seinen Löffel beiseite und tupfte sich den Mund mit der Serviette ab, als plante er, eine wichtige Rede zu halten. »Wissen Sie, diese kleinen asiatischen Kerle kennen noch die Bedeutung von Arbeit. Verstehen Sie?« Er sprach laut, um auch den Rest der Tischgesellschaft mit einzubeziehen. »Diese Leute hören überhaupt nicht auf zu arbeiten. Die ganze Zeit über tut sich da was. Wenn man einen Asiaten nimmt und irgendwohin verfrachtet, dann arbeitet der immer noch wie ein Generator – man schaltet ihn einfach ein, und er legt los. Es ist unglaublich, aber so ist deren Kultur nun mal. Was aber Afrika betrifft … Man muss ja heutzutage verdammt aufpassen, was und wie man was sagt, aber ich will es mal so formulieren: Dort findet man nicht unbedingt dieselbe *Arbeitsethik* wie in Asien, wenn Sie wissen, was ich meine.«

Coetzee nahm wieder seinen Löffel zur Hand, ehe er hinzufügte: »Das sind echt nette Menschen und so. Verstehen Sie mich nicht falsch. Aber ich habe die Erfahrung gemacht, dass man sie nicht verpflanzen kann. Wenn man einen von denen aus ihrer gewohnten Umgebung reißt, funktioniert er einfach nicht mehr.«

Er blickte sich am Tisch um und versuchte offenbar, die politische Einstellung der Anwesenden abzuschätzen. Cynthia öffnete den Mund, um etwas zu sagen, senkte dann aber wieder den Blick und trank stattdessen einen Schluck Wasser. Rale Garver nickte zustimmend, und Kristi kicherte. Solchermaßen ermutigt fuhr Coetzee fort: »Wissen Sie, als ich in Australien war, wurde ich von der Handelskammer in Melbourne eingeladen. Man wollte mir zeigen, wie sie dort ihre Geschäfte machen, und man wollte von mir auch ein paar Ratschläge hören. Das Übliche eben. Sie haben mir ein Zimmer in einem wahnsinnig tollen Fünf-Sterne-Hotel besorgt, in jedem Bad ein Whirlpool, phantastisches Essen … na ja, egal. Jedenfalls habe ich da Immigranten aus Thailand und Vietnam gesehen. Sie sind das Rückgrat der australischen Wirtschaft. Haben sich im Mittelstand häuslich niedergelassen. Arbeiten Tag und Nacht. Die stecken diese faulen Aussies locker in die Tasche.«

Jetzt konnte er sich der Aufmerksamkeit des ganzen Tisches sicher sein und nahm sich dementsprechend Zeit, einen lauten Schluck aus seinem Weinglas zu trinken. Richard biss vor Ärger die Zähne aufeinander.

»Einige Zeit später bin ich zu einer Konferenz nach Paris eingeladen worden. Ich habe in einem Hotel nur wenige hundert Meter vom Eiffelturm entfernt gewohnt. Mein Gott, Sie müssen sich mal den Turm ansehen, wenn er nachts beleuchtet ist, die Franzosen auf den Straßen sind und überall Musik spielt. Ladys, Sie würden sich auf der Stelle wieder von Neuem verlieben … Jedenfalls gibt es dort eine riesige nigerianische und westafrikanische Gemeinde. So wie hier. Und … Hören Sie, ich erfinde das jetzt nicht oder so. Das haben mir die Franzosen selbst erzählt, verstehen Sie? Jedenfalls tragen die afrikanischen Immigranten kein bisschen zur Verbesserung der Pariser Wirtschaft bei. Man sieht sie an jeder Straßenecke herumlungern, sie rauchen Hasch und spielen irgendwelche Glücksspiele. Sie suchen nur nach einfachen Möglichkeiten, rasch an Geld zu kommen. Manche verkaufen Drogen, andere ihre Frauen.«

Coetzee schien sich nicht sicher, ob Amandas tadelndes Gesicht ihm oder seiner Geschichte galt, weshalb er sich wohl vorsichtshalber noch mal absicherte. »Das sagen die Franzosen. Die haben mir das erzählt. Also akzeptiere ich das so, wie sie es mir sagen.«

»Nun – hier ist das doch auch nicht anders, oder?«, meldete sich Garver zu Wort und kratzte umständlich den letzten Rest Gazpacho auf seinen Löffel.

Richard wandte den Blick zu David hin, dessen Augen gesenkt waren. Er schien sich ganz und gar auf das Buttern eines Stücks Baguette zu konzentrieren. Cynthia wirkte erneut so, als wollte sie protestieren, konnte sich aber offenbar auch diesmal nicht dazu überwinden. Stattdessen seufzte sie leise und beugte sich wieder über ihren Teller.

»Woher kommen Ihrer Meinung nach denn unsere ganzen Probleme?«, fuhr Garver fort. »Als ob es nicht schon schwer genug wäre, mit unseren eigenen Leuten fertig zu werden.«

Coetzee holte tief Luft. »Genau. Bei uns ist es dasselbe wie in Frankreich«, sagte er. »Diese Nigerianer, Ruander … Gut, die Simbabwer müssen einem ja leid tun … Aber jedenfalls sind diese Typen doch alle illegal hier. Sie kommen hierher und saugen uns aus. Wissen Sie was? Gerade vor ein paar Tagen hatte ich einen ziemlich unangenehmen Zusammenstoß mit einem dieser Typen.«

Charmaine riss entsetzt die Augen auf. »Was ist passiert, Ryno? Mein Gott, Sie müssen vorsichtig sein.«

Coetzee ließ sich seine Stirnfransen wie zufällig ins Gesicht fallen, ehe er sie mit einer eingeübten Bewegung zurückstrich. »Keine Angst, Charmaine. Dieser Mann hatte hinterher deutlich mehr Probleme, als er mir machen konnte. Damit hatte er wohl nicht gerechnet. Jedenfalls hat mir das wieder einmal gezeigt, dass man bei diesen Leuten nie sicher sein kann, woran man ist.«

Charmaine begann, Amanda und Kristi eine Geschichte über einen Einbruch in ihrer Straße zu erzählen. Kristi hielt alarmiert die Hand vor den Mund. Coetzee beugte sich über den Tisch und schenkte sich noch Wein nach. Das Kondenswasser war an der gekühlten Flasche nach unten gelaufen und hatte einen feuchten Ring auf dem Tischtuch hinterlassen.

»Mann, dieser Sauvignon Blanc ist wirklich gut, was?«, sagte er, den Blick auf die Männer gerichtet, während er trank. »Ich kenne übrigens den Besitzer dieses Weinguts. Netter Kerl, Brite. Hat sein Geld in der IT-Branche in England verdient, kam dann hierher und hat das Weingut gekauft. Hat alle rausgeworfen … alle, verstehen Sie? Kein einziger *Mannetjie* mehr übrig. Er hat alle rausbefördert – Hunde, Kinder, alle. Und dann hat er neu angefangen. Mit anderen Arbeitern, vor allem Gelegenheitsarbeiterinnen, damit er sich nicht mit irgendwelchen Arbeitsgesetzen herumschlagen muss, wissen Sie. Oft hübsche Mädchen.« Er senkte die Stimme, als könnte er damit verhindern, dass Cynthia neben ihm seine Worte hörte. »Ist doch ein prima Geschäft, oder? Ein guter Wein und dazu noch ein bisschen was für den Schwanz. Besser geht's nicht, was? So etwas nenne ich einen verdammt guten Tropfen.« Er lachte grölend.

Richard stand abrupt auf und flüchtete in die Küche, um eine weitere Flasche Wein zu holen. Seine Tochter Raine lag auf dem Sofa im Wohnzimmer und zappte zwischen verschiedenen Fernsehkanälen hin und her. Den Ton hatte sie ausgeschaltet. Amanda hatte ihr verboten auszugehen und darauf bestanden, dass sie am Essen teilnahm, um Coetzees Frau kennenzulernen. Vor dem Abendessen war Raine tatsächlich von Kristis Jugend und Ausstrahlung fasziniert gewesen, hatte im Schneidersitz auf der Couch gesessen und sich mit ihr über Make-up und erfolgreiche Diäten unterhalten. Doch nachdem die Erwachsenen am Tisch Platz genommen hatten, verlor sie das Interesse und schmollte. Amanda hatte verstohlen Raines Gedeck abgeräumt. Nun strafte sie ihre Tochter mit Missachtung.

Richards Beziehung zu seiner Tochter war nie einfach gewesen. Sie behandelte ihn mit wohlwollender Geringschätzung, als ob sie ihn als zu schwach befände, ihre Welt zu betreten. Meist betrachtete sie ihn wie einen merkwürdigen Außenseiter, der ihr niemals zu nah kommen durfte, aber notgedrungen geduldet wurde. Selbst als kleines Mädchen hatte sie ihn getadelt, ihn als dumm und hoffnungslos bezeichnet. Ihre altkluge Art war ihm zunächst liebenswert erschienen, doch sie prägte von Anfang an ihr Verhältnis zueinander und stellte sich bald als unüberwindbares Hindernis zwischen ihnen heraus.

Jetzt, im Teenageralter, wirkte ihre Ablehnung weniger verspielt. Richards Funktion als Vater bestand ausschließlich in seiner Kontrolle über das Geld, das sie bekam. Es war zwar eine materialistische und höchst unbefriedigende Beziehung, die sie miteinander verband, doch zumindest spielte er auf diese Weise noch immer eine gewisse Rolle im Leben seiner Tochter.

Raines Haltung ihrer Mutter gegenüber war völlig anders. Die beiden standen in einer echten Verbindung zueinander, stritten sich aber auch immer wieder heftig. Wenn sie etwas zu besprechen hatten, so geschah das oft flüsternd und manchmal sogar hinter verschlossenen Türen. Hie und da kam Richard unbeabsichtigt in ein Zimmer, in dem sie miteinander redeten, und wurde dann ungeduldig verscheucht, als wäre er ein ungebetener Eindringling.

Raine reagierte heftig auf ihre Mutter und konnte allein durch deren Tonfall, eine nebensächliche Bemerkung oder eine angeblich unpassende Frage völlig aus dem Häuschen geraten. Dann knallten Türen, und die beiden schrien sich an, nur um einander schließlich schluchzend in den Armen zu liegen.

Richard schlich währenddessen auf der Suche nach einem Zufluchtsort nervös durchs Haus.

Im Gegensatz zu dieser Mutter-Tochter-Beziehung war sein unpersönliches Verhältnis zu Raine einfach und ohne Herausforderungen. Trotzdem beneidete er Amanda um die leidenschaftlichen Auseinandersetzungen, die sie immer wieder mit ihr hatte. Ihn schien Raine nicht einmal ernst genug zu nehmen, um seine Gegenwart überhaupt als störend zu empfinden.

Ein paar Stunden zuvor hatte Richard den selbstmörderischen Wunsch verspürt, seiner Tochter von der verbotenen Massage zu erzählen. Sobald er zu Hause eingetroffen war, die Haut noch immer weich von dem Öl, mit dem ihn Abayomi eingerieben hatte, wäre er am liebsten zu Raine gegangen und hätte sich ihr anvertraut. Er hatte vor ihrer Zimmertür gestanden, ihr dabei zugesehen, wie sie ihr Haar föhnte, und sich vorgestellt, wie er ihr das Ganze erzählen würde. Er würde die Frau als seine wundervolle Geliebte einführen. Seine riskante Untreue würde Raine schockieren, aber ihr vielleicht auch endlich Respekt für ihn abverlangen. Er stellte sich vor, wie sie ungläubig ihre Augen aufreißen – »Nein, Daddy, das kann nicht sein. Du doch nicht!« – und dann beeindruckt lachen würde. Vielleicht würde sie ihm auch einen High five anbieten, so wie sie das mit ihren Freunden oft tat.

Er wusste, dass dieser Wunsch, sich anzuvertrauen, sein Geheimnis zu enthüllen, nicht nur unvernünftig war, sondern auch ein Zeichen dafür, wie sehr die scheinbare Stabilität seiner Welt bereits ins Wanken geraten war. Er fühlte sich auf einmal waghalsig. Doch als Raine bemerkt hatte, dass er sie beobachtete, hatte sie eine genervte Grimasse geschnitten. »Spanner«, hatte sie gemurmelt und gegrinst. Er hatte ebenfalls gelächelt, unsicher, und sich dann schweigend zurückgezogen.

Richard kehrte an den Tisch und zu seiner erst zur Hälfte ge-

gessenen Suppe zurück. Die rote klebrige Flüssigkeit befleckte das weiße Porzellan wie Blut. Gedankenverloren und wie durch einen Schleier beobachtete er Coetzee, der sich weiterhin lautstark über etwas ausließ. Hie und da nickte Richard zustimmend und schenkte ansonsten den Gästen Wein nach. Als er an diesem Nachmittag das Massagestudio verlassen hatte, war er davon überzeugt gewesen, dass ein wichtiger Einschnitt in seinem Leben stattgefunden hatte, der ihn auf eine andere Route führen müsste, ganz gleich, ob er Abayomi wiedersehen würde oder nicht. In gewisser Weise war es ihm in diesem Moment sogar so vorgekommen, als ob eine Wiederholung den starken Eindruck nur abschwächen würde und deshalb gar nicht erstrebenswert war. Es musste sich um ein einmaliges Erlebnis handeln, zu dem er in Gedanken immer wieder zurückkehren konnte.

Doch einige Stunden später wurde ihm bewusst, dass sich das Ganze eher mit einer Droge vergleichen ließ, deren Wirkung so intensiv war, dass sich sein Körper bereits nach mehr sehnte. Allerdings hatte er das Gefühl, dass es im Gegensatz zu einer Droge jedes Mal noch befriedigender sein und die Wirkung nicht nachlassen würde. Eine Droge würde ihm emotional nicht ans Herz wachsen, sondern konnte nur dieselbe veränderte Wahrnehmung in ihm hervorrufen. Hierbei hingegen bestand die Möglichkeit einer wachsenden Vertrautheit und Intimität, ja vielleicht sogar einer tieferen Verbundenheit.

Er musste sich zusammenreißen, um nicht erneut vom Tisch aufzustehen und die Gesellschaft zu verlassen. Er hatte keine Lust auf dieses banale Geplänkel, sondern sehnte sich danach, allein zu sein, um sich wieder ihren Duft vorzustellen, ihre Haut, die Berührung ihrer Lippen auf seinen Augenlidern.

Auf einmal merkte er, dass David ihn neugierig ansah. »Alles in Ordnung, Richard? Du scheinst nicht ganz bei der Sache zu sein. Es ist doch nichts los, oder?«

Richard schüttelte den Kopf. Amanda warf ihm vom anderen Ende des Tisches erneut einen finsteren Blick zu, ehe sie fortfuhr, sich mit Kristi über den neuen Fitnesstrainer zu unterhalten. Charmaine lauschte interessiert, wobei sie bereits ziemlich betrunken wirkte. Ihr Kopf sackte immer wieder ein wenig zur Seite. Cynthia hingegen hatte ihren Platz verlassen und versuchte gerade erfolglos, Raine in eine Unterhaltung zu ziehen.

Irgendwie kam Richard alles seltsam fremd vor, als ob er einen grobkörnigen Videofilm von einer Dinnerparty anschaute. Die Gäste unterhielten sich miteinander, bewegten sich, aßen, während er sie dabei beobachtete und das bedeutungslose Geplauder ohne Interesse verfolgte. Vielleicht bekomme ich eine Grippe, dachte er und blinzelte, um sich zu sammeln.

Ungeschickt stand er auf und ging zu dem weiß getünchten Sideboard, wo er sich viel Zeit ließ, eine edle Flasche gekühlten Syrah auszuwählen, deren goldene und silberne Aufkleber von den Preisen kündeten, die der Wein gewonnen hatte. Richard hatte auch diesmal, wie er das immer bei solchen Gelegenheiten tat, teure Weine ausgewählt. Lieber verließ er sich auf den Preis als auf das Renommee, um seine Gäste zu beeindrucken.

Er sammelte die leeren Weißweingläser auf dem Tisch ein. Amanda ignorierte ihn, als er zu ihr trat und sich vorbeugte, um auch ihr Glas wegzuräumen, an dessen Rand sich Lippenstift abzeichnete. Dann stellte er ein bauchiges Rotweinglas vor jeden Gast. Nur Cynthia bekam keines, denn sie trank ausschließlich Wasser. Mechanisch ging er von einem Platz zum nächsten, ohne auf das dahinplätschernde Geplauder zu achten. Als er schließlich allen eingeschenkt hatte, blieb für ihn nur noch ein kleiner Rest mit Bodensatz übrig, den er in sein Glas goss. Dann ließ er die leere Flasche auf dem Tisch stehen, damit seine Gäste sie begutachten konnten, und öffnete eine weitere, um den Wein atmen zu lassen.

»Nicht schlecht, Calloway«, sagte David laut, während er den anderen am Tisch die leere Flasche zeigte. Richard hatte das Gefühl, dass sich seine Laune sogleich ein wenig besserte. Er lächelte seinem Freund zu.

»Auch noch gekühlt. Gutes Auge fürs Detail!«

»Genießt es«, meinte Richard und kam sich dabei ein wenig steif vor.

»Verdammt klasse, *mate*«, grölte Coetzee. Er zog dabei die Vokale in die Länge, um den australischen Akzent nachzuahmen, was Kristi zu einem weiteren Kicheranfall veranlasste.

Amanda servierte den Hauptgang – schmale Streifen Seezunge auf einem Bett aus Wildreis, umrahmt von Spargel und grünen Bohnen. Richard kam die Präsentation infantil vor, als hätte seine Frau versucht, das Gesicht eines Clowns oder einer Puppe darzustellen, um damit ein widerwilliges Kleinkind zum Essen zu animieren. Die Gäste jedoch zeigten sich gebührend angetan. Sie überschütteten Amanda mit Lob und erklärten, dass sie solch ein Kunstwerk auf keinen Fall zerstören könnten. Ohne zu zögern, fuhr Richard mit dem Messer mitten durch die Fratze. Er spürte, dass Amanda den Blick auf ihn gerichtet hatte, sah aber nicht auf, sondern konzentrierte sich darauf, einen sorgsam errichteten Stapel Bohnen mit einem Hieb zu durchschneiden.

Wieder versuchte er, seine Gedanken zu sammeln. Er stellte sich die Menschen vor, die draußen in Kapstadt ihren Abend verbrachten, voneinander getrennt und doch alle Teil derselben Stadt. Eine Stadt, die ihn bisher im Grunde wenig berührt hatte. Da gab es Svritsky – Richard fragte sich zum ersten Mal, ob der Russe eigentlich eine Familie hatte – und den Mosambikaner in der Bar, die Masseurin, den Motorradfahrer und all diejenigen, die unbeachtet an ihm vorbeigeeilt waren. Sein Horizont schien sich schlagartig derart geweitet zu haben, dass er kaum noch wusste, wie er an sich halten und weitermachen sollte wie bisher.

»Ich bin vor einiger Zeit in einer interessanten Bar gewesen«, meinte er zu David gewandt, merkte aber, dass auch Coetzee zuhörte. »Ich war der einzige Weiße.« David legte seine Gabel beiseite und sah ihn aufmerksam an. »Irgendwie hat mich dieser Besuch dazu gebracht, darüber nachzudenken, was es heißt, Afrikaner zu sein. Was es bedeutet, in diesem Land zu leben, das wir unsere Heimat nennen.« Er hielt inne, füllte Coetzees Glas nach und warf ihm dabei einen Blick zu. »Der Barbesuch warf einige schwierige Fragen für mich auf…«

Coetzee schnaubte und schob sich eine Gabel voll Essen in den Mund.

»Was für Fragen?«, wollte David wissen.

Richard stellte erleichtert fest, dass Amanda ihm inzwischen nicht mehr ihre Aufmerksamkeit schenkte, sondern angeregt mit Kristi sprach. Cynthia sah ihn an, aber es war nicht klar, ob sie überhaupt zuhörte.

»Ach, weißt du, Fragen wie die, was wir wirklich über das Leben in Afrika wissen«, erwiderte er. »Und wer die Immigranten in diesem Land tatsächlich sind…«

»T… I… A«, unterbrach Coetzee Richards Überlegungen mit lauter Stimme. »Sie wissen schon: ›This is Africa.‹ Es gibt keine Lösung, *Boet*. Nur das Problem. Und die einzige Antwort darauf lautet: TIA. Das ist alles, *Boet*. Nicht mehr und nicht weniger.«

Richard konnte kaum noch an sich halten. »Ach, bitte«, erwiderte er ungestümer, als er es eigentlich vorgehabt hatte. »Das ist doch ein wirklich total dämlicher Spruch.«

Seine Stimme hallte laut im Raum wider. Amandas Besteck fiel klirrend auf ihren Teller, woraufhin jemand an ihrem Ende des Tisches einen leisen Schreckensschrei ausstieß. Cynthia hielt mitten im Greifen nach ihrem Glas inne und sah aus, als müsste sie sich jeden Moment übergeben. Raine hatte sich auf der Couch zu ihnen umgedreht und beobachtete die kleine Gesellschaft zum ersten Mal mit einem gewissen Interesse.

»Es ist nur so … Ich weiß nicht«, fuhr Richard gereizt fort. »Das ist doch nur irgendein beschissener Spruch aus Hollywood. Die Leute halten das für cool, weil es ein Idiot wie DiCaprio oder sonst jemand von sich gegeben hat. Aber was zum Teufel soll das heißen? Was zum Teufel weiß er oder was wisst ihr über diesen Kontinent? Schert ihr euch denn überhaupt um Afrika?«

Coetzee war rot angelaufen. Die Venen an seinen Schläfen pochten. Richard befürchtete einen Moment lang, dass ihm sein Gast den Wein ins Gesicht schütten oder ihm eine Ohrfeige verpassen könnte. Er ertrug es nicht länger, mit diesem Mann am selben Tisch zu sitzen. Natürlich wusste er, dass es angebracht wäre, sich zu entschuldigen. Er spürte, wie dringend seine Frau eine Entschuldigung von ihm hören wollte. Schon bald würden ihre unausgesprochenen Erwartungen wie eine Leine an ihm reißen. Er hatte das Gefühl, jeden Augenblick vor Wut zu explodieren.

Sein Stuhl kratzte laut über den Parkettboden, als er aufstand. »Tut mir leid – ich meinte natürlich uns alle«, fügte er hinzu. »Was wissen *wir* schon von diesem Kontinent … Aber jetzt brauche ich erst einmal frische Luft.« Er ging an den schweigenden Gästen vorbei, schob die Terrassentür auf und trat nach draußen in die kühle Nachtluft. Keiner der anderen folgte ihm.

Einen Moment lang herrschte angespannte Stille im Raum. Dann erklang Amandas zerknirscht klingende Stimme. »Mein Gott, Ryno. Es tut mir leid. Ich habe keine Ahnung, was mit ihm los ist. Achten wir einfach nicht auf ihn.«

Es folgte ein unverständliches Gemurmel. Während sich Richard weiter vom Haus entfernte, konnte er noch Davids

Stimme hören: »Wow. Wann ist dein Alter denn so verdammt tolerant und einfühlsam geworden, Amanda?« Jemand antwortete, und gequältes Gelächter drang in den Garten hinaus. Dann setzte wieder eine steife Unterhaltung ein.

Richard tauchte in die Nacht. Die Luft war still und roch nach geschnittenem Gras und dem Chlor der Schwimmbecken. Ein Pfau stieß einen durchdringenden Schrei aus, der auf dem ganzen Anwesen widerhallte. »Verzieh dich, du dämliches Vieh!«, knurrte Richard und kickte wütend einen kleinen Stein in die Dunkelheit.

In der Ferne rauschte der Verkehr vorüber. Eine Grille zirpte ganz in der Nähe. Er konnte kaum noch die Bergkette vor dem mondlosen Nachthimmel erkennen, eine gezackte Linie, die sich unregelmäßig hob und senkte. In seiner Welt, hinter dem hohen Zaun und der Schranke, zwischen den Eichen und den Schwänen, war sein Leben reine Fiktion, eine gezähmte Version des Daseins. Risiken und Unannehmlichkeiten waren aus dieser Welt verbannt worden, und das Leben folgte einem vorhersehbaren Muster. Was hatte Svritsky gesagt? Das zu wiederholen, was man bereits kennt, bedeutet nicht Leben. Die Berge, die Menschen, der Verkehr – all das war da draußen. Er selbst kam sich wie ein Zeichentrickfisch vor, der in einem Aquarium gefangen war, immer wieder mit der Schnauze gegen das Glas stieß und nur von Ferne und verzerrt das sah, was in der Welt außerhalb des Aquariums geschah.

Er wünschte sich lächerlicherweise, Abayomi würde neben ihm stehen. Er sehnte sich nach ihrer Gegenwart und der Ahnung einer anderen Welt, die sie verbreitete. Sie hatten sich während der Massage kaum miteinander unterhalten, aber Richard wusste, dass es ihr problemlos gelingen würde, seine Gäste zu fesseln und ihnen ihre Engstirnigkeit vor Augen zu führen. Sie würde Coetzee und seine grauenvolle Frau mit wenigen Worten entlarven. Abayomi würde neben ihnen wie eine Königin erstrahlen und den vollgestellten Tisch mit einer einzigen zornigen Bewegung leerfegen. David würde voll begehrlicher Bewunderung die Augen aufreißen, während er, Richard, schallend laut lachen würde. Wie seltsam, einer Fremden gegenüber eine derartige Leidenschaft zu empfinden!

Die Sirene eines Krankenwagens entfernte sich langsam auf dem Highway. Auf der anderen Seite des Sicherheitszauns sprachen zwei Frauen angeregt auf Xhosa miteinander. Eine der beiden begann so heftig zu lachen, dass sie stehen bleiben musste, sich nach vorn beugte und am Zaun festhielt. Lautes Gelächter erfüllte einen Augenblick lang die Nacht.

»Hohoho, jo, jo, jo!«, rief sie, schlug sich immer wieder auf den Schenkel und wischte sich die Tränen aus den Augen. Richard stand regungslos da und sah den beiden Frauen hinterher, als sie sich nach einer Weile, noch immer lachend, entfernten.

Sein Handy vibrierte lautlos in seiner Hosentasche. Als er es herauszog, leuchtete das Display auf und zeigte an, dass eine SMS eingetroffen war. Die Nummer des Absenders wurde nicht angezeigt. Er drückte auf einen Knopf, um die Nachricht zu lesen.

»Gute nacht, richard. Denk an deine haut auf meiner. Bis bald. A.«

Die Worte versenkten sich wie Angelhaken in seinem Inneren, wo sie sich festkrallten.

8

Der Gefangenentransporter, unterwegs in Richtung Gericht, kam ins Schlingern, und die zusammengepferchten Insassen stießen gegeneinander. Anfangs hatten sie noch versucht, jeglichen Körperkontakt zu vermeiden, doch schon bald gaben sie auf und ließen ihr Gewicht ungehemmt von einer Seite zur anderen fallen. Das Fahrzeug stank nach Urin und Exkrementen, und die Fensterscheiben waren mit einem dichten Drahtnetz verbarrikadiert. In einer Ecke konnte man halb getrocknetes Erbrochenes ausmachen. Wenn sich der Motor an einer Ampel oder einer Kreuzung im Leerlauf befand, füllte sich das Innere des Wagens mit Dieselabgasen. Dem durchdringenden Gestank war nirgendwo zu entkommen.

Ifasen war vom ersten Moment an übel gewesen, als er hinten in den Transporter gestoßen worden war. Er war ins Stolpern gekommen und hatte sich das Knie an der harten Hecktür angeschlagen. Jetzt saß er vornübergebeugt da, rieb sich die schmerzende Stelle und versuchte, keinem der anderen Männer im Wagen in die Augen zu sehen. Der Kerl neben ihm roch stark nach Schweiß und legte immer wieder seine bandagierte Hand auf Ifasens Bein, um sich abzustützen. Schmutz und getrocknetes Blut gaben dem Verband die Farbe von Motoröl. Das schlaflose Wochenende im Gefängnis und die Angst vor dem, was ihn erwartete, hatten Ifasen zutiefst erschöpft.

Die Anzahl der Männer in den Gefängniszellen war seit seiner Festnahme am Freitag stetig größer geworden. Sobald er die Gelegenheit bekam, hatte er versucht, Abayomi auf ihrem Handy anzurufen. Sie hatte nicht abgehoben, und er war zu ihrer Voicemail umgeleitet worden. Er hatte ihr eine Nachricht auf Igbo hinterlassen und sich bemüht, nicht zu verängstigt zu klingen. Die Polizisten um ihn herum hatten beim Klang der fremden Sprache die Stirn gerunzelt, und eine junge Frau in Uniform, das hübsche Gesicht hässlich verzerrt, hatte ihn angebrüllt: »Sprich Englisch, du Arschloch! Wir sind hier in Südafrika!«

Hastig beendete Ifasen seine Nachricht, indem er Abayomi mitteilte, dass ihm alles sehr leid tue. Das Ganze sei ein großes Missverständnis, und er würde sich sicher bald wieder auf freiem Fuß befinden. Doch in Wahrheit bezweifelte er das. Mit dem Eintreffen von Inspector Jeneker hatte sich seine Lage noch einmal verschlechtert. Der Polizeibeamte zeigte offen seine Genugtuung darüber, dass Ifasen verhaftet worden war. Er brachte ihn in eine kleine Untersuchungszelle hinter dem Dienstzimmer.

»Zieh dich aus, Nigel«, befahl er.

Ifasen starrte den Inspector verständnislos an. Für einen Moment glaubte er, der Mann wäre betrunken, so sehr schwankte er hin und her und spuckte beim Sprechen.

»Alles, *Boetie*. Die ganzen Klamotten. Los, runter damit!«

Langsam öffnete Ifasen seinen Gürtel. Doch Jeneker trieb ihn zur Eile an, bis die Kleidung in einem unordentlichen Haufen auf dem Boden lag. Ifasen machte sich Sorgen über den Dreck auf dem Fußboden. Falls sein Hemd schmutzig werden würde, musste er es am Wochenende wieder waschen. Er behielt seine Unterhose an, doch der Inspector riss ihm auch diese herunter, wobei er das Gummiband kaputt machte.

Ifasen wandte dem Mann den Rücken zu. Dreckige Finger hatten Flecken an der Wand hinterlassen. Er versuchte, nicht an die Stellen zu kommen, wo der Schmutz besonders dick war. Dann spürte er, wie ihn Hände in Latexhandschuhen gegen die kalte Wand stießen. Unwillkürlich spreizte er die Arme, als seine Beine auseinandergedrückt wurden. Jenekers Hände klatschten auf seine nackte Haut, rammten gegen seine Leiste, ließen ihn zusammenzucken.

»Ich verstehe nicht, warum Sie das tun, Sir. Warum ist das nötig?«

Sein Versuch, mit Jeneker zu verhandeln, wurde durch einen heftigen Ellbogenhieb in seinen Rücken beantwortet. Luft entwich hörbar seinen Lungen.

Danach sah ihm Jeneker zu, wie er sich wieder anzog, und schlug sich dabei mit der Faust immer wieder in die linke Handfläche. Die Handschuhe lagen zerknüllt auf dem Boden zu seinen Füßen. Ifasen konnte das Knistern des Funkgeräts im Nebenzimmer hören. Jemand rief etwas, aber Jeneker antwortete nicht. Er rührte sich nicht einmal von der Stelle, sondern beobachtete Ifasen so aufmerksam, dass dieser sich fragte, ob noch etwas anderes von ihm erwartet wurde.

»Mein Sohn heißt Mansoor.« Jenekers Stimme klang angespannt. »Vor zwei Jahren hat er in allen Fächern zu den Besten seiner Klasse gehört. In Mathe, Biologie, Englisch, Erdkunde. Überall hatte er Bestnoten. Auch im Sport. Er war im Kricket Vizekapitän der Schule und beim Fußball der beste Stürmer des Teams.«

Ifasen blickte nicht auf, sondern konzentrierte sich darauf, seine Hose sauber zu klopfen und seine Socken anzuziehen. Auf einmal glitt Jenekers Hand unter sein Kinn und packte ihn am Kiefer. Der Geruch nach Latex und Puder ließ ihn würgen. Der Inspector riss Ifasens Kopf hoch, bis sich die Blicke der beiden Männer trafen. Der des Beamten war voller Hass. Ifasen bemerkte die braunen Flecken in der grünen Iris. Der Atem des Mannes schlug ihm unangenehm feucht ins Gesicht.

»Dann kam irgendeine nigerianische Ratte daher und hat *Tik* mit Erdbeergeschmack verteilt.« Jeneker stieß Ifasen angewidert von sich. »Und weißt du, was mein Sohn jetzt macht, Nigel? Weißt du das?«

Ifasen schüttelte zaghaft den Kopf, um den Mann nicht noch weiter gegen ihn aufzubringen.

»Jetzt zieht er durch die Gegend, klaut Glühbirnen und nimmt den Leuten ihr Handy ab, um sich den nächsten Kick zu verschaffen.«

Vor Ifasens innerem Auge tauchte Khalifah auf. Er wusste nicht, was Jeneker von ihm hören wollte. Falls er überhaupt etwas hören wollte. Konnte er sich für etwas entschuldigen, was ein Landsmann von ihm getan hatte? Würde das irgendeinen Unterschied machen?

»Mansoor ist einmal bereits fast erstochen worden. Man hat ihn mehrmals verhaftet, zusammengeschlagen, wie ein Tier gejagt«, fuhr Jeneker fort. »Letzte Woche habe ich meinen Sohn bewusstlos aus dem Kanal gefischt, wo er neben Scheiße und toten Hunden trieb.«

Ifasen versuchte etwas zu sagen. Aber der Inspector bemerkte es gar nicht, so sehr war er in seinem Hass und seiner Verzweiflung gefangen. Er hatte beide Hände zu Fäusten geballt. »Das habt ihr ihm angetan! Du und deine verdammten Landsleute! Ihr seid alle gleich. Allesamt widerwärtige *Poese*! Und jetzt zieh dich gefälligst an, bevor ich es mir anders überlege und dir zeige, was ich von dir halte!«

Er riss Ifasens Gürtel und Schnürsenkel heraus, so dass diesem die Hose um die Hüften hing und er nur noch schlurfend laufen konnte. Der Inspector brachte ihn in einen anderen

Raum, in dem sich ein Holztresen und grell leuchtende Lampen befanden. Hier zwang er Ifasen dazu, jede seiner Fingerkuppen auf einen schmierigen Metallblock zu drücken. Dann rollte er seine Finger, die schwarz vor Tinte waren, auf einem Blatt Papier ab. Er fluchte, als der Abdruck über die vorgezeichneten Linien geriet.

Schließlich bedeutete er ihm, sich die Hände zu waschen. Die rosafarbene Flüssigseife, die Ifasen mit der hohlen Hand aus einem kleinen Behälter neben dem Waschbecken holte, verteilte die schwarzen Flecken bis auf seinen Handrücken und überzog seine Haut mit einem unangenehmen Schleim. Das nasse Handtuch erinnerte ihn an die Ziegenhäute, die zu Hause in Nigeria nach der sommerlichen Schlachtung im Hof gehangen hatten, weshalb er das Wasser von den Händen schüttelte, um es nicht berühren zu müssen.

Danach führte ihn Jeneker über einen Hof mit geparkten Polizeiautos und Unfallwagen, die hier abgestellt worden waren. In einer Ecke stand ein hohes Panzerfahrzeug, dessen Kühlergrill etwas eingedrückt war. Es sah wie das Grinsen eines Irren aus. Jeneker zog eine schwere Metalltür in der Mauer auf. Seine Schlüssel schlugen klirrend aneinander, als er das Gitter dahinter aufsperrte und Ifasen grob in eine feuchtkalte Zelle stieß.

»Das mit Ihrem Sohn tut mir leid«, sagte Ifasen aus der Dunkelheit heraus. Jeneker schien ihn jedoch nicht zu hören. Er warf ihm wortlos eine staubige Decke zu und verriegelte dann wieder die Gitter und die Tür.

Das dunkle Loch, in dem sich Ifasen nun befand, löste sofort Panik in ihm aus. Er stützte sich mit den Händen an der kalten Zementwand ab und schloss die Augen in der Hoffnung, dass er sich beruhigen würde. Verzweifelt versuchte er sich Abayomi und Khalifah vorzustellen. Doch seine Angst nahm nur noch zu, als Bilder in ihm aufstiegen, an die er lieber nicht gedacht hätte.

Ein Nachmittag in Abeokuta. Er war mit Abayomi händchenhaltend über den Marktplatz geschlendert, vorbei an behelfsmäßig aufgebauten Ständen und Körben voller Obst und Gemüse. Abayomi hatte eine reife Netzannone gegessen und die Kerne mit ihren Zähnen herausgezogen, um sie dann auf den staubigen Boden zu ihren Füßen zu spucken. Die Frucht hatte herrlich geduftet. Plötzlich hatten die Schreie von Männern und das Knattern von Maschinengewehrsalven die Luft erfüllt. Die Leute waren wie Antilopen auseinandergestürmt, zwischen den Säcken voller Bohnen und Reis davongerannt. Ein Armeejeep tauchte am Ende der Straße auf. Er fuhr in Schlangenlinien über den unebenen Boden. Neben Abayomi und Ifasen ging ein Tontopf mit gelbgrünem indischem Pickle zu Bruch. Die Tonscherben verteilten sich über dem ganzen Stand, während glitschige Chilis und Stücke von Paprikaschoten auf den Boden spritzten. Ifasen packte Abayomi am Arm und zog sie zwischen zwei Ständen hindurch in einen offen stehenden Metallcontainer. Er schloss die quietschenden Türen hinter sich, so dass sie sich in völliger Dunkelheit befanden.

Draußen knatterten die Maschinengewehre. Einige Schüsse wurden rasch hintereinander in den Himmel abgegeben, während andere gezielter klangen und an den Metallwänden des Containers vorbeizischten. Eine Kugel traf sogar die Tür, wo sie eine Delle hinterließ, jedoch nicht vermochte, das Metall zu durchdringen. Ifasen und Abayomi kauerten in einer Ecke, verdeckt von Sackleinen und Plastikplanen. Abayomi zitterte vor Angst und klammerte sich an Ifasens Arm. Sie begann leise zu schluchzen, während sie ihr Gesicht in seine Halsbeuge drückte. Die Netzannone war auf ihrem Kleid verschmiert. Je mehr die Sonne die Container aufheizte, desto süßlicher fing die Frucht zu riechen an, bis Ifasen fast würgen musste.

Auf dem Marktplatz wurde noch immer geschrien. Sie hörten,

wie in der Nähe ein Jeep mit quietschenden Reifen hielt, Leute jammerten und protestierten. Das Knallen einer Peitsche oder eines Schlagstocks auf dem Rücken eines Unglücklichen. Inzwischen lief ihnen der Schweiß in Strömen herab und bedeckte sie mit einem schmutzigen Film. Die Hitze im Container wurde unerträglich. Da sie nichts zu trinken hatten, begannen ihre Körper auszutrocknen, und ihre Rachen schmerzten. Abayomis Schluchzen wurde weniger und hörte schließlich ganz auf. Sie lag benommen da und starrte in die Dunkelheit. Ifasen wusste nicht, ob ihre Augen offen oder geschlossen waren.

Sie harrten viele Stunden lang in dem Container aus. Endlich ließen die Geräusche nach, und der letzte Jeep verschwand mit knatterndem Motor. Die Sonne war bereits am Untergehen, als Ifasen auf Händen und Knien zur Tür kroch. Selbst das abendliche Licht brannte ihm in den Augen. Er spürte Abayomi neben sich. Zusammen spähten sie durch den schmalen Schlitz. Es war niemand zu sehen. Einige der Marktstände waren zusammengebrochen, und ihre Dächer aus Palmwedeln baumelten an Schnüren herab. Viele Rupfensäcke waren umgefallen oder verschwunden.

Ifasen roch das Blut, ehe er es sah – salzig und metallisch. Neben der Containertür hatte sich eine dickflüssige Lache gesammelt. An den Rändern trocknete sie bereits und sah schwarz und fest aus, in der Mitte jedoch war sie noch leuchtend rot. Er stand auf und schob die Tür auf. Auf dem ganzen Marktplatz waren ähnliche Flecken zu erkennen. Abayomi und Ifasen traten langsam hinaus ins Freie, sich eng aneinander klammernd.

Später erwähnten sie diesen Tag nie wieder. Aber in der Dunkelheit der Haftzelle tauchten die schrecklichen Bilder von damals vor Ifasens innerem Auge auf wie ungebetene Gäste.

Wie erleichtert war er, als spät am Abend ein weiterer Gefangener in die Zelle gestoßen wurde. Die Tür wurde aufgerissen, und ein laut protestierender junger Mann stolperte herein. Er roch nach Alkohol, war aber gesprächig und lenkte Ifasen ab. Nach einer Weile legte sich Ifasen in die der offenen Toilette am weitesten entfernte Ecke. Er wickelte sich in seine raue Decke, die nach abgestandenem Wasser und Schimmel roch. Während er sich bemühte, nicht an die Läuse zu denken, die sich vermutlich über seinem Körper verteilten, schloss er die Augen und versuchte zu schlafen.

In der Nacht wurde er immer wieder vom Quietschen des Schlüssels im Schloss geweckt. Allmählich füllte sich die Zelle. Streitlustige Betrunkene und Kleinkriminelle stolperten in die Dunkelheit und klammerten sich dabei an ihre wenigen Habseligkeiten. Die Neuankömmlinge traten auf die bereits Anwesenden und taumelten so lange durch die Zelle, bis sie ein Fleckchen Betonboden entdeckt hatten, das noch frei war. Einige der Männer schrien wütend auf, wenn jemand gegen sie stieß, und brachen sofort einen Streit vom Zaun. Es wurde getreten und geflucht. Jemand stürzte auf Ifasen. Der Ellbogen des Mannes knallte gegen seinen halb offen stehenden Mund und schlug ihm die Oberlippe blutig. Es gab weder einen Spiegel noch Licht, um die Verletzung zu begutachten, aber Ifasen spürte, dass die Lippe geschwollen war. Immer wieder strich er mit der Zungenspitze über den Riss in seinem Mund. Er lag auf dem Rücken und versuchte, die Geräusche um ihn herum auszublenden.

Am Samstag, im Licht des frühen Morgens, zählte er elf Gefangene. Die dicken Glasscheiben hoch über ihnen waren verschmiert und verkrustet, so dass selbst die wenigen hereindringenden Sonnenstrahlen schmutzig wirkten. Ein junger Constable brachte ihnen einen Laib Brot und ein kleines Schälchen Marmelade auf einem Emailtablett. Ifasen erreichte das versperrte Gitter, als der Polizist die Tür gerade wieder schließen wollte.

»Bitte«, sagte Ifasen und streckte die Hand durch die Gitterstäbe, um den Mann daran zu hindern, die Tür zuzuschlagen. Der Constable wirkte verunsichert, ließ die Tür aber einen Spalt offen. Sein blondes Haar stand zerzaust unter seiner Kappe hervor. »Ich muss mit Inspector Jeneker sprechen. Bitte rufen Sie ihn für mich«, fuhr Ifasen fort.

Der Polizist schüttelte den Kopf. »Der Inspector hat das Wochenende über frei. Er kommt erst am Montag wieder.« Erneut versuchte er, die Tür zu schließen, aber Ifasen drückte noch immer mit der Hand dagegen.

»Bitte. Was muss ich dann tun?«

»Am Montag bringt man Sie vor Gericht«, antwortete der Constable und stieß endgültig die Tür zu. Ifasen hörte, wie sich der Schlüssel im Schloss drehte und die Schritte des Mannes verhallten. Als er sich wieder zur Zelle umdrehte, war das Brot aufgegessen.

Abayomi hatte am frühen Freitagabend Ifasens Nachricht entdeckt. Sobald sie seine Igbo sprechende Stimme gehört hatte, wusste sie, dass er in Schwierigkeiten steckte. Sie hörte die Nachricht zweimal ab und versuchte dabei, seinem gepresst klingenden Tonfall auch alles Unausgesprochene zu entnehmen. Hastig sammelte sie einige seiner Kleidungsstücke zusammen und stopfte sie in eine Plastiktüte.

Da Sunday nicht nach Hause kam und sie Khalifah nicht allein lassen konnte, musste sie bis zum Samstagmorgen warten. Dann bat sie eine junge Nachbarin, die ebenfalls ein Kind hatte, sich um ihren Sohn zu kümmern. Als sie Khalifah ablieferte, war das Baby der jungen Frau am Weinen, und ein gelber Ausfluss lief ihm aus der Nase. Abayomi zögerte einen Moment. Sie bemerkte, dass sich Khalifah unsicher umsah. Doch da ihr keine andere Wahl blieb, ließ sie ihn zurück und ging. Auf dem

Weg zum Revier kam sie an einem *Spar* vorbei, wo sie für ihren Mann etwas Essen besorgte.

Als sie die Glastür zur Polizeiwache aufstieß, lächelte ihr der Constable hinter der Theke freundlich entgegen. Mit seinem ungekämmten Haar und dem hübschen Gesicht wirkte er nicht viel älter als ein Teenager. Der Raum war auffallend hell und groß. An den Wänden hingen Poster, und in den Regalen standen ordentlich aufgereihte Aktenordner. Das Ganze erinnerte eher an eine Privatklinik oder eine Kinderkrippe als an ein Revier. Sie erwiderte das Lächeln des Polizisten und erkundigte sich dann nach ihrem Mann. Ifasens Name kam ihr nur schwer über die Lippen.

Der Constable nickte höflich, während seine Augen ihren Hals hinab zu ihrer Brust wanderten. Abayomi hielt sich die offen stehende Bluse zu. Der Polizist murmelte etwas und holte unter der Theke ein großes Buch hervor. Die Seiten rochen alt und staubig und waren mit einer krakeligen schwarzen Handschrift gefüllt. Er fuhr mit dem Finger eine Spalte von unten nach oben und überflog die aufgelisteten Namen. Noch während er suchte, entdeckte Abayomi bereits Ifasens Namen in Blockschrift am oberen Rand der Seite. Sie wartete geduldig.

»Ach, da haben wir ihn ja. Ifasen Obeji.« Er sprach den Namen langsam aus und betonte ihn so, als handelte es sich dabei um ein exotisches Essen auf einer fremdländischen Speisekarte. Zufrieden blickte er auf, ehe seine Augen erneut nach unten wanderten.

Eine Tür öffnete sich. Ein Polizist in Zivil kam herein, in seinem Gürtel eine Pistole. Sein dicker Bauch quoll um den Kolben der Waffe. In der Hand hielt er einen zerquetschten Hamburger, und auf seinem Kinn zeigte sich ein Klecks Soße. Als er Abayomi auf der anderen Seite der Schranke entdeckte, blieb er stehen und stieß ungeniert einen Pfiff aus.

»*Mense, dis nou iets om aan te vat.*« Er schüttelte den Kopf. »Weißt du, was ich meine, Miller?«

Abayomi verstand zwar nicht die einzelnen Wörter, die er gesagt hatte, begriff aber deren Bedeutung. Wieder stieß der Detective einen Pfiff aus und sog dann langsam Luft durch seine fleckigen Zähne. Dem jungen Constable war die Situation sichtlich unangenehm. Er blätterte durch das Buch vor ihm auf dem Tresen, als ob er noch immer etwas suchte. Sein Kollege biss in den Hamburger, ohne Abayomi aus den Augen zu lassen. Während er kaute, zeigte sich ein Stück Salat zwischen seinen Lippen. Er schien zu überlegen, was er noch sagen konnte. Der Constable begann hastig mit Abayomi zu reden, um jeglichen weiteren Kommentar seines Kollegen zu übertönen. Sie hörte ihm nicht zu, sondern starrte auf den Boden. Der übergewichtige Detective verlor das Interesse und schlurfte davon, die Finger an seinem Mund.

»Entschuldigung«, murmelte der junge Mann und blickte von dem Registrierungsbuch auf.

»Ist schon in Ordnung, Constable Miller«, erwiderte Abayomi. Er errötete leicht, als er seinen Namen aus ihrem Mund vernahm. »Ich würde jetzt gern meinen Mann sehen. Und vielleicht können Sie mir ja auch sagen, was ich tun oder zahlen muss, um ihn frei zu bekommen.«

»Es tut mir leid, Madam«, sagte der Polizist bedauernd. »Aber ich kann Ihnen leider nicht weiterhelfen. Sie dürfen ihn nicht sehen, bis er am Montag vor Gericht erscheint. Und nur das Gericht kann ihn wieder auf freien Fuß setzen. Er wurde wegen Drogenbesitzes festgenommen, verstehen Sie?« Der Polizist wand sich unter ihrem festen Blick.

»Wegen Drogenbesitzes?«, sagte sie. »Ich glaube, da muss ein Missverständnis vorliegen, Constable. Ifasen hat nichts mit Drogen zu tun. *Chei!* Wenn Sie wüssten, woher er kommt, wer er ist …« Sie hielt inne, als ihr bewusst wurde, wie sinnlos ihr Protest war.

»Es tut mir leid. Ich verstehe, was Sie mir sagen wollen. Aber das ist ein ernster Vorwurf, der Ihrem Mann da gemacht wird.« Der Polizist zeigte auf eine Spalte in dem Buch, das noch immer offen vor ihm dalag. Mit derselben ordentlichen Schrift waren einige Wörter und Zahlen notiert worden. »Wir können ihn also nicht einfach wieder freilassen. Sehen Sie?« Sein Ton klang fast flehend.

Abayomi seufzte, atmete tief ein und dann wieder aus. Die Wörter und Zahlen in dem Buch sagten ihr nichts, doch es war eindeutig, dass ihr der Constable nicht helfen würde. Sie und Ifasen waren ähnlichen Schwierigkeiten ausgesetzt gewesen, als sie aus Nigeria geflohen waren. An der Grenze zu Sambia war ihnen der Übertritt verwehrt worden, und der streitsüchtige Grenzbeamte hatte ihnen ihre Papiere wütend zurückgegeben. Dabei hatte er Abayomi ungeniert angestarrt. Ohne sich mit Ifasen zu besprechen, war sie dem Mann in eine winzige Abstellkammer gefolgt, wo es nach Farbe und Putzmitteln gerochen hatte. Dort hatte sie ihm erlaubt, seine Hand unter ihr Kleid zu schieben. Sie hatte seinen steifen Penis aus seiner Hose geholt und ihn rasch zum Höhepunkt gebracht. Als es vorbei war, versuchte er, sie zu küssen. Sie stieß ihn von sich. Dennoch hatte er danach ihre Papiere abgestempelt und die kleine Familie über die Grenze gelassen.

Abayomi beobachtete die ungeschickten Gesten des Constable. Er war offensichtlich von ihr fasziniert, besaß aber nicht den nötigen Einfluss, um ihr das zu geben, was sie wollte.

»Was genau wird dann passieren?« Ihre Miene war undurchdringlich geworden. »Am Montag, meine ich.«

»Sein Fall wird dem Amtsrichter vorgelegt, und zwar im Amtsgericht von Kapstadt in Saal fünfzehn. Dann wird er auf Kaution freigelassen.« Den jungen Mann schien diese Aussicht aufzumuntern. »Sie müssen also Bargeld ins Gericht mitbringen. Wenn Sie bezahlt haben, wird man ihn auf freien Fuß setzen, und er muss erst wieder an dem Tag erscheinen, der ihm genannt wird. Okay?«

Sie fuhr sich mit der Hand über das Gesicht. Kleine Sandkörnchen, die ihr der Wind zugetragen hatte, kratzten über ihre Haut. »Verstehe. Könnten Sie ihm dann bitte diese Kleidung und das Essen geben?« Sie stellte zwei Plastiktüten auf den Tresen.

»Tut mir leid«, erwiderte der Constable niedergeschlagen. »Das darf ich leider auch nicht … Ich kann ihm jedenfalls keine Kleidung bringen. Das Essen könnte er bekommen, aber … Na ja, er ist nicht allein in der Zelle, und deshalb ist zu befürchten, dass sich die Insassen um das Essen streiten. Das passiert jedes Mal …« Er brach ab.

»Danke für Ihre Hilfe, Constable Miller.« Abayomi nahm die beiden Tüten wieder an sich und wandte sich zum Gehen. Draußen vor dem Polizeirevier warf sie die Tüte mit Essen einem alten Mann in den Schoß, der neben seinen Krücken auf dem Boden lag. Dann ging sie davon, während die Tasche mit Ifasens Kleidung gegen ihren Schenkel schlug.

Abayomi wartete am Montag bereits in aller Früh auf einer harten Bank in der hintersten Reihe eines imposanten Gerichtssaals. Ein Wappen und eine herabhängende Fahne füllten den Raum hinter dem noch leeren Stuhl des Richters. Der Stuhl schien sehr weit von Abayomi entfernt zu sein. Sie versuchte, sich bei der Staatsanwältin zu erkundigen, was mit ihrem Mann geschehen würde, doch die Frau winkte nur ungeduldig ab, als sie an ihr vorbeieilte.

»Ich kann jetzt nicht mit Ihnen reden.« Ihre Stimme klang schrill und unangenehm durchdringend. Sie lud einen Stapel ramponiert aussehender Akten auf ihren Platz und hastete dann wieder aus dem Saal.

Abayomi gab nach einer Weile die Hoffnung auf, etwas über Ifasen in Erfahrung zu bringen. Sie setzte sich wieder auf ihren Platz und wartete darauf, dass die Verhandlung beginnen würde. Schließlich erhob sich ein Gerichtsdiener. Ein Schokoladenpapier segelte aus seinem Schoß zu Boden. Er wirkte wie jemand, der aus einem tiefen Schlaf erwacht war, denn er streckte sich und gähnte ausführlich. Als er das Eintreffen des Amtsrichters verkündete, standen alle im Saal Anwesenden einen Moment lang auf. Nachdem der Gerichtsdiener seine Aufgabe erfüllt hatte, ließ er sich wieder auf seinen Stuhl sinken und begann, seine Nägel zu bearbeiten. Schon bald erfolgte die übliche Routine und legte sich wie feiner Ruß auf den Saal.

Der Amtsrichter war ein imposanter Mann. Er schien für die Staatsanwältin ebenso wenig Geduld aufzubringen wie für die langsame Prozession der Beschuldigten, die vor ihm erschien. Eine lange Reihe von Männern schlurfte auf die Anklagebank, einer nach dem anderen mit tief gesenktem Kopf und herabhängenden Schultern. Jedes Mal erklang die schrille Stimme der Staatsanwältin, und es folgte die sonore Antwort des Richters. Abayomi konnte das Afrikaans, das gesprochen wurde, nicht verstehen, aber sie sah in den enttäuschten Gesichtern der Beschuldigten, dass deren Antrag auf Freilassung abgelehnt worden war. Mit stumpfer Miene lenkten sie ihre Schritte zurück in die Zellen.

Gegen zehn Uhr wurde eine Pause eingelegt. Der Richter eilte aus dem Saal, als ob es sich um einen wichtigen Notfall handelte. Die anderen erhoben sich ebenfalls, streckten sich, schalteten ihre Handys ein oder strichen sich die zerknitterten Hosen glatt. Immer wieder ertönten Piepsgeräusche, die auf das Eintreffen einer SMS hinwiesen. Die Staatsanwältin weigerte sich erneut, mit Abayomi zu sprechen, und murmelte etwas Unverständliches, als sie den Saal verließ. Abayomi folgte ihr nach draußen in den Korridor, doch die kleine Frau war innerhalb weniger Sekunden in der Menge verschwunden.

»He, *Babi*«, rief eine bekannte Stimme. »Was geht ab, *mai sista*?« Sunday saß mit ausgestreckten Beinen auf einer Bank vor dem Gerichtssaal. Auf seinem Schoß lag ein MP3-Spieler, und die Mütze hatte er sich keck ins Gesicht gezogen. Jetzt schob er sie zurück und grinste zu Abayomi hoch.

»*Haba!* Was soll schon abgehen, Sunday?«, erwiderte Abayomi und lächelte zum ersten Mal an diesem Tag. »Danke, dass du gekommen bist. Er ist noch immer nicht erschienen. Und man sagt mir nicht, was los ist. Ich würde diese Leute am liebsten anschreien – sie weigern sich einfach, mit mir zu sprechen.«

»Die Ziege, die am lautesten meckert, bleibt hungrig.« Sunday nickte weise und schenkte ihr dann erneut ein breites Grinsen. »*Tory don wowo* – möge Gott uns helfen.«

»Du und deine dämlichen Sprüche, Sunday«, tadelte ihn Abayomi, wobei ihre Stimme sanft klang. Sie ließ sich neben ihm nieder.

Sunday schob eine Hand in die Tasche seiner Jeansjacke und holte eine Rolle Pfefferminzbonbons heraus. Er bohrte seinen Daumen in das Papier, um eines für Abayomi herauszupulen. Doch gerade als er es ihr reichen wollte, riss er die Augen auf. Er sprang hastig auf, und das Bonbon rollte wie eine Murmel über den Boden davon.

»*Voertsek*, Sunday!«, hallte es im Gang wider. Abayomi musste nicht erst aufblicken, um zu wissen, wer da rief. Sunday eilte wie ein verwundetes Tier den Korridor entlang, als suchte er Deckung, und verschwand um die Ecke. Die Bank senkte sich leicht, als sich Jeneker neben Abayomi niederließ. Deutlich nahm sie seinen Geruch und die bedrohliche Wärme seines Körpers wahr, der dem ihren viel zu nah kam.

»Hallo, meine Liebe.« Die Hand des Inspectors strich über ihre Zöpfe und berührte fast ihre Wange. Sie schüttelte sich, und er lachte auf. »Nicht froh, mich zu sehen? Vielleicht solltest du deine Einstellung mir gegenüber noch einmal überdenken. Vergiss nicht, in welcher Lage sich dein Mann befindet.«

Abayomi blickte auf und sah, dass er sie mit einem hämischen Lächeln um den Mund betrachtete. Der dünne Schnurrbart auf seiner Oberlippe zog sich zusammen. Seine Lederjacke roch nach Zigarettenrauch und etwas Verdorbenem, als ob sie langsam verfaulte.

»Lassen Sie uns in Ruhe, Jeneker«, brachte sie hervor. *»Du bist nichts anderes als der Affe deines Bosses«*, fügte sie leise in Igbo hinzu und blickte weg.

Jenekers Hand schoss wie eine Viper hervor, packte sie am Handgelenk und drückte so fest zu, dass es schmerzte. Er rückte noch näher, wobei sein Mund zitterte. »Sprich nie mehr in dieser widerwärtigen Sprache mit mir. Hörst du? Nie mehr.«

Sie spürte seine Speichelspritzer auf ihrer Wange und versuchte sich abzuwenden. Doch er riss sie so heftig am Handgelenk, dass sie gezwungen war, ihn wieder anzublicken. »Halte dich ja nicht für etwas Besseres. Du bist die Scheiße, die mir am Stiefel klebt. Du bist der Dreck, den ich mir von den Sohlen streife, ehe ich mein Haus betrete. Vergiss das nie!«

Seine Worte zischten in ihren Ohren. Abayomi merkte, dass ihr die Tränen kamen. Sie versuchte zu schlucken, um nicht loszuweinen, aber ihr Körper begann zu beben – zuerst ihre Hände, dann ihre Beine. Ihre Brust hob und senkte sich. Er war ihr unangenehm nah auf den Leib gerückt, während sie sein Griff erbarmungslos gefangen hielt.

»Bitte …« Das Wort entkam ihr wie Dampf einem Gefäß, das unter Druck stand.

»Bitte? Fuck! Bitte was? Bitte lass meinen Drogenhändler-Mann wieder auf die Straße? Bitte was? Du bist eine Hure, sonst nichts!«

Die ältere Frau, die ihnen gegenübersaß, schnalzte abfällig mit der Zunge und wandte sich ab. Abayomi begann nun hemmungslos zu weinen. Eine große Träne hing am unteren Rand ihres Kinns und tropfte auf Jenekers Faust. Er riss seine Hand zurück, als ob er gestochen worden wäre, und räusperte sich dann. »Dein Mann bleibt fürs Erste im Gefängnis. Bis ich erlaube, dass er wieder entlassen wird. Nichts, was du tust, wird daran etwas ändern. Verstanden? Lass also die Krokodilstränen. Die ziehen bei mir nicht.«

Abayomi schloss die Augen, lehnte sich vor und schlug die Hände vors Gesicht. Eine Weile blieb sie so sitzen, bis sie wieder ruhig zu atmen vermochte. Als sie die Augen öffnete, war Jeneker verschwunden.

Es dauerte eine weitere Stunde, ehe Ifasens Name vor Gericht aufgerufen wurde. Die kleine Staatsanwältin sprach ihn völlig falsch aus. Abayomi zuckte erschreckt zusammen, als sie ihren Mann sah, der ungepflegt und orientierungslos wirkend die Betonstufen hinaufgeführt wurde. Er blinzelte im grellen Licht des Saals und blickte sich verwirrt um. Seine Frau schien er gar nicht wahrzunehmen, er starrte nur wild um sich.

»Richten Sie den Blick nach vorn!«, rief der Gerichtsdiener.

Der Richter sah Ifasen finster an und sagte etwas, was Abayomi nicht verstand. Ifasen antwortete nicht. Die Staatsanwältin hastete vor und reichte dem Richter einige Papiere. Er las sie langsam und bedächtig durch, ohne Ifasen eines weiteren Blickes zu würdigen. Abayomi wagte es aufzustehen und versuchte, näher heranzukommen. Als der Gerichtsdiener sie bemerkte, richtete er sich auf und trat drohend einen Schritt auf sie zu. Der Richter sah einen Moment lang hoch und bedachte sie mit einem verächtlichen Blick, ehe er sich wieder seiner Lektüre zuwandte.

»Ich verstehe«, sagte er schließlich, die Dokumente noch immer zwischen seinen kräftigen Fingern haltend. Während er sprach, raschelte er mit ihnen, so dass die meisten seiner Worte untergingen. Abayomi verstand nur »kommenden Montag«, »weitere Untersuchungen« und »bleibt vorerst in Untersuchungshaft«. Es kam ihr fast so vor, als ob er mit sich selbst redete. Die Staatsanwältin nickte und nahm dann die Akte wieder entgegen.

Ifasen regte sich nicht, sondern starrte nur ausdruckslos auf den Amtsrichter. Ein Beamter trat zu ihm in die Anklagebank, um ihn wegzuführen. Ifasen hielt den Blick noch immer auf den Amtsrichter gerichtet, selbst als er bereits fortgebracht werden sollte. Ungeduldig riss er sich los, als ihn der Polizist am Arm packte. Dieser gab daraufhin einen ungehaltenen Ton von sich und fasste mit beiden Händen nach Ifasens Arm.

Noch immer weigerte sich Ifasen mitzukommen. Er sah finster um sich, ballte die Faust und schlug dann unvermittelt zu. Als der rechte Arm des Beamten gegen die hölzerne Anklagebank knallte, konnte man ein deutliches Knacken vernehmen. Der Mann schrie auf, ließ Ifasen los und hielt sich den verletzten Arm.

Noch bevor der Richter etwas sagen konnte, sprang ein anderer Polizist auf und stürzte sich mit einem glatten schwarzen Schlagstock auf Ifasen. Er hob den Stock hoch um zuzuschlagen. In diesem Moment ertönte ein durchdringender Schrei. Der Polizist hielt überrascht mitten in der Bewegung inne, der Schlagstock nur wenige Zentimeter von Ifasen entfernt. Die Anwesenden im Saal brauchten einen Moment, um auszumachen, wer so geschrien hatte.

Abayomi stand mit weit aufgerissenem Mund da, die Hände an ihren Kopf gepresst. Ifasen drehte sich entsetzt um. Erst jetzt wurde er sich ihrer Gegenwart bewusst. Er warf sich in ihre Richtung, wobei er versuchte, über die Anklagebank zu springen, um zu ihr zu gelangen. Noch ehe sie sich bewegen konnte, hatte der Polizist bereits mit Hilfe seines Schlagstocks Ifasen vorn an der Brust gepackt und hielt ihn so fest, dass er sich nicht mehr zu rühren vermochte. Der Mann legte ihm an einem Arm Handschellen an, ehe er den anderen Arm auf Ifasens Rücken riss. Derart gefesselt wurde Ifasen auf die Anklagebank zurückgezerrt, wo er zusammenbrach. Nun packte ihn auch der andere Polizist unter der Achsel und riss ihn gemeinsam mit seinem Kollegen hoch.

Der Amtsrichter war aufgesprungen. Die Muskeln in seinen Oberarmen spannten sich wie bei einem Rugbyspieler, der bereit zum Angriff war. »Entfernen Sie diese Frau sofort aus meinem Gerichtssaal!«, rief er aufgebracht. »Und stellen Sie sicher, dass sie nicht wiederkommt.«

Abayomi drehte sich um und rannte, ohne abzuwarten, dass sich die Hände der Polizisten auf sie legten, zur Tür. Sie riss sie mit aller Kraft auf und eilte dann den Korridor entlang davon. Erst als sie sich draußen im nachmittäglichen Sonnenlicht befand, blieb sie stehen, das Gesicht tränenüberströmt.

9

Die angespannte Stimmung zwischen Amanda und Richard beherrschte das ganze Wochenende. Versunken in seine eigene Welt erlebte Richard ein Gefühlschaos, das ihn an seine Jugendjahre erinnerte. Damals war es ihm oft so vorgekommen, als stünde er auf Messers Schneide zwischen Glück und Verzweiflung. Auch jetzt empfand er eine ähnliche Verletzlichkeit, fast so, als wäre sein Leben von oben bis unten aufgeschlitzt worden. Beunruhigt und doch trunken vor Freude lief er durchs Haus. Seltsame Gedanken schossen ihm durch den Kopf und drohten sogar, ihm über die Lippen zu kommen. Er presste den Mund zusammen und musste dann fast lachen, so merkwürdig erschien ihm das Ganze. Eine Weile stand er draußen auf dem Rasen und beobachtete beinahe verzückt einen Steppenbussard, der sich unweit von ihm vom Wind emportragen ließ, ehe er wieder zu Boden segelte.

Mit seiner mürrischen Frau vermochte er kein Wort zu wechseln, während ihn die Sehnsucht, sich mit Abayomi auszutauschen, innerlich aufwühlte. Immer wieder las er ihre SMS. Er war versucht, David Keefer anzurufen, doch er wusste, dass sein Freund viel zu indiskret war. Alles, was Richard ihm anvertraute, stand in Gefahr, schon bald einer größeren Gruppe von Leuten bekannt zu sein.

Richard lief unruhig im Haus hin und her. Er konnte weder

seine Verwirrung mit jemandem teilen, noch war er in der Lage, den Nebel, der ihn umgab, zu zerreißen und nach etwas Fassbarem zu greifen. Wie das Aufstechen eines Geschwürs hatte auch sein Besuch in dem Massagestudio etwas freigesetzt, was bisher unter unausgesprochenen Zweifeln verborgen gewesen war. Auf einmal war alles in Bewegung. Alles schien möglich zu sein.

Die Tage nach der unglückseligen Dinnerparty schienen nicht enden zu wollen. Ohne dass es direkt angesprochen wurde – seine Frau redete nicht darüber, und Richard bot keine Erklärung an –, hatte sein Verhalten Amanda ganz offensichtlich verärgert. Mit zusammengepressten Lippen saß sie ihm gegenüber und stieß nur hie und da ein paar kurze Sätze aus. Es gelang ihm, den Großteil des Samstags nicht zu Hause zu sein, sondern seine Zeit in der Sauna des Sportstudios zu verbringen, wo er seinem Schweiß zusah, wie dieser in giftigen Strömen von ihm herabrann. Am Sonntag begleitete er Amanda nicht wie sonst üblich auf einen Spaziergang mit den Hunden, sondern gab vor, zu Hause arbeiten zu müssen. In Wahrheit war er jedoch kaum in der Lage, sich auf irgendetwas länger als ein paar Minuten zu konzentrieren. Seine Gedanken wurden von der Vorstellung an geheime Treffen, die er sich ausmalte, wie von Hunden gejagt.

Er war erleichtert, als das Wochenende endlich vorüber war. Seine Rückkehr in die Alltäglichkeiten des Kanzleilebens versprach eine gewisse Klarheit. Am Montagmorgen stand er unter der Dusche. Warmes Wasser prasselte auf ihn herab, bis der Boiler leer war und das Wasser kalt wurde. Das Ekzem, das sich normalerweise in seinen Armbeugen ausbreitete, war fast verschwunden. Das Wasser schlängelte sich seinen Weg über seine Brust und kitzelte seinen Bauch, als er sich zurücklehnte und das Gesicht unter den kühlenden Strahl hielt. Ja, dachte er, du bist vielleicht von deinem Weg abgekommen, aber dafür hast du deine Männlichkeit wiedergefunden.

Auf einmal begriff er, wie machtlos er geworden war. Bei Impotenz ging es nicht um einen Zustand der Welkheit, sondern um ein Symptom der Entmannung – um vergessene Bedürfnisse und unausgesprochene Wünsche. Er hatte es zugelassen, dass er sich von seiner Männlichkeit entfremdet und an einem Ort der Angst und des Zögerns niedergelassen hatte. An diesem Ort hatte er seinen eigenen Mittelpunkt verloren und war nur noch damit beschäftigt gewesen, nicht zu stürzen.

Im Grunde war es egal, ob er Abayomi jemals wiedersehen würde – ihre Existenz war letztendlich bedeutungslos –, denn es hatte nur einen Moment ihrer Gegenwart in seinem Leben gebraucht, um ihm zu zeigen, wie sehr er ins Schwanken gekommen war. Sein Zorn auf Amanda wuchs wie eine bösartige Zyste in seinem Inneren.

Nadine kam ihm wortlos entgegen und reichte ihm eine Liste mit eingegangenen Anrufen und eine Tasse Kaffee, ohne ihn dabei anzulächeln. Am ersten Tag der Woche war sie immer schlecht gelaunt, und Richard hatte gelernt, mit ihren Launen umzugehen. Normalerweise nahm er ihre schlechte Stimmung wortlos hin, doch diesmal stellte er sich ihr entgegen.

»Guten Morgen, Nadine. Ich hoffe, Sie hatten ein schönes Wochenende. Meines war ganz in Ordnung, danke der Nachfrage«, sagte er.

Überrascht zog sie die Augenbrauen hoch und nickte. »Interessant.«

Richard musste lächeln, als sie ihm den Rücken zuwandte und auf die Dachterrasse hinaufeilte, um sich dort eine weitere Zigarette anzustecken.

Die morgendliche Luft drückte bereits schwül herab, doch die Temperatur im Bürokomplex war dank der Klimaanlage angenehm kühl. Richard entspannte sich, als er sich hinter seinen Schreibtisch setzte und die ordentlichen Stapel von Akten betrachtete, die vor ihm aufgebaut waren. Hier war er Herr der Lage. Die akkurate Ordnung der Kanzlei wirkte wie ein Puffer gegen all die Unsicherheiten, die ihn ansonsten hätten erdrücken können. Nophumla brachte ihm eine zweite Tasse Kaffee, und er widmete sich mit ungewohnter Entschlossenheit den Briefen und E-Mails, die auf Antwort warteten.

Es war nichts Ungewöhnliches darunter, die Briefe waren fast alle unwichtig, und die E-Mails reichten von harmlosen Scherzen und erotischem Schund bis hin zu internen Terminvereinbarungen und Spam. Richard ging alles durch, speicherte die einzelnen Mails sorgfältig in den vorgesehenen Ordnern und löschte nur wenige. Es gab zudem ein paar Dokumente, unter anderem ein Memo von Igshaan Solomons. Er hatte ein Meeting der Seniorpartner für einen späteren Zeitpunkt in der Woche einberufen, um seine neuesten Ergebnisse zu präsentieren. Richard schob das Memo in die Ecke seines Schreibtischs, ohne es genau durchzulesen.

»Wichser«, murmelte er laut und widmete sich dann seiner morgendlichen Zeitungslektüre.

Wieder einmal wurden die Schlagzeilen von Angriffen auf Ausländer dominiert, ein Thema, das seit Wochen das Land im Griff hatte. Richard bedauerte es, dass er Nophumla nicht gefragt hatte, was genau geschehen war. Er betrachtete die Fotos von den ausgebrannten Hütten und den bandagierten Männern, weigerte sich aber innerlich, sich davon ablenken zu lassen. Stattdessen wandte er sich der nächsten Seite zu.

Der Hauptartikel des Wirtschaftsteils beschäftigte sich mit Quantal Investments und ihrer möglichen Börsennotierung. Offensichtlich gab es eine ziemliche Rangelei unter den besten Anwaltskanzleien des Landes, wer von ihnen den Quantal-Vertrag bekommen würde. Namen wurden keine genannt.

Die Kricketergebnisse vom Wochenende beherrschten den

Sportteil der Zeitung, wobei Indiens Sieg über England wieder einmal unvermeidliche Vergleiche zwischen den Ländern nach sich zog. Richard grinste, als er über die englischen Fans las, die angeblich den Kopf des Captains auf einem Kricketstab aufgespießt sehen wollten. Je länger er in seinem Büro saß, desto wohler fühlte er sich, fast so, als hätte er sich endlich einer schweren Last entledigt.

Sein Vormittag fiel allmählich in den vertrauten Rhythmus aus Telefonanrufen und kurzen Konsultationen, was ihn von dem emotionalen Morast ablenkte, der sein Wochenende bestimmt hatte. Vom Signal Hill ertönte pünktlich um zwölf Uhr die Noon Day Gun, so wie sie das seit den ersten Tagen der kolonialen Marine getan hatte. In dem Erklingen der Kanone spiegelte sich die eigenartige Ambivalenz der Stadt wider – fortschrittlich und liberal und dennoch verklärend nostalgisch, wenn es um ihre grausame Geschichte ging. Der grauweiße Rauch trieb über die Wipfel der Kiefern und legte sich langsam auf die Häuser und Moscheen des Viertels von Bo-Kaap.

Richard verbrachte einige Zeit in der kleinen Bibliothek der Kanzlei, wo er ein paar Akten durchblätterte, um etwas für seine aktuellen Fälle zu recherchieren. Zwischen den Bücherregalen hingen große Schwarzweißfotografien der De Waterkant aus dem neunzehnten Jahrhundert. Aufnahmen der Coffee Lane und der Loader Street zeigten malaiische Frauen, die auf dem Kopfsteinpflaster der schmalen Straßen saßen, umrahmt von der widersprüchlichen Mischung aus malaiischer und georgianischer Architektur.

Richards Lieblingsaufnahme war die der Ohlsson's Brauerei und der Kneipe *The Bricklayers Arms* in der Waterkant Street, die aus dem frühen zwanzigsten Jahrhundert stammte. Der Fotograf hatte eine kleine Gruppe Männer aufgenommen, die sich in der Nähe des Kneipeneingangs herumdrückten und offenbar hofften, dass jemand sie auf ein Bier einladen würde. Es war das Festhalten eines zufälligen Moments, der Schnappschuss von Menschen, deren Geschichte ansonsten unbekannt geblieben wäre. Richard machte es Spaß, sich vorzustellen, wer diese Männer gewesen waren und was sie vielleicht zueinander gesagt hatten. Hätte der Fotograf einen anderen Moment gewählt, wäre die kleine Gruppe durstiger Männer vielleicht niemals wahrgenommen oder festgehalten worden.

Mittags verließ er die Kanzlei und bestellte sich in einem Café um die Ecke ein Schinken-Käse-Sandwich. Als er wieder an seinem Schreibtisch saß, das halb gegessene Sandwich in der Hand, das Wachspapier vor ihm ausgebreitet, überlegte er sich einen Moment lang, ob jetzt vielleicht die Zeit gekommen war, das Memo seines Kollegen zu lesen. Zögernd streckte er die freie Hand aus, um danach zu greifen, als sein Handy zu vibrieren begann. Er nahm es, lehnte sich auf dem Stuhl zurück und warf einen Blick auf das Display. Der Anrufer hielt seine Nummer unterdrückt.

»Richard Calloway«, antwortete er mit tiefer, gediegener Stimme.

»Sie klingen sehr ernst, Mr Calloway.«

Er wusste sofort, dass ihm der sinnliche Tonfall der Stimme vertraut war. Die schelmische Bemerkung passte so gar nicht zu der formellen Steifheit seines Büros, wenngleich ihm auffiel, dass auch die Sprecherin nicht ganz unbeschwert klang. Überrascht legte er das Sandwich auf den Schreibtisch und wischte sich mit dem Handrücken über den Mund.

»Abayomi?« Nervös stand er auf und begann vor den Fenstern hin- und herzulaufen, als ob er erwartete, sie unten im Hof entdecken zu können. »Entschuldigung. Bist du das?«

Er hatte das Gefühl, in seinem Inneren würde eine Quelle zu

sprudeln beginnen, ein Druck, der von seiner Leistengegend nach oben presste. Er drückte die Stirn an die kühle Scheibe.

»Ja«, bestätigte die Stimme. »Entschuldige die Störung, Richard. Ich weiß, dass du ein beschäftigter Mann bist. Aber du hast gesagt, ich könnte dich anrufen, wenn ich Probleme hätte. Und wie es der Zufall so will … Es gibt tatsächlich etwas, worüber ich gern mit dir sprechen würde.« Ihr Tonfall klang locker, aber er konnte deutlich ihre Anspannung spüren.

Der Gedanke, sie wiederzusehen, erfüllte ihn mit einer schwindelerregenden Mischung aus Vorfreude und Nervosität. Die Tatsache, dass sie ihn einfach auf seinem Handy anrief und damit von einer abgegrenzten Welt in die andere eindrang, beunruhigte und beglückte ihn zugleich. Ihre Stimme in seinem Ohr zerschlug die Ruhe in seinem Büro und seine Hoffnung, hier Schutz gefunden zu haben. Diese widersprüchlichen Empfindungen verwirrten ihn, und instinktiv begann er, nach einer Ausrede zu suchen. »Ich … Ich kann nicht … Es ist nicht so …«

»Verzeih mir, Richard«, unterbrach ihn Abayomi. »Wenn ich zu einem schlechten Zeitpunkt angerufen habe, dann versuche ich es lieber ein andermal wieder.«

Sie antwortete geradeheraus, ohne beleidigt zu wirken. Es hatte etwas Erfrischendes, mit jemandem zu tun zu haben, der nichts vorgab, sondern einfach ehrlich war. Für Abayomi schien es keine Täuschung und kein Taktieren zu geben, ebenso wenig wie unvorhergesehene Gefühle oder falsche Hoffnungen. Er war ihr Kunde, ein privilegierter Mann, der ihr seine Hilfe angeboten hatte.

Für ihn hingegen war dieses Gespräch mit ihr verwirrend. Er sehnte sich nach Einfachheit. Getrennte Räume für getrennte Leben. Und doch befand sie sich jetzt am anderen Ende der Leitung.

»Nein, nein. Kein Problem. Ich helfe dir gern, wenn ich

kann.« Richard bemühte sich, seine Anspannung nicht durchklingen zu lassen. »Wann sollen wir uns treffen? Bei mir würde morgen Vormittag gut gehen. Im Coffee-Shop in der Waterkant Street … *Milo's* … Wäre das in Ordnung? Um zehn?« Die Worte drängten nur so aus ihm heraus.

Sie lachte auf – ein sanftes Raunen in seinem Ohr, das gleich wieder verklang. »Danke, Richard. Das klingt gut. Dann also bis morgen. Vielen Dank, mein Lieber.«

Aus dem Mund eines anderen hätte diese liebevolle Anrede vermutlich hohl geklungen. Doch Richards Herz tat einen Satz, als er die Worte hörte. Die Verbindung wurde abgebrochen, aber er lief weiterhin auf und ab und klopfte dabei mit dem Handy immer wieder auf seine geöffnete Handfläche.

Wieso unterschied sich seine jetzige Hilflosigkeit derart von dem Gefühl der Entmachtung, das er empfand, wenn er sich Amandas kühler Überlegenheit zu Hause gegenübersah? Das Gefühl, die Kontrolle zu verlieren, hatte in diesem Fall etwas Belebendes und vermittelte ihm nicht den Eindruck, dass seine Position untergraben wurde. Das Glücksgefühl einer unvermeidlichen Hingabe machte das Ganze für ihn so angenehm. Und doch blieb er den Rest des Tages über angespannt.

Milo's war ein kleiner, unauffälliger Coffee-Shop in De Waterkant. Richard eilte die schmale Straße entlang, vorbei an den geschlossenen Türen der Schwulenclubs und der italienischen Feinkostläden. Angenehme Gerüche kamen aus einer Patisserie, wo gepflegt wirkende Männer und Frauen an hohen Tischen standen und Espresso schlürften. Die Veredelung des alten Viertels wurde unübersehbar vorangetrieben. Die *Stoeps* aus Malmesbury-Schiefer und die gusseisernen Balustraden verschwanden nach und nach und wurden durch Sandstein und teure Eisenkonstruktionen ersetzt. Der kunstvolle Verputz der Gebäude konnte meist nicht erhalten werden und wurde deshalb durch Rauputz und importierten Marmor ausgetauscht.

Der Coffee-Shop lag eingeklemmt zwischen zwei renovierten Häusern. Ein verrostetes Schild hing über dem Eingang. *Milo's* war nicht sonderlich beliebt, und er hoffte, dass sie hier miteinander sprechen konnten ohne aufzufallen. Insgeheim befürchtete er nämlich, dass sie knapp bekleidet erscheinen könnte, zu aufdringlich geschminkt und mit zu hohen Absätzen. Er schämte sich, so etwas zu denken, fast so, als ob er ihr damit in den Rücken fallen würde. Doch er vermochte die Vorstellung nicht abzuschütteln, wie sich andere Männer bei ihrem Anblick anzüglich zugrinsen könnten. Noch schlimmer wäre es allerdings, wenn er zufällig einem Kollegen begegnen würde und sie als Klientin vorstellen müsste.

Er hätte sich keine Sorgen machen müssen. Sie hatte sich bereits an einem Tisch in der Ecke niedergelassen, als er eintraf, las in einer Zeitung und nippte an einem frisch gepressten Orangensaft. Als er sie sah, spürte er, wie ihm das Adrenalin durch die Adern schoss. Sie hatte ihre mit Perlen geschmückten Zöpfe mit einem Tuch hochgebunden, so dass sie hinten in einem dichten Büschel abstanden, bestimmt und selbstbewusst. Ihr Kleid war schlicht. Es fiel in einer fließenden Linie von ihren glatten Schultern bis zu ihren Füßen. Ihre Haut schimmerte warm.

Nachdem sie ihn entdeckt hatte, stand sie auf und wartete darauf, dass er sich einen Weg zu ihr bahnte. Sie wirkte beunruhigt und aufgewühlt, fast so, als hätte sie nicht damit gerechnet, ihn zu sehen, oder als hätte sie vielleicht sogar jemand anderen erwartet. Wahrscheinlich sieht sie jetzt, im ungetrübten Tageslicht, wer ich wirklich bin, dachte Richard. Unsicher strich er sich das Haar aus der Stirn und lächelte.

»Guten Morgen«, sagte er und beugte sich vor, um ihr einen

Kuss auf die Wange zu drücken. Dabei versuchte er, ihren Geruch wahrzunehmen – ein vager Duft nach Holz und Moschus –, doch Abayomi trat einen Schritt zurück, ehe er ihn genau ausmachen konnte. Sie hatte sich geschminkt. Allerdings hatte sie kein aufdringliches Rouge aufgetragen, sondern sich nur zart die Wimpern umrahmt, wodurch ihre Augen besser zur Geltung kamen. Ihre Lippen schimmerten glänzend rosa. Sie sah großartig aus, was Richard ihr auch sagte, als sie sich an den kleinen Tisch zwischen ihnen setzten.

»Danke«, erwiderte sie schlicht und doch förmlich. Sie blickte auf den Tisch, und Richard wurde bewusst, dass ein Treffen mit einem Kunden außerhalb ihres Studios für sie ebenso viele Grenzen überschreiten musste, wie es das für ihn tat.

»Danke, dass du gekommen bist. Ich bin dir wirklich dankbar«, sagte sie nach einer Weile. Dann blickte sie auf und lächelte. Richard hätte am liebsten die Hand ausgestreckt und nach der ihren gefasst. Er hätte ihr gern über die Wange gestreichelt und ihr versprochen, dass er alles tun würde, um ihr zu helfen. Sie legte leicht den Kopf zur Seite und offenbarte für einen Moment die verspielte junge Frau, die am Telefon so keck mit ihm gesprochen hatte. »Was möchtest du trinken? Einen Saft?«

»Einen Kaffee«, erwiderte er, was sie aus irgendeinem Grund belustigte.

»Er möchte einen Kaffee«, wiederholte sie vielsagend seinen Wunsch, als der Kellner kam. Der Mann blieb wie angewurzelt vor ihr stehen und starrte sie an, bis es fast unhöflich wurde. Abayomi schien sich daran nicht zu stören, sondern schickte ihn gekonnt fort. »Das ist alles, mein Lieber. Nur ein Kaffee. Danke.« Der Kellner blinzelte unsicher und eilte davon.

Richard schüttelte lächelnd den Kopf. »Siehst du, was du den Männern um dich herum antust? Du bist eine Gefahr für uns alle. Der Arme wusste gar nicht, wohin mit sich selbst.«

»Er wird sich schon wieder beruhigen. Das tun sie immer«, entgegnete Abayomi nüchtern. Sobald der Kellner in der Küche verschwunden war, verflüchtigte sich ihre Leichtigkeit. Sie besaß eine innere Zerrissenheit, die Richard faszinierte – wie Schatten, die über dem Meer spielen. Er war sich noch immer nicht sicher, ob sie vor ihm in eine Rolle schlüpfte oder nicht. Doch als sie nun weitersprach, hatte er zum ersten Mal das Gefühl, dass sie ihm ihr wahres Gesicht zeigte.

»Ich habe ein Problem«, begann sie. »Ein enger Freund der Familie ist verhaftet worden. Gestern ist er vor Gericht erschienen, aber man wollte ihn nicht auf Kaution freilassen. Sie haben seine Anhörung um eine Woche verschoben, auf nächsten Montag, um weitere Nachforschungen anstellen zu können. Ich bräuchte nur einen Rat von dir, wie er das nächste Mal auf Kaution freikommt.« Sie sah Richard eindringlich an. »Ich würde dich nicht um Hilfe bitten, wenn es nicht so wichtig für ... für meine Familie wäre. Das Ganze ist ein schreckliches Missverständnis, aber wegen seiner Herkunft ... weil er aus Nigeria stammt ... Na ja, niemand will ihm helfen.«

Richard war insgeheim erleichtert, dass ihre Probleme strafrechtlicher Natur waren. Er hatte erwartet, dass sie ihn wegen ihres Status als Flüchtling um Rat fragen würde, was ein Gebiet betraf, auf dem er keinerlei Erfahrungen hatte. Was die Vorgehensweise des Amtsgerichts betraf, so befand er sich auf vertrautem Terrain und wusste genau, welche Schritte als Nächstes folgen würden. Er fühlte sich sogleich sicherer, als ob er etwas Wichtiges beizutragen hätte.

Er erkundigte sich danach, was dem Mann zur Last gelegt wurde. Abayomi war sich nicht sicher. Sie versuchte, die Worte des jungen Constable wiederzugeben, der die handschriftlichen Notizen im Register kommentiert hatte. Als Richard klar wurde, dass es um Drogen ging, man aber offensichtlich keine Drogen an dem Mann gefunden hatte, war für ihn der Fall eindeutig.

»Gut«, sagte er. »Wegen Drogenbesitzes wird man ihn also nicht anklagen können. Es wird vielmehr um den Handel mit Drogen gehen.« Er sprach mit ernster Stimme und langsam, um zu sehen, wie sie seine Äußerungen aufnahm. »Wenn man ihn wegen Handels oder dem Versuch zu handeln anklagt, aber keine Drogen hat, die er angeblich verkaufen wollte … Vielleicht ist er in irgendeine krumme Sache geraten, und das Ganze basiert allein auf der Aussage eines Informanten. Ergibt das einen Sinn?«

Abayomi nickte. »Ja«, erwiderte sie. »Einer der Polizisten, die mit dem Fall zu tun haben, will schon seit langem Ifa … ihm das Leben schwer machen. Aber ich verstehe nicht, wie ein Mann so viel Macht haben kann. Wieso darf er sich auf diese Weise benehmen … und … einfach jemanden einsperren, ohne handfeste Beweise zu haben?«

Richard fühlte sich auf einmal in einer merkwürdigen Verteidigungshaltung gegenüber dieser fremden Frau, die das Rechtssystem kritisierte, für das er arbeitete. Er war eine Weile still, bis sich der Anflug von Ärger gelegt hatte. »Polizisten haben in Südafrika viel Macht. Jedenfalls anfangs. Aber es gibt auch Kontrollinstanzen, die dagegensteuern.«

Abayomi sah ihn skeptisch an.

»Offenbar haben die Kontrollinstanzen in diesem Fall nicht funktioniert. Dein Freund muss eine Woche im Gefängnis verbringen. Doch sobald sich der Richter die Sache genauer angesehen hat, wird er ihn bestimmt auf Kaution freilassen. Da bin ich mir sicher. Wenn er wieder vor Gericht erscheinen muss, ist es jedenfalls wichtig, dass er auf einer Kaution besteht. Und jemand muss mit dem Geld da sein, damit sie sofort bezahlt werden kann.«

Abayomi wirkte noch immer nicht überzeugt. »Vor Gericht wird Afrikaans gesprochen«, erklärte sie. »Und selbst wenn sie Englisch sprechen, ist es schwer zu verstehen. Sie reden alle so schnell und warten gar nicht ab, ob wir sie auch verstanden haben.«

»Wie wäre es«, meinte Richard schnell entschlossen, »wenn du mich am nächsten Montag anrufst, falls ihm keine Kaution gewährt wird? Dann komme ich und kümmere mich um die Sache. Einverstanden?«

Sie lächelte, als hätte sie auf dieses Angebot gewartet. Ihre vollen, weichen Lippen kräuselten sich an den Mundwinkeln. Ihre Haut kam ihm diesmal heller als das letzte Mal vor. Sie erinnerte ihn an die Farbe von Zimt. »Danke«, sagte Abayomi. »Du bist ein guter Mann, Richard.«

Er wollte gerade antworten, als der Kellner mit dem Kaffee an ihren Tisch trat und die Tasse vorsichtig vor ihm absetzte. Wieder wartete der Mann, bis Abayomi freundlich abwinkte. Ihre Stimmung hatte sich deutlich verbessert. Sie lehnte sich zurück und trank einen Schluck Orangensaft. Ihre Lippen legten sich um den unteren Rand des Glases. Richard ließ seinen Blick über ihr Gesicht wandern und versuchte sich jede Besonderheit darin einzuprägen.

Sie bedachte ihn mit einem schiefen Lächeln. »Was?«

»Nichts«, erwiderte er, fügte dann aber hinzu: »Ich schaue dich nur einfach gern an.«

Sie stellte das Glas vor sich auf den Tisch und winkte ihm spielerisch zu. »Dann muss ich dir den Blick wohl in Rechnung stellen.« Sie lachte heiser, wobei ihre Augen leuchteten. Richard errötete bei der Erwähnung von Geld, merkte aber gleichzeitig, wie er schneller zu atmen begann. Sie übte eine starke körperliche Anziehung auf ihn aus.

»Also … Mr Richard Calloway, Mr Rechtsanwalt. Ich habe

dir gezeigt, was das Mutterland Nigeria für dich tun kann. Das war neu und aufregend, oder nicht?« Ihre Stimme hatte etwas Forderndes, so dass Richard noch röter wurde. Sie warf ihm einen spöttisch sittsamen Blick zu. »Also, Mr Rechtsanwalt, hier bin ich die Fremde. Welche neuen Dinge kannst du mir zeigen? Wohin kannst du mich entführen? Was kannst du *mir* in deiner afrikanischen Stadt präsentieren?«

Richard war sich nicht sicher, was sie meinte, und sah sie fragend an. Zu seiner Erleichterung sprach sie weiter, ehe er sich eine Antwort überlegen konnte.

»Zeig mir etwas in deiner *afrikanischen* Stadt. Aber nicht diese stinkende Pfütze am Meer, die ihr eure Waterkant nennt. Wo ich herkomme, da haben wir das Nigerdelta, das voller Schiffe, Menschen und Tiere ist. Es ist so riesig, dass es schon fast ein eigenes Land darstellt. Und auch nicht diese kleine Kabine, die die Touristen den Berg hinaufbringt, damit sie nicht in der Sonne laufen müssen. Und auch nicht die teuren Restaurants, wo man angeblich afrikanisches Essen serviert bekommt, aber das Mineralwasser mit Eis und Zitrone trinkt. Und bitte auch nicht eine dieser Farmen, wo Weiße ihren Wein trinken und die Geschichte dieses Landes und seine Sklaven vergessen.«

Richard überlegte, wie er antworten sollte. Er konnte es sich nicht leisten, etwas Flapsiges zu erwidern. Ihr Tonfall klang zwar freundlich spöttisch, aber es war klar, dass sie es ernst meinte. Sie wollte ihn herausfordern.

»Meiner Meinung nach«, fuhr sie fort, »halten sich die Weißen in diesem Land für echte Afrikaner. Aber in Wirklichkeit wollen sie gar nicht in Afrika leben. Sie schleppen lieber ganze Teile Europas übers Meer, um sie hierherzuverpflanzen. Um den schwarzen Kontinent aufzuhellen. Man darf nicht …«

»*Zorina's*«, platzte Richard heraus.

»Corinna?«, fragte sie, offenbar erfreut, dass sie ihn endlich zu einer Antwort gedrängt hatte. »Was hast du gesagt? Corinna?«

»Nein – *Zorina's*. Wir gehen zum Mittagessen zu *Zorina's*.«

Richard war selbst erst einmal dort gewesen, erinnerte sich aber noch gut an die schlichten, sauber gewischten Plastiktische. Das Lokal war sowohl bei Bauarbeitern in schmutzigen Overalls als auch bei teuer gekleideten Geschäftsleuten mit bunten Krawatten sehr beliebt. Am Freitag hatte es zwar zum Gebet geschlossen, aber sonst war es die ganze Woche über offen.

»Die Besitzerin ist Malaiin«, erklärte er. »Eine Nachfahrin von Sklaven. Sie lebt im Bo-Kaap, wo schon ihre Vorfahren gewohnt haben, gleich neben einer kleinen Moschee. Ihr Lokal ist dort ganz in der Nähe. Es ist im Grunde nur ein Loch in der Wand, aber sie macht phantastische Salomies mit Hammel-Curry, und man bekommt Coo-ee-Ingwerlimonade in Glasflaschen mit diesem Metalldeckel, den man nur mit einem Flaschenöffner aufkriegt.«

»Und isst man dieses Essen mit den Fingern?«, wollte Abayomi wissen und sah ihn aus schmalen Augen an.

»Na, und ob! Aber die Gewürze färben einem die Finger ganz gelb.«

»Also gut, weißer Mann. Ich bin an deinem gelben Essen und deiner Sklavin interessiert. Das probieren wir aus.« Sie bohrte ihm einen Finger in den Arm. »Aber du hast mir noch nicht bewiesen, dass ich mich irre. Nur weil du eine Frau kennst, die von Sklaven abstammt. Das bedeutet lediglich, dass sie schon etwas länger auf Urlaub hier ist als ich.«

Richard lachte und schüttelte den Kopf. Er gab sich geschlagen. »Okay, du könntest durchaus in gewisser Weise recht haben. Nach dem Essen bei *Zorina's* werde ich dich zu *Pickwicks* bringen. Da gibt es den besten Kaffee der Stadt. In der Nähe der Hostels in der Long Street. Dort setzen wir uns dann auf Barhocker neben Goths, Drogensüchtige, Typen mit riesigen Tattoos und afrikanische Händler. Wir trinken schwarzen Kaffee, lauschen den Clubbeats und beobachten, wie die Welt draußen an uns vorbeizieht.«

»*Pickwicks?*« Sie legte den Kopf zur Seite. »Ich glaube, da bin ich schon mal vorbeigelaufen. Ja, da kannst du mich auch hinbringen. Aber wem gehört der Laden?«

»Soweit ich weiß, einem Juden«, musste er enttäuscht zugeben.

»Also ein Jude, eine malaiische Sklavin, ein Europäer und eine Nigerianerin.« Sie klatschte in die Hände. Die Geste hatte etwas Kindliches. »Das ist das Beste, was du zu bieten hast? Wie armselig wir doch alle sind! Keiner von uns kommt von hier. Wir sind alle Immigranten.«

Wieder lachte Richard laut auf. Doch Abayomi wirkte ernst, als sie weitersprach. »Warum behandelt man mich dann wie Dreck? Nur weil ich später als die anderen auf die Party gekommen bin und ihr schon den Kuchen unter euch dreien aufgeteilt habt?«

Er schwieg eine Weile und dachte nach. Wie wenig er von Nigeria wusste! Und dennoch stellte er sogleich Vermutungen über dieses Land an, die ihm aufregend erschienen. Der Kellner schenkte ihm dampfenden Kaffee nach. Richard riss ein Päckchen Zucker auf, schüttete den Inhalt in die braune Flüssigkeit und rührte bedächtig um, während er über Abayomis Frage nachdachte. Der Kaffee schmeckte bitter und stark. Er nippte mehrmals daran und nahm den Geschmack in sich auf, ehe er die Tasse vorsichtig auf den feuchten Unterteller stellte.

»Ich kann deine Frage nicht beantworten«, meinte er. »Ich verstehe auch nicht, warum die Dinge so sind, wie sie sind. Die menschliche Natur überrascht mich immer wieder von Neuem … Und oft stößt sie mich ab.«

Die Worte bildeten sich wie von selbst auf seiner Zunge. Als er ihnen lauschte, wie sie zu Abayomi hinübergetragen wurden, und begriff, wie ernst sie ihm waren, runzelte er die Stirn. Das war keine betrunkene Diskussion in einem Stripclub und auch kein hohles Gerede bei einer Essenseinladung. Er konnte sich nicht erinnern, wann er sich das letzte Mal derart ungezwungen und ehrlich unterhalten hatte. Er blickte zu Abayomi. Ihre Augen waren auf ihn gerichtet, und sie lauschte ihm aufmerksam. Ihr Lächeln war verschwunden. »Ich glaube, wir leben alle in ständiger Angst«, fuhr er fort. »Und von uns vieren habe ich wohl den geringsten Grund dazu.«

Einen Moment lang schwiegen beide. Dann lehnte sich Abayomi vor und legte ihre Hand auf die seine. »Ich sollte jetzt gehen. Aber du besuchst mich bald wieder – ja?«

»Nein, bitte«, sagte er leidenschaftlicher als beabsichtigt. »Bleib doch noch etwas. Ich weiß nichts über dich. Erzähl mir von dir. Erzähl mir irgendwas. Eine Erinnerung. Eine Geschichte aus deiner Heimat.«

»Du willst eine Geschichte?«

»Ja.«

»Also gut.« Sie lehnte sich zurück und sagte einen Augenblick lang nichts, wohl um ihn abzuschätzen. »Diese Geschichte zeigt dir vielleicht ein wenig, woher *ich* komme«, meinte sie schließlich. »Sie trug sich zu, als ich fünfzehn Jahre alt war. Mein Vater hat mich einem Mann vorgestellt, der zu uns zu Besuch gekommen war. Gemeinsam mit meinem Vater saßen er und eine Gruppe Freunde draußen vor dem Haus. Sie redeten ernst miteinander. Jeder hörte sich an, was der andere zu sagen hatte, alle ließen sich gegenseitig aussprechen. Damals habe ich mir gedacht: Genauso sollten wir alle miteinander sprechen.«

Sie machte eine kurze Pause, ehe sie fortfuhr: »Die Männer begrüßten mich, wie man ein Kind begrüßt. Nur dieser neue

Gast hat seinen Becher auf den staubigen Boden gestellt und ist aufgestanden, als er mich sah. Er trat auf mich zu und begrüßte mich so, als gäbe es nur mich und ihn, als ob sonst niemand etwas zählte. Er nahm meine Hand in beide seiner Hände. Seine Haut hat sich sehr weich angefühlt. Und warm. Wie ein alter wertvoller Stoff. Dann hat er mich gesegnet und sich vorgestellt. ›Ich bin Ken Saro-Wiwa, ein Freund deines Vaters‹, sagte er. ›Es ist mir eine große Ehre, die Tochter deines Vaters kennenzulernen.‹ Die Augen meines Vaters hatten sich mit Tränen gefüllt.

An diesem Abend hat meine Mutter für unseren Gast ein besonderes Essen gekocht. Nach dem Essen setzten wir uns ins Wohnzimmer, und Saro-Wiwa hat uns sein neuestes Theaterstück vorgelesen. Ich habe es nicht verstanden, ich war damals noch zu jung. Es war voller politischer Bezüge, die die anderen immer wieder dazu brachten, anerkennend zu pfeifen und zu applaudieren. Ich erinnere mich noch gut daran, wie begeistert mein Vater war. Er war ein stiller Mann, aber an diesem Abend klatschte er immer wieder in die Hände, und sein Gesicht war erhitzt, als ob er neben einem Feuer gestanden hätte.«

Richard hörte gebannt zu. Abayomi sah ihn nicht an, sondern sprach mit dem Blick auf den Tisch gerichtet, als ob sie eine Beichte ablegte. Ihre Finger umklammerten das leere Orangensaftglas. In ihrer Stimme lag eine große Einsamkeit, obwohl das, was sie erzählte, nicht tragisch zu sein schien.

»Danach hat mir mein Vater erklärt: ›Das ist der bedeutendste Mann, dem du jemals begegnen wirst, mein Kind. Bewahre diesen Augenblick in deinem Herzen.‹«

Sie wurde auf einmal ganz still, als müsste sie ihre Kräfte sammeln, um fortzufahren. Als sie Richard schließlich anblickte, stellte er erschrocken fest, dass ihr die Tränen in den Augen standen. »Einige Wochen später sprach Präsident Abacha im Radio«, erklärte sie. »Er nannte Ken Saro-Wiwa einen Staatsfeind und Verräter. An jenem Tag war ich wie erstarrt. Mein Vater brach fast zusammen. Zum ersten Mal in meinem Leben verstand ich, wie unberechenbar das Leben ist und wie unfair es sein kann. Unser Präsident verkündete, dass Saro-Wiwa hingerichtet werden würde. Zehn Tage später war er tot, hing am Galgen neben acht weiteren unschuldigen Ogoni-Männern. Es brach meinem Vater das Herz. Möge Gott ihm gnädig sein.«

Richard wusste nicht, was er antworten sollte, ohne floskelhaft zu klingen. Die Geschichte hatte so gar nichts mit seinen eigenen Erfahrungen zu tun. Er hegte eine beinahe väterliche Sorge für die Frau ihm gegenüber. »Und warum kehrst du nicht nach Hause zurück? Zu deinem Vater, deiner Mutter?«, wollte er wissen. »Sie vermissen dich doch sicher.«

»Das kann ich nicht«, erwiderte sie. »Meine Mutter ist vor einiger Zeit gestorben. Sie war krank …«

»Das tut mir leid … Aber dein Vater … Du solltest deinen Vater besuchen«, erklärte Richard.

»Ich kann nicht zurück«, entgegnete sie und senkte den Blick. Offensichtlich wollte sie nicht weitersprechen.

Er ließ es damit auf sich bewenden und saß eine Weile schweigend da, wobei er an seinem kalten Kaffee nippte. »Ich weiß überhaupt nichts über deine Heimat, über Nigeria«, sagte er schließlich. »Weißt du, was mich entsetzt? Nicht, dass so etwas Schreckliches passieren kann, denn so etwas geschieht die ganze Zeit. Überall auf der Welt. Auch hier bei uns. Nein – was mir Angst macht, ist die Tatsache, dass ich von diesem Mann, diesem Schriftsteller, noch nie etwas gehört habe, dass ein solches Ereignis an mir vorübergeht, ohne dass ich etwas davon mitbekomme, und das, obwohl ich in Afrika lebe. Auf demselben Kontinent und doch Lichtjahre entfernt. Als würde mich das alles nichts angehen.«

Abayomi nickte. Sie wirkte erschöpft. »Das ist es auch, was

mir an deinem Land auffällt, Richard. Wenn jemand für eine Stunde den Strom abstellt, wenn man einen Richter betrunken in seinem Auto erwischt oder wenn ein Politiker der Bestechlichkeit bezichtigt wird, schreit das ganze Land auf, als würde es im Chaos versinken. Täglich lese ich die Schlagzeilen der Zeitungen, die von Krisen und Katastrophen berichten. Wie kann es täglich eine Krise oder eine Katastrophe geben? Das begreife ich nicht. Meiner Meinung nach seid ihr ein sehr verwöhntes Volk.«

Trotz ihrer harten Worte blieb ihre Stimme sanft. Es fiel ihm schwer einzuschätzen, wie ernst sie meinte, was sie sagte.

»Ihr begreift nicht, wie gut es euch geht. Ihr habt Strom, den man abschalten kann. Ihr habt Richter, deren schlimmste Vergehen darin bestehen, dass sie zu viel trinken. Ihr habt die Möglichkeit, korrupten Politikern das Handwerk zu legen. Und ihr habt Journalisten, die von all dem berichten. In vielerlei Hinsicht seid ihr noch immer eine Kolonie, eine naive, kindliche Nation. Sobald eine winzige Schwierigkeit auftaucht, seid ihr völlig durcheinander. Sofort wird verkündet, dass das Ende bevorsteht, dass euer Land in Gefahr ist, in *afrikanischem* Chaos zu versinken.«

Richard fand Abayomis Art erfrischend. Gleichzeitig spürte er, dass sie ihn auch persönlich angriff, und das ließ ihn vorsichtig sein.

»Ich sage dir, was echtes Chaos ist«, fuhr sie fort. »Lass mich dir von meiner armen, schönen, leidenden, schrecklichen Heimat erzählen. Wole Soyinka nennt unser Land ›die offene Wunde Afrikas‹. Und damit liegt er nicht falsch. In Europa bewundern sie die Musik von Sade und die Bücher von Ben Okri. Aber bei uns zu Hause gibt es nichts außer Chaos und Egoismus.«

Sie schilderte die ärmeren Viertel von Lagos. Dort gab es keine Baupläne, keine Behörden, die den Leuten sagten, was und wie sie bauen sollten. Niemand passte auf, niemand kümmerte sich darum. Slumhütten drängten sich zwischen Häuser und kleine Betriebe. Die Bewohner dieser Gegenden atmeten den Rauch der Metallarbeiten ein, die auf den Hinterhöfen ausgeführt wurden, und Kinder planschten in den Abwässern von Gerbereien und illegalen Metzgereien. An einigen Stellen war das Straßenpflaster schwarz vom getrockneten Blut des Schlachtviehs. An den Ecken stapelte sich der Müll und der Dreck. Manchmal war der Gestank der Leute, die dort alle zusammen lebten und arbeiteten, unerträglich. Die Luft schien giftig vor Schweiß zu sein. Das Problem waren die Hitze und die ständige Feuchtigkeit, die in Lagos herrschten.

»Ihr würdet diesen Ort als Hölle bezeichnen. Aber in Lagos sind alle ständig in Bewegung. Man ruft, lacht, flucht, drängelt. So sind wir in Nigeria: Wir kämpfen – mit einem Lächeln oder einem Fluch auf den Lippen – um ein wenig mehr Platz.«

Die Autos kamen in Lagos kaum von der Stelle, erzählte sie weiter. Die schmalen Straßen überkreuzten sich willkürlich, und an den Straßenrändern standen überall Händler. Die Ampeln funktionierten nicht, und die Leute liefen genauso selbstverständlich mitten auf der Fahrbahn wie auf den kaputten Bürgersteigen. Taxis hupten und drängelten mit offenen Türen. Fußgänger sprangen hinein oder fielen heraus, aber die Taxis hielten nie an.

»Dann sieht man plötzlich einen großen schwarzen Mercedes. Er schiebt sich wie ein mächtiger Löwe durch den Verkehr, zwingt andere Autos beiseite, drängt die Menschen mit der Kühlerhaube vor sich her und hupt wie wild, um durchzukommen. Die Leute verkaufen alles: Obst und Fleisch und Körbe, Schmuck, Radios, billige Drogen, fremde Währungen, chinesische Importware. Es gibt keinen Schwarzmarkt, weil es gar keinen offiziellen Markt gibt. Wenn nichts legal ist, kann auch nichts illegal sein. In Nigeria ist alles möglich. Und keinen kümmert das, niemand achtet darauf. Jeder Politiker ist dort korrupt – ebenso jeder Offizier, jeder Beamte. Alle sind bestechlich. Manche halten ihr Versprechen, andere aber nicht. Das Leben ist ein verzweifelter Kampf, hart und schmutzig. So ist Nigeria. So ist mein Volk geworden.« Abayomi griff nach ihrer Tasche, um zu gehen. »Die Seele meines Landes ist durch und durch verfault.«

Richard betrachtete sie verwundert. Als sie ihn anblickte, wirkte ihre Miene traurig. »Deshalb dürft ihr uns nicht verurteilen, wenn wir dieser Hölle entrinnen wollen. Wenn wir hierherkommen und jede Gelegenheit beim Schopf packen. Und wenn wir mit euch in Wettstreit treten, um unser Leben zu verbessern. Ihr seid daran gewöhnt, alles zu bekommen, was ihr wollt. In Nigeria haben wir gelernt, dass Überleben bedeutet, sich alles zu nehmen, was man bekommen kann.«

10

Richard fuhr rückwärts aus der Doppelgarage. Die vertraute Straße aus roten Ziegeln, über die seine breiten Reifen rollten, beruhigte ihn. Es war ein klarer warmer Morgen, der die Verwirrungen der letzten Tage fast ein wenig lächerlich erscheinen ließ.

Eine Zeit lang hatte ihn das Treffen mit Abayomi bedrückter gestimmt, als er es zuvor gewesen war. Er hatte sich mit Nadine im Büro gestritten, während Amanda weiterhin auf Abstand zu ihm blieb. Nach zwei Tagen der Qualen war er jedoch mit einem festen Entschluss aufgewacht: Er wollte die nigerianische Verführerin einfach als eine vorübergehende Klientin betrachten. Sein intimer Kontakt mit ihr würde schon bald nur noch eine schwache Erinnerung sein, und mit der Zeit würde er alles vergessen. Er wollte sich wieder seinem Beruf und seiner Familie zuwenden. In Gedanken wiederholte er diese beiden Worte immer wieder und versuchte so, das Flattern in seiner Magengrube zu unterdrücken, das sich zwischendurch zurückmeldete.

Der Wagen glitt die Straße entlang, die von den Schatten großer Eichen bedeckt wurde. Die aufgehende Sonne funkelte durch die jungen Rebenblätter und tauchte den Boden in ein hellgrünes Licht. Richard nahm sich vor, sich mit seiner Familie endlich wieder einen Urlaub zu gönnen, um dem trostlosen Winter am Kap zu entfliehen. Eine zweiwöchige Überraschungsreise in irgendein exotisches Land, wo sie in der Sonne liegen und unbeschwerte Stunden miteinander verbringen konnten.

Vielleicht Bali, überlegte er, während sich die Schranke hob und er das Anwesen verließ, um auf die Hauptstraße einzubiegen. Gebräunte Körper, die müßig nebeneinander im Sand lagen und die Sonnenstrahlen in sich aufsogen, während ganz Kapstadt in Regenjacken und feuchten Schuhen nach Unterschlupf suchte. Oder vielleicht auch an einen interessanteren Ort wie Ägypten oder Marokko. Genau, dachte er – irgendwo ins nördliche Afrika, wo er seiner Familie die wahre Schönheit des Kontinents zeigen konnte. Die Üppigkeit der afrikanischen Seele.

Richard seufzte laut, und sein Herz verkrampfte sich. Er merkte, wie er in Gedanken unweigerlich wieder zu Abayomi und seiner Hoffnung zurückkehrte, sie bald wiederzusehen.

»Verdammt!« Er schlug mit beiden Händen derart auf das Lenkrad ein, dass die Reifen auf der Straße schlingerten. Warum gelang es ihm nicht, dieser unreifen Faszination zu entkommen? Weshalb war es ihm nicht möglich, die ungewohnten Gefühle zu beherrschen, die ihn auch jetzt wieder im Griff hatten? Gefühle, die ihn abstießen und gleichzeitig erschreckend stark in ihren gnadenlosen Bann zogen.

Die Autos standen bis auf die Auffahrt des Highway, und er musste bremsen. An den Telefonmasten hingen Tafeln mit den Schlagzeilen der verschiedenen Zeitungen. Richard starrte durch das Beifahrerfenster zu seiner Linken. »SA-Kricket in Krise« – »Überfall auf Touristen«. Er dachte daran, was Abayomi gesagt hatte. Die Paranoia der Begünstigten, von denen sich die Untergangspropheten wie Schakale von vergiftetem Aas ernährten. Die Boulevardzeitungen waren nicht besser, nur dass sie allein auf Schock setzten, ohne die pessimistische Analyse gleich mitzuliefern: »Mann isst Kind« und »Süchtiger tötet Bergie« verkündeten die Plakate.

Richard wandte den Blick ab. Zu seiner Überraschung stellte er fest, dass jemand neben seinem Auto stand und geduldig darauf wartete, dass er die Schlagzeilen zu Ende gelesen hatte. Der junge Mann hatte sein Gesicht mit roten und weißen Strichen angemalt. Er trug eine kränklich gelbe Perücke aus Schaumstoff und Schnüren. Mit einem leeren Grinsen hielt er ein gefaltetes Papier mit Witzen gegen die Windschutzscheibe. Richard saß in der Falle und begann seine Taschen abzuklopfen, als suchte er nach seinem Geldbeutel. Die Ampel schaltete auf Grün, und er fuhr sofort los. Mit quietschenden Reifen bog er auf den Highway ein, wo er sofort wieder abbremsen musste, so dicht rollte der Verkehr dahin.

Als sein Handy in dem Plastikhalter am Armaturenbrett zu klingeln und vibrieren begann, zuckte er erneut nervös zusammen. Mit jedem Läuten wurde der Ton lauter. Richard starrte nach vorn, während er mit der freien Hand nach dem Telefon fasste. Er drückte auf den grünen Knopf und sprach in Richtung des kleinen Mikrofons, das diskret hinter dem Blendschutz angebracht war.

Es war Nadine. Richard überraschte es immer wieder von Neuem, wie früh sie schon in der Kanzlei war. Obwohl es nicht zu ihren Pflichten gehörte, saß sie doch jeden Morgen lange vor ihm im Büro, sortierte seine Post und kümmerte sich um seinen Terminkalender.

Sie verschwendete auch diesmal keine Zeit für belanglose Nettigkeiten. »Ich habe hier eine Nachricht von Staatsanwalt Dumbela«, erklärte sie.

Richard runzelte die Stirn. Die Verhandlung war erst in einer Woche angesetzt, und der Austausch der Akten hatte bereits stattgefunden. Es gab keinen Grund für den Staatsanwalt, sich mit ihm in Verbindung zu setzen. Es sei denn, sie haben den Zeugen, dachte er und war auf einmal hellwach.

Nadine fuhr fort. »Dumbela möchte, dass Sie Svritsky noch heute Morgen ins Gericht bringen. Ansonsten lässt man ihn verhaften.« Um der dramatischeren Wirkung willen machte sie eine kurze Pause. »Man will seine Kaution aufheben.« Es war zu hören, dass sie diese Nachricht freute.

»Was? Verdammter Mist! Hat Dumbela auch gesagt, warum?«

Er ging im Kopf bereits die Termine durch, die er für heute geplant hatte. Ein unerwarteter Tag vor Gericht würde seinen ganzen Kalender durcheinanderbringen.

»Hat Dumbela erklärt, worum es geht?« Er wusste, dass die Frage nutzlos war. Der Staatsanwalt würde niemals freiwillig mit solchen Informationen herausrücken, und Nadine würde sich auch nicht danach erkundigen.

»Nein. Er meinte nur, dass es ernst sei. Er möchte Sie dringend sprechen«, erwiderte sie. Richard hörte, wie sie auf der Computertastatur tippte. »Ich habe Ihre Vormittagstermine bereits verschoben. Mrs Heath kommt jetzt morgen, und Lionel Jowdry hat seinen Termin auf heute Nachmittag verlegt.«

»Gut … Danke.«

»Den Russen habe ich nicht angerufen«, fügte sie noch hinzu und legte auf.

»Natürlich nicht«, sagte er laut.

Er wählte Svritskys Nummer und drückte dann auf die Verbindungstaste. Sein Klient klang verschlafen, als er sich mit belegter Stimme meldete. Als er jedoch hörte, dass die Staatsanwaltschaft seine Kaution aufheben lassen wollte, war er sofort hellwach.

»Die versuchen nur, mich zu verunsichern, Richard«, erklärte der Russe wütend. »Es ist nichts passiert. Sagen Sie denen, dass sie mich mal können. Die sollen mich in Ruhe lassen, verdammt! Ich komme nicht ins Gericht. Das ist doch Scheiße. Das können Sie denen ausrichten.«

»Seien Sie nicht albern, Stefan«, entgegnete Richard. »Sie sind auf Kaution frei, und die Staatsanwaltschaft kann diese jederzeit widerrufen. Wenn Sie nicht ins Gericht kommen, wird man Sie verhaften lassen. Dann werden Sie auf keinen Fall wieder rauskommen.« Sein Handy vibrierte erneut, um einen Anruf von Dumbela anzuzeigen. »Hören Sie, Stefan. Der Staatsanwalt versucht mich gerade zu erreichen. Kommen Sie einfach ins Gericht. Und zwar sofort.« Ehe er auf den zweiten Anruf umschaltete, hörte er noch eine wütende Tirade aus Flüchen und Beschimpfungen. Dann wurde Svritsky abgeschnitten.

»Bradley, was zum Teufel soll das? Warum soll die Kaution meines Klienten zurückgezogen werden?« Das Adrenalin, das durch seinen Körper schoss, ließ Richard schroff werden.

»Ihr Klient hat einen Zeugen eingeschüchtert.« Dumbela klang ebenso scharf. »Wenn er nicht um neun Uhr vor Gericht erscheint, werde ich Richterin Abrahams bitten, seine Kaution zurückzuziehen und ihn verhaften lassen. Stellen Sie also sicher, dass er da ist.« Noch ehe Richard antworten konnte, war die Leitung tot.

Wütend starrte er auf den langsam dahinkriechenden Verkehr. »Was zum Teufel hast du jetzt schon wieder ausgefressen, Svritsky?« Seine Stimme klang in dem engen Raum des Autos blechern und hohl. Er lehnte sich vor und schaltete das Radio ein, während er ungeduldig mit dem Bein auf der Kupplung hin- und herwippte und darauf wartete weiterzufahren.

Amtsrichterin Shirley Abrahams bedachte Richard mit einem strengen Blick, als dieser gemeinsam mit Svritsky den Saal betrat. Die beiden hatten sich zehn Minuten verspätet, und die Richterin hatte bereits mit der Abarbeitung der Vertagungen auf ihrer Liste begonnen. Sie wartete, bis sie sich hingesetzt hatten, ehe sie Dumbela demonstrativ aufforderte, mit seinen Terminverschiebungen für andere Fälle fortzufahren. Der Staatsanwalt schenkte Richard ein schmallippiges Lächeln und wandte sich dann seinem nächsten Punkt zu. Die Vertagungen dauerten eine halbe Stunde, in der Svritsky wütend die Luft einzog und immer wieder wie eine Dampfmaschine mit Überdruck zischte.

Endlich war die Liste abgearbeitet, und Richterin Abrahams gab Richard ein Zeichen. Er nahm seinen Aktenkoffer und trat in die Bank des Verteidigers.

»Mr Svritsky, bitte auf die Anklagebank.« Richterin Abrahams hielt eine Hand hoch, um Dumbela davon abzuhalten, dass er fortfuhr, ehe sich der Russe nicht an seinen Platz begeben hatte. Laut seufzend schlurfte Svritsky nach vorn und ließ sich dort nieder.

Der Staatsanwalt stand auf und verkündete, um welchen Fall es sich handelte. Richard wollte sich ebenfalls erheben, damit er als offiziell anwesend registriert wurde. Doch die Richterin meldete sich zu Wort, noch bevor er sich ganz aufgerichtet hatte.

»Schon recht, Mr Calloway. Sie sind bereits im Protokoll als anwesend vermerkt. Alles wie gehabt. Also, worum geht es? Sie wollen einen Antrag stellen?«

Richard schüttelte den Kopf und wies mit dem Kinn in Dumbelas Richtung. Als die Richterin ihre Aufmerksamkeit dem Staatsanwalt zugewandt hatte, setzte er sich wieder.

»Euer Ehren«, begann Dumbela. »Im Namen des südafrikanischen Volkes wird ein Antrag nach Paragraf achtundsechzig der Strafprozessordnung auf Aufhebung der Kaution des Angeklagten gestellt, und zwar wegen Einschüchterung eines wichtigen Zeugen durch den Angeklagten oder durch einen Dritten, angeleitet durch den Angeklagten, so dass besagter Zeuge jeglichen Kontakt mit dem zuständigen Polizeibeamten abgebrochen hat und uns sein Aufenthaltsort nicht länger bekannt ist.«

»Ich verstehe«, erwiderte Richterin Abrahams und machte

sich einige Notizen. Im Saal herrschte Stille, während alle darauf warteten, dass sie weitersprach. »Und die Beweise?« Obgleich die Frage an den Staatsanwalt gerichtet war, starrte sie nun Svritsky an.

»Ich rufe den ermittelnden Polizeibeamten in den Zeugenstand.«

Richard wollte sich wieder erheben, um den Prozess zu unterbrechen. Doch die Richterin bedachte ihn nur mit einem finsteren Blick und meinte: »Dann machen wir weiter, ja? Sie müssen mich davon überzeugen, dass die Angelegenheit dringlich ist und die Aufhebung der Kautionsbewilligung rechtfertigt, Mr Dumbela. Aber nun rufen Sie erst einmal Ihren Zeugen auf. Wir wollen hören, was er zu sagen hat.«

Der Ermittlungsbeamte, Captain Riedwaan Faizal, ging nach vorn, trat in den Zeugenstand und schloss die niedrige Schranke hinter sich. Er blickte verächtlich zu Richard, bevor er seine mit Reißverschlüssen versehene Lederjacke glatt zog und über die Ausbeulung an seiner Hüfte strich, die offensichtlich von einer Schusswaffe stammte. Sein Verhalten strahlte unverhohlene Aggression aus, und Richard merkte, wie seine eigene Entschlossenheit nur noch wuchs. Es konnte nur einen Gewinner geben.

Richterin Abrahams las die Eidesformel vor, und Captain Riedwaan Faizal hob beinahe trotzig die rechte Hand. Er blieb aufrecht stehen, während der Staatsanwalt mit seiner Befragung begann. Ja, er sei Captain der Polizei. Ja, er sei der ermittelnde Beamte im Fall Svritsky. Ja, er sei mit jedem Detail der Ermittlung vertraut. Die Fragen entsprachen dem üblichen Vorgehen, und doch antwortete Faizal betont ernst. Seine Stimme hallte im ganzen Gerichtssaal wider. Richard glaubte, einen Hauch von Old Spice wahrzunehmen.

»Captain, könnten Sie uns bitte sagen, warum wir heute hier sind?«, forderte ihn Dumbela auf. Richard hörte, wie Svritsky hinter ihm schnaubte. Faizal drehte sich um und starrte den Russen finster an, ehe er mit seiner Aussage begann.

»Euer Ehren, Mr David Matsuku ist ein Parkplatzwächter, der vor einem Club im Besitz des Angeklagten arbeitet. Der Club liegt am Ende der Loop Street im Stadtzentrum. Mr Matsuku hat mir gegenüber eine Aussage gemacht. Er hat den Angeklagten identifiziert…« Faizal drehte sich erneut zu Svritsky um, als wollte er sicherstellen, dass es sich noch immer um denselben Mann handelte. »Mr Matsuku hat beobachtet, wie der Angeklagte kurz vor dem Unfall in ein Fahrzeug, einen grünen Ford, gestiegen ist. Mr Matsuku ist in diesem Fall demnach ein wichtiger Zeuge, vor allem, da der Angeklagte behauptet, das Fahrzeug, das unserer Meinung nach den Unfall und den Tod des Opfers verursacht hat, wäre ihm einige Stunden zuvor gestohlen worden.«

»Gut«, ermunterte Dumbela seinen Zeugen und bat ihn fortzufahren.

Faizal wippte leicht auf den Fersen vor und zurück, ehe er den Rücken durchdrückte und weitersprach. »Mr Matsuku war zuerst zu keiner klaren Aussage bereit, da er sich vor dem Angeklagten fürchtete. Doch es gelang uns, ihm eine andere Arbeitsstelle zu vermitteln, woraufhin er zustimmte, eine Aussage zu machen.« Wieder hielt er inne und blickte zu Svritsky. Richard erstarrte. Er war sich sicher, dass sein Mandant irgendeine unpassende Geste machen und die Richterin diese bemerken würde. Doch zum Glück war Richterin Abrahams wieder über ihre Notizen gebeugt und sah nicht auf.

»Euer Ehren«, fuhr Faizal fort. »Wir haben Grund zur Annahme, dass Mr Matsuku vergangenes Wochenende vom Angeklagten einen Besuch erhielt. Am Samstagabend wurde der Angeklagte dabei beobachtet, wie er sein Auto in der Nähe des Ortes parkte, wo Mr Matsuku inzwischen als Parkplatzwächter tätig ist. Ein anderer triftiger Grund für den Angeklagten, sich in dieser Gegend aufzuhalten, ist uns nicht bekannt. Weder arbeitet er dort noch wohnt er da. Gestern wollte ich den Zeugen, Mr Matsuku, noch einmal befragen. Seine Kollegen, mit denen er gemeinsam einen Straßenabschnitt bearbeitet, erklärten mir allerdings, dass er verschwunden sei. Sie wussten nicht, wo man ihn finden kann.« Der Captain blickte starr auf eine Stelle vor sich in der Luft, während er seinen Monolog in gleichmäßigen, knappen Sätzen vortrug. Richard musste zugeben, dass er seine Sache gut machte.

»Als ich sie nach dem Grund für Mr Matsukus Verschwinden fragte, erklärten mir die Männer, dass er am Samstagabend von einem Unbekannten bedroht worden sei. Die Beschreibung dieses Mannes traf genau auf den Angeklagten zu. Wir gehen deshalb davon aus, dass der Angeklagte seine Kautionsbedingungen verletzt hat. Euer Ehren, wir glauben, dass der Angeklagte den Zeugen aufgesucht und ihn bedroht hat, was diesen dazu veranlasst hat unterzutauchen. Wir können auch die Möglichkeit nicht ausschließen, dass dem Zeugen körperlich zugesetzt wurde …«

»Einspruch, Euer Ehren.« Richard sprang auf. Er hatte bereits darauf gewartet, dass Faizal versuchen würde, eine derartige Behauptung einfließen zu lassen. »Das ist reine Spekulation«, erklärte er aufgebracht. »Ein Polizist, der so viel Erfahrung mit Zeugenaussagen hat wie er, sollte wissen, dass solche Äußerungen nicht zulässig sind.«

Richterin Abrahams blickte ihn kalt an. »Und Sie, Mr Calloway, sollten wissen, dass die Vorsitzende Richterin ebenfalls erfahren genug ist, um auf einen solchen Hinweis nicht zu achten. Sie können sich also Ihre melodramatischen Einwürfe für einen anderen Gerichtssaal sparen.« Seufzend gab sie Faizal ein Zeichen fortzufahren.

»Danke, Euer Ehren«, sagte dieser, den Mund zu einem selbstgefälligen Grinsen verzogen. Die Richterin achtete zwar nicht auf seinen Versuch, sich bei ihr lieb Kind zu machen, doch Richard konnte kaum an sich halten. »Euer Ehren, wir haben außerdem Grund zur Annahme, dass der Angeklagte aktiv versucht, die Identität des Hauptaugenzeugen des tödlichen Unfalls zu enthüllen. Wir mussten feststellen, dass der Angeklagte oder seine Leute die Parkwächter und die illegalen Straßenhändler in der Nähe des Unfallorts befragt haben. Sie haben versucht, die Identität und den Aufenthaltsort des Augenzeugen zu erfahren, und das bereitet uns Sorgen, wenn man bedenkt, was mit dem Zeugen Matsuku passiert ist. Wir befürchten, dass auch der zweite Zeuge, wenn der Angeklagte seine Identität erfährt, eingeschüchtert wird und sich dann weigern könnte, eine Aussage zu machen.« Er sah Richard direkt in die Augen und fügte dann beinahe flüsternd hinzu: »Oder Schlimmeres.«

Richard stöhnte frustriert auf. Er konnte im Augenblick nichts unternehmen, um Faizal Einhalt zu gebieten.

»Kennt die Staatsanwaltschaft den Aufenthaltsort dieses Augenzeugen noch immer nicht?«, wollte die Richterin wissen. »Obwohl weniger als eine Woche Zeit bis zum Prozessbeginn bleibt?« Sie war offenbar verwundert. Sie hatte zu schreiben aufgehört und fixierte stattdessen den Captain aus schmalen Augen.

»Nein, Ma'am ... Ich meine, Euer Ehren.« Faizal stand weiterhin mit herausgestreckter Brust vor ihr. »Wir glauben allerdings zu wissen, wer der Zeuge ist. Und wir sind uns sicher, ihn innerhalb der nächsten ein oder zwei Tage ausfindig zu machen. Wir konzentrieren unsere ganzen Kräfte darauf, Euer Ehren, denn meine Leute wissen, wie wichtig dieser Zeuge für den vorliegenden Fall ist.« Die Vorstellung, dass ein ganzer Trupp unter Faizals Führung Tag und Nacht beschäftigt war, um den wichtigen Zeugen ausfindig zu machen, schien die Richterin etwas zu besänftigen.

Jetzt erhob sich Richard und fing mit seiner Befragung an. »Captain Faizal«, sagte er und lächelte ermutigend. »Können Sie spezifizieren, ob dieser Antrag aufgrund von Paragraf achtundsechzig eins oder Paragraf achtundsechzig zwei gestellt wird?«

Er hörte, wie Dumbelas Stuhl über den Boden kratzte, als dieser aufsprang, um zu protestieren. Doch wie Richard vermutet hatte, war Faizal begierig danach, einen guten Eindruck zu machen, und begann die Frage zu beantworten, noch ehe der Staatsanwalt dazwischengehen konnte.

»Mr Calloway, es sollte Ihnen doch klar sein, dass allein die Tatsache unser aller Anwesenheit vor Gericht – einschließlich Ihres Mandanten – für einen Antrag nach Paragraf achtundsechzig *eins* spricht und zwar für die Aufhebung der Kautionsbewilligung Ihres Mandanten aufgrund seiner Kontaktaufnahme mit einem ausschlaggebenden Zeugen.«

Faizal zog feixend die Mundwinkel hoch, wodurch für einen Moment seine Zähne entblößt wurden. Dumbela setzte sich. Offenbar war er mit der Antwort seines Zeugen zufrieden.

»Ja«, meinte Richard, noch immer lächelnd. »Das dachte ich mir fast. Aber wenn ich Ihrer Beweisführung nun so zuhöre, dann klingt es meiner Meinung nach eher danach, als ob Sie sich auf Abschnitt zwei berufen würden.«

Faizals Miene verdüsterte sich.

»Es ist nämlich so, Captain. Abschnitt eins …« Richard hielt inne und nahm seine Kopie der Strafprozessordnung in die Hand. Betont gemächlich suchte er nach der relevanten Passage. »Hier haben wir es ja … Dem Abschnitt zufolge ist es notwendig, dass der Zeuge der Staatsanwaltschaft eine ›Aussage unter Eid‹ machen muss. Und die Beweise, die bisher hier …«

»Mr Calloway, wollen Sie damit sagen, dass ich etwas anderes getan habe? Genau das habe ich doch gemacht – eine Aussage unter Eid.« Faizal warf der Richterin einen gequälten Blick zu.

»Nein, ich denke nicht, dass Sie das getan haben …« Richard wusste, dass ihn seine Antwort angreifbar machte. Es galt als unprofessionell, sich mit einem Zeugen auf eine Rechtsdiskussion einzulassen. Deshalb überraschte es ihn auch nicht, Richterin Abrahams' Räuspern zu vernehmen. »Entschuldigung, Euer Ehren, ich komme gleich zur Sache«, fügte er hinzu und sah zum Richterstuhl hoch. Die Richterin betrachtete ihn verstimmt und klopfte ungeduldig mit dem Stift auf das Papier vor ihr.

»Captain, es geht schlichtweg um Folgendes: Abschnitt eins des Paragrafen achtundsechzig verlangt eine ›Aussage unter Eid‹, was nur als eine direkte Beweisführung der Tatsachen verstanden werden kann, auf welche die jeweilige Behauptung aufgebaut wird. Nichts anderes. Und ein kürzlich gefälltes Urteil des Obersten Gerichtshofs bestätigt dies.« Wieder machte er eine Pause und nahm eine Fotokopie zur Hand, die Nadine auf seine Anweisung hin angefertigt hatte und die der Grund gewesen war, warum er und Svritsky sich verspätet hatten. Vorsichtshalber hatte er der Richterin bisher nichts davon erzählt, und er wollte von ihr nicht dazu aufgefordert werden, Dumbela noch vor dem Kreuzverhör eine Kopie auszuhändigen. Die entsprechende Passage war gelb markiert.

Richard richtete sich auf, um das Dokument vorzulesen, wobei er auf die jeweiligen Abschnitte zeigte, als bekäme er sie zum ersten Mal zu Gesicht. »Der Vorsitzende Richter Salie erklärte in seiner Urteilsbegründung, dass Abschnitt eins eine ›direkte Beweisführung‹ verlange, während Abschnitt zwei auch verwendet werden kann, wenn sich der ermittelnde Beamte allein auf seinen ›Grund zur Annahme‹ verlässt. Wie Sie zu Recht hingewiesen haben, Captain, wird dieser Antrag hier offensichtlich auf Abschnitt eins zurückgeführt.«

Auf Faizals Gesicht zeigten sich rote Flecken, und er lehnte sich in der Zeugenbank nach vorn.

Richterin Abrahams zückte erneut ihren Stift. »Wenn Sie noch einmal diesen Fall zitieren könnten, Mr Calloway …«

Richard sprach langsam und deutlich, damit sie mitschreiben konnte, und reichte dann dem Gerichtsdiener die Extrakopien, die er für sie und Dumbela hatte anfertigen lassen. Die Richterin überflog das Dokument, und er wartete. Als sie schließlich nickte, fuhr er fort: »Captain, haben Sie also irgendwelche *direkten* Beweise … In anderen Worten: Haben Sie beweisbare Fakten zur Hand, die Sie *persönlich* vor diesem Gericht bezeugen können? Gibt es irgendwelche echten Beweise? Denn leider muss ich feststellen, Sir, dass Sie bisher *keinerlei* derartige Beweise vorgelegt haben. Wir haben keinen Zeugen gehört, der meinen Mandanten gesehen, gehört, gesprochen oder sonst wie identifiziert hat. Das Einzige, was wir heute Morgen gehört haben, sind Ihre Vermutungen, was möglicherweise vorgefallen sein könnte – eine nicht sehr überzeugende Mischung aus Gerüchten und Spekulationen.«

Richard war mit seiner Ausführung zufrieden. Er glaubte zu sehen, wie Richterin Abrahams amüsiert die Lippen schürzte. Aber vielleicht verzog sie auch nur gequält das Gesicht.

Faizals Selbstbewusstsein fiel in sich zusammen. »Ihr Mandant hat einen Zeugen eingeschüchtert«, knurrte er und ließ die Schultern sinken. »Ich könnte mir sogar vorstellen, dass er ihn hat umbringen lassen. Ich habe verdammt viel Zeit und Kraft investiert, um diesen Zeugen zu überreden, mit uns zu sprechen. Er hatte große Angst vor Ihrem Mandanten. Wirklich große Angst. Ihr Mandant ist nichts als ein Gangster, Mr Calloway – ein widerwärtiger Gangster.«

Richterin Abrahams klopfte erneut ungeduldig mit dem Stift auf den Tisch. Sie blickte Faizal eisig an. Dieser Ausbruch würde von jetzt an in ihrem Gedächtnis gespeichert bleiben und jedes Mal abgerufen werden, wenn sie ihn in ihrem Gerichtssaal sah.

Ehe sie jedoch durch einen Kommentar die Wirkung von Richards Ausführungen kaputt machen konnte, fuhr dieser fort. »Ja, Captain. Ich weiß durchaus, was Sie von meinem Mandanten halten. Und genau das ist die Summe Ihrer angeblichen Beweise gegen ihn: Sie sehen meinen Mandanten als einen Gangster. Aber mit Respekt, Sir, Ihre persönliche Meinung ist in diesem Fall einfach nicht genug.«

Richard blickte triumphierend zur Richterbank hoch. Trotz der Tatsache, dass Dumbela bisher noch nicht die Chance gehabt hatte, den Zeugen noch einmal zu befragen, packte Richard die Gelegenheit beim Schopf und unternahm seinen Vorstoß. »Euer Ehren, ich beantrage deshalb, dass dieser Antrag abgelehnt wird. Auf der Basis von Richter Salies Urteil gibt es dafür schlicht und ergreifend keine Grundlage.«

Abrahams wandte sich an Dumbela. »Mr Dumbela, möchten Sie Ihren Zeugen noch einmal befragen?« Aus ihren Worten war klar zu erkennen, dass sie nicht erwartete, dass er seinen Antrag jetzt noch aufrechterhalten wollte.

Dumbela schüttelte den Kopf und blieb sitzen.

»Ich vermute, dass Sie zu diesem Zeitpunkt keine weiteren Beweise vorzubringen haben?«, fragte sie.

Wieder schüttelte der Staatsanwalt verdrossen den Kopf.

»Also gut: Der Antrag auf Entziehung der Kautionsbewilligung wird hiermit abgelehnt. Mr Calloway, Ihr Mandant bleibt zu denselben Kautionsbedingungen wie bisher auf freiem Fuß. Wir sehen uns dann alle bei der Hauptverhandlung wieder. Ich wünsche Ihnen noch einen guten Tag.«

Captain Faizal stieß die Schranke des Zeugenstands auf und stürmte aus dem Gerichtssaal, ohne Richard eines weiteren Blickes zu würdigen. Ein niedergeschlagen wirkender Dumbela wandte sich dem nächsten Fall zu, während Richard seine Papiere zusammensammelte und sich ebenfalls in Richtung Tür begab. Er war auf jungenhafte Weise zufrieden mit sich und spürte, wie die vertraute Freude über einen Sieg zu ihm zurückkehrte. Doch anstatt Richards Erfolg zu loben, schimpfte Svritsky über den Versuch des Staatsanwalts, ihn seiner Freiheit zu berauben. Er tat den Antrag als »verdammten Scheiß« ab und stellte sicher, dass auch alle, die im Flur zu den Liften strebten, sein Urteil hörten.

Richard entdeckte zu seinem Verdruss seinen Kollegen Max Bernberg, ebenfalls Strafverteidiger, der gerade auf den Lift wartete. Bernbergs Siege vor Gericht waren den meisten ein Dorn im Auge, da sie ihn um seine häufigen Erfolge beneideten und er zudem ein ziemlicher Aufschneider war.

»Interessanter Fall, Richard?« Bernbergs rundliches Gesicht schimmerte feucht vor Schweiß.

»Nur der übliche durchschlagende Erfolg, Max«, erwiderte Richard trocken. Sein Kollege murmelte etwas Unverständliches und machte sich nicht die Mühe, die Unterhaltung weiterzuführen. Sobald der Lift im Erdgeschoss angekommen war, eilte er geschäftig davon.

Svritsky zündete sich eine Zigarette an, noch ehe sie das Gerichtsgebäude verlassen hatten. Er bot auch Richard eine an, obwohl er wusste, dass dieser nicht rauchte. Als sie sich zum Parkplatz wandten, fuhr ein weißer VW-Polo langsam an ihnen vorbei. Der Fahrer beobachtete sie mit steinerner Miene. Faizal saß auf dem Beifahrersitz und sprach in sein Handy. Zweifelsohne informierte er gerade Du Toit über die schlechten Nachrichten.

»Bullenschweine!«, brüllte Svritsky und hob seinen feisten Mittelfinger in die Luft. Der Wagen wurde langsamer, ehe er um eine Ecke bog. Ein Gerichtsreporter, der sich gerade in der

Vormittagssonne an eine Parkuhr gelehnt hatte, holte einen Notizblock heraus und schrieb etwas nieder.

»Kommen Sie, Stefan«, sagte Richard, besorgt, dass das Verhalten seines Mandaten eine schlechte Presse nach sich ziehen könnte. Der bevorstehende Vertrag mit Quantal saß ihm im Nacken. »Ich weiß, dass Sie das Ganze für lächerlich halten. Aber ich verspreche Ihnen, dass die Staatsanwaltschaft das nächste Mal mehr Beweise haben wird. Falls man Ihnen tatsächlich nachweisen kann, dass Sie einen Zeugen eingeschüchtert haben, dann werden Sie die ganze Verhandlung über im Gefängnis verbringen. Vergessen Sie also nicht, welchen Auflagen Sie unterliegen, und halten Sie sich von allen potentiellen Zeugen fern. Von allen. Verstanden?«

»Was ist los mit Ihnen? Vertrauen Sie mir etwa nicht?«, entgegnete Svritsky und mimte den Verletzten. »Mein eigener Anwalt traut mir nicht. Mein Gott, so weit ist es in dieser Welt schon gekommen.« Seine selbstmitleidige Miene verwandelte sich in ein finsteres Stirnrunzeln. Er packte seinen Anwalt am Arm, wobei die roten Brustwarzen auf seinem Tattoo Richard wie zwei Feueraugen anstarrten. »Kümmern Sie sich um Ihren Job, mein Freund, und ich kümmere mich um meinen, ja? Dann müssen wir uns beide keine Sorgen machen. Verstanden?«

Er trat seine Zigarette aus, drehte sich auf dem Absatz um und verschwand in Richtung seines Wagens.

Richard war froh, seinen Mandanten für den Moment nicht mehr sehen zu müssen. Doch trotz Svritskys grobem Wutausbruch genoss er das Gefühl, einen weiteren Sieg davongetragen zu haben. Er kam sich rücksichtslos und jugendlich vor, Herr über seine kleine Welt.

Als ob seine wiedergewonnene Kraft zu spüren wäre, traf in diesem Moment eine SMS ein. »Hab jetzt zeit. Würd dich gern wiedersehen. A.«

Richard stieg in seinen Wagen, ließ den Motor an und durchflutete das Innere des Autos mit kühler Luft aus der Klimaanlage. Ohne nachzudenken, tippte er »Genau das, was der doktor verschrieben hat!« in sein Handy, kontrollierte aber noch einmal die Rechtschreibung, ehe er die SMS abschickte.

Dann fuhr er quer durch die Stadt, wobei er seine neue *Popular Hits*-CD so laut aufdrehte, dass der Bassbeat die hinteren Lautsprecher zum Zittern brachte. In der Adderley Street drängten sich die Fußgänger und liefen immer wieder vor seinen Wagen, die Hände voller Tüten. Als er sich dem Sklavenmuseum näherte, wartete eine hübsche dunkelhäutige Frau an der Ampel darauf, die Straße zu überqueren. Richard wurde langsamer und betätigte die Lichthupe, um sie vorüberzulassen. Sie lächelte und hielt eine Weile die Augen auf ihn gerichtet, während sie vor dem Auto über die Straße ging. Er fuhr los, und sie winkte ihm über die Schulter hinweg zu. Laut lachend hupte er und fuhr weiter.

Die Stadt kam ihm lebendiger vor denn je. Überall ergoss sie sich in Strömen aus Farben und Geräuschen. Er bog in die Wale Street ein und fuhr an dem Gebäude der Landesregierung vorbei. Ein Minibustaxi drängte sich vor ihn und hielt dann abrupt an, so dass Richard gezwungen war, scharf zu bremsen. Der Beifahrer sprang heraus, um zwei vorüberlaufende Frauen dazu einzuladen, die Dienste des Taxis in Anspruch zu nehmen. Die beiden schnalzten mit den Zungen und winkten ab, während sie weiterliefen. Der dürre Mann, der keine Vorderzähne mehr hatte, wandte sich daraufhin Richard zu und machte eine tiefe Verbeugung, um sich für die Unterbrechung zu entschuldigen. Richard deutete ebenfalls eine Verbeugung an, indem er den Kopf Richtung Lenkrad neigte. Der Beifahrer lachte schallend laut und streckte beide Daumen nach oben, ehe er sich wieder in das wartende Taxi verzog. Die Schiebetür ging zu, und der

Wagen machte einen Satz nach vorn, ehe der dürre Arm des Schaffners am offenen Fenster erschien und er noch einmal den Daumen in die Luft streckte.

Richard bog in die Buiten Street ein und fuhr weiter Richtung Signal Hill und Bo-Kaap. Kurz darauf glitt sein glänzender SLK in eine freie Parklücke. Der Tag fühlte sich wunderbar mühelos an, als ob alles zu seiner Zufriedenheit vorbereitet worden wäre. An der schlichten Fassade gab es weder ein Schild noch eine Hausnummer, nur eine kleine unauffällige Klingel, die er ohne nachzudenken drückte.

Die Tür öffnete sich einen Spalt breit. Als er eintrat, spürte er Abayomis Hand, die nach seiner tastete. Sie schloss die Tür hinter ihm und führte ihn den Gang entlang. Diesmal hielten sie sich wie ein Liebespaar an den Händen.

11

Der Kiespfad war gesäumt von roten und violetten Petunien. Die trompetenförmigen Blüten reckten sich gierig der Sonne entgegen. In der Erde der Beete wuchs kein Unkraut. Sie war so ordentlich geharkt, dass man unter den grünen Blättern noch die Spuren der Harke erkennen konnte. Der säuberlich gemähte Rasen hinter den Blumenrabatten wirkte ebenfalls makellos – zwei symmetrische Rechtecke, die am Fuß des ersten, hoch aufragenden Stacheldrahtzauns endeten, dessen glitzernder Draht sich tief in den Boden bohrte. Dann folgte ein kurzer Streifen nackter Erde, wo sich die Pfotenabdrücke der Wachhunde zeigten, ehe sich dahinter der zweite Gitterzaun erhob. Dieser war höher als der erste und wurde von einem Starkstromdraht gekrönt. An jeder Ecke der Umzäunung stand ein armeegrün gestrichener Wachturm mit dunkel getönten Fenstern.

Die beiden Tore der Umzäunung wurden von einem Wachhäuschen aus bedient. Das Gesicht des Aufsehers wirkte hinter dem grünblauen Panzerglas seltsam verzerrt, als blickte er dem Besucher aus einem tiefen Meer herauf entgegen. Er öffnete das zweite Tor erst, nachdem das erste wieder geschlossen war, so dass der Besucher einen Moment lang in Panik versetzt wurde, als er sich in einem Wald aus Stacheldraht und Drahtverhauen gefangen sah. Mit einem Surren rollte schließlich das zweite Tor auf, und der Besucher hastete mehr als erleichtert hindurch.

Erst sobald er sich innerhalb der Umzäunung befand, begann sich allmählich die brutale Wirklichkeit der Haftanstalt von Pollsmoor zu offenbaren. Auf den ersten Blick sah er nur den hübsch angelegten Weg mit den Blumenrabatten und der Grünfläche, die sich vom matten Stacheldraht und dem elektrischen Zaun absetzte, gefolgt von dem steinernen Wachhäuschen. Dann gelangte er in den Eingangsbereich mit dem hölzernen Tresen und einer Vase voll Plastikrosen. Auch hier vermochten die Angestellten des Gefängnisses noch den Eindruck zu wahren, alles im Griff zu haben. Die Formulare und Unterschriften ließen glauben, dass es sich um eine Institution mit Regeln und Vorschriften handelte. Die Wärter trugen Bügelfaltenhosen und bewegten sich in dem kleinen Verwaltungsbereich rasch und effizient. Man notierte sich den Namen des Besuchers, stellte ihm Fragen, prüfte seine Identität. Schließlich wurde er durch eine hell gestrichene Tür in den Besucherbereich geführt, wo es eine Reihe von Kabinen mit dicken Glasscheiben gab. Endlich konnte er in das Gesicht seines eingesperrten Familienmitglieds blicken, wenn auch stets scharf beobachtet von einem Gefängniswärter mit ausdrucksloser Miene.

Doch selbst in diesem Teil der Vollzugsanstalt gewann man noch keinen echten Einblick in das eigentliche Gefängnis. Die Gefangenen saßen vor einer nackten Betonwand, und den einzigen Zugang zum Gefängnis stellte eine Metalltür im Eingangsbereich dar. Auf der anderen Seite dieser Tür fiel jeglicher Anschein von Freundlichkeit und Besorgnis wie eine Hülle ab – und übrig blieb die unerbittliche Barbarei des Gefängnislebens.

Diese Barbarei erschütterte Ifasen zutiefst. In den kahlen Betonmauern und den auf Hochglanz polierten Böden spiegelte sich das niedrigste Verhalten wider, das er jemals erlebt hatte. Hier fand sich nicht einmal eine kleine Ritze für so etwas wie Menschlichkeit. In der Haftzelle auf dem Polizeirevier hatten die Insassen noch deutlich mehr Gefühl für die anderen Häftlinge gezeigt, ja die von allen erlebte Ungerechtigkeit hatte eine Art Verbrüderung unter den Insassen bewirkt. Das Gefängnis hingegen war ein Ort, an dem nur das Überleben zählte. Jegliches Anzeichen von Schwäche wurde gnadenlos ausgebeutet. Beziehungen zeichneten sich ausschließlich durch Aggression und Selbstsucht aus. Es war die Rückkehr in einen urzeitlichen Zustand, wo jeder zwischenmenschliche Kontakt allein auf Risiko und Nutzen abgewogen wurde. Die Gefängnisinsassen umkreisten einander wie wilde Tiere, verfolgten und taxierten sich ununterbrochen, versuchten, die Stärke ihrer Gegner sowie die Begehrtheit ihrer wenigen Habseligkeiten auszuloten. Kommunikation war auf finstere Blicke, Muskelspiele, Schmähungen und raue Flüche beschränkt. Es war eine Welt, in der allein körperliche Stärke zählte – eine Welt, wie sie Ifasen fremder nicht hätte sein können.

Als er eintraf, durchlief er als Erstes die übliche Routine. Nachdem die administrativen Formalitäten abgeschlossen waren, wurde er für die medizinische Kontrolle zum Amtsarzt gebracht. Es folgte eine oberflächliche Untersuchung, die den Arzt sichtlich langweilte. Ifasen saß auf einem Stuhl, während ihm der Mann nacheinander in die Augen leuchtete und eine eiskalte Scheibe auf seine Brust drückte, um seine Lungen abzuhorchen.

Auf der gegenüberstehenden Liege hockte ein Insasse. Seine Beine baumelten von der Pritschenkante herab. Aus seinem Hemd stand seitlich ein Metalllöffel heraus, dessen geschärfter Griff neben der Brust knapp unterhalb der Achselhöhle in den Oberkörper gerammt worden war. Auf dem Hemd zeigten sich keinerlei Blutspuren. Der Mann saß regungslos da und starrte Ifasen an. Dieser öffnete den Mund, um etwas zu sagen, doch als der Verwundete leicht die Augen zusammenkniff und ihn finster ansah, beschloss er zu schweigen. Die angedeutete Drohung, die sich in den Augen des Mannes widerspiegelte, genügte, um ihm den Mund zu verbieten. Ein Pfleger kam herein und bat den Verletzten, ihm zu folgen. Er sprang von der Liege und ging, ihn noch immer ausdruckslos anstarrend, an Ifasen vorbei. Der Löffel ragte aus seiner Brust wie eine alberne Medaille. Keiner sagte ein Wort, und allein das schweigende Hinnehmen einer solchen Verwundung jagte Ifasen einen eisigen Schauder über den Rücken.

Sobald ihn der Arzt für gesund befunden hatte, brachten ihn die Wächter in den Zellentrakt, wo er in einen Gruppenraum gesperrt wurde. Der Tür gegenüber standen einige Pritschen, doch der Großteil des Bodens war mit dünnen Gummimatratzen und blaugrauen Decken ausgelegt. Trotz der Größe der Zelle stank sie nach Schweiß und Schimmel. Die Insassen befanden sich alle auf Hofgang, und die Leere des Raumes, in dem es überall Hinweise auf seine Bewohner gab, wirkte auf Ifasen noch erschreckender, als wenn er voll gewesen wäre. Dann hätte er sich zumindest zwischen den Körpern der anderen verlieren und rasch herausfinden können, wo sich die Neuankömmlinge hinkauerten. Vielleicht hätte er sich sogar mit einem von ihnen verbünden können.

So jedoch war er allein, klammerte sich an die zusammengerollte Matratze und die Decke, die man ihm gegeben hatte, und überlegte, wo er sich niederlassen konnte, während er auf die Rückkehr seiner Zellengenossen wartete. Eine Fliege knallte wiederholt gegen das Fenster mit dem Metallgitter. Sonst hörte er nichts. Er stand in der Mitte der Zelle und war vor Unentschlossenheit und Angst wie gelähmt.

Nach einer Weile stieg ihm der durchdringende Gestank ungewaschener Körper in die Nase. Er konnte sie riechen, noch ehe er die ersten wütenden Rufe hörte. Kurz darauf schob sich die Gruppe in die Zelle und drängte an Ifasen vorbei, als wäre er nicht da. Man bugsierte ihn mit harten Schultern von einer Seite zur anderen. Die Männer brüllten und fluchten, sahen nach, ob ihre Habseligkeiten noch an ihrem Platz waren, und beäugten einander voller Hass.

Ein drahtiger Mann, dessen grünlich schimmernde Haut mit ausgeblichenen Tätowierungen überzogen war, schubste Ifasen aus dem Weg. Er hatte seine Augen so weit aufgerissen, dass man das Weiß um die Iris sehen konnte, was ihm einen fast irrsinnigen Ausdruck verlieh. Ifasen kam durch den Stoß ins Wanken und torkelte einige Schritte zurück, wo er versuchte, nicht über einen anderen Mann zu fallen, der sich hinter ihm niederbeugte. Die Zelle schien auf einmal sehr klein und gefährlich zu sein.

»*Wat die fok kyk jy, kaffer?*«

Ifasen schüttelte den Kopf, da er nicht verstand, was der Mann sagte, und sah dann hastig weg. Er hörte, wie ein anderer hinter ihm etwas zischte. Als er sich umdrehen wollte, schlug ihm der tätowierte Kerl mit der flachen Hand gegen die Brust. Es war ein harter Schlag, der seine Haut wie nach einer Prellung schmerzen ließ. Ifasen blickte auf den Boden, um damit seine Ehrerbietung zu signalisieren und seinen Angreifer zu besänftigen. Doch die tätowierte Hand erhob sich von Neuem, um wieder zuzuschlagen. Er versuchte zurückzuweichen, spürte aber die Gegenwart des anderen Mannes, der noch immer hinter ihm stand. Er spannte seine Muskeln an und wartete ergeben auf den Schlag oder den stechenden Schmerz eines Messers in seinem Rücken.

Ein bulliger Mann mit einem feisten Nacken und dunkel schimmernder Haut drängte sich jedoch neben ihn und packte seinen Gegner mit seiner gewaltigen Pranke an dem mageren Hals. »Du bist schon wieder auf meinem Territorium, Sokkies«, sagte er. »Verpiss dich auf dein eigenes Bett.«

Sokkies' Augen weiteten sich noch mehr. Sie schienen beinahe aus ihren Höhlen zu treten, und die Venen an seinen Schläfen begannen bedrohlich zu pulsieren. Er fing an, um sich zu schlagen. Doch seine Arme waren zu kurz, um den größeren Kerl zu treffen. Sokkies fauchte wie eine Wildkatze, aber der andere ließ nicht los, sondern zog ihn immer weiter nach oben, bis seine Zehen kaum mehr den Boden berührten. Auf einmal sackten Sokkies' Schultern nach unten – ein eindeutiges Signal, dass er sich geschlagen gab.

Der große Kerl ließ ihn daraufhin herunter und lockerte seinen Griff, was Sokkies aber nur dazu veranlasste, sofort wieder um sich zu schlagen, ehe ein heftiger Hustenanfall schließlich jegliche Gegenwehr von seiner Seite beendete. Er rang nach Luft und beugte sich vor, um leichter atmen zu können. Mit dem Hemd vor dem Mund zog er sich in seine Ecke der Zelle zurück, wobei sich sein Brustkorb derart stark hob und senkte, als müsste sich der Mann jeden Moment übergeben. Ein anderer Insasse fluchte und stieß ihn beiseite, wodurch Sokkies über eine Matratze stolperte und gegen die Wand knallte.

»Schlaf da drüben«, sagte der große Mann zu Ifasen und zeigte auf einen schmalen Streifen hinter der Tür. Ifasen nickte und versuchte abzuschätzen, ob er in dem Kerl einen Verbündeten hatte. Doch da er nichts weiter hinzufügte, rollte Ifasen nur schweigend seine Matratze auf und setzte sich hin, bemüht, niemandem in die Augen zu sehen.

Der Häftling zu seiner Rechten saß so eng neben ihm, dass sich ihre Schultern beinahe berührten. Ifasen stieg ein schlechter, eitrig riechender Mundgeruch in die Nase. Er wünschte sich, der Mann würde den Kopf abwenden, was dieser jedoch nicht tat. Also blieb ihm nichts anderes übrig, als seine Decke zu einem Kissen zusammenzuknüllen und sich angezogen der Länge nach hinzulegen, wobei er das Gesicht zur Wand drehte.

Er versuchte, jeglichen Gedanken an Abayomi oder Khalifah zu verdrängen, weil er befürchtete, sonst in Tränen auszubrechen. Weinen wäre in seiner Situation einer Katastrophe gleichgekommen. Weinen würde ihn als leichtes Opfer markieren. Man würde ihn seiner Kleidung und seiner sonstigen Besitztümer berauben. Die Mächtigen unter den Insassen würden ihn misshandeln, um ihn dann den Rangniederen zu überlassen. Er würde zu ihrer Gliederpuppe werden.

Ifasen begann leise vor sich hin zu summen. Er gab sich die größte Mühe, seine Umgebung nicht wahrzunehmen, und wiederholte deshalb immer wieder den Refrain eines Afrobeat-Songs von Fela Kuti, der in seiner verspielten Mischung aus traditionellen Yoruba-Gesängen und Jazz in Ifasens frühen Tagen als Lehrer sehr beliebt gewesen war. Ifasen erinnerte sich noch gut an das erste Mal, als er den Song in einem Café mit seinen Freunden gehört hatte. Sie hatten in ihrem Gespräch innegehalten und der Melodie gelauscht, die durch kleine Lautsprecher an der Decke gedrungen war.

Er fragte sich, was wohl aus seinen Freunden geworden war. Fanden auch sie sich eingeschlossen in einer Ecke der Hölle wieder wie er? Olinke und seine Familie, Idowu … Wo waren sie alle? Von Idowus Verbleib wusste er – aber die anderen? Was hatte das Schicksal ihnen wohl beschert?

Beim Gedanken an Olinke musste er lächeln. Die Begeisterung des Englischlehrers für Chinua Achebe hatte die Freunde immer wieder belustigt. »Bei dir ist alles Achebe. Achebe hat dies gesagt, Achebe hat das geschrieben«, hatten Ifasen und die anderen gescherzt. »Und wie steht es mit Soyinka oder Okri? Oder mit der Erinnerung an Saro-Wiwa? Liegt deine Begeisterung für Achebe vielleicht daran, dass ihn die Kolonialisten mochten? *Das Alte stürzt* … Allein der Titel passt doch ausgezeichnet zu dem Bild, das sich die Weißen von Afrika machen.«

»Okri!«, hatte Olinke bei der bloßen Erwähnung des Namens empört in sein Bier geprustet. »Wäre dieser Mann überhaupt noch in der Lage, den Weg nach Enugu oder Abuja zu finden? Ich glaube kaum, dass ihn die Londoner U-Bahn dorthin bringt. Wenn ihr schon von kolonialen Schoßhunden redet, dann solltet ihr lieber mit ihm anfangen.«

Ifasen und die Freunde hatten ihm lachend widersprochen und eine weitere Runde Bier bestellt. Sie hatten über Literatur diskutiert, über die ethnischen Konflikte, die das Land heimsuchten, und über die herrschende Politik. Dabei hatten sie in Zucker getauchtes *Puff Puff*, *Suya*-Kebab und Erdnüsse gegessen, deren Schalen sich allmählich in kleinen Haufen neben den Bier- und Saftflaschen sammelten.

Wenn sich die Unterhaltung dem Thema Politik zuwandte, wurden ihre Stimmen stets leiser. Präsident Umaru Yar'Adua von der *People's Democratic Party* hatte in den letzten Wahlen, die allgemein als abgekartetes Spiel galten, den Sieg über Obasanjo errungen. Die Nigerianer hatten sich damals bereits damit abgefunden, dass Obasanjos brutale Herrschaft ewig so weitergehen würde.

Ifasen erinnerte sich an eine Rede, in der Yar'Adua Präsident Obasanjo als »Umooru«, also als Vater, bezeichnet hatte. »Deutlicher geht es ja kaum«, hatte er seinen Freunden erklärt. »Er ist nur ein Strohmann, der dem Westen vorgaukeln soll, dass wir in Nigeria die Demokratie hochhalten. So ein Humbug!«

»Hochhalten ist gut«, hatte Olinke grinsend erwidert. »Am Nacken wird sie hochgehalten, während Obasanjo einen weiteren Speer in ihr Herz rammt.«

»Und so etwas bringst du deinen Schülern bei?«, wollte Idowu wissen, ein empfindsamer junger Mann mit schwermütigem Blick. Er war jünger als die anderen und hatte erst kurz zuvor mit dem Unterrichten begonnen. Seine Ernsthaftigkeit entlarvte immer wieder das recht wackelige Selbstverständnis der anderen als Intellektuelle.

Olinke lachte über die Frage. »Idowu, es gibt Dinge, die wir denken, und Dinge, die wir laut aussprechen. Das ist nicht dasselbe. Es beunruhigt mich, dass du den Unterschied nicht zu kennen scheinst. Du musst aufpassen, mein Freund, sonst werden deine offenen Worte eines Tages noch eine Schlinge um deinen Hals legen.«

Olinkes Warnung sollte sich als prophetisch herausstellen. Die Monate vergingen, und immer häufiger waren die Zeitungen voll von Nachrichten über erneute Kämpfe zwischen Muslimen und Christen im Süden des Landes, über den neuerlichen Ausbruch der traditionellen Feindschaft zwischen Tivs und Fulanis. Idowu vermochte mit seiner Meinung über die Intoleranz zwischen den Völkern und das Versagen des Staates, endlich ein vereintes Nigeria aufzubauen, nicht hinter dem Berg zu halten. Durch sein Studium war er mit linksgerichteter Politik in Kontakt gekommen und hatte – wie es so seine Art war – seine Gedanken und Überlegungen freimütig all denjenigen mitgeteilt, die ihm zuhörten.

Eines Abends auf seinem Nachhauseweg durch Hintergassen und kleine Straßen lauerten ihm mehrere Männer auf. Ohne lange zu verhandeln, prügelten sie Idowu zu Tode. Erst am folgenden Morgen fand man seinen Leichnam. Zu diesem Zeitpunkt hatten sich bereits die Krähen versammelt. Ifasen dachte an das bescheidene Begräbnis, bei dem man zwei Milizionäre wegjagen musste, die wie hungrige Schakale um die Gruppe der Trauernden gekreist waren.

Der ebenfalls recht freimütige Olinke hatte mehr Glück gehabt. Obwohl auch seine Bemerkungen im Unterricht den zuständigen Behörden zu Ohren kamen, verlor er nur seine Stellung und nicht sein Leben. Nach Monaten der Schikane durch die Miliz musste er jedoch schließlich die Provinz verlassen. Ifasen hatte erfolglos versucht, ihn ausfindig zu machen. Er wusste nur, dass sein Freund nach Frankreich geflohen war. Vielleicht hat Olinke dort seinen Frieden gefunden, dachte er jetzt. Die Unfähigkeit seines Landes, die ständig schwelenden Konflikte zwischen den Volksgruppen in den Griff zu bekommen, ließ ihn auch nun wieder vor Wut und Enttäuschung am ganzen Körper zittern.

Dennoch sehnte sich Ifasen danach, wieder nach Nigeria zurückzukehren. Wie viel erträglicher wäre es gewesen, die Tragödie seines eigenen Volkes mitzuerleben, als sich dem unmenschlichen Hass auszusetzen, mit dem er sich hier tagtäglich konfrontiert sah. Es war nicht so, als ob er in Südafrika eine eindeutige Zielscheibe abgab. Er wurde vielmehr einfach nicht bemerkt und so das Opfer einer umfassenden, willkürlicheren Malaise. Seine Zerstörung würde nichts anderes als der unbeabsichtigte Nebeneffekt allgemeiner Feindseligkeit sein. Jederzeit konnte er von einem Strudel achtloser Bösartigkeit fortgerissen werden.

Der Mann neben ihm regte sich und rückte Ifasen unangenehm nah auf den Leib. Sein Körper verbreitete eine schmutzige Wärme. Ifasen wurde auf einmal bewusst, wie einsam er sich fühlte – und das, obwohl er sich inmitten von Menschen befand. Das Paradox der Einsamkeit in der Menge kam ihm beinahe unerträglich vor, wie eine fortwährende Bestrafung, die sich still und qualvoll in seinem Inneren ausbreitete. Und dieses Paradox reichte weiter: Auch wenn der Freitod der nächste logische Schritt gewesen wäre, um der Hölle des Gefängnisses zu entrinnen, so war es doch nicht möglich, sich in der Gegenwart der vielen anderen etwas anzutun. Außerdem war Ifasen viel zu sehr mit dem stündlichen Überleben beschäftigt, um eine Gelegenheit dazu abpassen zu können. Es war eine arglistige Art der Folter, aus der er sich nicht befreien konnte.

Während der kommenden Tage verstand Ifasen immer deutlicher, dass die Kontrolle durch die Gefängniswärter reine Augenwischerei war. Die Wachen vermochten nur ein windiges Netz aus Regeln und Befehlen zu spannen, das jederzeit zerrissen werden konnte und auch wurde. Tatsächlich lebten die Häftlinge in einem Zustand ständiger Konkurrenz zueinander, und der einzige Versuch einer Regelung von außen bestand in einem erbärmlichen Punktesystem.

Die Gefangenen bekamen Punkte, wenn sie ihre Mithäftlinge an die Wärter verrieten, und diese Punkte waren dann von Nutzen, wenn es darum ging, den Gefangenen vorzeitig zu entlassen. Es gab verschiedene Kategorien von Informationen, die jeweils mit einer unterschiedlichen Punktzahl bewertet wurden. Wenn man zum Beispiel verriet, wo eine gefährliche Waffe versteckt wurde, bekam man eine bestimmte Anzahl an Punkten. Eine andere Punktzahl war dafür vorgesehen, wenn Drogen durch einen internen Hinweis sichergestellt werden konnten. Aber die Häftlinge handelten genauso selbstverständlich mit den errungenen Punkten wie mit jeder anderen Ware.

Man bezahlte die Wachen dafür, dass sie Munition ins Gefängnis schmuggelten. Diese Kugeln wurden wiederum gegen Zigaretten eingetauscht. Für die Punkte, die ein Informant bekäme, hätte er den Besitzer der Munition verraten, erhielt er Crystal Meth. Die Information über das Crystal Meth wurde gegen Crack eingewechselt. Auf diese Weise erschuf das Punktesystem eine stabile Basis für einen stetigen Handel und untergrub so letztlich die eigentliche Absicht.

Die Wachen vermieden es sowieso, die Häftlinge gegen sich aufzubringen. Sie verbrachten ihre Tage vielmehr damit, die Männer bei Laune zu halten. Es war einfacher, ihnen heimlich einen Gefallen zu erweisen, als sich mit verzweifelten Gefangenen auseinanderzusetzen und Disziplin zu wahren. Allein die Tatsache, dass die Wärter vor allem eine ruhige Schicht verbringen und sich keinem unnötigen Stress aussetzen wollten, machte sie bestechlich. Sobald dann einer von ihnen die Grenze zur Bestechlichkeit überschritten hatte, wurde es mit jedem Mal einfacher, ihn mit neuen Versprechungen oder Belohnungen zu locken und zu bestechen.

Ifasens Sektion wurde nicht einmal von einem Wärter, sondern von einem furchterregenden Mann kontrolliert, der seit einem Jahr auf seine Verhandlung wegen Mordes in zwei Fällen wartete. Er patrouillierte mit zwei Handlangern durch die Gänge und brüllte seine Befehle. Die Wachen akzeptierten seine Führerposition ohne Murren, als wären auch sie seiner Autorität unterstellt.

In Ifasens Zelle herrschten zudem zwei Banden. Ihnen rechnete man – scheinbar willkürlich – eine immer wieder unterschiedliche Anzahl von Mitgliedern zu, die dennoch stets genau wussten, wie die Regeln der jeweiligen Gruppe funktionierten. Die Banden besprachen sich laut in der Zelle und diskutierten ihre Pläne oft dreist in Hörweite ihrer Konkurrenten. Manchmal schienen die verfeindeten Gruppen zusammenzuarbeiten, doch es kam auch immer wieder zu heftigen Kämpfen.

Am dritten Abend kamen zwei Insassen wegen verschwundener Zigaretten in Streit. Ifasen beobachtete, wie sich die Gruppen formierten – zwei gegnerische Armeen, bereit zum Angriff. Ihm war klar, dass die Auseinandersetzung künstlich herbeigeführt worden war, um die angespannte Stimmung, die sich schon seit einiger Zeit angestaut hatte, endlich zum Ausbruch zu bringen. Er legte sich auf seine Matratze, das Gesicht zur Wand, um zu vermeiden, Zeuge dieses Kampfes zu werden.

Die Stimmen der Männer wurden stetig lauter und schriller. Er hörte, wie Körper aufeinanderprallten, auf den Boden geworfen wurden, wie Fäuste ihr Ziel trafen. Die Gewaltbereitschaft nahm spürbar zu. Die Häftlinge attackierten immer heftiger, rangen nach Atem, und schon bald herrschte eine Atmosphäre blutrünstigen Hasses in der Zelle.

Dann war es auf einmal totenstill. Kurz darauf hörte Ifasen das überraschte Gurgeln eines Mannes, der mit dem Rücken gegen die Tür knallte, wobei er mit den Füßen über Ifasen stolperte. Er drehte sich entsetzt um. Der Mann stand keuchend da, seine Schultern gegen die Metallstäbe des Gitters gedrückt.

Der Kopf einer türkisblauen Zahnbürste ragte aus seinem linken Auge. Der Großteil des Griffs war in die Höhle gerammt worden, so dass nur noch der Kopf hervorsah, die Borsten vom vielen Benutzen zur Seite gedrückt.

Der Mann wirkte verblüfft. Er hielt die Hand vor sein Kinn, als ob er dort nach der Verletzung suchte. Eine dünne Spur wässrigen Bluts rann aus dem Auge über seine Wange und tropfte langsam auf Ifasens Matratze. Dann gaben seine Beine nach, und er stürzte zu Boden. Ifasen streckte den Arm aus, falls er in seine Richtung fallen sollte. Doch er stürzte nach vorn und blieb dort leblos liegen.

In der Zelle herrschte nun Stille. Nur das keuchende Atmen der Kämpfer war noch zu hören. Innerhalb weniger Sekunden hatten sich alle auf ihre Pritschen gelegt und die Decken über den Kopf gezogen.

Ifasen tat in jener Nacht kaum ein Auge zu – zu deutlich war er sich des reglosen Körpers zu seinen Füßen bewusst. Am Morgen stand keiner auf. Sobald die Wärter die Tür aufsperrten und sahen, dass alle noch auf ihren Matratzen lagen, wussten sie, was geschehen war. Sie behandelten das Ganze routiniert. Ruhig trugen sie den steifen Leichnam auf einer Bahre aus der Zelle und ließen dann die Häftlinge sich in einer Reihe aufstellen, um sie nach Blut und Kampfspuren abzusuchen. Einige wurden daraufhin fortgebracht und in Einzelhaft gesteckt. Ifasen wurde gefragt, ob er irgendetwas gesehen habe. Keiner bestand jedoch auf einer Antwort.

Der Tote wurde nie mehr erwähnt, und noch am selben Tag beobachtete Ifasen, wie einige seiner Mithäftlinge bereits wieder bedächtig die Plastikgriffe ihrer Zahnbürsten an der Mauer schärften.

Jeden Morgen um sechs gab es in der Zelle Frühstück. Die Insassen, die Küchendienst hatten, schoben einen großen Servierwagen mit riesigen Metalltöpfen voll klumpigem Haferbrei herein. Sobald man aufgegessen hatte, gab man Teller und Löffel den Männern vom Küchendienst zurück, was von den Wärtern genau kontrolliert wurde. Niemand durfte die Zelle verlassen, ehe er nicht seinen Teller mit Haferbrei leergegessen hatte. Die nach nichts schmeckenden Haferflocken blieben Ifasen im Hals stecken und verursachten ihm Übelkeit. Er musste immer wieder würgen, während er versuchte, den Brei hinunterzuschlucken. Stets war er der Letzte, der die Zelle verlassen konnte. Den restlichen Morgen und Vormittag über fühlte er sich krank und schlapp. Schon bald wurde ihm klar, dass das der eigentliche Sinn und Zweck des Frühstücks war: Man wollte die Gefangenen gefügig und träge machen.

Auch das Mittagessen wurde in der Zelle eingenommen. Jeder bekam sechs Scheiben Graubrot mit einem Klecks klebriger Marmelade. Nur das Abendessen wurde in der großen Kantine serviert. Hier fühlte sich Ifasen am angreifbarsten. Alle Untersuchungshäftlinge saßen auf Bänken an langen Tischen, und es gab nur wenige Wärter, die sie beobachteten. Das Essen wurde von den Tellern geklaut, immer wieder kam es zu Keilereien, und mit einem einzigen Blick konnte man sich einen Feind machen. Alle waren übermäßig vorsichtig, launisch und schützten gewaltbereit ihre Teller mit dem unappetitlichen Fraß, den es hier gab, während sie auf einen guten Moment warteten, Besteck zu entwenden, das sie dann bei nächster Gelegenheit gegen Zigaretten oder Drogen eintauschen konnten.

Als Ifasen zum ersten Mal die Kantine betrat, setzte er sich einfach an den Tisch, an dem noch Platz war. Ein Kerl mit einer breiten Narbe im Gesicht ließ sich schwer neben ihm nieder. »Verzieh dich zu den anderen Kakerlaken«, sagte er, ohne Ifasen auch nur eines Blickes zu würdigen.

»Wie bitte? Was soll ich?«, erwiderte Ifasen, ohne nachzudenken – nur um sogleich die Frage zu bereuen, die auf einmal fast wie eine Herausforderung klang.

Der Mann zeigte sich völlig unbeeindruckt. Er wies einfach mit der Gabel auf einen Tisch neben den Abfalleimern. Dort saßen mehrere Männer mit dunkler Hautfarbe. Allesamt Ausländer. Mit gekrümmtem Rücken widmeten sie sich ihren Tellern. Ifasen nickte und stand auf. Der Mann knurrte etwas Unverständliches und fuhr dann ungerührt mit dem Essen fort. Langsam bahnte sich Ifasen einen Weg durch den Raum, wobei er sich die größte Mühe gab, niemanden zu berühren.

Dann setzte er sich an den Tisch, auf den der Mann gedeutet hatte. Neben ihm hockte ein breitschultriger Kerl mit kahl rasiertem Schädel und einer Brille mit dicken Gläsern. Der faulige Gestank aus den ungewaschenen Eimern stieg Ifasen in die Nase.

»Man hat mir gesagt, ich soll mich zu den Kakerlaken setzen«, erklärte Ifasen.

Der Glatzkopf rutschte ein wenig beiseite und zog dabei seinen Teller mit sich. »Ich bin Hutu«, murmelte er, als spräche er mit sich selbst. Sonst sagte er nichts.

Ein *Génocidaire*, dachte Ifasen düster. Wahrscheinlich war er ein früheres Mitglied der Hutu-Miliz Interahamwe, das sich in Südafrika verstecken wollte und dabei wie viele andere von der Polizei aufgegriffen worden war. Jetzt hatte er vermutlich Angst, dass seine wahre Identität auffliegen könnte. Mir dir verbindet mich genauso wenig wie mit all den anderen hier, dachte Ifasen und sah zu, wie sich der Mann löffelweise weich gekochten Kohl in den Mund schob.

Ifasen stach mit der Gabel in den unappetitlichen Fraß auf seinem Teller. Hier in der Hölle, dachte er, gibt es sogar bei den Kakerlaken eine Rangordnung.

12

Der Club wirkte sehr weitläufig. Der schmale Eingang täuschte, denn dahinter befand sich ein riesiger Raum mit zahlreichen Tischen und dunklen Ecken. Die Beleuchtung schimmerte nur schwach, und auch die alten Holzmöbel trugen zu der düsteren Atmosphäre bei. Überall im Raum standen Fernseher, auf denen bunte Bilder flackerten.

Richard lief unsicher zwischen den Tischen hindurch. Eine junge Frau mit seidig dunkler Haut stellte ein Glas auf die Bartheke und erhob sich. Sie kam ihm entgegen, musterte ihn aufmerksam von Kopf bis Fuß und kehrte dann wieder zu ihrem Platz zurück.

Er stand in der Mitte des Clubs und kam sich zwischen all den Stühlen und gekrümmten Gestalten verloren vor. Erst als ihm Abayomi zuwinkte, erhellte sich seine Miene. Sie bewegte die Lippen, als wenn sie etwas sagte, aber er konnte sie nicht verstehen.

Als er zu ihr an den Tisch trat, stand sie auf, um ihn zu begrüßen. Richard überlegte sich einen Moment lang, ob er sie an der Taille umfassen sollte, wagte es dann aber doch nicht, sie zu berühren. Sie gab ihm einen flüchtigen Kuss auf jede Wange. Gierig wartete er auf ihren Duft aus Sandelholz und Öl, doch diesmal roch sie nach Shampoo und einem blumigen Parfum. Die höfliche Distanz, die er in ihrem Kuss spürte, enttäuschte ihn. Noch mehr enttäuschte ihn jedoch die Tatsache, dass sie nicht allein gekommen war.

»Das ist mein guter Bekannter – Sunday«, sagte Abayomi und drehte sich zu dem dünnen Mann, der neben ihr saß. »Und das ist Richard.«

»Das ist also dein *obobo canda, sista*«, meinte der Mann zu Abayomi.

»Sunday redet meist in Rätseln und im Lagos-Slang«, erklärte sie Richard. »Bitte ignorier ihn einfach.« Sie klang ernster, als es die Situation verlangte. Richard musterte den Mann misstrauisch.

Anstatt sich getadelt zu fühlen, erhob sich dieser mit großer Geste, wobei er seinen Stuhl nach hinten schob. Er streckte Richard die Hand entgegen. »*Oyinbo!* Man nennt mich Sunday, weil man mit mir so leicht zu Geld kommt, dass sich jeder Tag wie ein Sonntag anfühlt.«

Abayomi warf ihm einen strafenden Blick zu.

»Ich sehe dein *throway* Gesicht, *sista*«, fügte er wie nebenbei mit blitzenden Augen hinzu. Er wartete nicht auf eine Antwort, sondern fuhr angeregt fort, auf Richard einzureden. »Verstehst du, mein Freund? Mit mir ist ein Geschäft so leicht, als würde man sich an einem Sonntag ausruhen, während andere für einen arbeiten.« Er grinste breit, wobei sein Gesicht seltsam eingefallen und fahl wirkte.

Sundays überschwänglich zur Schau getragenes Selbstbewusstsein ließ Richard entspannter werden. Entschlossen schüttelte er dem Mann die Hand.

»O nein«, widersprach Abayomi. »Man nennt dich Sunday, weil das der Name ist, den dir deine armen Eltern gegeben haben, *Dundi.* Und der Grund, warum deine armen Eltern dich so genannt haben, war der, dass ihnen kein originellerer Name für einen weiteren ungewollten Sohn eingefallen ist. Du wurdest an einem Sonntag geboren, sonst nichts.« Sie versuchte, finster dreinzublicken, aber Sunday kicherte nur über ihre Strenge.

»In Yoruba sagen wir, dass man einen Namen weder kochen noch essen kann, Mr Richard, *man*. Das Leben und was man daraus macht, ist das einzig Wichtige.«

Richard zog einen Stuhl vor und setzte sich. Er sah Sunday fragend an.

Abayomi kam ihm zu Hilfe. »Du wirst noch feststellen, dass Sunday Yoruba-Sprichwörter über alles liebt. Seine Kultur ist voller solcher Sprüche. Sie erlauben es ihm, Dinge beim Namen zu nennen und dann so zu tun, als hätte er es gar nicht so gemeint. In Wirklichkeit gibt es allerdings nur ein wichtiges Sprichwort. Und zwar sagen wir: *Bí a ti nrìn la se nkoni*. Das heißt: Die Art, wie wir gehen, bestimmt die Art, wie wir empfangen werden. Wenn sich Sunday mehr daran hielte, würde er vielleicht endlich begreifen, dass vor allem der erste Eindruck zählt. Und dass er mit einem krummen Rücken daherkommt.«

Sunday schlug lachend mit der Hand auf den Tisch und grinste Richard dabei so an, als hätte Abayomi gerade eine witzige Geschichte über seine Heldentaten zum Besten gegeben. Trotz der offensichtlich eigennützigen Art des Mannes gefiel Richard dessen fehlender Stolz.

»*Chineke! Tory don wowo*. Die Grille wird vom Sand ihres Baus niemals blind«, erwiderte Sunday lachend. Richard dachte einen Moment lang über die Bedeutung dieses Sprichworts nach, ehe er ebenfalls laut lachte. Die absurde Ehrlichkeit in Sundays Aussage hatte etwas Befreiendes.

Sunday klatschte in die Hände, als er sah, wie sein Gegenüber reagierte. »Siehst du, *Babi* … Es gefällt ihm. Wir werden gute Freunde sein. Mehr gibt es nicht zu sagen. Zusammen erobern wir die Welt, *Oyinbo*!« Damit stöpselte sich Sunday kleine Kopfhörer in die Ohren, stand auf und verschwand in dem düsteren Club.

Allein zurückgelassen wirkte Abayomi nervös. Sie sah sich um, als befürchtete sie, beobachtet zu werden. Richards Hand ruhte mit der Handfläche nach oben auf dem Tisch. Er schien sie dazu einladen zu wollen, sie zu ergreifen. Sie streckte jedoch stattdessen ihre Hand aus und schloss seine Finger. Obwohl es eine Zurückweisung war, durchflutete es ihn warm bei der flüchtigen Berührung. Ihre letzte Begegnung im Massagestudio war noch aufregender als die erste gewesen, und vor seinem inneren Auge tauchten sinnliche Bilder jenes zweiten gemeinsamen Nachmittags auf. Er war diesmal entspannter gewesen, als wären sie körperlich bereits miteinander vertraut. Er hatte keine solchen Hemmungen wie beim ersten Mal verspürt und war in der Lage gewesen, sich ihr mehr hinzugeben.

Danach hatte er sich häufig dabei ertappt, wie er an Abayomi dachte. Zuerst widmeten sich seine Gedanken allein ihrem Körper und wie dieser mit dem seinen spielte. Doch nach einer Weile ließen sie ihren vorgetäuschten Liebesakt beiseite, als wäre das Physische zu wenig, um ihn gefangen zu halten. Stattdessen kehrte er zu ihren Gesprächen zurück, zu den Dingen, die sie ihm erzählt hatte, zu ihrem Lächeln und wie sie ihre Finger mit den seinen verschränkte. Jede Einzelheit ihres Wesens faszinierte ihn – die Art und Weise, wie sie ihm aufmerksam in die Augen blickte, wenn er sprach, und dass sie mit ihm redete, ohne alles auf sich zu beziehen oder sich leicht ablenken zu lassen.

Wenn sie sich trennten, entließ sie ihn jedes Mal mit einem angedeuteten Versprechen, was beim nächsten Mal geschehen könnte. Das mochte ein Kuss sein, der etwas näher an seine Lippen rückte, oder dass sie seiner Hand erlaubte, über den oberen Rand ihres geschnittenen Schamhaars zu streichen. All diese

Gesten signalisierten ihm, dass sie ihn mit der Zeit immer näher an sich heranlassen würde. Er wusste, dass er sich jetzt nicht mehr zurückziehen konnte. Seine Tagträume versprachen ihm ganze Nächte mit ihr. Er malte sich aus, wie sie gemeinsam aufwachten und zu einem der Cafés wanderten, die überall in der Stadt zu finden waren. Gerade diese unerreichbare Alltäglichkeit war es, die ihn lockte.

Als sie ihm vorgeschlagen hatte, sie auf ein Bier zu treffen, hatte er sich gefreut. Er hatte gehofft, dass vielleicht auch sie seine Gegenwart außerhalb des Massagestudios suchte. Ihr unerwarteter Anruf hatte ihm den restlichen Tag über die Konzentration geraubt, und er hatte den Nachmittag in nervöser Aufregung verbracht. Amanda hatte ohne weiteres Nachfragen sein angebliches Geschäftstreffen und die abgeänderten Pläne für den Abend hingenommen. Es war ihm nicht im Geringsten schwergefallen, sich eine Ausrede einfallen zu lassen.

»Ich weiß, dass ich dich gebeten habe zu kommen«, begann Abayomi und presste die Lippen aufeinander. »Aber jetzt weiß ich auf einmal nicht mehr, ob du überhaupt da sein solltest, Richard. Ich wollte dir jedenfalls für deinen Rat danken … wegen dieses Freundes, der verhaftet worden ist. Er wird am Montagmorgen erneut vor Gericht erscheinen. Wie du meintest, hat man mir jetzt gesagt, dass er auf Kaution freikommen wird.« Obwohl es gute Nachrichten waren, wirkte ihre Miene besorgt.

Richard war sich nicht sicher, ob sie von ihm erhoffte, dass er ins Gericht kommen würde. Ein derartiger Gefallen würde den nächsten Schritt bedeuten, und es würde ihn noch enger an sie binden.

»Möchtest du, dass ich hinkomme?«, hörte er sich fragen. Insgeheim ärgerte er sich über sich selbst, ihr so leicht zu erliegen. Noch mehr enttäuschte ihn allerdings ihre rasche Antwort.

»Nein, danke, Richard. Nett von dir, das anzubieten. Aber ich bin mir sicher, dass es nicht nötig sein wird.«

Noch immer schien sie etwas zu quälen, und Richard verspürte das Bedürfnis, sein Angebot zu bekräftigen.

»Jedenfalls danke, dass du heute gekommen bist.«

Er suchte nach einer Erwiderung, die ehrlich klang, aber nicht allzu viel von den Gefühlen offenbarte, die er für sie empfand. »Ich freue mich, hier zu sein«, sagte er schließlich. »Und ich bin froh, dass dein Freund bald auf Kaution frei sein wird.«

Er sah sie ernst und aufmerksam an. Zum ersten Mal bemerkte er trotz des dämmrigen Lichts kleine Flecken auf ihrem Hals und ihren Wangen sowie das Make-up unter ihren Augen. Diese zarten Makel ließen sie allerdings nur noch reizvoller erscheinen, spiegelte sich darin doch eine gewisse Verletzlichkeit wider, die ihm sehr menschlich erschien. Er wandte den Blick ab, da ihn die Heftigkeit seiner Gefühle einen Moment lang fast überwältigte.

Auf dem großen Fernsehbildschirm neben der Bar lief ein Fußballspiel. Die Spieler rannten fieberhaft über den Rasen und jagten dem weißen Ball hinterher. Den Angaben am unteren Bildschirmrand nach spielte Nigeria gegen Kamerun, und es stand null zu null. Der Reporter brüllte aufgeregt ins Mikrofon, während eine Gruppe von Männern an der Bar ihre eigenen Kommentare zu dem Spiel abgaben, als ob der Schiedsrichter sie hören könnte.

»Abayomi …«, sagte Richard und wandte sich ihr wieder zu. Sein Mund spielte mit ihrem Namen wie mit einem Stück Karamell. »Du hast mir bei unserem ersten Treffen erklärt, was dein Name bedeutet. Es klang beinahe etwas … etwas einschüchternd.« Er zögerte ein wenig unsicher, aber Abayomi lächelte.

»Es ist ein Yoruba-Name, obwohl meine Familie eigentlich Igbo ist. Aber meine Großmutter mütterlicherseits war Yoruba.

Sie hat mir diesen Namen gegeben, und ich benutze ihn, weil er mir am liebsten ist. Er bedeutet ›Diejenige, die große Freude schenkt‹.« Ihre Augen funkelten, und Richard versuchte zu lächeln, ohne anzüglich zu wirken. »In meiner Kultur«, fuhr sie fort, wobei sich ihre Miene wieder etwas verhärtete, »haben unsere Namen eine Bedeutung. In deiner Kultur können sich Mörder hinter gewöhnlichen Namen wie John oder George verstecken.«

Richard ignorierte die Stichelei. »Und was meinst du damit, dass du ihn benutzt, weil er dir am liebsten ist?«, wollte er wissen. »Das verstehe ich nicht.«

»In meiner Kultur haben wir mehr als nur einen Namen. Mein Igbo-Name lautet Okeke und bedeutet ›Diejenige, die an *Eke*, also am Markttag, geboren wurde‹. Abayomi könnte man vermutlich als meinen zweiten Vornamen bezeichnen. Dann hat mir meine Tante noch den Namen Ndulu gegeben, was ›Taube‹ heißt, weil eine weiße Taube über unserem Haus kreiste, als ich geboren wurde. Mein Vater hat mich als Mädchen immer Lotanna genannt. Ursprünglich war das wohl als Scherz gedacht, aber der Name ist mir trotzdem geblieben. Er bedeutet: ›Vergiss deinen Vater nie‹. Der Witz besteht darin, dass es in Wirklichkeit ›Vergiss deinen Gott nie‹ heißt, man ›Gott‹ aber auch als ›Vater‹ übersetzen kann. Komplizierter nigerianischer Humor … Jedenfalls wurde ich in der Schule immer Lotanna gerufen, und meine alten Schulfreunde nennen mich auch jetzt noch so. Ich habe noch andere Namen.«

Sie sah ihm in die Augen. »Unsere Kulturen sind sehr verschieden. Das darfst du nie vergessen, Richard. Du bist ein guter Mann, aber du verstehst nicht immer, worum es eigentlich geht. Zum Beispiel sind in meiner Welt sowohl Namen als auch Worte von großer Wichtigkeit. Wir sagen, man kann Fische mit einem Netz aus Worten fangen. In meiner Welt kann dieselbe Sache mehrere Bedeutungen haben. Etwas Gesagtes kann vieles bedeuten. Vergiss das nie.«

Ihre Miene nahm einen beinahe zärtlichen Ausdruck an, als sie fortfuhr. »Unsere Namen symbolisieren gleichzeitig auch unseren gesellschaftlichen Status. Mein Vater hieß Jideofor. Dieser Name ist sehr vielschichtig und hat zahlreiche Bedeutungen, die alle mit Moral und Gewissen zu tun haben. ›Jide‹ heißt ›haben‹ oder ›halten‹; ein *Ofor* ist der symbolische Wahrheits- oder Friedensstab in Igbo. Derjenige, der den Stab in Händen hält, ist also der Moralischste. Man schwört auf den *Ofor*, wenn man betonen will, dass man die Wahrheit sagt.« Sie betrachtete ihn nachdenklich. »Manchmal verdeckt man so aber auch seine Lügen.«

Richard fühlte, dass er ihr stundenlang hätte zuhören können. »Ich habe es so sehr genossen, als wir uns das letzte Mal im Coffee-Shop unterhalten haben«, sagte er. »Deiner ... deiner Geschichte und der Geschichte eines Teils von Afrika zuzuhören, den ich nicht kenne, das war faszinierend. Ich wollte dir so viele Fragen stellen. Über dein Leben. Wie es war, in Nigeria aufzuwachsen. Über deine Kindheit.«

Sie lachte. »Ich könnte mir vorstellen, dass einiges davon gar nicht so anders war als in deiner Kindheit. Unsere Kulturen sind zwar verschieden, aber Kinder sind sich doch in gewisser Weise immer ähnlich.«

Richard lehnte sich vor und stützte das Kinn auf den Fäusten ab. »Bitte erzähl weiter.«

»Nun ... Meine Eltern waren immer sehr um uns besorgt. Sie stellten ständig Regeln auf, die wir aber wie Schilf zerbrachen. ›Nach Einbruch der Dunkelheit dürft ihr nicht mehr raus.‹ ›Du musst vor einundzwanzig Uhr zu Hause sein.‹ ›Ich will nicht, dass du mit diesem Jungen redest.‹ Wir haben einfach unter unseren Decken gewartet, bis sie eingeschlafen waren. Dann sind wir leise aufgestanden, haben uns angezogen, sind über den Bananenbaum nach unten auf die Gartenmauer geklettert und von dort aus ins Gras auf der anderen Seite gesprungen.«

Richard sah sie vor sich, gertenschlank und rebellisch auf der Mauer sitzend, sich ihre nackten Fußsohlen an den rauen Steinen stoßend. Er wünschte sich, damals ihr Freund gewesen zu sein, sie als Mädchen gekannt und sie schon damals umworben zu haben, um sie dann für immer zu seiner Frau zu machen.

»Inzwischen weiß ich, dass unser Vater von unseren nächtlichen Eskapaden wusste. Damals kam es uns jedoch verboten und gefährlich vor. Aber in Wahrheit blieb er die ganze Zeit über wach. Er ließ uns genügend Freiraum, unsere eigenen Erfahrungen zu machen, ohne uns ganz aus den Augen zu lassen. Meiner Mutter hat er nie davon erzählt; sie hätte sicher geschimpft und sich aufgeführt. Doch er war klug und umsichtig und hat unsere Entscheidungen respektiert.«

Richard verspürte das brennende Verlangen, sich vorzubeugen und sie auf den Mund zu küssen. Es kam ihm so vor, als bohrte ihm jemand mit einem Stock in den Rücken und triebe ihn dazu an. »Und wo ist dein Vater jetzt?«, erkundigte er sich neugierig.

»Er starb, als ich noch ein Teenager war.«

Ihre schlichte Antwort stand in starkem Gegensatz zu alldem, was sich dahinter vermutlich verbarg. Richard wollte ihr erklären, dass das nicht sein könne, und sie auf die Geschichte mit dem hingerichteten Schriftsteller hinweisen, die sie ihm erzählt hatte. Aber er bemerkte, wie schwer es ihr fiel, vom Tod ihres Vaters zu sprechen, und ließ es darauf beruhen.

In diesem Moment kehrte Sunday mit drei gekühlten Bierflaschen an ihren Tisch zurück. Die Flaschen schlugen leise klirrend aneinander. Er stellte eine vor Richard auf den Tisch und winkte theatralisch ab, als dieser seine Geldbörse zücken wollte.

Richard lachte über die Possen des Mannes und nahm einen Schluck Bier, das ihm prickelnd in die Nase stieg.

»In Nigeria gibt es besseres Bier«, erklärte Sunday und wischte sich den Mund mit dem Handrücken ab. »Eines Tages lade ich dich zu einem kalten Gulder auf dem Markt von Lagos ein, dann sitzen wir gemeinsam in der stinkigen Hitze und schauen den hübschen Yoruba-*Babis* hinterher, die mit Körben voller Garnelen, eleganten Kleidern und glatten braunen Beinen vom Delta hochkommen. Und dann sehen wir mal, ob du jemals ein Bier getrunken hast, das so stark war, oder ob du jemals ein so saftiges Fleisch probiert hast, Mr Richard. *Sebi?*«

Ehe Richard antworten konnte, lehnte sich Sunday verschwörerisch zu Abayomi hinüber. »Beinahe hätte ich vergessen, dich zu warnen, *Babi*. Dein Freund Igbo der Herrliche ist hier. *Mista* Großmaul. Was ganz Besonderes. Jedenfalls sucht er nach dir, *Babi*, meine Hübsche.«

»Igbo der Herrliche?«, wiederholte Richard fragend.

»Das ist Abayomis spezieller Freund«, erklärte Sunday, während sie verächtlich die Augenbrauen hochzog. »Er erklärt einem immer sofort, dass er an der Universität von Ife studiert hat. *Nko?* Für ihn ist das unglaublich wichtig. Er ist so … so voller tiefsinniger Gedanken. *Chai, ajebota no?* Kein Wunder, schließlich hat er an der Uni studiert. In Ife. Verstehst du?«

Richard nickte, ohne recht folgen zu können. Ihm gefiel die Vorstellung nicht, dass ein weiterer Mann zu ihnen stoßen würde. Eigentlich hatte er gehofft, mit Abayomi allein zu sein.

Doch noch ehe er eine Frage stellen konnte, schob eine massige Gestalt einen Stuhl zwischen seinen Platz und den von Abayomi und setzte sich rittlings darauf. Der Mann wuchtete seine Ellbogen wie zwei Säcke auf den Tisch, der auf einmal kleiner wirkte. Seine schwarze Haut glitzerte im Dämmerlicht und legte sich wie eine in Falten gelegte Decke um sein breites

Kinn und seinen Nacken. Die Augen und der Mund bewegten sich unabhängig vom Rest des Gesichts und erinnerten an Tiere, die im Morast stecken geblieben waren.

»Welches Team unterstützt du?«, wollte er als Erstes von Richard wissen. Seine Lippen gaben feuchte Schmatzgeräusche von sich, als er sprach.

»Ich kenne mich mit Fußball nicht so gut aus«, erwiderte dieser überrascht. »Meine Freunde sind für Liverpool. Also bin ich vermutlich automatisch auch für Liverpool. Ich heiße übrigens Richard.« Er versuchte seine Hand auszustrecken, obwohl er kaum Platz dazu hatte.

»Ein englischer Verein also.« Der Mann blickte finster drein. »Bist du schon mal in Liverpool gewesen? Hast du die Jungs jemals spielen sehen?« Ohne auf eine Antwort zu warten, wandte er sich von ihm ab. »Echt, diese Super Eagles … Afrikanische Meister 1980 und '94, und jetzt schaffen sie es nicht einmal, die Küken im Stall zu halten.« Die Gruppe Männer an der Bar grölte, als der Kameruner Stürmer den Ball Richtung Tor schoss, wo er aber vom nigerianischen Torhüter mit der Hand abgewehrt wurde.

»Ich hab Politikwissenschaft und Geschichte an der Universität von Ife studiert«, erklärte der riesige Kerl und machte eine Pause, damit die Anwesenden Zeit hatten, diese Tatsache zu verdauen. Sunday kicherte hinter vorgehaltener Hand und wandte sich hastig ab, um sein Gesicht nicht zu zeigen. »Ich sage dir eins: Nigeria ist ein Sinnbild für ganz Afrika. Wir sind angeblich ein Land mit einer politischen Struktur und einem Volk, das Nationalstolz entwickelt, indem es auf ein gemeinsames Ziel hinarbeitet. Aber in Wirklichkeit will keiner nur eine Regierung, nur ein Land oder auch nur ein Fußballteam unterstützen.« Er zeigte auf den Fernseher. »Afrika muss sich gegen all die verbünden, die uns noch immer als Sklaven sehen. Aber wir sind einfach nicht in der Lage, die Ketten zu erkennen, die man uns angelegt hat, und dazu gehören vor allem erst einmal die Fesseln dieser erfundenen Nationenidee.«

Der Mann holte ein Päckchen mit Erdnüssen aus der Tasche und begann die Schalen mit seinen kräftigen Fingern aufzudrücken, während er seine kleine Rede hielt. Er schob sich immer wieder rote Nüsse in den Mund, von denen einige Stücke beim Sprechen herausflogen. Eines landete dabei auch auf Richards Hand. »National verordnete Demokratie verschärft die ethnischen Konflikte«, fuhr der Mann ungerührt fort.

Richard wischte sich mit einer Papierserviette die Hand sauber und sah zu Abayomi hinüber. Die Gegenwart des Mannes verunsicherte ihn. Sie lächelte und nickte leicht mit dem Kopf, als wollte sie ihm zu verstehen geben, dass er ihm den Gefallen tun solle, sich auf eine Diskussion einzulassen.

Doch der Mann wartete nicht erst auf Richards Meinung. »Wenn ich in meiner Gegend das Oberhaupt bin«, sagte er, »und gemeinsam mit meinen Leuten, die mich respektieren und mir treu ergeben sind, mein kleines Stück Land kontrolliere, dann ist alles in Ordnung. Doch dann gibt es auf einmal mehr Macht, als ich meinen Leuten bewilligt habe, und zwar nicht nur für sie, sondern auch für alle anderen – die Macht, den zu wählen, der das ganze riesige Land beherrschen soll. Man lädt mich ein, auch selbst mehr Land zu kontrollieren, als ich jemals zuvor kontrolliert habe. Man will, dass ich in Konkurrenz zu anderen trete. Und ethnische Konkurrenz kann viele Gesichter haben. Schau dir nur die Gewalt an, die mein so genanntes Heimatland jahrzehntelang zerstört hat. Warum sollte ich zu einem Wettstreit antreten, den ich gar nicht gewinnen will? Und falls ich doch gewinnen will – warum soll ich mich dann an eure dummen, einschränkenden Regeln halten? Nationale Demokratie in einer Region wie Nigeria führt unweigerlich zu einer Katastrophe. Nationalismus ist ein einziges Rätsel. Man kann von niemandem einer Regierung gegenüber Treue verlangen, die das eigene Volk überhaupt nicht vertritt. Wie sollte man auch?«

»Schlägst du dann stattdessen ein totalitäres System vor?«, fragte Richard.

Der Mann lehnte sich zum ersten Mal zu Richard hinüber und sah ihn aufmerksam an. »Nein, ganz im Gegenteil. Auch ein Militär oder ein Diktator an der Spitze haben sich noch nie als visionär erwiesen. Die sind noch selbstsüchtiger und skrupelloser, wenn es darum geht, Macht zu behalten. Zwang und Gewalt formen auch keine Nation. Wir wollen einen föderalen Staat. Aber keinen föderalen Staat Nigeria, sondern ein föderales Afrika.«

Während Igbo redete, stellte zu Richards Überraschung ein weiterer Mann einen Stuhl neben Abayomi und setzte sich zwischen sie und Sunday. Er hatte ein hartes Gesicht mit weißlich gelben Pusteln, die über seinen Hals verliefen. Er sprach kein Wort, doch Richard bemerkte, wie sich Abayomi und Sunday anspannten und ihre Bierflaschen in die Mitte des Tisches schoben.

»*Arrange yua sef*«, murmelte Sunday leise.

Nur Igbo schien den Neuankömmling nicht zu bemerken. Oder vielleicht interessierte er sich einfach nicht für ihn, da er viel zu sehr in seine Rede vertieft war. »Nur Afrika kann unsere Interessen vertreten, die Interessen all derer, die auf diesem Kontinent leben. Nationalstaaten sind koloniale Gebilde, und je schneller wir sie loswerden, desto zufriedener werden unsere Leute sein.«

»Die afrikanische Nation«, sinnierte Abayomi. In Richards Ohren klang sie ein wenig spöttisch, aber auch nervös. »Ich bin Mutter Afrika. Ich bin das, was euch Männer zusammenhält. Schaut nur, wie ihr hier alle vor mir um diesen Tisch sitzt.« Sie nahm einen großen Schluck, während Sunday neben ihr kicherte.

Der Neuankömmling schlug blitzschnell zu. Er traf Sunday mit dem Handrücken neben dessen Mund. Sunday ging durch den Schlag zu Boden, sein Stuhl stürzte laut krachend um. Einige der anderen Gäste warfen einen Blick in die Richtung, aus welcher der Lärm kam, drehten sich dann aber rasch wieder weg. Richard war instinktiv aufgesprungen, die Fäuste geballt. Doch der Angreifer zeigte sich nicht im Geringsten an ihm interessiert, und auch Sunday schien ihn offenbar nicht weiter zu kümmern. Er starrte vielmehr Abayomi mit einem kalten, langen Blick an.

Selbst Igbo hatte es für einen Moment die Sprache verschlagen. »In der nigerianischen Folklore gibt es die Geschichte von Moremi aus Ile-Ife«, erzählte er dann mit ruhiger Stimme weiter, als ob nichts geschehen wäre. »Es heißt, dass die schöne Moremi Männer verführt hat, die ihr Volk bedrohten, indem sie ihren unwiderstehlichen weiblichen Charme einsetzte. Im Bett erfuhr sie dann von ihren Plänen und Geheimnissen. Sie glitt zwischen den Laken hervor und eilte sogleich zu ihren Leuten, um ihnen mitzuteilen, was sie erfahren hatte, so dass diese ihre Feinde besiegen konnten. Wie man daran sieht, bestimmen unsere verschiedenartigen Kulturen die Art, wie wir uns verhalten. Mandla hier zum Beispiel …« Er wies auf den Mann ihm gegenüber, der Abayomi noch immer nicht aus den Augen ließ. »… Mandla stammt aus deiner Nation oder was ihr dafür haltet. Mandla ist ermüdend ungebildet. Ich bezweifle, dass er jemals eine Schule besucht hat. Oder, Mandla? Aber wie man sehen kann, ist er auf seine Weise sehr effektiv.«

Richard erwartete, dass Mandla diese Bemerkung nicht auf sich sitzen lassen würde. Doch zu seiner Überraschung wandte der Mann auch jetzt noch nicht den Blick von Abayomi. War er ein eifersüchtiger Liebhaber? Oder vielleicht sogar ein Kunde? Allmählich begann er zu ahnen, in welcher Welt sich Abayomi bewegte.

Sie erwiderte Mandlas Blick für eine Weile, ehe sie nachgab und vor sich auf den Tisch starrte. Richard fiel nichts ein, was er hätte sagen können, um die angespannte Stille zu durchbrechen. Sunday stand mühsam vom Boden auf und trat den umgestoßenen Stuhl beiseite. Er kehrte nicht an den Tisch zurück, sondern hielt sich den Mund und humpelte durch die jubelnde Menge davon, die noch immer das Fußballspiel ansah. Nach einer längeren Pause sah Abayomi erneut auf und blickte den finsteren Mandla an. Ihre Augen waren geweitet, und Richard glaubte, Tränen in ihnen zu erkennen.

»Tut mir leid«, sagte sie zu Mandla. »Ich bin nicht Mutter Afrika. Ich bin nichts weiter als eine Sklavin. Verzeih mir meine dumme Bemerkung.« Sie hielt einen Moment lang inne, ehe sie fortfuhr, wobei sie ihn noch immer ansah. »Ich werde dich morgen besuchen.«

»Ja, das denke ich auch«, erwiderte Mandla schleppend, als wäre er betrunken. »Ich erwarte dich. Um elf.« Er nahm Sundays Flasche und kippte sich das Bier in den offenen Mund. Die Flüssigkeit lief über sein Kinn den Hals hinab und machte den Kragen seines Hemds nass.

»Dein neues Spielzeug gefällt mir nicht«, sagte er und warf Richard einen Blick zu, der diesen an eine züngelnde Schlange denken ließ.

13

Abayomi kniete sich in einer Ecke des Wohnzimmers auf den Holzboden. Ihre Knie schmerzten, während sie die Spitze eines Messers in die Fuge zwischen zwei Fußleisten schob. Das Holz war weich und bereits etwas verfault, so dass sich die Leisten leicht von der Wand lösen ließen. Abayomi riss mit dem Messer so lange an dem Holz, bis es vor ihr auf dem Boden lag. Jetzt konnte sie das raue Mauerwerk und das untere Ende des Verputzes sehen, wo sich eine schwarze Lücke zwischen Wand und Boden auftat.

Draußen rollte der frühe Morgenverkehr hupend die Main Road von Sea Point entlang. Abayomi schob ihre Finger in den Spalt und biss die Zähne zusammen, als eine Kakerlake über ihre Hand huschte. Sie tastete eine Weile nach dem Umschlag, der dort versteckt war, und zog dann eine Rolle mit Geldscheinen heraus. Das Geld war in eine Plastiktüte eingewickelt und wurde von einem schmutzigen Gummiband zusammengehalten. Sunday stand hinter ihr und hüpfte ungeduldig von einem Fuß auf den anderen, wodurch sich die Bodenbretter immer wieder hoben und senkten. Sorgfältig drückte Abayomi die Fußleiste an die alte Stelle zurück und schlug dann energisch mit dem Messergriff dagegen, um sie festzuklopfen. Schließlich stand sie mit steifen Knien auf.

»Komm, gehen wir. Es ist an der Zeit«, sagte sie zu Sunday.

Er nickte eifrig und sah zu, wie sie das Geld in ihre Tasche stopfte.

Von Sea Point aus nahmen sie ein Taxi, das sie bis zum Taxistand oberhalb des Bahnhofs brachte. Von dort aus gingen sie zu Fuß weiter. Ein starker Südostwind blies ihnen über die Hügel entgegen. Sunday lief eng neben Abayomi her und wirkte wie ein übervorsichtiger Leibwächter.

Im Gericht wurden sie unfreundlich empfangen. Wenige Sekunden, nachdem Abayomi den Saal betreten hatte, begann die Staatsanwältin schrill zu protestieren. »O nein, Lady! Sie können hier nicht mehr rein!«

Der Gerichtsdiener blickte erschrocken auf. Er hatte gerade den Inhalt seiner Brotzeitdose begutachtet und klappte jetzt mit einem Klicken den Deckel zu, ehe er aufsprang.

Die Stimme der Staatsanwältin klang nun noch schriller. »Nein, Lady! Der Richter hat Ihnen ausdrücklich verboten, den Saal noch einmal zu betreten. Nicht nach Ihrem letzten Auftritt! Haben Sie ihn denn nicht gehört?«, kreischte sie beinahe hysterisch, während der Gerichtsdiener langsam auf Abayomi zukam.

Er erwischte sie im Gang zwischen den Zuschauerbänken und baute sich vor ihr auf. »Sie müssen draußen warten«, erklärte er mürrisch. Sunday zog an ihrem Kleid. Für einen Moment blieb sie erhobenen Hauptes stehen. Dann drehte sie sich schweigend um und verließ den Saal.

Im Gang setzte sie sich gemeinsam mit Sunday auf eine Bank und beobachtete die lange Reihe von niedergeschlagen wirkenden Frauen, die das benachbarte Familiengericht betraten und wieder verließen. Abayomi massierte sich die Schläfen. Nach einer Weile tauchte der Gerichtsdiener auf und begann Namen von einer Liste herunterzuleiern. Abayomi hatte keine Ahnung, ob man auch sie aufrufen würde. Der Mann sprach die einzelnen Namen so ungenau aus, dass sie ihn kaum verstand. Als er fertig war, hängte er die Liste an eine Tafel neben der Tür. Abayomi überflog sie hastig: Ifasens Name war darauf vermerkt, ihrer hingegen nicht.

Sobald das Gericht mit dem üblichen Procedere begonnen hatte, schickte sie Sunday alle paar Minuten in den Saal, um herauszufinden, was dort vor sich ging. Jedes Mal kehrte er mit einem Kopfschütteln zurück.

Kurz vor zehn schlich er erneut hinein. Er war kaum eine Minute verschwunden, ehe die Bank neben ihr wieder knirschte. »Die Schrei-Lady meinte, man würde ihn erst später aufrufen«, erklärte Sunday. »So gegen zwölf.«

»O nein. Warum so spät, Sunday?«, klagte Abayomi. »Warum so spät? Dann kann ich nicht bleiben, Sunday. Ich kann nicht warten.«

»Aber sie hat gesagt, dass er auf Kaution frei kommt«, entgegnete Sunday, um sie zu beruhigen. »Jedenfalls glaubt sie das. Die macht mir wirklich Angst. Deshalb habe ich auch keine weiteren Fragen gestellt.« Er sah Abayomi grimmig an.

Sie umschlang ihre Knie und begann nervös auf der Bank vor und zurück zu wippen. Dann stampfte sie wie ein wütendes Kind mit den Füßen auf. »Geh noch mal hinein. Sag denen … Ach, geh einfach noch mal hinein.« Tränen der Verzweiflung stiegen ihr in die Augen.

Sunday gehorchte. Diesmal blieb er mehr als zehn Minuten verschwunden. Als er zurückkam, schüttelte er wieder den Kopf und löste damit bei Abayomi ein heftiges Schluchzen aus.

»Dann bleibe ich«, schlug er vor. »Ich bleibe hier und warte. Gib mir das Geld.«

Abayomi sah sich hilfesuchend im Korridor um. Doch da war niemand, der ihr hätte helfen können. Sie stand auf und ging zur Doppeltür, die in den Gerichtssaal führte, als überlegte sie, es dort noch einmal zu versuchen. »Ich muss gehen, mein Liebster«, murmelte sie stattdessen. »Ifasen, ich muss dich allein lassen.« Einen Moment lang legte sie die flache Hand auf die hölzerne Tür.

»Mach dir keine Sorgen, *ma cheri.* Dein Sunday-*man* ist immer noch da. Es wird alles gut gehen. Gib mir einfach das Geld. Okay?«

Abayomi drehte sich zu ihm um. Sie nickte resigniert. »Pass aber auf«, sagte sie, als sie die Scheine aus ihrer Tasche holte und ihm in die Hand drückte. Sie schloss seine Finger um die Rolle, legte ihre Hand auf seine Faust und sah ihn ernst an. »Ich vertraue dir, Sunday. Richte Ifasen aus … Sag ihm, dass es mir leid tut. Sag ihm, dass ich hier war und gewartet habe, dass sie mich aber nicht hineingelassen haben. Ich war hier, musste dann aber gehen. Richte ihm das aus, ja? Ich muss zu Mandla …« Sie redete auf Sunday ein, als stünde er in direkter Verbindung zu Ifasen und müsste unbedingt begreifen, worum es ging. »Sag ihm, dass wir uns dann heute Abend sehen.«

»*Der Blutegel, der nicht loslässt, auch wenn er schon voll ist, stirbt auf dem trockenen Land*«, erwiderte Sunday auf Igbo. Abayomi starrte ihn wütend an, bis er schließlich lachte. »Okay, okay. Keine Angst. Sunday hat alles im Griff, *mai sista.* Du kannst dich auf Sunday verlassen. Keine Angst. Sunday und das Geld werden hier sein.«

Doch als Ifasen kurz nach zwölf Uhr aus dem Zellentrakt nach oben gebracht wurde, war der Saal fast leer. Zwei besorgt wirkende Mütter klammerten sich aneinander und warteten darauf, dass ihre beim Klauen erwischten Söhne erscheinen würden. Außer ihnen gab es nur noch einen weiteren Zuschauer, der unter seiner schief sitzenden Schildmütze eingeschlafen zu sein schien. Ifasen war es auf der Fahrt mit dem Polizeitransporter übel geworden, so dass er jetzt auf der obersten Stufe schwankte, ehe ihn der Gerichtsdiener in die Anklagebank stieß. Da er Ifasen wiedererkannte und sich an das Handgemenge der vergangenen Woche erinnerte, blieb er vorsichtshalber in dessen Nähe stehen.

Ifasen warf einen Blick über die Schulter und suchte die Zuschauerbänke nach Abayomi ab. Jemand muss sie hereinrufen, dachte er und atmete tief durch, um nicht in Panik zu geraten. Er versuchte, die Aufmerksamkeit der beiden Mütter zu erhaschen, doch sie waren zu sehr mit ihren eigenen Problemen beschäftigt, um auf ihn zu achten.

»Mr Obeyi!«, dröhnte eine Stimme, und Ifasen wirbelte herum. Richter Julies saß hinter seinem Tisch und ließ einen Stift zwischen den Fingern hin- und herwandern. »In meinem Gericht spielt vorn die Musik, Sir, und nicht hinten. Dort gibt es nichts für Sie zu sehen. Also drehen Sie sich bitte zu mir.«

Ifasen nickte entschuldigend, auch wenn sich sein Kopf wie magnetisch angezogen nach hinten wenden wollte. Es war ihm unbegreiflich, dass Abayomi ihn im Stich gelassen haben sollte.

»Also gut. Die Anklage, bitte.«

Die Staatsanwältin schob sich die Brille auf die Nase, ehe sie nach der Anklageschrift auf ihrem Pult suchte und diese dem Richter reichte. Er las das Dokument langsam durch, wobei er immer wieder etwas Unverständliches murmelte.

Jemand betrat den Gerichtssaal. Ifasen schielte mühsam zur Seite, um einen Blick auf die Tür zu erhaschen. Eine ältere Frau war hereingekommen. Sie raschelte laut mit ihrer Einkaufstüte, ehe sie sich auf der Bank niederließ. Der dickliche Gerichtsdiener zog währenddessen einige Schuppen aus seinem Haar. Nach längerem Schweigen legte der Richter die Anklageschrift beiseite und nickte der winzigen Staatsanwältin zu.

»Euer Ehren, der Angeklagte wird des Handelns mit Drogen

bezichtigt. Außerdem hat er sich seiner Verhaftung widersetzt und es versäumt, der Anordnung eines Mitglieds der südafrikanischen Polizei nachzukommen.«

Ifasen glaubte, eine Betonung auf dem Wort »südafrikanisch« zu hören, doch das Gesicht der Frau blieb ausdruckslos. Er wartete darauf, dass der Richter beim schrillen Verlesen der Anklage lachte, aber dieser zeigte sich völlig ungerührt. Er wandte Ifasen seine Aufmerksamkeit zu. »Also, Mr Obeyi. Obedienz gehört vermutlich nicht zu Ihren Stärken, oder?«

Die Staatsanwältin lächelte vor sich hin. Ifasen runzelte die Stirn. Er war sich nicht sicher, was der Richter mit dieser Bemerkung meinte.

»Mr Obeyi, Sie haben keinen Anwalt, der Sie vertritt, nicht wahr?«, fuhr der Richter fort.

Ifasen sah sich erneut im Raum um. Doch die Zuschauerschaft war dieselbe geblieben.

»Nach vorn, bitte, Mr Obeyi!« Wieder erhob der Richter wütend seine Stimme. Ifasen verlor beinahe das Gleichgewicht, so schnell drehte er sich um.

»Nein, Sir. Offenbar habe ich keinen Anwalt.« Ifasen verschränkte die Hände hinter dem Rücken, um ernster zu wirken. Er stand jetzt wie ein aufrechter Soldat in seiner Bank.

»Das stellt für dieses Gericht keine Überraschung dar.« Der Richter kritzelte etwas auf die Papiere, die vor ihm lagen. »Nun gut, Mr Obeyi. Ihnen werden ernste Vergehen zur Last gelegt – Vergehen, mit denen wir in diesem Gericht ständig zu tun haben. Wie auch immer … Jedenfalls müssen Sie sich heute noch nicht dazu äußern. Ihnen wird die Gelegenheit gegeben, sich einen Anwalt zu suchen, der Sie vertritt. Ich vermute, dass Sie jetzt eine Kaution bewilligt bekommen möchten?«

Ifasen nickte.

»Nun gut«, fuhr der Richter gelassen fort. »Wo wohnen Sie?«

Ehe Ifasen antworten konnte, schrillte die Stimme der Staatsanwältin in seinen Ohren. »Die angegebene Adresse, Euer Ehren, lautet: Wohnung sechshundertfünf, Marconi Flats, Main Road, Sea Point. Keine feste Anstellung.«

Ifasen sah zuerst sie und dann den Richter an.

»Und?« Ungeduldig klopfte der Richter auf die Tischplatte.

»Das stimmt.« Ifasen wusste nicht, was er sonst sagen sollte. Er öffnete den Mund, um noch etwas hinzuzufügen. Er wollte erklären, wer er war, wieso er als Flüchtling in einem fremden Land lebte, dass er einen Sohn und eine Frau hatte und dass er diese Frau sehr liebte. Doch die sterile Umgebung des Gerichtssaals ließ keinen Raum für solche Dinge. Er fürchtete, dass diese persönlichen Dinge im selben Moment, in dem er sie preisgab, unwiderruflich zerstört werden könnten. Er schloss also wieder den Mund und trat nervös von einem Fuß auf den anderen.

»Und? Was verdienen Sie so durchschnittlich?«

Wieder runzelte Ifasen verständnislos die Stirn.

»Wie viel *Geld* bringen Sie nach Hause?«, wiederholte der Richter seine Frage, wobei er jedes Wort betont langsam aussprach.

»Ich bin Lehrer. Geboren und aufgewachsen in Kano. Dann habe ich in einer Schule in Lagos unterrichtet und danach in Ab …«

»Mr Obeyi, es interessiert mich nicht im Geringsten, was Sie gemacht haben, ehe Sie unserem schönen Land die Ehre erwiesen. Selbst wenn Sie der König von England gewesen sein sollten, so ist mir das völlig gleichgültig.«

Wieder lächelte die Staatsanwältin verstohlen und starrte dabei auf ihren Schoß. Ifasen verspürte das Bedürfnis, den Richter auf ihre Respektlosigkeit hinzuweisen. Doch dieser wirkte sowieso schon gelangweilt und gereizt.

»Ich möchte einfach nur wissen, wie viel und womit Sie in

diesem Land Ihr Geld verdienen, außer durch den Verkauf von Drogen.«

»Ich verkaufe Spielzeug und andere Dinge am Straßenrand«, erwiderte Ifasen. »Und ich verkaufe keine Drogen«, fügte er beherzt hinzu.

Eigentlich hätte er hinzufügen müssen, dass seine Frau zehn Mal so viel Geld wie er nach Hause brachte und dass sie ein gesichertes Einkommen hatte. Aber wie sollte er erklären, was sie tat? Wie sollte er die diffusen Machenschaften und die Übergriffe schildern, die ihnen ihr wöchentliches Einkommen sicherten, ihnen das Essen auf den Tisch brachten und für die Windeln ihres Kindes bezahlten? Wie konnte er seinen Stolz auf seine Frau in Worte fassen ebenso wie seine tägliche Demütigung, wenn er sie nachts eng an sich drückte und versuchte, nicht daran zu denken, was der vergangene Tag mit ihrem Körper gemacht hatte?

Ifasen blickte zum Richter auf. Tränen brannten ihm in den Augen.

»Nun«, meinte der Mann vor ihm kalt. »Sonderlich beeindruckend ist das alles nicht. Sie verkaufen also Ramsch an der Straße. Sie haben keine feste Anstellung. Ihr Wohnsitz befindet sich in einem heruntergekommenen Block in Sea Point, der für seine Drogendealereien berüchtigt ist. Haben Sie denn heute zumindest Geld dabei, das Sie als Kaution hinterlegen wollen? Geld, das Sie uns jetzt geben können?«

Ifasen drehte sich zu den Zuschauerbänken um. Diesmal rief ihn der Richter nicht zur Ordnung, sondern ließ ihm einen Moment lang Zeit, um seinen Blick über die fast leeren Bänke wandern zu lassen.

»Mr Obeyi«, meinte der Richter nach einer Weile. »Das bedeutet wohl ›Nein‹. Da Sie uns keine Beweise für ein geregeltes Einkommen liefern und auch keine Kaution hinterlegen können, bleibt mir keine andere Wahl, als Ihnen zu diesem Zeitpunkt die Kaution zu verweigern. Auf welchem Tag ist die Verhandlung angesetzt?«

Die Staatsanwältin sprang auf. »Auf den siebzehnten März, Euer Ehren.«

»Die Angelegenheit ist also auf den siebzehnten März vertagt. Der Angeklagte bleibt in Untersuchungshaft.«

Ehe Ifasen die Möglichkeit hatte, den Mund aufzumachen, wurde er von dem Gerichtsdiener am Arm gepackt und wieder nach unten in den Zellentrakt gebracht. Er begann zu protestieren, doch der Gerichtsdiener hielt ihm seinen fleischigen Finger an die Lippen. Die Treppe roch nach Desinfektionsmittel und war an einigen Stellen noch feucht. Er versuchte die Pfützen zu vermeiden, während er nach unten gezogen wurde und immer zwei Stufen auf einmal nehmen musste.

Unten übergab ihn der Gerichtsdiener einem Polizisten und schlurfte dann wieder die steilen Stufen nach oben. Ifasen versuchte dem Wärter eine Frage zu stellen, doch dieser schüttelte nur den Kopf. Er packte ihn an seinem Hemd und stieß ihn einen langen Gang entlang. Schließlich blieb er vor einer geschlossenen Tür stehen und suchte nach seinen Schlüsseln, ohne Ifasen loszulassen. Die Metalltür prallte gegen die Wand, und die Schlüssel klirrten, als der Polizist das Gitter dahinter aufsperrte.

Ifasen wurde wieder in die Abgeschiedenheit gestoßen, die Dunkelheit versiegelte den Raum zwischen ihm und den Wänden der Zelle.

14

Richard saß im Auto und wartete darauf, dass Abayomi das Gebäude verlassen würde. Er kam sich ziemlich töricht vor, in dieser Gegend mit seinem glänzenden Mercedes in zweiter Reihe zu parken. Ein Straßenverkäufer mit einer Yankees-Schirmmütze auf dem Kopf trat zu ihm und bot ihm Zigaretten an. Er machte sich nicht einmal die Mühe, das Fenster herunterzulassen, sondern winkte nur ab.

Er genoss die Kühle in seinem Wagen. Ein Pärchen ging Arm in Arm an ihm vorbei, einen Kinderwagen vor sich her schiebend. Das Haar der Frau war lang und schwer, eine schimmernde schwarze Mähne, die bei jedem Schritt funkelte. Ihr Begleiter besaß die Oberarme eines Kraftsportlers und ein attraktives, kantiges Gesicht. Die beiden gaben ein schönes Bild ab, das durch den kleinen Kinderwagen, den der Mann mit einer großen Hand festhielt und schob, nur noch verstärkt wurde. Zu Richards Überraschung bogen sie zu dem heruntergekommenen Wohnblock ein. Mühsam stiegen sie über den Abfall, der dort überall herumlag. Sie versuchten gar nicht erst, den Lift zu rufen, sondern trugen gleich den Kinderwagen die Treppe hinauf.

Eine junge Frau in weißen Hotpants trat aus dem Schatten eines Baumes und stolzierte zu Richard herüber. Als sie an seine Scheibe klopfte, versuchte er sie ebenso abzuwimmeln wie den

Straßenverkäufer. Doch sie lehnte sich nur nach vorn und enthüllte unter ihrem weit geschnittenen Oberteil kleine, spitze Brüste und einen flachen Bauch. Sie drohte ihm spielerisch mit dem Zeigefinger und machte dann eine Drehbewegung, um Richard zu bedeuten, das Fenster hinunterzulassen. Er musste widerstrebend lachen und drückte auf einen Knopf. Die Scheibe fuhr herunter.

Es war eine hübsche Frau, die ihr Haar im Afrolook buschig frisiert und sich geübt geschminkt hatte. Sie lächelte und entblößte dabei eine Reihe makellos weißer Zähne.

»Hallo«, sagte sie einladend. »Ich bin Sophie. Und wie heißt du, netter Mann in deinem netten Auto?« Sie klimperte mit den Wimpern und schob ihr Gesicht näher an das seine heran. Richard konnte die Körperwärme spüren, die sie ausstrahlte.

Ihre Vorgehensweise war so unverblümt, dass er sich nicht in der Lage sah, sie wegzuschicken. »Richard«, antwortete er leise. Er befürchtete, dass sie um seinen Wagen stolzieren und sich neben ihn auf den Beifahrersitz setzen könnte. Oder – noch schlimmer – dass sie einfach seine Tür öffnen und über ihn hinwegklettern würde. Sie zog das lose Shirt noch weiter hinunter und stellte sicher, dass Richard einen guten Ausblick auf ihren Oberkörper hatte.

»Komm schon, Süßer, komm mit, und du wirst dich besser fühlen. Komm mit Sophie.«

Richard hätte gern die Klimaanlage höher gestellt, doch dazu hätte er sich vorbeugen und ihrem Gesicht noch näher kommen müssen. Er drückte sich also stattdessen in seinen Sitz und presste seinen Kopf gegen die Kopfstütze. Da sah er zu seiner Erleichterung eine statuenhafte Gestalt, die mit großen Schritten aus dem Gebäude auf das Auto zukam.

»Verschwinde!«, rief Abayomi, ehe sie in einer Sprache leidenschaftlich zu schimpfen begann, die Richard bisher noch nicht gehört hatte. Die Wirkung zeigte sich sofort: Sophie zog sich blitzschnell vom Fenster zurück – wie eine Schlange, die in einem Erdloch verschwindet. Hastig machte sie einige Schritte rückwärts, die Augen zu kleinen vorwurfsvollen Schlitzen verengt.

Abayomi stieg ein. Ihre langen Beine ragten unter das Armaturenbrett, und das Auto erfüllte sich mit ihrem typischen Duft. Richard durchlief eine Welle herrlicher Erregung.

»Hallo«, begrüßte er sie und wandte sich ihr zu. »Ich glaube, wir sollten besser verschwinden, ehe ich noch mehr in Schwierigkeiten gerate.«

Er warf einen Blick in den Rückspiegel und beobachtete Sophies Gestalt, bis sie aus seinem Gesichtsfeld verschwand. Als er den ersten Gang einlegte, trat die junge Prostituierte gerade auf den gegenüberliegenden Gehsteig, noch immer rückwärts gehend. Da sie sich nun in sicherer Entfernung wähnte, hob sie ihr Top und entblößte ihren glatten Bauch und die festen, dunklen Brüste. Richard holte hörbar Luft und ließ beinahe den Motor absterben, als er versuchte, möglichst schnell loszufahren.

»Versuch dich zu konzentrieren«, meinte Abayomi trocken. »Du wirst uns in deinem schicken Auto noch in einen Unfall verwickeln.«

»Ich bin froh, dass du mich vor ihr gerettet hast. Sie war ziemlich … furchterregend«, erwiderte er lachend.

Doch seine Beifahrerin schien ungewöhnlich angespannt zu sein. »Sie heißt Otunla. Und sie ist siebzehn.«

Erstaunt warf Richard noch einen Blick auf den Bürgersteig. Die junge Frau, fast im gleichen Alter wie seine Tochter, war verschwunden. »Und wo ist ihre Familie?«, wollte er wissen.

»Ihre Familie? Ihre Familie ist in Lagos.« Abayomi schien die Frage zu überraschen.

»Dann ist sie hierhergekommen, um sich Arbeit zu suchen?«

»So könnte man es auch nennen«, sagte Abayomi. »Ihre Familie hat sie verkauft, als sie vierzehn war. Sie war das Einzige mit irgendeinem Wert, weshalb sie Otunla an einen wohlhabenden Geschäftsmann verkauft haben. Er hat sie an einen anderen Mann weiterverschachert, als er sich mit ihr zu langweilen begann, und dieser Mann hat sie dann hierhergebracht. Jetzt arbeitet sie für ihn.« Sie dachte einen Moment nach. »Du hast recht – sie hat etwas Furchterregendes. Verzweifelte Menschen wirken oft so. Sie haben nichts mehr zu verlieren.« Sie blickte aus dem Fenster, als sie in die Beach Road einbogen. Offensichtlich war die Unterhaltung damit für sie beendet.

Das Meer war aufgewühlt, der übrig gebliebene Zorn einer windigen Nacht. Ein chassidisches Paar mit mehreren Kindern spazierte die Strandpromenade entlang. Der schwarze Anzug des Mannes trieb Richard den Schweiß auf die Stirn. Er lehnte sich vor, um die Klimaanlage höher zu stellen.

Abayomi trug einen leuchtend grüngelben Schal, den sie sich um den Kopf geschlungen hatte. Der Stoff ließ sie jünger aussehen, und sie strahlte eine sportliche Zähigkeit aus. Es fiel Richard nicht leicht, sie nicht ständig anzusehen und stattdessen auf die Straße zu schauen. Er warf einen Blick in den Rückspiegel und bemerkte den Gecko, der noch immer an der Heckinnenscheibe klebte. Die Spielerei kam ihm auf einmal lächerlich vor, und er hoffte, dass es Abayomi nicht auffallen würde.

Als sie ihn angerufen und dazu eingeladen hatte, »das echte Afrika« in seiner Stadt zu erleben, wie sie es nannte, war er überrascht gewesen, wenngleich er sich auch gefreut hatte. Eine Kusine auf der Yoruba-Seite ihrer Familie habe vor kurzem einen Jungen zur Welt gebracht, hatte sie ihm erklärt. Im Haus ihres Onkels sollte deshalb eine Feier stattfinden. Obwohl der Anruf wie zuvor auch unangekündigt in seine Welt eingedrungen war – als sein Handy klingelte, hatte er Raine gerade zum Tanzunterricht gefahren –, hatte er ohne zu zögern zugesagt.

Jetzt fragte er sich, während sie schweigend dahinfuhren, ob die Einladung als Dank für seinen juristischen Rat gedacht war. Vielleicht diene ich ihr auch nur als Chauffeur, dachte er misstrauisch. Dennoch wurde er den Eindruck nicht los, dass auch sie etwas für ihn empfand.

Er war froh, als sie eine grüne Welle erwischten und er vorgeben konnte, sich auf das Fahren zu konzentrieren. An der Somerset Road in Green Point bog er ab und fuhr an den italienischen Feinkostläden und den portugiesischen Imbissstuben vorbei. Zwischendurch warf er Abayomi immer wieder einen neugierigen Blick zu, aber sie starrte regungslos aus dem Fenster.

Sie durchquerten gerade die Stadtmitte, als sie wieder zu sprechen begann. »Du musst eines begreifen, Richard. Ihr Schicksal ist nicht ungewöhnlich«, erklärte sie mit ernster Stimme. »Ich denke, es ist wichtig, dass du dich an diese Geschichte erinnerst.« Sie hielt inne und sah an ihm vorbei zum Kastell hinüber. An den Ecken des *Castle of Good Hope* waren Scheinwerfer befestigt und beleuchteten die Mauern. Ein *Bergie* hatte seine Kleidung im Festungsgraben gewaschen und hängte sie gerade an dem reich verzierten Eisengeländer zum Trocknen auf. Fußgänger überquerten vor Richard die Straße und lachten vergnügt, während sie hastig vorüberliefen.

»Wir kennen selten die Geschichte eines Menschen«, fuhr Abayomi fort. »Wir haben keine Ahnung, warum er genau an dem Ort gelandet ist, wo er sich gerade befindet. In Wirklichkeit haben wir nicht den leisesten Schimmer, wer er ist.«

»Ich habe aber sehr wohl das Gefühl zu wissen, wer du bist.«

Es sollte zärtlich klingen und ihre Stimmung aufhellen, aber Abayomi seufzte nur und blickte zum Hafen hinüber. Weißgraue Möwen schwebten über den riesigen Tankern, die an windig wirkenden Tauen vor Anker lagen.

»Bist du je traumatisiert worden, Richard?«, fragte sie. »Ich meine nicht einfach nur ein unangenehmes Erlebnis, sondern eine echte Tragödie.«

Richard fühlte sich zurechtgewiesen, obwohl ihr Tonfall sachlich klang. Er schüttelte den Kopf. Eine Unmenge kleiner Vorfälle kamen ihm in den Sinn, meist nicht mehr als harmlose Ärgernisse. Glimpflich verlaufene Unfälle, ein gebrochener Zeh, der Tod seiner Großmutter, ein Überfall, bei dem ihm sein Handy abgenommen worden war. Einmal war er als Student in eine Kneipenschlägerei verwickelt worden, bei der man ihm die Lippe blutig geschlagen hatte. Aber er war bisher nie einer solchen Bedrohung oder Verletzung ausgesetzt gewesen, von der Abayomi sprach. In seinem Leben und dem seiner Freunde und Verwandten gab es meist zahlreiche Chancen und Wahlmöglichkeiten.

Das Brachland des District Six huschte an ihnen vorüber. Richard gab Gas. Er warf Abayomi einen Blick zu und wartete darauf, dass sie ihm etwas von ihrer Vergangenheit enthüllen würde. Doch sie schwieg. Obwohl die Stimmung zwischen ihnen ernst war, fühlte er sich beschwingt. Am liebsten hätte er die Hand zu ihr hinübergestreckt, um den Abstand zwischen ihnen zu verringern.

Eine braune Smogwolke hing über den Vororten, als sie in die Hospital Bend einbogen. Die kühne Selbstverständlichkeit, mit der Abayomi auf dem Beifahrersitz saß, auf dem sich sonst Amanda befand, ließ die Situation für Richard beinahe unwirklich erscheinen. Ihre verbotene Anwesenheit machte ihn nervös. Ist es so, wenn man eine Affäre hat?, dachte er. Und – haben wir überhaupt eine Affäre?

Die Strecke, die sie jetzt entlangfuhren, gehörte zu seinem täglichen Heimweg. Dennoch kam sie ihm diesmal neu und ungewohnt vor, als ob er sie mit anderen Augen wahrnähme. Die Kurve der Straße hatte etwas Beschwingtes, und die Tiere, die weiter unten auf dem Hügel grasten, machten ihn froh, in Afrika zu leben. Svritsky, die bevorstehende Verhandlung, Quantal Investments – all das lag in bedeutungsloser Ferne. Konnte es so einfach sein? Konnte es so einfach sein, das Gefühl von Glück wiederzuentdecken, noch einmal ein aufregendes Leben führen zu dürfen? Die Euphorie wiederzufinden, die man für immer verloren geglaubt hatte?

Sie bogen vom Highway ab in den Vorort Mowbray und fuhren einige hundert Meter auf der Main Road, vorbei an einer Polizeistation mit Ziegelfassade. Die Straße war voller Taxis und Universitätsbusse, die allesamt drängelten, hin und her kurvten und ein zügiges Vorankommen unmöglich machten. Ein Brauereilastwagen zuckelte auf zwei Fahrspuren gleichzeitig dahin, die Plane nur notdürftig über die Flaschen mit Bier gezogen. Richard war erstaunt, dass es an einem normalen Werktag hier so geschäftig zuging. Er hatte ganz vergessen, wie lebendig das Leben auch untertags sein konnte, so viel Zeit hatte er in seinem versiegelten Büro verbracht.

Abayomi gab ihm ein Zeichen, in eine kleine Straße einzubiegen. Auf beiden Seiten parkten Autos. Junge Männer fläzten sich im Inneren oder saßen auf den Kühlerhauben. Sie starrten dem teuren Wagen neugierig nach, als er an ihnen vorüberglitt.

An einem Stoppschild, an dem Richard hielt, bemerkte er hinter sich eine Bewegung. Ein Polizeiwagen fuhr neben ihn und blieb auf Höhe des Seitenfensters stehen. Der Polizist musterte ihn und Abayomi aufmerksam, ohne die Scheibe herunterzulassen.

»Warte.« Abayomi legte die Hand auf Richards Arm. »Die schauen nur.«

Er ließ den Motor im Leerlauf und erwiderte lächelnd den Blick des Polizisten. Die Augen des Mannes wanderten langsam von Richard zu Abayomi und dann wieder zurück zu Richard. Schließlich verzog er abfällig den Mund und sagte etwas zu seinem Kollegen. Als das Auto mit quietschenden Reifen weiterfuhr, fühlte sich Richard beschämt. Mein Gott, sie glauben, dass ich eine Prostituierte im Wagen habe, dachte er. Ihm wurde erst jetzt bewusst, wie Abayomi und er zusammen in dem teuren Auto wirken mussten.

»Es ist egal, was sie denken, Richard«, sagte Abayomi, als könnte sie seine Gedanken lesen. »Vielleicht denken sie etwas Bestimmtes, vielleicht aber auch etwas ganz anderes. Letztlich ist es unwichtig, nicht wahr?«

Ohne auf eine Antwort zu warten, bedeutete sie ihm weiterzufahren. Kurz darauf gelangten sie in eine breitere Straße mit kleinen Doppelhäusern auf der einen und Bungalows auf der anderen Seite. Nach einigen hundert Metern stießen sie auf zahlreiche geparkte Autos und Leute, die gerade ausstiegen.

»Sieht nach einer ziemlich großen Feier aus«, meinte Richard und begann, sich nach einem passenden Parkplatz umzusehen.

Auf dem Bürgersteig standen Gruppen von Männern, die lose fallende Hemden bis zu den Knien oder bestickte knöchellange Kleider mit V-Ausschnitt trugen. Viele hatten zudem weiße Kappen und weiße Hosen an. Die Männer begrüßten Abayomi auf das Herzlichste, sie küssten sie auf beide Wangen oder tätschelten ihr liebevoll den Kopf. Abayomis Laune schien sich schlagartig zu verbessern. Sie strahlte die Männer an und beantwortete ihre Fragen mit langgezogenen Vokalen und weit ausladenden Gesten. Einer der Männer wies mit dem Kopf auf Richard, und sie erwiderte etwas lachend auf Yoruba. Richard stand etwas abseits und wartete mit einem unbehaglichen Gefühl darauf, dass sich die allgemeine Heiterkeit legte.

Schließlich winkte sie ihn heran. Ihr Lächeln war offen und unbeschwert. »Das ist mein Cousin Banyole«, sagte sie zu ihm. »Und das ein Freund – Richard. Er ist mitgekommen, um zu sehen, wie wir auf der schwarzen Seite der Welt so leben. Ich habe ihm ein Menschenopfer versprochen.«

Der Mann gab ein tiefes Lachen von sich. »Sei willkommen, Richard«, sagte er und schüttelte ihm fest die Hand. Dann breitete er die Arme aus und lud die beiden ein, den kleinen Vorgarten zu betreten.

Die Eingangstür des Hauses stand offen. Auf der Schwelle wartete eine alte Frau, die ihnen neugierig entgegenblickte. Ihre Haut war runzelig, wie in kleine Falten gelegt, die sich sanft aneinanderschmiegten. Doch ihre Augen strahlten in jugendlicher Freude. Als sie Abayomi erblickte, schnalzte sie fröhlich mit der Zunge. »*O! O! Okeke*«, gluckste sie, ehe sie auf Igbo loslegte. Die Worte schienen einander zu überholen, knirschend und klappernd wie ein Strom aus rollenden Glasmurmeln.

Abayomi antwortete, indem sie sich vorbeugte und ihre Arme um die Frau schlang. Die beiden hielten sich lange fest, ohne sich zu rühren, die Augen geschlossen. Zum ersten Mal seit dem Beginn ihrer Bekanntschaft glaubte Richard, eine ganz und gar unverstellte Abayomi zu erleben. Er kam sich wie ein Eindringling vor und wich einige Schritte zurück. Da öffnete die alte Frau ihre Augen, deren Lider wie kleine Klappen hochgingen. Sie sah Richard an und zwinkerte ihm verschmitzt zu. Diese Geste verblüffte ihn derart, dass er nicht wusste, ob er lachen, wegschauen oder so tun sollte, als wäre die Geste für jemand anderen bestimmt gewesen.

Die Frau löste sich von Abayomi und trat ihm mit ausgestreckten Armen, an denen Hautfalten schlaff herabhingen, entgegen. Abayomi sagte etwas auf Igbo. Richard hätte es gern verstanden, denn allein die Notwendigkeit, seine Anwesenheit zu rechtfertigen, verunsicherte ihn. Er konnte nur hoffen, dass sie ihn auch dieser Frau gegenüber als einen Freund vorstellte.

Die Alte nickte und musterte Richard ungeniert von Kopf bis Fuß, als ob sie ihn zu kaufen plante. Sie sah ihn so neugierig an, dass er fast erwartete, sie würde ihn umrunden, um ihn von allen Seiten zu betrachten. Doch stattdessen wandte sie sich wieder an Abayomi und teilte dieser ihr Urteil auf Igbo mit.

»Tante!« Abayomis gespielte Empörung rief ein schelmisches Grinsen bei der Alten hervor.

Richard lächelte, als ob ihm ein Kompliment gemacht worden wäre, und reichte der Frau die Hand. Ihre Haut fühlte sich weich und gepudert an, während ihre schmalen Finger überraschend energisch zudrückten. Er hatte angenommen, dass sie kein Englisch sprach. Doch als er Abayomi bitten wollte, zu übersetzen, wechselte sie ins Englische.

»Sei willkommen in diesem Haus. Bitte komm herein und mach es dir bequem. Und weiche mir nicht von der Seite. Ich werde dich den ganzen Tag über nicht aus den Augen lassen. Eine alte Frau wie ich kann nur noch beobachten – nicht so wie unsere junge Schönheit hier, die gern wie ein Fohlen auf dem Felde tobt.«

Abayomi warf etwas auf Igbo ein, aber die alte Frau achtete nicht auf sie, sondern tätschelte nur Richards Arm. »Lasst uns hineingehen, dann können wir anfangen.«

Richard warf Abayomi einen fragenden Blick zu. Sie nickte, und er nahm den Arm der alten Matriarchin und betrat zusammen mit ihr das Haus.

Das erste Zimmer war überraschend groß. Vermutlich diente es gewöhnlich als Wohnzimmer, doch jetzt waren außer einem Couchtisch in der Mitte alle Möbel hinausgeräumt worden. Der Raum war bereits voller Leute, die sich lebhaft in kleinen Gruppen unterhielten. Die alte Frau führte Richard durch die Menge. Sie musste niemanden beiseite drängen oder bitten, durchgelassen zu werden. Alle traten sogleich einen Schritt zurück, um ihr Platz zu machen, und sie marschierte dahin, als ob sie das Gedränge gar nicht bemerkte. Richard lächelte den Gästen zu. Viele erwiderten sein Lächeln, einige Männer begrüßten ihn höflich auf Englisch.

Er drehte sich zur Tür, um zu sehen, ob Abayomi ihm folgte. Doch sie war in der Nähe des Eingangs stehen geblieben und bereits in ein Gespräch mit einer Frau vertieft. Die Frau hielt sich die Hand vor den Mund, während Abayomi lebhaft redete und immer wieder verzweifelt den Kopf schüttelte. Richard wäre am liebsten zu ihr gegangen. Er war enttäuscht, dass sie ihre Sorgen nicht mit ihm teilte. Doch in diesem Moment zupfte ihn die Alte wieder am Arm, und er wagte nicht, sich ihr zu entziehen.

Auf der anderen Seite des Raums stellte ihn seine Begleiterin dem Vater des Neugeborenen vor. Mit seiner glatten Haut und seiner schlanken Gestalt wirkte er selbst noch wie ein Kind. Er begrüßte Richard mit einer leichten Verbeugung und umfasste dessen entgegengestreckte Hand mit beiden Händen. »Sei uns willkommen«, sagte er und verbeugte sich erneut.

Richard, den die Ehrerweisung der Leute verunsicherte, verbeugte sich ebenfalls zaghaft. Ehe er den jungen Mann jedoch in ein Gespräch verwickeln konnte, wurde er von der Alten weiter ins Haus gezogen. Sie führte ihn durch einen kurzen Flur in die Küche. Dort erfüllten fremde Gerüche die Luft, eine festliche Mischung aus würzigen Düften. Er atmete tief ein, als könnte er die verschiedenen Aromen schmecken.

Für einen Moment gelang es ihm, sich zu entspannen und den Augenblick zu genießen. In der Küche stellte ihm seine Begleiterin einen aufwändig gekleideten Mann vor. Mehrere Schichten aus einem üppig bestickten weißen Stoff waren um seinen Hals und über seinen Kopf gelegt.

»Guten Tag, Sir«, begrüßte er Richard. »Ich bin Babatunde, der Pastor. Seien Sie willkommen in diesem Haus. Bitte lassen Sie es sich gut gehen.«

Sein Gesicht war noch jung, doch seine Haltung spiegelte bereits die eines älteren, würdigen Herrn wider. Richard reagierte auf offizielle Vertreter jeglicher Religion meist misstrauisch.

Doch die herzliche Art dieses Mannes entwaffnete ihn, und sein üblicher Zynismus verschwand.

»Vielen Dank«, erwiderte Richard und versuchte, sich der würdevollen Ausstrahlung des Mannes anzupassen. »Ich … Ich fühle mich bereits sehr willkommen geheißen. Es ist mir eine große Ehre, heute hier sein zu dürfen.« Er konnte kaum glauben, diese Worte – so förmlich, so aufrichtig – aus seinem eigenen Mund zu vernehmen.

Der Pastor schien sich über die Antwort zu freuen. Er nickte bedächtig. »Wann immer Sie Hunger verspüren, sind Sie uns von Herzen willkommen.« Er trat einen Schritt zurück und zeigte auf die Speisen, die in vielen Töpfen, Körben und auf Platten hinter ihm aufgebaut waren – rote Eintöpfe, Brötchen und Berge von Reis mit Tomatenhautstückchen. »Kommen Sie. Wir wollen anfangen«, fügte er hinzu.

Richards Begleiterin nickte zustimmend und führte ihn wieder ins Wohnzimmer zurück. Er sah sich in der Menge nach Abayomi um, doch die knochigen Finger der Alten ließen sein Handgelenk keinen Moment lang los, sondern zerrten ihn entschlossen in die Mitte des Raumes. Dort war der Couchtisch inzwischen von einem weißen Tuch bedeckt, unter dem sich mehrere Formen abzeichneten. Offenbar hatte man unter dem Stoff etwas verborgen.

Er entdeckte Abayomi. Sie lehnte an einer Wand und wirkte gedankenverloren. Es blieb Richard nichts anderes übrig, als sich in sein Schicksal zu ergeben und sich in die Nähe des Tisches zu stellen, wie das die Alte wollte, die sich an seine Seite drückte.

Der Pastor begann zu singen, zuerst leise und dann immer lauter, als die Menge seinen Gesang erwiderte. Das Lied kam Richard bekannt vor. Es handelte sich wohl um ein Kirchenlied, das auch in Igbo übersetzt worden war. Vage erinnerte er sich an die Melodie aus seinen Kindertagen, wenn er die Christmette besucht, in der stillen Hitze ungeduldig die Absätze gegen die Kirchenbank geschlagen und darauf gewartet hatte, endlich wieder nach Hause zu dürfen, um mit seinen Geschenken zu spielen.

Die Stimmen der Festgäste hoben und senkten sich gleichzeitig, als hätten sie dieses Lied schon oft gemeinsam gesungen. Obwohl nicht alle den richtigen Ton trafen, klang es doch harmonisch und besänftigend. Als das Lied unvermittelt zu Ende war, nickte der Pastor dem jungen Vater zu. Gemeinsam hoben die beiden Männer das weiße Tuch und enthüllten den Tisch darunter, auf dem sich Keramikschalen und Teller stapelten. Die Menge gab ein bewunderndes Murmeln von sich, während die beiden die Tischdecke zusammenfalteten.

Dann stellte sich der Pastor an das obere Tischende und erklärte auf Englisch: »Das sind die zeremoniellen Speisen.« Seine Stimme hallte sanft im Raum wider. Richard befürchtete, dass sich der Pastor verpflichtet sah, ihm die Zeremonie zu erklären, auch wenn er ihn dabei nicht direkt anblickte. »Es gibt Speisen, die für uns eine große Bedeutung haben«, fuhr er fort. »Sie sind wichtig für die Familie, und sie werden für das Kind wichtig sein.«

Die Leute, die neben der Tür standen, traten beiseite. Alle im Zimmer begannen zu flüstern, als eine junge Frau mit einem kleinen, in eine Decke gehüllten Bündel in den Armen hereinkam. Ihre Gesichtszüge waren so zart wie ein junges Blatt, in ihrer zierlichen Schönheit perfekt geformt. Ihre Haut schimmerte, als ob sich die Sonne darin spiegelte, und sie bewegte sich wie eine feingliedrige Feengestalt. Richard war sich bewusst, dass er sie anstarrte, doch er vermochte seinen Blick nicht abzuwenden. Sie sah auf das kleine Gesicht ihres schlafenden Sohnes – eine Madonna in ihrer Schlichtheit. Sie ging barfuß ein paar Schritte und blieb vor Richard stehen. Er hielt den Atem an, als ob er befürchtete, ihr sonst etwas zu rauben.

Sie lächelte schüchtern, und er merkte, wie er rot wurde. »Sei uns willkommen«, erklärte sie. Noch ehe er antworten konnte, drehte sie sich um und trat mit bedächtigem Schritt zu ihrem Mann. Der junge Vater beugte sich vor und gab ihr einen Kuss auf die Stirn. Dann legte er seine Hand auf den Kopf des Neugeborenen und schob die Decke zurück, so dass alle das Gesicht des Kindes sehen konnten.

Richard fragte sich, ob er Amanda jemals so bewundernd angeblickt oder Raine mit einer solch zärtlichen Hingebung berührt hatte. Er merkte, wie ihm die Tränen kamen, und blinzelte. Als er aufblickte, sah er, dass ihn Abayomi mit einem leichten Stirnrunzeln betrachtete. Zum ersten Mal in ihrer Bekanntschaft verspürte er etwas wie ein Schuldgefühl.

Der Pastor trat zu dem jungen Paar, nahm das Kind in seine Arme und schlug die Decke beiseite, so dass ein Arm und eine Hand des Jungen entblößt wurden. Langsam begann er um den Tisch zu schreiten, wobei er sich nach vorn beugte, während er sprach.

»Hier ist Wasser, der Beginn allen Lebens.« Er tauchte die kleine, zerknitterte Hand des Kindes in das Wasser. Der Junge rührte sich nicht, und der Mann schritt weiter.

»Und hier ist Palmöl, gut und schlecht, damit unser Kind den Unterschied zwischen Gut und Böse erkennen lerne.« Er steckte eine Fingerspitze in das Öl und bestrich damit die Lippen des Jungen. Dessen Zunge spitzte heraus und fing an, das Öl wegzulecken, wobei die kleinen Gesichtsmuskeln zuckten. Der junge Vater legte den Arm um seine Frau. Sie lehnte sich an ihn und betrachtete ihr gemeinsames Kind.

»Kolanüsse, um zu heilen und um krank zu machen. Möge unser Kind den Unterschied begreifen.« Der Pastor drückte dem Jungen einige zerdrückte Nüsse in die Hand. Instinktiv schlossen sich die Finger und hielten die Kerne einen Moment lang fest, bevor sie herausrutschten und zu Boden prasselten.

»Honig, damit unser Kind zu seiner Umwelt, seiner Familie und seinen geliebten Eltern immer so süß wie Honig sein möge.« Dem Kleinen wurde Honig auf die Lippen gestrichen. Diesmal zuckte er zusammen. Seine Augen öffneten sich einen Moment lang, um sich dann wieder zu schließen.

»Wein, um allen Menschen Glück und Freude zu bringen, achtsam und in Maßen getrunken.« Der Säugling schob seine Zunge heraus und spuckte den Wein aus, der in kleinen Rinnsalen sein Kinn hinablief.

»Geld. Auf dass du es in deinem Leben stets weise verwendest. Möge es niemals Besitz von dir ergreifen und dich an deiner Liebe für die deinen oder für Gott hindern, sondern nur Gutes für dich tun. Mögest du niemals sein Sklave werden.« Die Münze war größer als die Kolanüsse, und die Finger des Kindes umklammerten die runde Scheibe.

»Hier sind Stift und Papier. Mögest du lernen und dein Wissen zum Wohle der anderen einsetzen.« Nun hob der Mann ein kleines Büchlein mit hellroten Seiten hoch. Die Münze fiel auf den Boden und rollte zwischen den Füßen der Gäste davon.

»Und zum Schluss noch die Bibel. Mögest du lernen, dieses Buch der Bücher zu lesen, und begreifen, wie sein Inhalt im Leben zu nutzen ist. Mögest du dieses Buch verwenden, um den deinen zu helfen, und niemals, um ihnen zu schaden. Gottes Wille geschehe.« Der Pastor legte die kleine Bibel neben das Kind und wickelte dieses wieder in seine Decke ein, wodurch auch das Buch bedeckt wurde.

»Deine Eltern geben dir die Namen Orobola Adamu. Deine Großmutter in deiner Heimat schickt dir den Namen Oluwa. Mögest du diese Namen mit Stolz tragen. Mögest du mit Reichtum und Frömmigkeit gesegnet sein, so wahr dir deine Namen zur Ehre gereichen.«

Daraufhin übergab der Pastor den Säugling wieder der wartenden Mutter. Sie nahm das Bündel zärtlich in Empfang und wandte sich zu ihrem Mann, damit auch dieser das Kind sehen konnte. Jetzt wurden unter den Gästen lange schmale Kerzen weitergereicht. Einige der Gäste zückten Feuerzeuge und Streichhölzer, und das Zimmer erstrahlte. Richard hielt seine Kerze vor sich hin. Die Zeremonie hatte ihn unerwartet tief berührt, und er war Abayomi dankbar, dass sie ihn dazu eingeladen hatte.

»Jetzt werden wir das Zimmer unseres Kindes segnen.« Der Pastor führte die kleine Prozession an, die daraufhin den Flur hinunter in ein winziges Zimmer ging, das die Gäste in kleinen Gruppen nacheinander betraten und wo es nach frischer Farbe roch. Auf der Fensterbank standen Blumen. Mehrere Plastikmobiles tanzten vor dem offenen Fenster, und an der Wand über der Wiege waren einige religiöse Figürchen befestigt. Der Pastor blieb im Zimmer und sprach laut seinen Segen, während die Gäste kamen und gingen.

Richard folgte den anderen. Er war froh, von der Menge mitgetragen zu werden. Neugierig beobachtete er, wie jeder der Gäste an die Wiege trat und dabei etwas murmelte.

»Wie lauten die Worte?«, fragte er den Pastor, als er an der Reihe war.

»Sie müssen Ihren eigenen Segen sprechen«, erwiderte der Mann. »Ein persönlicher Segen von Ihnen.«

Richard dachte einen Moment lang nach. »Mögest du mit mehr Klugheit und Neugier gesegnet sein als ich«, sagte er dann. Das Pastor klopfte ihm sanft auf den Rücken, und er verließ das Zimmer.

Erst nachdem der letzte Gast seinen Segen gesprochen hatte, kam auch der Pastor wieder ins Wohnzimmer zurück. Die Menge wartete schweigend auf seine Rückkehr und hielt währenddessen die brennenden Kerzen hoch, deren Flammen durch die Luftbewegung leise zischten und flackerten.

»*Olomo lo laiye …*«, begann er melodisch und ohne Hast zu singen. Die junge Mutter lächelte und wiegte das Bündel im Rhythmus des Liedes hin und her. Als der Pastor zu Ende gesungen hatte, trat er erneut zu dem schlafenden Kind und legte ihm seine Hand auf die Stirn. »*Edumare jomo tuntun o dagba.*« Die Anwesenden gaben murmelnd ihre Zustimmung.

Wie auf ein Zeichen kam plötzlich Bewegung in die Menge. Einige verschwanden in der Küche, andere schlenderten in den Garten hinaus, um dort eine Zigarette zu rauchen und sich zu unterhalten. Schon bald war das Wohnzimmer halb leer. Abayomi kam auf Richard zu.

»Ist es jetzt vorbei?«, fragte er.

»Nein, das war erst der Anfang. Jetzt folgt das Fest. Und das endet morgen früh. Aber keine Sorge«, fügte sie hinzu, als sie seine schockierte Miene bemerkte. »Ich werde dich nicht die ganze Nacht über festhalten.«

In der Bemerkung lag eine Zweideutigkeit, die noch nachklang, als sich Abayomi bereits wieder einer anderen Frau zuwandte und sie umarmte. Richard betrachtete bewundernd Abayomis Taille und die sanft geschwungene Linie aus dunkler Haut, die sich über ihrer Jeans zeigte – bis er den Pastor neben sich bemerkte. Hastig blickte er weg, auch wenn es ihm vorkam, als hätte ihm dieser in seiner Bewunderung einen Moment lang Gesellschaft geleistet.

»Wie ich sehe, hat Sie die große Mama inzwischen losgelassen«, meinte der Pastor. »Jetzt ist Ihre Chance gekommen zu fliehen, nicht wahr?« Er lachte leise, gab sich dann aber hastig Mühe, ein ernstes Gesicht zu machen. Richard spürte, wie sich erneut dürre Finger um sein Handgelenk legten. »Zu früh gefreut«, murmelte der Pastor und verschwand zwischen den Gästen.

»Komm mit mir, mein Junge«, forderte die alte Matriarchin Richard auf. »Du musst essen. Du brauchst viel Kraft.«

Sie zog an ihm wie ein Kind, das seinen älteren Bruder an der Hand nimmt. Richard folgte ihr widerstrebend. Es gefiel ihm nicht, schon wieder von Abayomi getrennt zu werden. Er wurde aus dem Haus und seitlich daran entlanggeführt. Der Hintergarten war sandig und ungepflegt, aber die fröhliche Menge der Gäste verlieh ihm dennoch einen festlichen Charakter. Man hatte mehrere Tapeziertische aufgebaut und mit weißen Tüchern bedeckt. Töpfe mit Essen wurden herausgetragen und neben Schalen voller Früchte gestellt.

Die junge Mutter trat erneut zu Richard. Das Kind befand sich inzwischen nicht mehr in ihren Armen. Aber sie hielt einen Teller mit Essen in der Hand, den sie ihm mit gesenktem Kopf reichte.

»Das war eine wunderbare Zeremonie«, stammelte Richard. Sie blickte mit einem Strahlen in den Augen zu ihm hoch und bot ihm dann noch einmal den Papierteller an, auf dem löffelweise farbenfrohes Essen lag. Das Ganze sah eher nach einer köstlichen Darbietung aus als nach etwas Essbarem. Richard dachte an die sterilen Rituale, die Amandas Dinnereinladungen prägten. Hier in diesem Haus schienen die Speisen eher mit dem Herzen als mit der bloßen Absicht gekocht worden zu sein, beeindrucken zu wollen. Er dankte der jungen Frau und nahm den Teller entgegen. Für einen Moment, als er seine Hand unter die schwer beladene Pappe legte, berührten sich ihre Finger.

»Sehr gern«, erwiderte sie und neigte den Kopf. Dann sah sie wieder zu ihm auf und schenkte ihm ein kurzes Lächeln voller Liebreiz. Richard verspürte dasselbe vage Schuldbewusstsein, wie wenn er sich dabei erwischte, wie er die Freundinnen seiner Tochter beobachtete, wenn sie gemeinsam am Pool lagen. Es war unverzeihlich, aber auch unvermeidbar.

Die alte Frau schnalzte scharf, und die junge Mutter eilte hastig ihrer Wege.

»Das ist *Kokoro*«, erklärte seine Begleiterin, »gemacht aus Maismehl und Zucker, in Öl frittiert.« Sie zeigte auf einen goldbraunen Kloß und berührte ihn fast mit ihrem gekrümmten Finger. Richard senkte unwillkürlich den Teller, doch sie folgte der Bewegung und wies auf ein Fleischspießchen. »Das ist *Suya* mit gemahlenem *Kulikuli.* Magst du Bohnen? Wir nennen sie *Ewa*. Das da.« Sie wanderte mit den Fingern zu einem Häufchen rötlicher Bohnen und schnappte sich eine davon, um sie zu probieren. Dann steckte sie den Finger in den Mund und lutschte daran. »Die hat meine jüngste Tochter gekocht. In der Küche ist sie großartig. Aber nicht so toll im Bett. Kein Mann, keine Kinder.« Sie grinste ihn mit ihren dunkel verfärbten Zähnen an und bohrte ihm spielerisch den Finger zwischen die Rippen.

»Komm schon, iss. Und sag mir, wie es dir schmeckt.«

Richard gehorchte und schob die Plastikgabel in die Bohnen. Seine Nase nahm die Schärfe des Pfeffers wahr, als er das Essen in den Mund steckte. Der Geschmack kam ihm seltsam vertraut vor, fast wie eine erdverbundenere Variante eines mexikanischen Gerichts. Die alte Frau nickte ermutigend. Der Kloß war schwer, und das Öl schmeckte würzig. Das Innere stellte sich als süßer heraus, als er erwartet hatte – ein perfekter Kontrast. Als Letztes kostete er von den kleinen Ananasringen, die mit Limettensaft besprenkelt waren. Als er aufgegessen und nur noch den leeren Teller mit Öl- und Gewürzflecken in der Hand hatte, nickte die Alte zufrieden und ließ ihn endlich allein.

»Er ist ein guter Esser«, sagte sie im Vorübergehen zu Abayomi, die zu ihm trat. Im Haus begann Musik zu spielen. Ein tiefer Bassbeat dröhnte aus den offen stehenden Fenstern. Man konnte überall Stimmengewirr und lautes Gelächter hören. Die Party hatte angefangen, und der Lärmpegel nahm rasch zu. Richard sah Abayomi mit hochgezogenen Augenbrauen an.

»Das hältst du für laut?«, fragte sie lächelnd. »Dann solltest du mal nach Lagos auf den Markt fahren. Dort haben wir ein Motto: *Gba wèrè, ng ògba wèrè, lojà fi nhó.* Das ist unsere Art des Handels. Der Käufer erklärt dem Verkäufer: Akzeptiere das – sei töricht und nimm mein Angebot an. Und der Verkäufer antwortet: Nein, akzeptiere du das, sei dumm und nimm *meinen* Preis an. Deshalb ist es auf dem Markt ständig unglaublich laut, alle rufen durcheinander, beleidigen sich gegenseitig oder lachen. Und manchmal kommt es auch zu richtigen handfesten Auseinandersetzungen. Es ist jedenfalls ohrenbetäubend laut.«

»Ist das ein Markt für Touristen, wie wir das hier kennen? Oder geht man bei euch wirklich auf den Markt, um täglich frische Waren zu kaufen?«

»In Lagos gibt es keine Touristen«, erwiderte sie kopfschüttelnd. »Dort auf dem Markt wird alles angeboten, was man so braucht. Wir haben keine Einkaufsmöglichkeiten wie hier, wo alles sauber und ordentlich und teuer ist. Dort ist es sehr preiswert, aber man sollte trotzdem nicht alles kaufen. Verstehst du?«

Sie standen zusammen im Garten und sahen zu, wie die anderen Gäste ihre Teller füllten. Jemand brachte Bier und Whisky heraus, und die Geschwindigkeit der Musik nahm zu.

Richard fühlte sich trotz der fremden Umgebung seltsam entspannt. Abayomi reichte ihm ein Glas mit Whisky und einem Stück Eis. Sie wickelte das Tuch ab, das sie sich um den Kopf gebunden hatte, um es neu zu legen. Gebannt sah er zu, wie ihr die vielen Zöpfchen auf die Schultern fielen. Auf einmal verspürte er das dringende Bedürfnis, sie zu berühren.

»Weißt du, was mir heute klar geworden ist?«, meinte er. Der Alkohol strömte warm durch seinen Körper. »Ich habe zum ersten Mal etwas verstanden. Keine Ahnung, warum mir das erst jetzt klar geworden ist. Jedenfalls habe ich begriffen, was mir am meisten fehlt: die Neugier. Das ist mein größtes Manko, meine größte Schwäche. Als ich erwachsen wurde, ist mir die Neugier abhanden gekommen. Es ist nur Misstrauen zurückgeblieben. Und Angst. Ich bin nicht mehr neugierig genug, um die Menschen und Dinge um mich herum verstehen zu wollen. Dich kennengelernt zu haben, hat mir vieles gezeigt«, fuhr er fort und fasste nach ihrer Hand. »Und vor allem, glaube ich, hast du mir das alles gezeigt.«

Abayomi trat einen Schritt zurück und sah sich nach den anderen Gästen um. Es schien ihr unangenehm zu sein, dass er ihr seine Zuneigung zeigte. Hastig ließ er ihre Hand los.

»In meinem Land«, meinte sie nach einer Weile, »gibt es eine alte Weisheit: Die Sterne sind immer da; auch am Tag leuchten sie hell. Doch man muss erst die Helligkeit der Sonne verbannen, um sich ihrer Schönheit bewusst zu werden.« Damit trat sie an den Tisch und schenkte ihnen beiden großzügig Whisky nach.

Er sah ihr zu, während er über ihre Antwort nachdachte. Auf einmal begriff er. Endlich, dachte er. Er hatte ein Leben voller Gleichgültigkeit geführt. Vor seinem inneren Auge sah er sein Dasein als Erwachsener als große Leere vor sich, gelähmt von einer riesigen Angst vor echter Vertrautheit und Intimität. Eine heftige Reue, ja sogar Wut überkam ihn, als er an die vergeudete Zeit und die verloren gegangenen Möglichkeiten dachte. Gleichzeitig hatte er das Gefühl, endlich eine Einsicht zu haben, die den Lärm und die ständige Ablenkung um ihn herum zu durchdringen vermochte. Es war eine Einsicht, die ihm einen Weg nach vorn weisen und sein bisheriges Leben ändern konnte. Es kam ihm so vor, als würde er noch einmal ins Erwachsenendasein eintreten, diesmal jedoch mit einer neuen Erkenntnis – als ritte er auf dem Kamm einer Welle, kurz bevor sie brach.

Er nahm das Glas und schüttete den ganzen Whisky auf einmal hinunter. Als er es Abayomi zurückgab, lächelte er sie jungenhaft an. »Dein Freund sollte inzwischen auf Kaution frei sein«, bemerkte er und warf einen Blick auf seine Armbanduhr.

Abayomi erstarrte und richtete den Blick dann auf einige Kinder, die mit Stoffen spielten, indem sie diese wie Flaggen über ihre Köpfe hielten und damit wedelten. »Es ist schiefgelaufen«, erklärte sie und nippte an ihrem Whisky. »Ich konnte nicht da sein, aber ein Freund hat die Kaution hinterlegt. Trotzdem hat man ihn nicht freigelassen. Ich verstehe das nicht. Ich weiß nicht, was passiert ist.«

Richard sah sie stirnrunzelnd an. »Das kann nicht sein. Man kann nicht einfach die Kaution nehmen und den Angeklagten dann nicht freilassen. Wer hat das Geld genommen? Hast du einen Beleg dafür?«

Abayomi antwortete nicht.

»Abayomi«, drängte er sie. »So läuft das nicht. Da stimmt irgendwas nicht.«

»Das habe ich mir auch gedacht«, erwiderte sie so leise, als spräche sie mit sich selbst.

Eine Weile standen sie schweigend da, während die Musik in den kleinen Garten hinausdrang. Dann trank Abayomi noch einen Schluck Whisky, wobei sie das Gesicht verzog. Fast kam es Richard so vor, als ob sie sich innerlich zu wappnen schien. Schließlich legte sie ihm eine Hand auf die Schulter und berührte mit ihrem Mund fast sein Ohr, damit sie ihm etwas zuflüstern konnte.

»Ich muss dich um einen Gefallen bitten.« Ihr Atem roch nach gewürztem Kaffee. Ihre Nähe war erregend. »Ich habe den Schlüssel zum Studio dabei. Ich gebe dir eine Massage, und dann können wir reden.«

15

Ifasen hatte erwartet, dass die Zelle leer sein würde. Es war ein schmaler Raum mit zwei einander gegenüberstehenden Holzpritschen. Drei Männer saßen dort, redeten leise miteinander und rauchten, zwei auf der einen und einer auf der anderen Seite. Als Ifasen unter der Tür auftauchte, blickten sie auf und wurden still. Der Gefängniswärter stieß ihn unsanft hinein.

»Hallo«, sagte Ifasen freundlich.

Das Metallgitter fiel hinter ihm ins Schloss. Die Häftlinge schwiegen. Einer sog lautstark an seiner Zigarette, um dann den dichten Rauch in Ifasens Richtung zu blasen. Ifasen setzte sich an den Rand einer der Pritschen in der Nähe der Tür, die Augen auf den Boden gerichtet. Er spürte die Bewegung des Mannes, der neben ihm saß. Keiner sprach ein Wort. Der Rauch hüllte sie ein, ehe er langsam in Richtung eines schmalen Spalts zwischen der Scheibe und dem Fensterrahmen wehte, wo er von der Luft nach draußen gezogen wurde.

Die Männer hatten kurz geschorenes Haar. Einer von ihnen war fast kahl. Sein Hinterkopf wirkte deformiert, und eine dicke Hautfalte ragte wie eine Leiste hervor. Der Mann, der von Ifasen am weitesten entfernt saß, wirkte noch am weichsten. Er strahlte beinahe etwas Trauriges aus, wie er so vornübergebeugt und mit hervorquellendem Bauch da hockte. Ifasen wagte nicht, die

Männer genauer zu mustern, da er befürchtete, sein Interesse könnte eine ungewollte Reaktion hervorrufen.

Auf dem Weg hierher hatte er versucht zu begreifen, was im Gericht vorgefallen war. Er war sich sicher, dass es sich um einen Irrtum handeln musste. Aus irgendeinem Grund hatte Abayomi seine Verhandlung versäumt, und er war so schnell wieder aus dem Gerichtssaal nach unten gebracht worden, dass er niemanden auf sein Problem hatte aufmerksam machen können. Niemand interessierte sich für sein Flehen. Man hatte ihn allein gelassen, verloren in einer monströsen Maschinerie, die ihn verarbeiten und erst wieder ausspucken würde, wenn sie fertig mit ihm war.

Er hatte versucht, sich über diese Ungerechtigkeit aufzuregen. Aber das Grauen, das ihn bei dem Gedanken erfasst hatte, nach Pollsmoor zurückgebracht zu werden, hatte alles andere verdrängt. Eine weitere Woche im Gefängnis würde er nicht überstehen. Während der Fahrt vom Gericht zur Haftanstalt hatten seine Hände unkontrolliert zu zittern begonnen, und als er schließlich eingetroffen war, bebte er am ganzen Körper und war schweißüberströmt. Verzweifelt hatte er den Wärter am Arm gepackt und ihn angefleht, ihn in eine Einzelzelle zu stecken. Der Mann, ein schwerer Kerl mit hellrotem Haar und Sommersprossen, schien von der Bitte überrascht, ja sogar belustigt zu sein. Aber er sprach mit einem Vorgesetzten, und nach einigem Hin und Her hatte man Ifasen von den anderen wartenden Häftlingen getrennt und einen Gang entlang zu den Einzelzellen geführt.

Erst jetzt begriff er, dass eine Einzelzelle nicht Einzelhaft bedeutete, sondern nur einen kleineren Raum, den man sich aber noch immer mit anderen teilen musste. Ifasen überlegte, ob er an die Tür schlagen und bitten sollte, noch einmal verlegt zu werden. Aber er wusste, dass das sinnlos wäre.

Hier gab es keine Matratzen auf dem Boden und auch nicht genügend Platz für alle, sich gleichzeitig hinzulegen. Vielleicht ist das nur eine Zwischenstation, dachte er und versuchte, das Zittern seiner Hände zu unterdrücken.

Eine Weile saßen die Männer schweigend da und warteten darauf, dass etwas passieren würde. Die Bank wackelte, als sich der Mann neben Ifasen erneut bewegte. Wie auf Kommando legten die drei ihre glühenden Zigarettenstummel auf den Zementboden und traten sie mit den Absätzen aus. Ifasens Augen wanderten kurz zu der verschmierten Asche hinüber und kehrten dann zu seinen eigenen Füßen zurück. Einer der Männer flüsterte den anderen etwas zu, was Ifasen aber nicht verstand. Die Schuhe kratzten auf dem harten Boden, als sich die drei erhoben. Einer von ihnen packte Ifasen plötzlich am Arm und hielt ihn fest.

»Wir können das jetzt auf die leichte Tour hinter uns bringen … oder auf die harte«, flüsterte ihm der Glatzköpfige ins Ohr. Sein Atem stank nach altem Rauch. »Du hast die Wahl.«

Seine Stimme klang fast sanft, so dass Ifasen nicht sofort verstand, was er meinte. Er blickte auf und sah die grimmige Entschlossenheit in der Miene des Mannes. Da begriff er. Als er aufzustehen versuchte, traten die beiden anderen vor. Einer von ihnen packte ihn an seinem freien Arm, während ihn der andere am Hals fasste und zu würgen begann. Der Kahlköpfige verpasste ihm einen Schlag mit geballter Faust, wobei seine harten Fingerknöchel Ifasens Nase und Wange mit einer solchen Wucht trafen, dass der Knorpel am Ende der Nase seitlich eingedrückt wurde und die Äderchen platzten.

Zuerst verspürte er keinerlei Schmerzen, sondern war nur von der Kraft überrascht, mit der ihn der Mann getroffen hatte. Doch dann erfüllte ihn ein rasender Schmerz wie gleißendes Licht. Blut tropfte aus seiner Nase auf den Betonboden. Er begann zu würgen.

»Wie ich schon sagte, *Meneer*: Wir können das auf die leichte Tour hinter uns bringen oder auf die schmerzhafte. Das liegt ganz bei dir, *Meneer*. Ganz bei dir.« Die Stimme verwirrte Ifasen noch immer. Sie klang beinahe väterlich, wobei die freundliche Art des Sprechens die Brutalität Lügen strafte, mit welcher der Mann den Schlag ausgeführt hatte.

Ifasen wusste, dass es sinnlos war, sich zu wehren. Vermutlich würde sein Widerstand nur noch zu weiterem Leid führen. Er hatte keine Ahnung, warum, aber es schien ihm trotzdem wesentlich zu sein, dass er kämpfte. Die Vorstellung, einfach klein beizugeben, erfüllte ihn mit noch größerem Entsetzen als das, was ihm bevorstand. Obwohl ihm seine Vernunft riet, es nicht zu tun, begann er, um sich zu treten. Er traf den Mann, der ihn am Hals festhielt, am Schienbein, so dass dieser aufschrie und ihn einen Moment lang losließ. Ifasen versuchte sich auch von den anderen beiden zu befreien, doch der Kahlköpfige knurrte nur mürrisch und hielt seinen Arm noch fester.

Der Kerl, den er am Schienbein getroffen hatte, stieß nun Ifasens Kopf nach hinten und entblößte so seine Brust. Dann zog er schnell und hart das Knie hoch. Da seine beiden Arme nach hinten gedrückt waren, hatte Ifasen keine Möglichkeit, dem Stoß auszuweichen. Das Knie knallte mit voller Wucht gegen seinen Brustkorb. Seine Brustmuskeln zogen sich zusammen und wurden steinhart. Er versuchte Luft zu holen, aber das war genauso schwer, als ob er ein Holzfass hätte aufpumpen wollen. Um seine Lungen zu füllen, riss er, so weit er konnte, den Mund auf. Blut und Speichel tropften ihm in langen Schlieren von den Lippen.

Die Männer stießen seinen Körper nach vorn, so dass sein Gesicht gegen die gegenüberliegende Wand gepresst wurde. Als seine Brust gegen das raue Holz der Bank knallte, füllten sich seine Augen mit Tränen. Für einen Moment war alles still und regungslos, als wäre er bewusstlos geworden. Er konnte nur noch das Rauschen des Blutes in seinen Ohren hören. Doch dann spürte er, wie mehrere Hände mit einem Ruck seine Hose bis zu seinen Knien herunterzogen. Auch seine Unterhose wurde von ihm gerissen.

»Nein, bitte, nein«, versuchte er zu flehen. Doch er vermochte nur noch zu stammeln. Verzweifelt presste er das Gesäß zusammen. Doch kräftige Hände packten seine Backen und zogen sie auseinander, so dass sein Anus schmerzhaft aufgerissen wurde. Etwas Warmes und Feuchtes rann über seinen Spalt, und er begriff, dass die Männer nacheinander auf ihn spuckten. Dann folgte etwas anderes, etwas Hartes und Warmes, das zuerst gegen seine Haut stupste und danach, trocken an den Innenwänden seines Rektums scheuernd, in ihn stieß.

Der Übergriff war unbeschreiblich. Ifasen drückte seinen Rücken durch – aus Seelenqual, aber auch aus körperlichem Schmerz. Als der Mann begann, sich wieder zurückzuziehen, nahmen die Schmerzen sogar noch zu, bis er wieder in ihn rammte und dabei die zarte Haut erneut verletzte. Es fing zu bluten an. Ifasen wand sich und versuchte noch einmal, sich zu befreien, doch die drei hielten ihn gnadenlos fest. Der Arm des Vergewaltigers hatte ihn in den Schwitzkasten genommen, während er immer härter und gnadenloser in ihn fuhr. Mit jedem Stoß wurde es blutiger und schmieriger. Dann ließ er für einen Moment lang los, um schließlich ein letztes Mal hineinzufahren. Er drang mit seiner Erektion tief in Ifasens geschundenen Körper und stöhnte dabei laut.

Schließlich lehnte er sein volles Gewicht auf die zitternden Gesäßbacken, während er sich mit den Armen auf der Bank abstützte. Ifasen versuchte sich auf die grünlichblauen Tätowierungen auf dem Arm des Mannes zu konzentrieren, und fühlte für einen Moment gar nichts mehr. Mit den Augen folgte er den schlängelnden Linien auf dem Unterarm und blinzelte beim Anblick der Härchen, die aus der Farbe herauswuchsen. Verändert sich bei Tätowierungen nach einer Weile auch die Haarfarbe?, dachte er. Es schien irgendwie logisch zu sein, dass mit der Veränderung der Hautfarbe auch die Behaarung ihre Farbe wechseln würde. Ob es darüber wissenschaftliche Abhandlungen gab? Er stellte sich den Mann vor und wie sich dieser zurücklehnte, während ein Mithäftling die winzigen Löcher in seine Haut stach und kleine Mengen giftiger Farbe in das darunter befindliche Fleisch jagte.

Dann verschwand der Arm mit den Tätowierungen aus seinem Blickfeld, und Ifasen spürte, wie auch das Gewicht von ihm genommen wurde, das auf ihn gedrückt hatte. Ein kühlerer, anderer Körper presste sich jetzt auf ihn, und ein Gestank nach Schweiß und ungewaschener Haut hüllte ihn ein. Angewidert runzelte er die Nase, blieb aber regungslos liegen. Die Arme dieses Mannes wiesen kaum Härchen auf, dafür wucherten auf seinen Knöcheln und Fingern zahlreiche Warzen. Er drang mühelos in Ifasen ein, indem er in den glitschigen Schleim fuhr, den der andere hinterlassen hatte. Während er vor und zurück schaukelte, murmelte er irgendwelche Obszönitäten.

Ifasens Bewusstsein kapselte sich immer stärker in einer grauen Leere ab. Er sah die Holzplanken der Bank vor sich, die schmutzige Wand der Zelle, die Armmuskeln des Mannes, die sich zusammenzogen und wieder entspannten. Doch nichts hinterließ einen Eindruck in ihm. Es fühlte sich an, als wäre sein Kopf mit warmem Spülwasser gefüllt, das wellenförmig von einer Seite zur anderen schwappte. Das trübe Wasser hinderte ihn daran, einen klaren Gedanken zu fassen, und stumpfte zudem seine Wahrnehmung ab.

Nach einer kurzen Weile spannte sich der Mann an und hielt inne. Die Venen in seinem Arm pochten. Dann legte auch er sich auf Ifasens Rücken. Ifasen spürte die knochige Brust, die auf seine Schulterblätter drückte. Der Kerl keuchte in sein Ohr, während etwas an Ifasens Bein hinabtropfte. Dann fuhr ihm der Mann mit der Hand über das Haar und zerzauste es ein wenig. Diese Geste der Zuneigung war ekelerregend. Ifasen wurde aus seinem tranceartigen Zustand gerissen und versuchte, die Hand wegzuschlagen. Doch seine Arme waren zu schwer. Seine Muskeln weigerten sich, seinem Befehl Folge zu leisten, und hingen wie tote Tiere an ihm herab. Entmutigt stöhnte er auf, schaffte es aber nicht, seinen Körper von der Stelle zu rühren.

Der zweite Mann murmelte etwas Abfälliges und stand dann auf. Ein unangenehmer Gestank erfüllte den Raum, der Ifasen beschämte. Trotzdem blieb er noch immer regungslos liegen. Er versuchte, die Geste des Mannes aus seinem Gedächtnis zu streichen, und konzentrierte sich stattdessen auf die kleinen Einkerbungen im Holz vor ihm. Jemand hatte begonnen, einen Namen in die Bank einzuritzen, und dabei offensichtlich einen Kugelschreiber benutzt. Der Name hörte nach drei Buchstaben auf. Dann musste man den Insassen abgeholt haben. Entweder war er entlassen oder in eine Gemeinschaftszelle verlegt worden. Ifasen stellte sich die verschiedenen Häftlinge vor, die bereits durch diesen kleinen Raum geschleust worden waren. Hatten alle dasselbe durchgemacht? Gehört das dazu?, überlegte er. Vielleicht war diese Zelle dafür bestimmt. Vielleicht arbeiteten diese Männer hier, und das war ihr Job.

Nun stand der dritte Mann zwischen Ifasens gespreizten Beinen. Ifasen konnte seine Körperwärme und die Härchen an seinen Beinen spüren. Weiter nichts. Einer der anderen Kerle sagte mit harscher Stimme etwas auf Afrikaans. Der Mann antwortete halb lachend, wobei er irgendwie entschuldigend klang. Kann ich jetzt aufstehen?, dachte Ifasen. Doch dann spürte er, wie der Dritte gegen ihn stieß. Sein Penis war nicht ganz steif, als er über seinen Anus glitt und nach oben zu den Lenden wanderte. Der Kerl murmelte etwas vor sich hin und zog dann Ifasens Gesäßbacken weiter auseinander. Ein stechender Schmerz ließ ihn diese zusammenpressen.

»*Nee fok, jou fokken fairie!*« Die Stimme des Kahlköpfigen hallte gellend in der Zelle wider. Diesmal klang sie nicht mehr sanft.

Der Mann, der über Ifasen gebeugt war, antwortete wie ein Kind in einem flehenden Tonfall. Ziellos rieb er seinen Körper an Ifasens Beinen und Gesäß. Dann zog er sich zurück. Das kalte Tröpfeln an Ifasens Bein war stärker geworden, aber er unternahm nichts, um den Fluss einzudämmen. Er war sich nicht sicher, ob der Mann fertig war. Er schien noch immer in der Nähe zu sein, und Ifasen befürchtete, dass eine Bewegung von seiner Seite erneut die Aufmerksamkeit auf ihn lenken könnte. Wenn er jedoch völlig regungslos dalag, würden sie ihn vielleicht vergessen. Er könnte für immer so verharren, sich nie mehr bewegen, abwartend, und die Abwesenheit ihrer stoßenden Körper auf seinem Rücken spüren.

Seine nassen Gesäßbacken fühlten sich kalt an. Schlagartig kehrten die Schmerzen zurück, eine pochende Wunde, die in seinem Rücken anfing und ihn bis in die Schultern hinauf erfasste – als ob er auf einem dicken rauen Stab aufgespießt worden wäre. Die Übelkeit kehrte ebenfalls zurück, und er begann unwillkürlich zu würgen, während er gleichzeitig panische Angst davor hatte, was die Bewegungen seines Körpers erneut auslösen könnten.

»Zieh deine Scheißhose wieder an.« Der Kahlköpfige entzündete eine Zigarette und sog daran, so dass die Flamme des Streichholzes einen Moment lang im Tabak verschwand. »Wie soll ich meine Kippe genießen, wenn ich mir dabei deine verfickte *Poes* anschauen muss?«

Der zweite Mann lachte und zündete sich ebenfalls eine Zigarette an. Der dritte hingegen saß etwas abseits und kratzte an einem Fleck auf seiner Hose. Die anderen beiden würdigten Ifasen keines Blicks, sondern genossen ihre Zigaretten. Er kniete sich mühsam hin. Der Boden war verschmiert von Blutspritzern, Samenflüssigkeit und Exkrementen.

»Wir nennen so etwas einen langsamen Stich.« Der Kahlköpfige sah Ifasen noch immer nicht an, sondern starrte gedankenverloren auf das Licht, das durch das Fenster drang. »Willkommen in Südafrika, mein Freund.«

16

Richard saß draußen in seinem Garten und sah der Sonne zu, wie sich diese dem Bergrücken vor ihm näherte. Der Liegestuhl knarzte, als er sich zurücklehnte und die glatte Felswand betrachtete, die im schwächer werdenden Licht orangefarben glühte. Die Schatten in den Spalten nahmen einen violetten Ton an. Nur das ferne rote Licht, das auf dem Mobilfunkturm blinkte, erinnerte an die menschlichen Eingriffe in diese Landschaft.

Diese Zeit des langsamen Übergangs vom Tag in den Abend war Richard die liebste, obwohl er selten rechtzeitig genug zu Hause war, um sie zu genießen. Doch heute hatte er sich vorgenommen, endlich einmal den Stress der letzten Wochen abzuschütteln. Die Luft war still und warm von der Hitze des Tages. Sein Ekzem war wieder ausgebrochen und brannte in seinen Kniekehlen und den Ellbogenkuhlen. Er genoss es, ein eiskaltes Bier in der Hand zu halten. Das Kondenswasser an der Flasche tropfte über seine Finger.

Der Tag in der Kanzlei war anstrengend gewesen. Svritsky hatte ihn mehrmals belästigt. Zuerst wollte er ihn am Telefon sprechen, und dann war er auch noch ohne Termin im Büro aufgetaucht. Die Polizei drohte, den Club des Russen zu schließen, wenn er weiterhin Alkohol nach Mitternacht ausschenkte. Richard hatte ihm bereits am Telefon erklärt, dass sich auch sein Club an die Bestimmungen des Alkoholausschanks halten musste.

»Meiner Lizenz nach darf ich aber bis zwei Uhr nachts ausschenken. Das habe ich Ihnen doch schon gesagt«, gab Svritsky gereizt zurück.

»Dann kann die Polizei nichts dagegen tun, Stefan. Machen Sie sich keine Sorgen.« Richard versuchte sicher zu klingen, aber in Wahrheit kannte er sich mit Schanklizenzen nicht aus und hatte auch keine Lust, sich mit der Polizei auf eine Debatte darüber einzulassen. Leider gab sich der Russe damit nicht zufrieden, sondern tauchte einige Stunden später unangekündigt im Büro auf, um Richard eine Kopie der Lizenz vorbeizubringen.

»Schauen Sie sich das an«, rief er und warf das zerknitterte Papier auf den bereits überquellenden Schreibtisch. »Schauen Sie sich an, was diese Arschlöcher machen.«

Richard betrachtete die Lizenz. Darauf war eindeutig zu lesen, dass jegliche Art von Alkoholausschank und -verkauf ab Mitternacht verboten war.

»Ich habe eine Lizenz bis zwei Uhr beantragt ... Und jetzt sehen Sie sich an, welchen Scheiß man mir serviert hat.«

Richard versuchte zu argumentieren. Aber jegliches Bemühen seinerseits, vernünftig mit Svritsky zu reden, scheiterte. Der Russe war empört und weigerte sich zu verstehen, dass er keine Argumente in der Hand hatte. Richard gab sich die größte Mühe, ihm die Lage nahe zu bringen, in der sie sich befanden. Er ermahnte Svritsky, an die bevorstehende Gerichtsverhandlung und die Beschuldigung der Zeugeneinschüchterung zu denken. Svritsky brüllte ihn nieder und bestand darauf, dass ihm unerträgliches Unrecht widerfahre. Dann riss er die Kopie an sich und stürmte aus dem Büro. Es wäre sinnlos gewesen, ihm zu folgen und zu versuchen, ihn zu beruhigen. Richard ließ ihn laufen.

Die Schimpftiraden des Russen hatten ihn ausgelaugt und deprimiert. Sein Mandant zeigte tiefste Verachtung für jegliches Gesetz, das seine meist illegalen Geschäfte irgendwie einschränkte. Als Anwalt war es nicht Richards Aufgabe, seinen Klienten über die Bedeutung oder den Zweck dieser Einschränkungen aufzuklären, sondern einen Weg zu finden, sie zu umgehen. Er musste seine jahrelangen Erfahrungen als Jurist dafür einsetzen, genau die Institution zu untergraben, zu der er gehörte.

Das bedrückte ihn – ebenso wie die ständigen vulgären Kommentare seines Mandanten über Frauen. Obwohl Richard normalerweise nicht weiter darauf geachtet hätte, stieß er sich nun immer mehr an der Tatsache, dass es gerade Svritsky gewesen war, der den Kontakt zu Abayomi hergestellt hatte. Der Russe hatte zwar kein weiteres Wort darüber verloren, hatte nie nachgefragt, ob Richard seinen Rat befolgt hatte, aber allein die Vorstellung, dass auch er mindestens einmal Abayomis Hände auf seinem feisten Körper gespürt hatte, erfüllte Richard mit Abscheu. Ihm war bewusst, wie unpassend es gewesen wäre, eifersüchtig zu sein. Aber der Gedanke, dass es auch nur einen einzigen Moment der Intimität zwischen Abayomi und seinem Mandanten gegeben haben könnte, quälte ihn immer wieder.

Er trank einen Schluck Bier und wischte sich den Mund mit dem Ärmel seines Hemds ab. Sein Körper fühlte sich eigenartig mitgenommen an, sein Kopf pochte dumpf. Diese heftige Erschöpfung ist seltsam, dachte er. Vielleicht lag es an dem gestrigen ausgelassenen Tag mit der Namenszeremonie und dem, was dann gefolgt war.

Im Gegensatz zu den beiden letzten Malen hatte Abayomi diesmal am Rand der Massagebank gesessen und ihm dabei zugesehen, wie er sich auszog. Dabei hatte sie mit einer Vertrautheit mit ihm gesprochen, die ihn völlig ungezwungen werden ließ. Auch sie selbst schien weniger angespannt. Sie hatte ihm ihre Verbindung zu den beiden jungen Eltern des Babys erklärt, dessen Namensgebung sie gefeiert hatten, und wie sich die kulturellen Unterschiede in der Feier überschnitten und dem Ganzen eine neue Dimension verliehen hatten.

Am liebsten hätte sich Richard wieder angezogen, wäre mit ihr essen gegangen und hätte die Nacht mit Gesprächen verbracht. Doch ihre Hand begann während des Sprechens gedankenverloren über seine Brust zu wandern. Sie schob sie in seine Unterhose und spielte mit ihm, bis er glaubte, explodieren zu müssen. Jeglicher Gedanke an Essen verschwand schlagartig, und keiner von ihnen redete ein weiteres Wort.

Als sie beide nackt waren, zog sie ihn hoch und küsste ihn zum ersten Mal direkt auf den Mund. Sie hinterließ eine zarte feuchte Spur auf seinen Lippen und umarmte ihn dann. Ihre Körper drückten sich lange aneinander, ehe sich Abayomi wieder zurücklehnte und auf die Massagebank klopfte, um zu signalisieren, dass sie anfangen wollte.

Richard lag eine Zeit lang auf dem Rücken, während sie sich zwischen ihren Schenkeln und den Pobacken einölte. Sein Herz raste vor Verlangen, als er ihr dabei zusah. Jegliche Scham oder Scheu war von ihm abgefallen. Dann kletterte sie auf ihn und wandte ihm ihre vollen Brüste zu, die sich nur wenige Zentimeter von seinem Gesicht befanden. Langsam schob sie sich nach hinten, bis er bequem zwischen ihre Backen glitt. Sie lehnte sich zurück, setzte sich mit ihrem ganzen Gewicht auf seine Hüften und umklammerte ihn. Dabei murmelte sie etwas und begann bald schneller zu atmen.

Kann man auch ohne den tatsächlichen Liebesakt zu vollführen ein Liebespaar sein?, dachte er, während seine Begierde immer größer wurde. Dann ließ er sich treiben und sein Bewusstsein mit dem verschmelzen, was er spürte: ihre Haut auf der seinen, der Anblick ihrer Zöpfe, die über ihre glatten Schultern strichen, der stärker werdende Geruch nach Sex.

Der Höhepunkt ist nicht die eigentliche Ekstase, dachte er. Das ist nur das ersehnte Ziel, mit dessen Erreichen jedoch auch der Moment erstirbt. Die Ekstase bestand vielmehr im allmählichen Anstieg, im Loslassen jeglicher Vernunft. Die Lust lag in einem verbindenden Getrenntsein und dem herrlichen Streben, das Ganze noch etwas hinauszuzögern.

Er stöhnte und verspürte zugleich eine große Enttäuschung, dass es bereits wieder vorbei war. Sie glitt von ihm herab und legte sich neben ihn. Eine Weile verweilten sie nebeneinander auf der schmalen Liege und hielten sich gegenseitig fest, um nicht hinunterzurutschen. Dabei berührten sie sich sanft und plauderten miteinander.

»Sieh dir das an«, hatte Abayomi gesagt und auf den Spiegel an der Wand gezeigt. »Das wäre doch das perfekte Foto. Für diese Kleiderfirma … Du weißt schon.«

Ihre dunkle Haut schimmerte neben seinem blassen Bein. Die beiden Farben bildeten einen starken Kontrast.

»Du meinst Benetton«, hatte er lachend erwidert und dabei über ihr kurz geschnittenes Schamhaar gestrichen.

Auch jetzt musste er lächeln, als er daran dachte. In Abayomis Gegenwart fühlte er sich ganz – als hätte sie etwas in sein Leben gebracht, das ihm schon immer gefehlt hatte. Wenn sie getrennt voneinander waren, erfüllte ihn eine Traurigkeit und eine quälende Angst, was die Zukunft betraf. Er wusste, dass er im Begriff war, sich in sie zu verlieben. Und dennoch blieb ihm Abayomi ein Rätsel, ein beunruhigender Widerspruch zwischen Intimität und Zurückhaltung.

Zuerst hatte er geglaubt, dass das Problem vielleicht in seiner Ignoranz bestand, in der breiten Kluft zwischen seiner und ihrer Welt. Er hatte einige Zeit versucht, im Internet etwas über

Nigeria in Erfahrung zu bringen. Doch die politischen Verstrickungen waren hoffnungslos verwirrend, und die riesige Bandbreite an verschiedenen Völkern und Sprachen bedeutete, dass selbst eine einfache Suchanfrage Unmengen von Treffern hervorbrachte. Die Webseiten schwankten zwischen einem für potentielle Touristen angeschlagenen Tonfall der Begeisterung für die Wunder des Landes und unübersetzten Homepages auf Igbo und Yoruba, die Elektronikgeräte und Kleidung feilhielten. Mehrere Suchen endeten auf halb pornografischen Seiten, von denen eine sogleich auf Richards Computer ein paar Dialogfenster aufspielte. Je verzweifelter er versuchte, sie zu schließen, desto schneller öffneten sich neue, eines anzüglicher als das nächste. Schließlich schaltete er in Panik seinen Computer aus.

Vielleicht ist es auch meine Unwissenheit, die Abayomi für mich so anziehend macht, dachte er. In seinen Phantasien lag allerdings auch etwas Bedrohliches, das ihn beunruhigte. Wenn er seinen Gedanken freien Lauf ließ und die Bewegungen ihrer beider Körper nachvollzog, reichte es ihm nicht, bei ihren spielerischen Berührungen zu bleiben. Die Wirklichkeit schien zu unbefriedigend zu sein, so dass er in seiner Vorstellung weitergehen und unweigerlich den eigentlichen Akt der Vereinigung vollziehen musste.

Hinter seiner Faszination verbarg sich eine nagende Unzufriedenheit, die er selbst nicht verstand. Denn die sexuelle Befriedigung, die er erlebte, hätte kaum erfüllender sein können. Sie hatte mit Abayomis Kontrolle und ihrer unauffälligen Wahrung von Professionalität, der geschäftlichen Abwicklung des Ganzen, zu tun. Das spürte er deutlich, auch wenn sie ihn nach dem letzten Mal nicht um Geld gebeten und er auch nicht daran gedacht hatte, ihr welches anzubieten.

Richards Überlegungen wurden durch die Rückkehr der Hunde unterbrochen, mit denen Amanda spazieren gewesen war. Sie sprangen durch das offene Gartentor herein, entdeckten Richard auf seinem Liegestuhl und stürzten sich auf ihn. Einer der beiden schob seine schmutzige Schnauze zwischen Richards Beine und verschmierte die Hose an der Seite mit Schlamm. Er stieß das Tier ungeduldig beiseite, nur um sogleich von dem anderen Hund überfallen zu werden, der sein Fell an Richards Knie rieb. Das Bier fiel um und floss ins Gras.

»Ach, verdammt«, rief er gereizt. Er sah, dass Amanda auf ihn zukam, und fügte ein freundliches »Hallo, Liebling« hinzu.

Zum Glück hatten die Hunde inzwischen einen Sperling entdeckt, der neben der Abdeckung des Swimmingpools herumhüpfte, und machten sich auf Verfolgungsjagd. Amanda kam steif auf ihn zu. Sie lächelte kurz, doch ihre Augen blieben kalt. Richard spürte sofort, dass etwas nicht stimmte. Ihr Kuss auf seine Wange war ohne jegliches Gefühl. Adrenalin schoss ihm durch den Körper. Wusste sie von Abayomi? Doch wie hätte sie davon erfahren sollen? Hatte sie es im Gefühl? Und was sollte er sagen, wenn sie ihm die schlimmste aller Fragen stellen würde? Er formulierte in Gedanken bereits mögliche Erwiderungen, als sie einen Schritt zurücktrat.

»Und, hast du einen guten Tag gehabt?«

Die Frage war rein rhetorisch, und Richard beantwortete sie nur mit einem leichten Nicken des Kopfes. Amanda roch nach einem blumigen Parfüm und Pfefferminzkaugummi. Sie war auf ihrem Spaziergang ins Schwitzen gekommen, und einige blonde Strähnen klebten an ihrer Stirn und den Schläfen. Innerlich bereitete er sich auf ihre nächste Frage vor. Sie starrte ihn an, als suchte sie nach einer Antwort, noch ehe sie die Frage gestellt hatte. Er verspürte das Bedürfnis aufzustehen, um mit ihr auf Augenhöhe zu sein. Er rückte auf dem Stuhl nach vorn.

»Richard.«

Jetzt ging es also los. Er sank wieder auf den Stuhl zurück.

»Richard. Ich will, dass du mir offen und ehrlich eine Frage beantwortest. Geradeheraus und ohne deine übliche Anwaltstour.«

Er wollte gegen den Seitenhieb protestieren, doch in ihrer Miene zeigte sich keinerlei Bereitschaft zu einem spielerischen Schlagabtausch. Jetzt ist es wirklich so weit, dachte er. Er wusste, dass er nicht in Panik ausbrechen durfte, doch sein Herz pochte so heftig wie selten. Es fiel ihm schwer, klar zu denken, und es beunruhigte ihn, dass er noch immer saß. Er kam sich wie eine Beute vor, die vor Schreck gelähmt war.

»Sag es ehrlich: Wusstest du von David und dieser lächerlichen Stripperin?«

Richard spürte, wie das Blut durch seine Brust pumpte. Er hatte nicht bemerkt, wie stark er die Luft angehalten hatte. David Keefer und seine russische Tänzerin. Ein erleichtertes Lächeln begann sich auf seinen Lippen zu formen, verschwand aber, als er den verbitterten Blick seiner Frau wahrnahm.

»Hast du davon gewusst? Bist du in diesem Club gewesen, in dem sie arbeitet? Bist du dort gewesen, Richard?« Anstatt auf eine Antwort zu warten, redete Amanda weiter. »Ich kann nicht fassen, dass er so dämlich ist. Unglaublich! Weißt du, dass er Charmaine verlassen hat? Sie ist natürlich am Boden zerstört, die Arme. Es ist so entwürdigend. Es ist schon schlimm genug, wenn sie mit der Sekretärin abhauen. Oder mit irgendeiner verdammten Schreibkraft. Aber mit einer slawischen Stripperin? Das ist wirklich der Gipfel. Was zum Teufel hat er sich dabei gedacht, Richard?«

Er nickte und schnalzte abwägend. Gerade als er glaubte, damit wäre das Thema abgehandelt, wandte sich Amanda erneut an ihn.

»Richard?« Sie sprach seinen Namen langsam und bedächtig aus, als ob er für sich genommen bereits eine Bedrohung darstellte.

»Gütiger Himmel, ich kann nicht fassen, dass David so dumm sein kann. Es ist … Es ist abscheulich. Ich hatte doch keine Ahnung, dass er Charmaine für diese … diese Stripperin verlassen würde, Amanda.«

Während er noch sprach, merkte er bereits, dass er sich verraten hatte. Doch jetzt war es zu spät, um noch einen Rückzieher zu machen. Die einzige Möglichkeit, die ihm in diesem Fall noch blieb, war zu versuchen, ihr Mitgefühl zu erregen.

»Ich wollte schon eine ganze Weile mit dir darüber reden. Über David und so … aber … nun … Er hat mich gebeten, es für mich zu behalten.« Amandas Gesicht verhärtete sich vor Zorn. »Warte, bitte lass mich ausreden. David hat sich verplappert und mir eines Tages von dieser Frau erzählt. Ich war natürlich entsetzt. Aber er hat mir das Versprechen abgenommen, es für mich zu behalten … Und im Gegenzug hat er hoch und heilig geschworen, die Sache zu beenden. Ich hatte keine Ahnung, dass es weiterlief … oder dass er vorhatte, Charmaine zu verlassen. Mein Gott.«

Richard hielt inne, um zu sehen, wie seine Frau reagierte. Es war eindeutig, dass er noch etwas Arbeit vor sich hatte, ehe sie sich beruhigt haben würde. Sie starrte ihn noch immer vorwurfsvoll an.

»Für mich war die ganze Sache unerträglich«, fuhr er fort, wobei er allmählich anfing, seinen Lügen selbst Glauben zu schenken. »Du hast ja keine Ahnung, Amanda. Ich habe kurz vor der Dinnerparty von ihr erfahren. Und dann musste ich mich mit Charmaine unterhalten, obwohl ich genau wusste, dass David … dass er diese Sache am Laufen hat. Es ist eine unmögliche Situation gewesen. Wenn dich eine Freundschaft in einen solchen … einen solchen Gewissenskonflikt stürzt. Ich war so wütend auf ihn!«

Die Worte fingen an, ihm im Hals stecken zu bleiben, und

ein Gefühl der Scham ergriff Besitz von ihm. Dennoch sprach er weiter. »Deshalb habe ich mich auch so danebenbenommen. Ich wollte mich schon länger bei dir dafür entschuldigen und dir erklären, was los war. Aber ich konnte nicht. David war außer sich. Er hatte schreckliche Gewissensbisse, und es tat ihm so leid, dass er mich da mit hineingezogen hatte. Er hat mir gesagt, dass er die Sache beenden würde. Aber anscheinend hat er jetzt …« Er brach ab und hoffte, dass seine Verwirrung überzeugend wirkte.

Amanda schien wieder etwas zugänglicher zu werden, auch wenn sie keinen Schritt auf ihn zukam. Sie schürzte nachdenklich die Lippen, als müsste sie über ihr Urteil nachdenken. »Hm … Ich weiß nicht, Richard. Charmaine ist auch unsere Freundin. Ich weiß nicht, ob eine Freundschaft zwischen Männern über Anstand und Ehrlichkeit in einer Ehe stehen sollte. Natürlich verstehe ich, dass dich David in eine schwierige Lage gebracht hat. Ich weiß nur nicht, ob du die richtige Entscheidung getroffen hast. Jedenfalls finde ich, dass du mit Charmaine sprechen solltest, damit sie dein Verhalten besser versteht.«

Sie pfiff die Hunde zu sich und ging in Richtung Haus. Richard entspannte sich wieder. Wieso befand sich sein Leben auf einmal auf Messers Schneide? Warum musste er zu solchen Mitteln greifen, um nicht aufzufliegen?

»Und noch eines, Richard.« Amanda blieb stehen und drehte sich noch einmal zu ihm um. »Wage es ja nicht, noch einmal in diesen Club zu gehen.«

17

Durch die dicke Scheibe konnte Ifasen Abayomi nicht berühren. Das Glas war von den Fingerabdrücken anderer Häftlinge verschmiert, die auf demselben Stuhl wie er gesessen hatten, die Haut an die kalte Absperrung gepresst, um ihren Frauen und Freundinnen so nah wie möglich zu sein. Die Dicke des Glases verlieh dem Raum dahinter einen grünlichen Schimmer und erinnerte an das Innere eines Aquariums. In gewisser Weise war er erleichtert, dass er sie nicht berühren konnte. Er wäre sowieso nicht in der Lage gewesen, ihre Hand zu nehmen und sie so mit seinem Dreck zu beschmutzen.

Der Übergriff in der Gefängniszelle hatte alles verändert. Stunden nach dem Vorfall war er in die Gemeinschaftszelle zurückgebracht worden, aber er hatte seit Tagen kaum mehr etwas gegessen. Ohne Appetit stocherte er in dem schwer verdaulichen Essen herum. Die Wärter brüllten ihn an und ließen ihn nicht nach draußen. Dennoch konnte sich Ifasen nicht dazu überwinden, etwas zu sich zu nehmen. Aber das hielt sie nicht davon ab, ihn jeden Morgen zu wecken, indem sie mit den Metalltellern gegen die Gitterstäbe schlugen.

In der Gemeinschaftszelle war es durch die vielen gefangenen Körper stickig und heiß. Die Toilette stank faulig und trug zu dem ekelerregenden Geruch bei, der wie eine warme, feuchte Decke über ihnen hing. Ifasen rollte sich auf seiner Plastikmatratze zusammen und wartete, bis die anderen Häftlinge aufgegessen hatten und nach draußen gebracht worden waren. Er schämte und fürchtete sich zu sehr, um sich auszuziehen und zu duschen, weshalb ihm schon bald ein unangenehm durchdringender Geruch wie ein ständiger Schatten folgte.

Der Übergriff hatte eine undurchdringliche Mauer um ihn aufgebaut. Er blieb regungslos auf seiner Matratze liegen, bis man ihn zwang, sich zu bewegen. Dann wandelte er benommen und schweigsam von einem Ort zum anderen. Sobald er allein war, blieb er einfach stehen. Er verharrte an derselben Stelle und starrte blinden Auges durch die vergitterten Fenster. Einmal stand er mehr als eine Stunde lang so da, bis ihn schließlich einer der Wärter weiter den Flur entlangstieß. Er lief, bis man ihn nicht mehr anschubste und er sich wieder seiner völligen Antriebslosigkeit überlassen konnte.

In dem Moment, in dem Ifasen aufhörte, Teil des aggressiven Wahnsinns im Gefängnis zu sein, wurde er unsichtbar. Er zog sich immer weiter in sich zurück, bis er nicht mehr war als ein kaputtes Möbelstück, etwas, das manchmal im Weg stand und beiseite gestoßen wurde, das aber sonst keinerlei Zwecke erfüllte. Selbst die Wärter schienen ihn nicht zu bemerken, und er wanderte wie ein Geist durch die beengten Räume der Haftanstalt.

Jetzt saß er da, unberührbar und stumm, getrennt von dem einzigen Menschen, der ihm hätte helfen können. Abayomi klammerte sich an den Plastikstuhl, als befände sie sich auf einer Achterbahnfahrt. Sie zuckte bei den plötzlichen Geräuschen um sie herum immer wieder erschreckt zusammen – bei dem Brüllen der Wärter, dem Zufallen der Gittertore, beim Kratzen der Stuhlbeine auf dem Betonboden. Ihr Kopf wanderte von einer Seite zur anderen, wenn jemand hereinkam oder den Raum verließ. Sie beobachtete Besucher und Häftlinge gleichermaßen voll Misstrauen und Besorgnis.

Ifasen wartete. Noch nie zuvor hatte er sie derart fehl am Platz erlebt wie jetzt, derart ihrer Umgebung ausgeliefert. Er hätte sie so gern in die Arme genommen und sie beruhigt, ihr gesagt, dass alles gut werden würde. Doch sein Körper schien von innen heraus zu schwären. Tief in seinem Herzen wusste er, dass er sie niemals mehr halten würde, nie mehr auf diese uneingeschränkte Weise, wie er sie an sich gedrückt hatte, als sie zu Beginn ihrer Liebe miteinander ins Bett gekrochen waren. Damals war er schon glücklich gewesen, wenn er ihren Körper an den seinen drücken und ihr Atmen spüren konnte, sein Ohr an ihrer Brust, ihrem Herzschlag lauschend. Er hatte sie umfassender geliebt, als er das jemals für möglich gehalten hätte.

Jetzt wusste er, dass er niemals mehr lieben würde, weder Abayomi noch sonst einen Menschen. Um lieben zu können, brauchte man ein inneres Gleichgewicht. Um ohne Einschränkungen lieben zu können, musste er in der Lage sein, seinem Gegenüber angstlos sein ungeschütztes Selbst zu offenbaren – und diese Tage waren unwiederbringlich vorüber. Ihm war seine Mitte entrissen worden, physisch und gewaltsam genommen, und er war ohne Gleichgewicht und tief verletzt zurückgeblieben. Er war beschmutzt. In seinem Kern gab es nichts anderes mehr als eine eiternde Wunde. Er merkte, wie sich die Infektion in seinem Bauch ausbreitete, ein Tumor, der seinen Magen verhärtete und seine Speiseröhre mit Galle füllte. Es war nicht der stechende Schmerz, den er verspürte, wenn er sich bewegte, nicht der qualvolle Druck, wenn er sich hinsetzte, und nicht das klamme Unbehagen seiner gebrochenen Nase, was ihm so zusetzte. Es war vielmehr das Wissen, was geschehen war, und die unauslöschliche Erinnerung daran, die alles überlagerte und zerstörte, wohin er sich auch wandte.

Er würde Abayomi gegenüber die Vergewaltigung verschweigen. Er hätte sowieso nicht gewusst, wie er die Worte dafür finden sollte. Wie hätte er ihr das Vorgefallene erklären können? Die Widerwärtigkeit der Sprache, die er dafür hätte benutzen müssen, machte es unmöglich. Es würde für immer sein schreckliches Geheimnis bleiben. Für ihn würde es leichter sein, zu behaupten, dass er fremdgegangen war und sich bei einer anderen Frau infiziert hatte, als die grausame Wahrheit zuzugeben. Seine Demütigung mit Abayomi zu teilen, würde bedeuten, dass er seiner Würde noch mehr beraubt wäre. Im Grunde wusste Ifasen, dass er sich das Leben nehmen sollte. Aber die Vorstellung, Khalifah vaterlos und ohne seinen Beistand in einem unversöhnlichen Land wie diesem zurückzulassen, quälte ihn unsäglich.

Abayomi blickte auf. Sie hatte gemerkt, dass er eine Bewegung in ihre Richtung gemacht hatte. Aber Ifasen hob nur die Hand und tupfte sich mit einem Finger den Mund ab. Es war offensichtlich, dass er geschlagen worden war. Seine Nase war geschwollen, und auf seiner Lippe klebte trockenes Blut. Seine Augen schienen nichts wahrzunehmen, als er seinen Finger mit dem Blut seines Mundes betrachtete. Die Geste hatte etwas so Erbärmliches, dass Abayomi zu weinen begann. Ifasen beobachtete, wie die Tränen über ihr Gesicht liefen, doch er konnte sich nicht dazu bringen, etwas zu sagen.

Abayomi fand zuerst ihre Stimme wieder. »Es tut mir so leid, Ifasen. Es tut mir so unendlich leid, mein geliebter Mann. Mein Mann, den ich so sehr liebe und vergöttere. Es tut mir so wahnsinnig leid. Ich habe Sunday unsere Ersparnisse gegeben. Er war im Gericht, um deine Kaution zu zahlen. Angeblich will er sie bezahlt haben. Aber … Es tut mir so leid, geliebter Mann …«

»Meine Frau«, brachte Ifasen mühsam hervor. »Was ist mit unserem Geld geschehen? Ich bin nicht auf Kaution freigelassen worden. Man hat mich hierbehalten.«

Abayomi antwortete nicht. Sie sah ihn gequält und schuldbewusst an. Tiefe Linien zeigten sich auf ihrer Stirn und in ihren

Mundwinkeln. Wieder schwiegen beide und starrten aneinander vorbei ins Leere.

Um die Tränen zu dämmen, begann Abayomi nach einer Weile wieder zu sprechen. »Ich bin übrigens zur Namenszeremonie gegangen. Sie haben den Jungen Orobola Adamu genannt, sein Heimatname ist Oluwa. Das sind gute Namen, Ifasen.«

»Ja, das sind gute Namen«, wiederholte er langsam, als ob es ihm körperliche Schmerzen bereite, die Worte in seinem Mund zu formen. Er schien beinahe überrascht zu sein, den Klang seiner eigenen Stimme zu hören. »Das sind schöne Namen für einen Jungen, Okeke. Ich freue mich, dass du dort warst.« Seine Stimme war tonlos und ohne Ausdruck. Er merkte, dass er unglaubwürdig klang. Zwar meinte er, was er sagte, aber er besaß nicht die Kraft oder vielleicht auch nicht den Willen, interessierter zu erscheinen.

Er hätte ihr so gern seine frühere Stärke gezeigt. Als sie sich kennenlernten, war sie Schülerin der letzten Klasse der Oberstufe gewesen, während Ifasen bereits als junger Referendar unterrichtet hatte. Er hatte sie nie im Unterricht erlebt, aber sobald er auf dem Schulcampus aufgetaucht war, hatte sie ihr Augenmerk auf ihn gerichtet, was Ifasen nicht entgangen war. Seine hochgewachsene Gestalt hatte ihre Aufmerksamkeit erregt, und er erwischte sie mehrmals dabei, wie sie ihn während einer angeregten Diskussion mit anderen jungen Lehrern beobachtete. Er sprach damals mit einer Ernsthaftigkeit über Philosophie und Geschichte, als könnten seine Ansichten eine Auswirkung auf das Weltgeschehen nehmen. Er argumentierte wie der Anführer einer Partei und nicht wie ein Referendar für Geschichte der Mittelstufe.

Sein Eifer und seine Leidenschaft wirkten ansteckend. Schon bald hatte er eine Gruppe von Schülern und Lehrern um sich versammelt, die in den Mittagspausen erhitzte Diskussionen führten. In dieser Zeit wurde mehr gelernt als während des gesamten Vormittagsunterrichts, wie einer seiner Kollegen einmal stichelnd bemerkte. In gewisser Weise entsprach das durchaus der Wahrheit, denn die Gespräche reichten von der aktuellen Politik und Wirtschaftslage über Religion bis hin zu komplizierten philosophischen Fragen.

Abayomi hielt sich zuerst im Hintergrund und beobachtete die größer werdende Gruppe voll Interesse. Sobald sie ihr ebenfalls beigetreten war, hatte sie augenblicklich eine starke Wirkung auf Ifasen. Ihre trockenen, respektlosen Kommentare faszinierten ihn. Er fing an, sie während der Treffen direkt anzusprechen und sie um ihre Meinung zu bitten, die er oft teilte. Erst später wurde ihm bewusst, dass sein Interesse an ihr in der Gruppe jedem klar gewesen sein musste, denn die Art und Weise, wie er ihr zuhörte und lächelte, wenn sie sprach, war mehr als eindeutig. Er hatte versucht, seine Gefühle unter Kontrolle zu halten, da er als Lehrer der Schule sein Gesicht wahren musste. Doch schon bald wusste er, dass er sich in diese schwer einschätzbare und selbstbewusste Schülerin rettungslos verliebt hatte.

Seltsamerweise wurde er sich Abayomis atemberaubender Schönheit erst bewusst, nachdem er sich eingestanden hatte, emotional von ihr gefangen zu sein. Insgeheim fragte er sich allerdings, ob ihre Schönheit nicht doch von Anfang an eine Rolle gespielt hatte. Bewusst aber nahm er ihre äußere Erscheinung erst wahr, nachdem er ihr geistig schon längst verfallen war.

Die Erkenntnis, sich in eine derart hinreißende Frau verliebt zu haben, war anfangs beängstigend gewesen. Er fürchtete, seine Freunde und Bekannten könnten ihn dafür als oberflächlich oder eitel abstempeln. Immer wieder versuchte er Abayomi klarzumachen, dass seine Liebe für sie entflammt war, ehe er ihre Schönheit wahrgenommen hatte. Aber sie hatte nur gelacht und ihm vorgeworfen, sein Begehren vor ihr verstecken zu wollen. Und es ließ sich auch nicht leugnen: Die Erkenntnis ihrer äußeren Attraktivität hatte eine physische Begierde in ihm ausgelöst, wie er sie noch nie zuvor erlebt hatte. Sein Wunsch, mit ihr zu diskutieren, verwandelte sich in ein körperliches Bedürfnis nach ihrer Gegenwart. Er verspürte eine unendliche Leere, wenn sie nicht in seiner Nähe war, und die Sehnsucht nach ihr lähmte seinen Verstand.

Als Ifasen jetzt so vor ihr saß, wusste er allerdings auch, dass sie ohne ihn an seiner Seite, ohne seine Kraft und seine Liebe, hoffnungslos ins Schlingern kommen würde. Trotz ihres abenteuerlustig wirkenden Wesens war sie durch die traumatisierenden Erlebnisse in ihrer Jugend zutiefst verletzt worden. Sie brauchte einen sicheren Hafen, in dem sie immer wieder vor Anker gehen und sich ausruhen konnte. Doch die Vergewaltigung hatte es ihm für immer unmöglich gemacht, ihr diesen Schutz weiterhin zu bieten.

Stattdessen war sie es, die ihm Sicherheit zu geben versuchte. »Du musst dir keine Sorgen machen, Ifasen«, sagte sie. »Ich habe einen Anwalt organisiert. Einen guten Anwalt. Er wird dich hier rausholen.«

Ifasen lief es bei Abayomis dürren Worten der Hoffnung und dem Gedanken, was aus ihrer beider Leben geworden war, kalt den Rücken hinunter. Noch während sie sprach, versagte ihr fast die Stimme. Er erkundigte sich weder, wer dieser Anwalt war, noch wie sie ihn sich leisten konnten oder woher sie ihn kannte. In ihren Worten lag keinerlei Beruhigung, keinerlei Hoffnung auf Erlösung, denn auf der anderen Seite dieser hohen Mauern gab es niemanden, der ihm noch helfen konnte. Er war jeglicher Zuflucht, jeglicher Hoffnung beraubt worden und wusste nichts von den zwei Welten, die unaufhaltsam aufeinander zurasten.

18

Auch Richard war ahnungslos. Zur Abwechslung war er in Gedanken einmal nicht bei Abayomi. Er saß gereizt und frustriert in einem Meeting der Kanzleipartner und hörte Igshaan zu, wie dieser berichtete, welche Kandidaten in die engere Auswahl für die Position eines Seniorpartners gekommen waren. Quantal Investments und der Black-Empowerment-Fokus der Firma standen im Mittelpunkt der Debatte. Von den fünf Bewerbern hatten vier Privatschulen besucht und drei ihren Abschluss an renommierten ausländischen Universitäten gemacht. Alle kamen aus der gehobenen Mittelschicht, sprachen makelloses Englisch und erwarteten einen Gehaltsscheck, der selbst den von Selwyn Mullins übertraf. Richard hatte als Einziger Bedenken hinsichtlich der Auswahlkriterien der Kandidaten geäußert.

»Es handelt sich hier nicht um ein Projekt für den sozialen Aufschwung, Richard«, bemerkte Igshaan bissig.

»Nun, jedenfalls nicht für diese Leute«, gab Candice Reeves, die ebenfalls gereizt wirkte, zurück, »aber doch für uns.«

»Ganz genau«, erwiderte Igshaan, der den Sarkasmus in Candices Stimme nicht bemerkt hatte. »Es geht um einen BEE-Deal, damit wir für Quantal das richtige Profil haben. Nicht mehr und nicht weniger. Wir bieten hier keine finanzielle Unterstützung für Kuhhirten aus der Transkei an. Und falls das doch Ihre Absicht ist, sollten Sie sich vielleicht besser einen anderen Arbeitsplatz suchen, Richard.«

Richard rutschte auf seinem Stuhl nach vorn. Die unverschämte Bemerkung erzürnte ihn zutiefst, aber noch ehe er etwas erwidern konnte, hob Selwyn mahnend die Hand.

»Igshaan, ich glaube, Sie sollten verstehen, dass für einige von uns die Firma wie ein Kind ist, das wir von Geburt an bis zu diesem Punkt in seinem Erwachsenenleben begleitet haben. Was Sie sagen, stimmt natürlich. Aber ich denke, dass Sie sich bewusst sein sollten, wie viel leichter Ihnen dieser Schritt fällt als so manchem anderen hier. Sie sind der Kanzlei erst recht spät beigetreten. Einige andere von uns haben sich hingegen schon viele Jahre lang in diesen Gewässern herumgetrieben.«

Richard hätte Igshaan am liebsten eine Ohrfeige verpasst. Aber das beherzte Eingreifen des Seniorpartners hatte ihn so weit beruhigt, dass er nur noch empört schnaubte und sich dann wieder auf seinem Stuhl zurücklehnte.

Igshaan zuckte mit den Schultern, zuerst mit der einen und dann mit der anderen – wie ein Vogel, der sein Gefieder schüttelt. »Vielleicht vergesse ich in meinem Bestreben, diese Firma dazu zu bringen, das Richtige zu tun – das einzig Richtige –, tatsächlich manchmal die Empfindsamkeiten einiger Kollegen.« Richard spürte erneut Zorn in sich aufsteigen, als Igshaan das Wort »Empfindsamkeiten« so betonte, als ob er selbst über solchen Belanglosigkeiten stünde. »Und das tut mir natürlich leid. Aber es ist trotzdem klar, dass wir nach vorn blicken müssen, und zwar ohne lange zu zögern. Quantal wird nicht ewig auf uns warten.« Er verteilte die Mappen mit den Unterlagen der Kandidaten. »Also – beginnen wir mit dem Ersten, mit Eunice Bongani Qhele. Was mir an ihm gefällt …«

In diesem Moment wurde die Tür des Konferenzzimmers geöffnet, und Nadine steckte den Kopf herein. Sie warf Richard einen bohrenden Blick zu und zog dabei ihre Augenbrauen hoch.

»Was?«, fragte dieser gereizter als beabsichtigt.

Igshaan seufzte laut genug auf, dass es alle hören konnten.

Nadine starrte ihren Chef einen Moment lang finster an. »Jemand möchte Sie kurz sprechen«, erklärte sie dann. »Er meint, es sei wichtig und könne nicht warten.«

»Ein Klient?« Richard wusste, dass sein Terminkalender für den Nachmittag keine Einträge aufwies. Er hatte gehofft, das Treffen der Partner würde nicht allzu lange dauern, damit er das Büro frühzeitig verlassen konnte.

Nadine schüttelte den Kopf.

»Also gut, ich komme. Ich bin mir sicher, dass Sie hier auch ohne mein Zutun weiterkommen.« Es war als sarkastische Bemerkung gedacht, doch sie klang nur mürrisch. Richard wartete die Antwort nicht ab, sondern verließ schnellen Schritts das Konferenzzimmer. Noch ehe er die Tür hinter sich geschlossen hatte, hörte er, wie Igshaan wieder das Wort ergriff.

Gereizt eilte Richard zur Rezeption, wo gewöhnlich die Besucher warteten. Abrupt blieb er stehen. Vor Überraschung verschlug es ihm einen Moment lang fast die Sprache. Sunday saß auf dem Ledersofa und plauderte lässig mit der Rezeptionistin Carmen, deren Wangen gerötet waren und die immer wieder angetan kicherte. Der Mann verlor auch nichts von seinem Charme, als er jetzt aufsprang und seine Aufmerksamkeit nicht mehr der angeregt wirkenden Frau, sondern Richard zuwandte.

»*Oyinbo!* Richard, mein Freund. Ich sehe wie ein *Parra* aus, Bruder, ich weiß. Aber das Huhn vergisst nie, wo es sein Ei gelegt hat, mein Freund. *Chei!* Das wird mich ganz schön reinreiten, aber was kann ich tun? Du bist jetzt der einzig Richtige für mich, mein Freund, *my man.*«

Er eilte Richard voller Energie entgegen, wobei sein nigerianischer Slang in starkem Kontrast zu der nüchtern eleganten Umgebung stand. Richard begriff, dass er diesen Mann und sein gefährliches Mundwerk dringend wegbringen musste, ehe ihn einer der Partner bemerkte.

»Sunday, du kannst hier nicht einfach so aufschlagen, *man.*«

Carmen widmete sich inzwischen wieder dem Feilen ihrer Nägel, kicherte aber noch immer hinter ihrer erhöhten Empfangstheke.

»Komm mit.« Richard trat durch die gläsernen Schwingtüren, auf denen das neue Logo und der Name der Kanzlei mit einem Sandstrahlfräser eingeritzt worden waren. Er führte Sunday in sein Büro und schloss hastig die Tür, allerdings nicht, ohne vorher Nadines eisigen Blick bemerkt zu haben.

»Oh, ist das Protzerei oder bist du echt so? *Ajebota* – ich will dein Haus sehen, Bruder, denn eins ist klar: Du weißt, wie man lebt, *man.* Aber komm mir nicht *laik dat*, als ob du nicht wüsstest, warum ich hier bin. Du weißt, worum es geht, *man.*«

Sunday machte es sich auf einem Sessel bequem, nur um eine Sekunde später wieder aufzuspringen und sich ein Glas Wasser aus einer Kristallkaraffe einzugießen.

»Sunday, du kannst nicht einfach … Du kannst nicht einfach hier hereinplatzen und erwarten, dass ich Zeit für dich habe.« Richard war über diesen unerwarteten Überfall verärgert.

»*Chei!* Das ist uncool, Bruder. *Joke na joke*, mein Freund. Ich sitz jetzt hier in deinem Büro, und du redest mit mir, *no bi?*« Sunday ließ sich wieder auf dem Sessel nieder und grinste ihn freundlich an.

Richard schwieg. Ihm war schlagartig bewusst geworden, wie weit er gegangen war und wie sehr er es zugelassen hatte, dass die bisher getrennten Welten, in denen er sich bewegte, aufeinandertreffen konnten. Bis vor kurzem war ihm die Vorstellung derart verschwimmender Grenzen noch aufregend erschienen. Doch jetzt entsetzte ihn die bloße Anwesenheit Sundays in seinem Büro zutiefst.

»Was willst du?« Es klang unhöflich und abweisend, aber Richard konnte nicht anders.

Sunday beugte sich verschwörerisch vor. »*Odu.* Tut mir leid, aber du und ich, wir haben ein Geschäft zu besprechen. Ein Problem, mein Freund, das wir miteinander teilen. Obwohl die Henne schwitzt, kann man nicht immer ihren Schweiß sehen, mein …«

»Bitte, Sunday«, unterbrach Richard. »Keine Sprüche, kein Slang. Sag mir einfach, warum du hier bist. Welches Problem sollten *wir* miteinander teilen?«

Trotz der heiteren Art seines Gegenübers konnte Richard nicht umhin, sich über ihn zu ärgern. Sunday versuchte offensichtlich, ihn in ein gemeinsames Problem hineinzuziehen, das es in Wahrheit gar nicht geben *konnte.* Er dachte an seine Geschäftspartner, an seine Familie, an Amanda. Dieser Mann musste dringend hier weg – und zwar so schnell wie möglich.

Sunday schien Richards Anspannung zu spüren, denn er schwieg einen Moment lang, schenkte sich Wasser ein und betrachtete dann interessiert die Flüssigkeit in seinem Glas – als ob es sich dabei um einen teuren Wein handelte. »Unser Problem, mein Freund, heißt Abayomi«, sagte er nach einer Weile und sah ihm direkt in die Augen.

Richard spürte, wie sich die Muskeln in seiner Brust zusammenzogen. Etwas Hinterlistiges lag in dieser auf den ersten Blick so harmlos klingenden Bemerkung. Konnte das eine Drohung sein?

»Wie du weißt«, fuhr Sunday ruhig fort, »ist unsere Abayomi ein Flüchtling. Sie besitzt in diesem Land keinerlei Rechte.« Der Slang und die Sprüche waren tatsächlich verschwunden. »Sie muss jedes Jahr ihre Aufenthaltsgenehmigung erneuern lassen.

Und jetzt ist es wieder so weit. Sie hat allerdings kein Geld, um zu zahlen. Und sie ist zu stolz, um darum zu bitten.«

Sunday hatte sein Anliegen klar und deutlich auf den Tisch gelegt. Jetzt beobachtete er Richard aufmerksam, ob dieser ihn auch richtig verstanden hatte. Befriedigt mit dem Ergebnis, verfiel er wieder in seine übliche Art des Sprechens. »O! Es werden wieder bessere Tage für Okra-Suppe kommen, garantiert. Du wirst die *Edikang Ikong* essen und dein Leben genießen, so wahr dir Gott helfe.«

»Wie viel?« Richard spuckte die beiden Worte in den Raum wie abgebrochene Zähne in eine Schüssel. Ihm schossen wirre Gedanken durch den Kopf: Er dachte an die ungreifbare Bedrohung, die dieser Mann in seinem Büro darstellte, an Abayomis Deportation zurück nach Nigeria und an das Geld, das er vermutlich nie wiedersehen würde. Doch gleichzeitig beruhigte ihn zumindest die Vorstellung, dass Abayomi sein Verhalten würdigen würde. Vielleicht würde sie ja von seiner Großzügigkeit erfahren und sich bei ihm bedanken, indem sie ihm mehr Zuneigung schenkte. Die Idee, dass sie in seiner Schuld stehen könnte, gefiel ihm. Ein Teil der Kontrolle würde somit in seine Hand übergehen. Vielleicht war das der Preis, den er zu bezahlen hatte. Vielleicht war das der Preis, wenn man alles auf einmal wollte.

»Wie viel?«, wiederholte er ungeduldig.

»Du bist kein *Slacki*, was, Bruder? Die Eule ist der klügste Vogel. Je mehr sie sieht, desto weniger sagt sie, *no bi*?« Sunday seufzte theatralisch. »In Naira wäre es zu viel, um es zu zählen. Aber in Rand sind es fünfzehntausend. Ich würde es natürlich selbst übernehmen, wenn ich könnte. Aber ich kann nicht. Sie hatte zwar etwas Geld, aber das ist weg. *Natin spoil.*«

»Fünfzehntausend Rand!«, platzte Richard heraus. Die Summe war deutlich höher, als er angenommen hatte.

»O! Die haben einen großen Hals, mein Freund, den sie nicht voll genug kriegen. Hat nichts mit mir zu tun. So ist nun mal die Währung. Das ist natürlich *Tapping*, Bruder. Aber dieses Opfer müssen wir bringen.« Sunday hob entschuldigend die Hände. »Ich bin kein *Jiga*, Bruder. Aber sonst kommen die Kerle in einigen Tagen und bringen sie in ein Lager. Dann ist sie für immer weg. Ich verliere meine gute Freundin, und du verlierst dein *Babi*.«

Diese Bezeichnung für Abayomi ließ Richard zusammenzucken, und er spürte, wie sich seine Wangen rot färbten. Sunday fuhr fort, als ob er nichts bemerkt hätte. »Die *Egunje* ist nicht groß, mein Freund. Du musst das Geld zusammenbringen. Die Götter hören nur einen Wunsch, nicht mehrere auf einmal.«

Richard dachte daran, dass er vielleicht eines Tages die Beziehung zu Abayomi abbrechen würde. Aber momentan war das für ihn unvorstellbar. Allein der Gedanke, sie plötzlich zu verlieren, dass andere sie ihm ohne Vorwarnung wegnehmen könnten, kam ihm ungeheuerlich vor. Es überraschte ihn, feststellen zu müssen, wie grauenvoll ihm diese Aussicht erschien – wie das brutale Entreißen eines Menschen, den er liebte. Dieser Gedanke quälte ihn unerwartet heftig.

Er traf seine Entscheidung in einem Zustand der Erregung, in einer Mischung aus Angst vor Verlust und davor, dass seine Partner Sunday in seinem Büro antreffen könnten. Ohne ein Wort zu verlieren, fasste er in eine offene Schublade und holte sein Scheckbuch heraus. Sunday nippte nachdenklich an seinem Wasser. Fast schien es so, als hätte für ihn das Ergebnis seines Besuchs vom Betreten des Gebäudes an festgestanden. Richard spielte nur noch eine vorgegebene Rolle in diesem Drama, das er nicht verfasst hatte.

»Ihren Namen solltest du nicht draufschreiben, Richard. Nenn sie nicht namentlich. Okay?«

Richard nickte ungeduldig. Schwungvoll setzte er seine Unterschrift unter den Scheck, riss ihn aus dem Büchlein und hielt ihn Sunday hin. »Abayomi muss das nicht erfahren«, sagte er. »Bitte veranlasse alles, was nötig ist. Das ist ein Barscheck. Danke, dass du gekommen bist, Sunday, aber jetzt musst du bitte gehen.«

»Bin schon weg, Bruder.« Sunday sprang auf und nahm Richard den Scheck mit einer eleganten Bewegung aus der Hand. Als sich sein Besucher zum Gehen wandte, nahm Richard den klaren Zitrusduft eines teuren Aftershaves wahr. »Ich werde mit diesen Leuten reden, mein Freund. Mich um die Papiere kümmern und diesen Mann bezahlen.«

Sunday faltete den Scheck in der Mitte zusammen, schob ihn in die Brusttasche seines Hemds und verließ das Zimmer. Richard stand unter der Tür seines Büros und sah dem Mann hinterher, wie dieser mit federndem Gang den Flur entlanglief und durch die Glastüren verschwand. Draußen blieb Sunday an der Rezeption stehen und beugte sich zu Carmen, um ihr hinter dem Tresen etwas zuzuflüstern. Nach einer Weile tauchte sein Oberkörper wieder auf, er salutierte theatralisch vor ihr, drehte sich auf dem Absatz um und trat zu den Liften.

Während Richard beobachtete, wie Sunday auf den Aufzug wartete, beschlich ihn eine dunkle Vorahnung. Amanda kümmerte sich um die Finanzen und würde bestimmt wissen wollen, wofür er so viel Geld ausgegeben hatte. Er musste sich eine Ausrede einfallen lassen. Sich die Schläfen massierend, beschloss er, nicht zum Meeting der Partner zurückzukehren. Stattdessen zog er sich in sein Büro zurück und schloss die Tür hinter sich.

19

»Abayomi ist meine Frau. Wir haben einen kleinen Jungen. Khalifah.«

Die Stimme des Mannes hallte im Beratungsraum des Gefängnisses wider und ließ seine schlichte Aussage gedämpft klingen. Die Worte schienen aus einer großen Tiefe zu ihm hochzudriften – wie Luftblasen aus einer Taucherlunge, die sich weit unten im Schlamm verbarg. Ifasen saß da und rieb langsam die Hände aneinander, ohne zu merken, welche Wirkung seine Worte hatten. Ein zerkratzter Tisch trennte ihn von Richard. Sie saßen beide auf Metallstühlen mit zerschlissenen grünen PVC-Sitzen, aus denen Schaumstoff quoll. Man konnte hören, wie die Häftlinge auf der anderen Seite der Tür vorbeiliefen, einander etwas zuriefen, die Wärter hänselten, fluchten und lachten. Der Lärm und der Geruch des Gefängnisses durchdrangen alles – die Ausdünstungen eingesperrter Menschen.

»Khalifah ist noch klein. Er ist tagsüber in einer Krippe. Wir wohnen in einer Wohnung in Sea Point.«

Richard hielt sich die Hand vor den Mund, um seinen Schock zu verbergen. Er war sich sicher, dass sein Gesicht eingefallen und bleich wirken musste. Instinktiv wollte er dem Mann erklären, dass er sich irren müsse, dass das alles nicht wahr sein könne. Sein Verstand weigerte sich zu akzeptieren, was er da hörte, und er begann sofort nach einer Erklärung zu suchen, wie es zu einem solchen Missverständnis kommen konnte.

Und dennoch sagte ihm dieser stolze, stille Mann nur das, was er bereits gewusst hatte: Abayomi führte ein Leben, das getrennt von dem seinen war, ein Leben, zu dem eine Familie und ein Mann gehörten. Trotzdem bestürzte ihn die Enthüllung, denn dieses Wissen würde, nein, musste seine Beziehung zu ihr grundlegend ändern. Erst jetzt verstand er, woher der quälende Sog rührte, den er stets empfand, wenn er mit ihr zusammen war: Sie waren kein Liebespaar, und er hatte keine Affäre. Er war einfach nur ein Kunde für sie, eine Verdienstmöglichkeit und nichts weiter. Aus diesem Grund war Abayomi auch nicht verpflichtet gewesen, ihm die Wahrheit zu sagen. Richard war derjenige, der betrogen hatte, nicht sie.

Trotzdem kam ihm die Erkenntnis, dass sie kein Liebespaar waren, wie ein Verrat vor, der ihre Phantasiewelt für immer zerschneiden würde. Eine tiefe Traurigkeit erfüllte ihn und Empörung, als ob etwas mutwillig zerstört worden wäre, das er stets behutsam umsorgt und gepflegt hatte. Er scheute vor der Realität zurück und forderte innerlich seinen besonderen Platz zurück, seinen Anspruch als Ehebrecher. Seine Wut richtete sich auf den Überbringer dieser schlechten Nachrichten. Am liebsten hätte er diesem ernsten, aufrecht dasitzenden Mann erklärt, dass er betrogen worden war und dass er, Richard Calloway, der Liebhaber seiner Frau sei.

Aber er wusste, wie lächerlich das gewesen wäre. Er spielte keine Rolle im Leben dieser Menschen. Er war eine Einkommensquelle, über die man nicht sprach. Nichts weiter. Oder vielleicht sprachen sie auch über ihn – allein der Gedanke brachte ihn fast zur Raserei –, vielleicht lachten sie über ihn, über seine Unterwürfigkeit und seine kriecherischen Aufmerksamkeiten.

Nein. Richard war sich sicher, dass sein neuer Mandant nichts von seiner Verbindung zu seiner Frau wusste. Es war Abayomi gelungen, eine überzeugende Geschichte zu spinnen, die beiden Männer auf Abstand zu halten, damit sie nichts voneinander ahnten. Er musste an ihr merkwürdiges Verhalten im Club denken, an die düsteren Dinge, die sie gesagt hatte. Auch auf der Namenszeremonie hatte sie in seiner Gegenwart immer wieder angespannt gewirkt. Während sie ihn mit herzlicher Geste ihren Verwandten vorstellte, hatte sie gewusst, dass ihr Mann zum gleichen Zeitpunkt im Gefängnis saß und ihm die Kaution verweigert worden war. Er erinnerte sich auch an ihr Schweigen im Auto und wie sie aus dem Fenster gestarrt hatte, als sie gemeinsam in die Stadt zurück zum Studio gefahren waren. Dort jedoch hatte sie gelächelt und ihn am Ärmel gezogen, damit er mit ihr die Treppe hinaufliefe. Selbst diese schöne Erinnerung schien jetzt vergiftet, als er Ifasen anblickte.

»Sowohl meine Frau als auch ich haben nur eine beschränkte Aufenthaltsgenehmigung«, fuhr der dünne Mann ahnungslos fort. »Deshalb sind viele Dinge für uns sehr schwierig. Verstehen Sie?«

»Ja, ich verstehe.« Richard kämpfte gegen die Gefühle an, die in ihm aufwallten, und versuchte sich stattdessen auf die Fakten des vorliegenden Falls zu konzentrieren. »Ehe Sie mir erklären, wie Sie hier hereingekommen sind, würde ich gern einen Blick in das Anklageprotokoll werfen. Aba… Ihre Frau hatte keine Kopie, die sie mir geben konnte.«

Ifasen nickte und holte einen dünnen, gefalteten Stapel Papier aus seiner hinteren Hosentasche. Er glättete die Seiten auf dem Tisch und schob sie Richard zu.

Richard überflog das Protokoll, wobei er nur die relevanten Abschnitte las. Dann runzelte er verwirrt die Stirn.

»Was ist los?« Ifasens Stimme klang tonlos.

»Eigentlich nichts weiter«, erwiderte Richard. »Nichts. Nur

dieser Kläger … Ich habe vor kurzem jemanden kennengelernt, der mich sehr an ihn erinnert.« Er lachte ungläubig auf. »Und zwar bei einem Essen in meinem Haus.«

Ifasen starrte ihn misstrauisch an. »Sie setzen sich mit solchen Menschen an einen Tisch? Mit Menschen, die falsche Anschuldigungen machen, unschuldige Männer misshandeln und sie dann an einen Ort wie diesen bringen lassen?« Er machte mit dem Arm eine ausladende Bewegung, die alles zu umfassen schien: den Raum, das Gefängnis, seine entwürdigende Situation. »Ein solcher Mann ist Ihr Freund, und solche Menschen laden Sie zu sich zum Essen ein?«

»Na ja …« Richard zögerte. »Sie müssen verstehen, dass diese Leute nicht meine Freunde sind. Das sind …«

»Bitte«, unterbrach ihn Ifasen. »Ich denke, Sie sollten gehen. Sie können mir nicht helfen.«

Richard hatte ohnehin nicht das Bedürfnis verspürt, Ifasens Fall zu übernehmen. Er hatte sich nur bereit erklärt, um Abayomi einen Gefallen zu tun. Zugegebenermaßen hatte er insgeheim gehofft, dass sie ihm dann vielleicht mit mehr Großzügigkeit begegnen würde, wenn sie sich im Studio trafen. Die Tatsache, dass es sich bei dem Häftling um ihren Ehemann handelte, brachte ihn nun völlig durcheinander, und er befürchtete, dessen missliche Lage nicht vorurteilsfrei einschätzen zu können. Gleichzeitig musste er an Ryno Coetzee an seinem Esstisch denken, wie dieser seinen Wein getrunken, mit seiner Frau geflirtet und lautstark rassistische Ansichten verbreitet hatte. Es war pure Ironie, dass er wütend auf diesen Mann gewesen war, weil dieser versucht hatte, Amanda zu betören, um dadurch seine Männlichkeit unter Beweis zu stellen.

Doch was sollte er Abayomi sagen, wenn er jetzt gehen würde? Wie konnte er ihr erklären, dass er nicht hatte helfen können? Er fühlte sich in einem Zwiespalt: Wenn dieser Ifasen, der Ehemann seiner Geliebten, noch länger im Gefängnis bleiben müsste, bedeutete das auch, dass er, Richard, ungestört Zeit mit ihr verbringen konnte. Mit einem inhaftierten Ifasen gab es die Aussicht auf weitere unbehelligte Tage mit Abayomi. Und vielleicht sogar auf unbehelligte Nächte.

Der Gedanke erfüllte ihn mit selbstsüchtigem Verlangen. Gleichzeitig lief es ihm kalt den Rücken hinunter, wenn er daran dachte, wie zerbrechlich seine Redlichkeit offenbar war. Er betrachtete Ifasens geschundenes Gesicht, das trotz der Misshandlungen würdevoll wirkte. Ihn jetzt allein zu lassen, wäre niederträchtig gewesen.

»Ich kann Ihnen helfen«, erklärte er. »Und ich werde Ihnen helfen. Der Mann, der Sie in diese Lage gebracht hat… Er verkörpert all das, was ich verachte. Ich werde nicht zulassen, dass er Ihnen so etwas antut.«

Ifasens Miene wirkte noch immer misstrauisch. Er war nicht überzeugt und schüttelte den Kopf. »Warum teilen Sie Ihr Essen mit einem Mann, den Sie verachten? Warum laden Sie solche Menschen zu sich nach Hause ein? In meinem Land essen wir mit Freunden oder manchmal auch mit jemandem, von dem wir etwas wollen. Wollten Sie etwas von diesem Mann?«

»Nein… Nein, in meinem Land essen wir oft mit völlig Fremden. Wir servieren sogar Leuten Essen, die wir nicht einmal mögen. Leute, die versuchen, uns die Frauen wegzunehmen, während wir ihnen Wein einschenken.« Richard sprach mehr mit sich selbst als mit Ifasen. Er lachte auf, als wollte er damit seinen Standpunkt noch unterstreichen.

Ifasen antwortete nicht sofort. »Ich fürchte, Sie sind wie alle anderen«, meinte er nach einer Weile. »Sie schauen mich an und sehen nur den Schuldigen. Sie sind wie der Mann in dem Auto, wie die Polizisten, wie der Richter. Sie sind nicht in der Lage, den Menschen hinter dem Stempel wahrzunehmen, den man mir aufgedrückt hat. Ich habe nie darum gebeten. Ich wollte diesen Stempel nicht. Sie haben mich damit versehen. Es bringt Ihnen nichts, ihn wieder entfernen zu wollen. Wieso sollten Sie das also tun? Selbst wenn sich herausstellt, dass ich unschuldig bin, bleibe ich in Ihren Augen doch immer der Angeklagte, der Beschuldigte.«

Richard war überrascht, wie klar Ifasen seine Meinung äußerte. Ifasen hatte recht, das wusste Richard. Anfangs war jeder Mandant für ihn noch ein Individuum gewesen. Er hatte sich stets um den erfolgreichen Ausgang einer Verhandlung bemüht, sich für das Wohlbefinden seiner Klienten verantwortlich gefühlt. Doch die Last dieser Verantwortung war mit der Zeit immer schwerer geworden, und der Unterschied zwischen Erfolg und Misserfolg hatte sich als zu verheerend herausgestellt. Oder vielleicht hatte es auch angefangen, ihn zu langweilen: immer die gleichen Geschichten, die gleichen aalglatten Entschuldigungen seiner Klienten. Selten übernahmen sie selbst Verantwortung für ihr Verhalten. Sie wollten keine Absolution von ihm. Seine Aufgabe bestand lediglich darin, die drohende Strafe aus dem Weg zu räumen, damit sie so weitermachen konnten wie bisher.

Aber Ifasens Anschuldigungen gingen noch weiter. Er warf Richard und seinesgleichen Rassismus und Fremdenhass vor. Und auch in dieser Hinsicht wusste Richard, dass es nichts zu diskutieren gab.

Er betrachtete das kluge Gesicht seines Gegenübers, die feinen Gesichtszüge. Die Erschöpfung ließ Ifasens Augenlider ein wenig nach unten hängen, was den Eindruck vermittelte, als wäre ihm im Grunde alles egal. An seinem Mund und an den Seiten seiner Nase waren deutliche Prellungen zu erkennen.

»Erzählen Sie mir etwas von sich, Ifasen«, forderte er ihn auf. »Wann sind Sie … und … und Abayomi hierhergekommen?«

Er redete stockend, und seine Stimme zitterte leicht, als er ihren Namen aussprach.

Doch Ifasen schien das nicht zu bemerken. »Ich glaube, Sie wollen in Wirklichkeit wissen, *warum* wir hierhergekommen sind und nicht *wann*«, erwiderte er und lehnte sich auf seinem Stuhl zurück. »Ich werde Ihnen auf beides eine Antwort geben. Unser Volk hat 1960 seine so genannte Unabhängigkeit bekommen. Aber in Wahrheit ist nur eine Macht durch eine andere ersetzt worden. Unsere neuen Kolonialherren sind jetzt Chevron, die Weltbank, IMF und Shell. Es sind Herren, die keine Gnade kennen. Firmenstrukturen ohne ein menschliches Antlitz. In Science-Fiction-Filmen übernehmen oft Roboter die Vorherrschaft der Welt, und diese Vorstellung entsetzt uns. Aber das ist gar keine Zukunftsvision, das ist schon lange passiert. Diese gesichtslosen Monster kreisen bereits jetzt wie Aasgeier über meinem Land.«

Obgleich Ifasen weiterhin ruhig klang, legte er nun doch mehr Ausdruck in einzelne Worte seiner Rede. Richard sah, dass etwas Leben in sein Gesicht zurückkehrte, auch wenn es Zorn war, der sich darin widerspiegelte.

»Wir sind noch immer arm«, fuhr Ifasen fort. Er lehnte sich vor. »Der Weltbank verschuldet und der Gnade unserer Herren und Meister ausgeliefert, die unsere Ölreserven leersaugen. Unsere Regierungen kommen und gehen, alles Huren, die mit den Konzernen ins Bett steigen.« Richard zuckte innerlich zusammen bei diesem Vergleich. »Ölfirmen benutzen das Militär und die Polizei, um ihre Interessen in der Region zu schützen. Hunderte, ja Tausende Menschen mussten inzwischen wegen dieser Firmen ihr Leben lassen. Der einzige Rohstoff, den wir exportieren, ist Öl. Wir sind ihm auf Gedeih und Verderb ausgeliefert. Und doch kostet ein Dollar einhundert Naira. Unser Volk lebt in Armut. Unsere Wirtschaft ist ruiniert.«

»Dann sind Sie hierhergekommen, um Arbeit zu finden?«, wollte Richard wissen.

»Nein.« Ifasen runzelte die Stirn. Er wirkte fast gekränkt. »Das ist nur der Hintergrund unserer Geschichte. Nein, wir sind hierhergekommen, um unser Leben zu retten… Es ist eine lange Geschichte. Abayomis Vater war Wirtschaftswissenschaftler an der Universität. In seinen Vorlesungen hat er immer lauter die Geißeln angeprangert, die unser Land im Griff hielten. Ich habe ihn oft gehört. Seine Vorlesungen waren eigentlich mehr wie öffentliche Diskussionen. Unzählige Studenten und auch viele andere Professoren sind gekommen, weil sie sich gegen die Wirtschaftsbosse erheben wollten. Der Schriftsteller Ken Saro-Wiwa hat gegen Shell demonstriert und die Firma dafür verantwortlich gemacht, das traditionelle Farmland zu ruinieren. Die militärischen Anführer unseres Landes sind schließlich immer nervöser geworden, denn den Konzernmonstern hat offensichtlich nicht gefallen, was vor ihrer Haustür passiert ist. Es ist zu Treffen gekommen, auf denen so einiges beim Namen genannt wurde. General Sani Abacha hat schließlich befohlen, Saro-Wiwa und viele andere zu verhaften. Nach einem schnellen Verfahren vor einem Militärtribunal sind Saro-Wiwa und acht weitere Männer dann gehängt worden.«

»Und Abayomis Vater?«

»Saro-Wiwas Ermordung hat ihm im Grunde das Herz gebrochen. Gleichzeitig hat sie Abayomis Bruder Abazu angefeuert, zu einem kompromisslosen Gegner des Regimes zu werden. Ihre Mutter hat sich mit der Familie auf dem Land versteckt. Abayomi ist allein zurückgeblieben, um die Schule zu beenden. Sie hat in dieser Zeit bei einer Tante gewohnt. Das Militär hat Abazu gesucht – wie Hunde, die eine verletzte Ratte jagen… Es war eine schwere Zeit.« Ifasen schüttelte den Kopf und sah ins Leere.

Richard warf einen Blick auf seine Uhr. Erleichtert stellte er fest, dass die Stunde, die sie zur Verfügung hatten, beinahe vorüber war. Obwohl er nach mehr Hinweisen über Abayomis Vergangenheit gelechzt hatte, waren die nackten Tatsachen nun erschreckend brutal und verwirrten seine Gefühle noch mehr. Er schob die Papiere zusammen, die vor ihm auf dem Tisch lagen.

Aber Ifasen hatte noch nicht zu Ende gesprochen. »Man hat Abayomi immer wieder aufgesucht«, sagte er. »Man hat ihr gedroht. Einmal, als sie noch ein Teenager war, hat man sie mit aufs Revier genommen und sie über Nacht dortbehalten. Abazu war ständig auf der Flucht, so dass Abayomi tatsächlich nichts über seinen Verbleib wusste. Aber in einem armen Land wie Nigeria gibt es überall Informanten. Für Geld oder eine warme Mahlzeit sagen dir solche Leute alles. Nachdem das mit ihrem Vater geschehen war, hat Abayomi gewusst, dass ihre Familie nie mehr ganz sicher sein würde. Inzwischen ist sie in alle Winde verstreut. Abazu lebt in Europa. Abayomis Mutter ist krank geworden, weil sie nicht daran gewöhnt war, schmutziges Wasser zu trinken. Sie hat ihre ganze Kraft zum Überleben gebraucht, vor allem, nachdem sie keinen Kontakt mehr zu Abazu hatte. Das hat sie innerlich fast zerrissen. Kann man sich von so etwas jemals erholen?« Ifasen sah Richard an, als erwartete er eine Antwort. »Wissen Sie, es gab Tage, an denen ich meine eigenen Eltern gern gegen die ihren eingetauscht hätte. Meine Familie hätte von mir aus verschwinden können, nur damit Abayomi endlich wieder ihren Vater und ihre Mutter gehabt hätte. Wenn ich nur daran denke, quälen mich noch heute Schuldgefühle.«

»Ich kann mir so etwas nicht vorstellen.« Richard merkte zu spät, wie zweideutig seine Bemerkung klang. »Ich meine … in Abayomis Lage zu sein. Oder auch in Ihrer.« Er schwieg einen Moment lang und fügte dann hinzu: »Aber Sie haben mir noch nicht erzählt, was mit Abayomis Vater passiert ist.«

»Ich weiß.« Ifasen sah ihn einen langen Moment an, ohne den Blick zu senken. »Für Abayomi gab es kein Leben mehr in Nigeria. Wir sind in dieses Land gekommen, um noch einmal von vorn zu beginnen. Abayomi schickt die Hälfte ihres Einkommens an ihre Tante in Nigeria.«

Die Erwähnung von Abayomis Einkommen ließ Richard in sich zusammensinken. Er stellte sich seine zerknitterten Scheine in einem Umschlag vor, heimlich geöffnet im fernen Norden des Kontinents. Aus irgendeinem Grund bildete er sich ein, dass die Scheine das Geheimnis ihrer Herkunft preisgaben, dass sie verrieten, von wem sie stammten und dass sie für eine Phantasie gezahlt wurden – für ein erbärmliches Vorgaukeln von Liebe.

»Okay«, sagte Richard. »Soweit ich verstanden habe, ist Geld verschwunden, das Sie gebraucht hätten. Aber Sie müssen sich keine Sorgen machen. Abayomi hat inzwischen die Summe aufgetrieben, die nötig ist.« Ifasen sah ihn fragend an, erwiderte aber nichts. Richard nahm einen Stift zur Hand und klappte seinen Notizblock auf. »Also gut. Dann erzählen Sie mir mal, was genau passiert ist. Und dann wollen wir sehen, ob wir Sie nicht doch noch auf Kaution frei bekommen.«

Ifasen schilderte die Vorfälle, die zu seiner Verhaftung geführt hatten. Richard war entsetzt, als er hörte, wie sich der Kläger an der Ampelkreuzung aufgeführt hatte. Er fragte Ifasen nach dem Verhalten der Polizisten und versuchte zu verstehen, weshalb man gerade diesen Nigerianer auserkoren hatte, um ein Exempel zu statuieren. Ifasen erklärte, dass das Ganze eine komplizierte Vorgeschichte habe. Polizisten wie Jeneker wurden von Geschäftsleuten bezahlt, die Flüchtlinge in dieses Land schleusten. Man benutzte solche korrupten Polizeibeamten, um sicherzustellen, dass die Flüchtlinge ihre Schulden bezahlten. Und dass sie still hielten.

»Wir müssen alle zwei Jahre unseren Status als Flüchtlinge

erneuern. Dafür muss man Leute schmieren. Der Mann aus dem Innenministerium will fünftausend, und der Mann, der uns hierhergebracht hat, will auch jedes Mal so viel, wenn unsere Aufenthaltsgenehmigung erneuert wird. Eine solche Summe haben wir nicht, auch wenn wir sparen, wo wir nur können. Der Mann aus dem Ministerium besucht uns trotzdem und …«

Ifasen verstummte und blickte zu Boden. Richard ballte die Fäuste. Er war so blind gewesen: Die Welt, die er betreten hatte, war ebenso voller Falltüren wie die, die er verlassen hatte. In Wirklichkeit herrschte überall grausame Brutalität. Er hätte am liebsten auf jemanden eingeschlagen – auf Coetzee, den Polizisten, diesen Mann aus dem Innenministerium, Amanda. Seine Wut auf seine Frau überraschte ihn. Irgendwie hatte er das Gefühl, dass auch sie verantwortlich für all das war, dass auch sie ihn hinters Licht geführt und betrogen hatte.

Er beendete die Besprechung in einem Nebel verwirrender Gefühle, wobei er Ifasen versprach, am Ende der Woche einen Antrag zu stellen, damit er auf Kaution freigelassen wurde. Svritskys Gerichtsverhandlung begann zwar bereits in zwei Tagen, aber wenn er den zuständigen Amtsrichter bat, Ifasens Antrag früh am Morgen abzuhandeln, konnte er danach mit dem Fall des Russen weitermachen. Er fragte sich sowieso, ob die Staatsanwaltschaft nicht doch noch einlenken würde, was den Fall Svritsky betraf, wenn sie ihren Augenzeugen bis zum Verhandlungsbeginn nicht aufgetrieben hatte.

Schließlich schüttelte Richard Ifasen die Hand und ging. Der Gefängniskorridor wirkte beängstigend eng, und er war erleichtert, als er in den strahlenden Nachmittag und die warme Brise hinaustrat. Die Bäume sahen leuchtend grün aus, wie sie sanft im südöstlichen Wind hin und her schwankten.

Richard saß eine Weile vor dem Gefängnis in seinem Auto. Die Klimaanlage lief leise, und er fühlte sich ausgelaugt. Die widersprüchlichsten Gefühle kämpften in seinem Inneren um die Vorherrschaft, während er sich in seinem Schalensitz zurücklehnte. Er blickte auf seine Hose und entdeckte dort ein langes, seidiges Hundehaar. Verärgert streifte er es beiseite. Er fühlte sich, als hätte ihn seine Angebetete verschmäht, als wären seine törichten Annäherungsversuche zurückgewiesen worden. Er spürte auf einmal die ganze Wut über die Demütigung, die tiefe Traurigkeit ob des Verlusts, die Scham und den Hass sich selbst gegenüber. Für wen hatte er sich eigentlich gehalten? Für wen hatte er sie gehalten? Sie hatten gemeinsam ein Spiel gespielt – wie Kinder, die die Schule schwänzen. Nur hatte er dieses Spiel mit der Wirklichkeit verwechselt.

Er brauchte eine Weile, bis er sich genügend beruhigt hatte, um loszufahren. Noch auf dem Highway schlug er immer wieder auf das Lenkrad ein, wenn quälender Zorn und tiefe Verzweiflung in ihm aufwallten. Er verspürte das Bedürfnis zu weinen, was ihn nur noch wütender machte.

»Du Idiot! Du verdammter Idiot!«

Seine Worte hallten laut in seinen Ohren wider. Es war an der Zeit, dieses Spiel zu beenden. Und sich das zu nehmen, was er wollte.

20

Richard saß an der Hotelbar und trank ein Glas Whisky. Das unpersönliche Ambiente bedrückte ihn ebenso wie das ständige Kommen und Gehen der anderen Gäste, die mit lauten Stimmen ein paar Gläser hinunterstürzten, ehe sie zu angenehmeren Orten in die hereinbrechende Dunkelheit entschwanden.

Nachdem er das Gefängnis verlassen hatte, war er zuerst ziellos und schlecht gelaunt durch das untere Ende der Stadt gefahren und dann zu Fuß gelaufen, bis er schließlich in dieser Hotelbar gelandet war. Das weiche Licht des frühen Abends versprach Partys, Tanz und aufregende Bekanntschaften, aber Richard war schlechter Laune. Eine junge Frau in einem kurzen Rock hatte die Bar betreten und sich allein an die Theke gesetzt. Normalerweise wäre er fasziniert gewesen, aber diesmal starrte er sie nur einen Moment lang an, ehe er sich wieder den Eiswürfeln in seinem Glas widmete.

Nachdem er eine Weile lang düster vor sich hin geblickt und mit seinem Handy herumgespielt hatte, hatte er Abayomi eine Nachricht geschickt. »Wir müssen über ifasen sprechen« war alles, was er geschrieben hatte, ehe er den Namen des Hotels eingab. Dass er die Entscheidung gefällt hatte, die SMS abzuschicken, hatte seine Stimmung jedoch nicht verbessert. Wenn überhaupt, warf ihre blitzschnelle Antwort – »Ja« – nur weitere Fragen auf, mehr misstrauische Vermutungen. Vielleicht ahnte sie, dass die Wahrheit ans Licht gekommen war. Vielleicht quälte sie auch nur die Sorge um ihren Mann, und sie wollte hören, wie es ihm inzwischen ergangen war.

Richard ließ die schmelzenden Eiswürfel in seinem Glas kreisen und trank dann den Rest der Flüssigkeit aus, die fast nur noch aus Wasser bestand. Der Barkeeper hob die Augenbrauen, und Richard nickte. Ein neues Glas mit Eis und einem doppelten Whisky wurde auf einen trockenen Untersetzer vor ihm auf die Theke gestellt, und die feuchten Spuren des letzten Drinks wurden weggewischt. Als würde ich meinen ersten Whisky neu trinken, dachte er – einfach die Theke sauber wischen und noch einmal von vorn anfangen.

Er spürte bereits, wie sich der Alkohol in seinem Körper ausbreitete. Er sehnte sich danach, betrunken zu sein, so betrunken, dass ihm alles egal war. Und dann einzuschlafen. Er wollte einfach erstarren und zusammenbrechen, in ein völliges Vergessen sinken. Mit einem Satz schüttete er den Whisky hinunter. Er brannte in seinem Hals. Seine Finger kribbelten. Auffordernd nickte er dem Barmann zu, ihm noch einen zu bringen.

Der Mann stellte ihm ein frisches Glas hin und blickte dann misstrauisch auf, als jemand die Bar betrat. Richard hörte ihre Schritte hinter sich, ehe sie die Hand auf seine Schulter legte.

»Hallo, Richard.«

Sie sah anders aus. Zwar war sie noch immer schön, aber weniger glamourös, irgendwie realer. Sie war nicht mehr das sinnliche Geheimnis und auch nicht mehr der neckische Flirt – nein, jetzt strahlte ihre Erscheinung eine ältere, mütterlichere Schönheit aus. Er fragte sich, warum er sie bisher noch nie in diesem Licht gesehen hatte. Einen Moment lang erfüllte ihn Bedauern und dann Liebe für sie.

»Hallo, Abayomi.« Er legte seine Hand auf die ihre, die noch immer seine Schulter berührte. Sie ging langsam um ihn herum und setzte sich dann auf den Barhocker neben ihm. Ihr Knie drückte gegen seinen Schenkel. »Was möchtest du trinken?«, fragte er.

»Das hängt davon ab … Was du mir zu sagen hast.«

Richard war entschlossen gewesen, sich nicht mehr von ihrer geschickt eingesetzten Verführungskunst betören zu lassen. Doch ihr Lächeln wirkte ehrlich, und er merkte, wie er wieder schwach wurde. »Ich glaube, du könntest einen Whisky gebrauchen.«

»Verstehe.« Sie schenkte ihm ein kurzes Lächeln und nickte dann dem Barmann zu. »Einen einfachen Whisky, bitte.« Diesmal hatte sie kaum Make-up aufgetragen. Nur auf ihren Augenlidern glitzerte ein Rest Farbe. »Wie ist dein Treffen mit Ifasen gelaufen?«

»Ganz gut, soweit man das sagen kann.« Richard war noch nicht bereit, ihr mitzuteilen, was er erfahren hatte. Sollte er ihr überhaupt davon erzählen? Auch er konnte ein Geheimnis für sich bewahren, um es im Bedarfsfall als Waffe einzusetzen.

»Versuche nicht, mir etwas vorzumachen, Richard. Du bist ein zu guter Mensch für solche Spiele.«

Die Mischung aus Kompliment und Spott brachte ihn einen Moment lang aus dem Konzept.

»Ich bin Ifasens Frau«, fuhr sie fort. »Wir haben ein Kind. Das weißt du jetzt. Du denkst sicher nicht, dass ich dir diese Dinge schon früher hätte erzählen müssen. Sie gehören nicht hierher in diese … Beziehung. Sie haben in dieser Hinsicht keine Bedeutung. Bausch sie also nicht auf, sondern denke immer daran, was ich dir über die Sonne und die Sterne gesagt habe.«

Richard nickte. Wenn sie sprach, schien alles so klar zu sein. Warum sollte es eine Bedeutung für ihn haben, dass sie verheiratet war? Es war, wie sie selbst sagte, für ihre Beziehung nicht wichtig. Doch sobald sie schwieg, kehrten seine Zweifel zurück.

»Wie sieht unsere … unsere Beziehung eigentlich aus?« Er

stotterte unsicher. Inzwischen war er ziemlich betrunken und formte die Worte nur mit Mühe.

»Warum musst du fragen? Es ist, wie es ist – nicht mehr und nicht weniger. Warum fragst du, als ob es das eine oder das andere sein könnte? Du weißt, was es ist. Es ist dumm, eine solche Frage zu stellen.«

Obwohl sich ihr Tonfall nicht verändert hatte, fühlte sich Richard von ihren Worten angegriffen. Was ihr klar zu sein schien, verstand er nicht im Geringsten, und ihn als dumm zu bezeichnen, weil er nichts verstand, war ungerecht von ihr. Er merkte, dass er wütend wurde.

»Dumm? Okay, dann beantworte mir mal das: Ich habe in diesem Hotel ein Zimmer reserviert. Ich möchte mit dir nach oben gehen und dich dort auf einem breiten Doppelbett lieben. Ich will mit dir schlafen, wie das ein Liebespaar tut. Ein echtes Liebespaar. Also – was für eine Beziehung haben wir?«

Sein Kopf war vom Alkohol benebelt, und die unklare Wut schien seinen ganzen Körper zu durchfluten. Er musste die Kontrolle übernehmen. Nur, indem er Macht über Abayomi ausübte, konnte er noch hoffen, seine Sucht in den Griff zu bekommen.

»Was bedeutet sie für dich? Was bedeute ich für dich? Geht es um das Extrageld in deiner Tasche? Oder wäre das mit dem Hotelzimmer nur eine Möglichkeit für dich, mich für meine Hilfe zu bezahlen? Oder ist es doch mehr? Dir mag das alles klar sein, aber mir nicht, Abayomi. Nicht mehr, nachdem ich deinen Mann kennengelernt und von deinem Sohn, deinem Bruder und deinem Vater gehört habe …« Er bereute, den letzten Satz ausgesprochen zu haben, und biss sich hastig auf die Lippen, als er beobachtete, wie sich ihr Gesicht zuerst öffnete und dann schlagartig verfinsterte.

»Es steht dir nicht zu, mir solche Dinge zu sagen«, erwiderte sie. »Und es steht dir auch nicht zu, Hotelzimmer zu reservieren und zu glauben, dass ich dir überallhin folge.« Sie erhob sich und stand groß und abweisend vor ihm. »Nimm nicht an, dass du mich kennst, Richard. Danke für deine Hilfe, aber nein danke.«

Als sie sich zum Gehen wandte, fasste Richard nach ihrem Handgelenk und hielt es fest, wobei er darauf achtete, ihr nicht wehzutun. »Es tut mir leid«, murmelte er. »Bitte setz dich wieder und sprich mit mir. Das war falsch von mir, so etwas zu sagen, und ich möchte mich dafür entschuldigen. Bleib … bleib einfach eine Weile hier bei mir sitzen. Deine Familiengeschichte hat nichts mit mir zu tun. Es war nicht richtig von mir, sie zu erwähnen.«

Er ließ ihr Handgelenk los, und Abayomi setzte sich wieder. Sie wirkte müde. »Ich habe einen Fehler gemacht, als ich dich gebeten habe, Ifasen zu helfen«, erklärte sie. »Mir hätte klar sein müssen, dass das schwierig werden könnte.« Sie seufzte. »Weißt du, was es heißt, verzweifelt zu sein, Richard? Nicht nur enttäuscht, nicht nur unerfüllt. Nein, wirklich tief verzweifelt? Ich glaube nicht, dass du das kennst. Es gibt nichts, was man nicht tun würde, wenn man wirklich verzweifelt ist.«

Er wartete darauf, dass sie weitersprach. Doch sie nahm ihr Glas und trank einen großen Schluck Whisky. Nachdem sie es wieder abgestellt hatte, sah sie ihn eine Weile lang an, ohne etwas zu sagen. Sie wirkte ausgelaugt.

»Ich helfe dir mit Ifasen«, meinte Richard schließlich. »Ich verspreche dir, dass ich ihn frei bekomme. Und dann werde ich dich in Ruhe lassen, und du wirst mich nie mehr wiedersehen. Du kehrst in dein Leben zurück und ich in meines.« Sie betrachtete ihn mit traurigen Augen. »So jemand wie du ist mir noch nie begegnet, Abayomi. Du hast etwas in mir verändert. Etwas, das tief in meinem Inneren verborgen war. Du hast es an die

Oberfläche gebracht, und jetzt muss ich allein damit zurechtkommen.«

»Ich wollte dir nicht wehtun, Richard. Das weißt du.«

»Ja, das weiß ich. Aber ich bin … ich bin in dich … vernarrt. Tust du mir den Gefallen? Kommst du mit mir nach oben? Ein letztes Mal?« Noch während er sprach, merkte er, wie eine dumpfe Wut in ihm aufstieg. In seinen Augen standen Tränen.

Sie sah ihn weder mitfühlend noch zornig an. Er wünschte sich, ihre Miene besser durchschauen zu können oder etwas anderes in ihr auszulösen als nur diesen nichtssagenden Ausdruck.

»Ein letztes Mal, Richard«, erwiderte sie. Ihr Gesicht wirkte verhärmt.

Ein Schauder lief ihm über den Rücken. Sie verwirrte ihn derart, dass er wieder das Gefühl hatte, ihr ausgeliefert zu sein. Eigentlich hatte er erwartet, sich erleichtert zu fühlen, doch stattdessen verspürte er auf einmal das Bedürfnis, nein zu sagen. Er wollte ihr und sich selbst die Masken vom Gesicht reißen und sich in sie hineinversenken, sich endlich ihrem wahren Selbst gegenübersehen.

Gleichzeitig genoss er ihre schlanken Finger auf seinem Nacken, als sie sich erhob, ebenso wie die absichtliche Berührung ihrer Brust an seiner Wange, als sie an ihm vorüberging. Er leerte seinen Whisky und stand ergeben auf – ein Gefangener seines eigenen Plans, unfähig zu widerstehen.

An der Hotelrezeption vermied es Richard, den Angestellten anzusehen, der ihm den Schlüssel reichte. Es war eine Plastikkarte mit einer Zimmernummer. Abayomis Miene war undurchdringlich, als sie den Mann höflich anlächelte.

»Noch einen schönen Abend, Mr Calloway«, wünschte der Rezeptionist.

Richard murmelte etwas und drehte sich dann rasch zu den

Liften um. Er fühlte sich unsicher auf den Beinen, während sie auf den Aufzug warteten.

Als sie die Sicherheit des Zimmers erreicht hatten, legte sich seine Unruhe nicht. Es war ein steriler, unpersönlicher Raum, wie man ihn in den meisten Hotels fand. Die Zimmermädchen hatten den Fernseher angeschaltet und den Ton auf leise gestellt. Auf dem Bildschirm war ein Tennisspiel im Gange. Zwei hauteng gekleidete Russinnen schmetterten den Ball über den blaugrünen Platz. Ohne Geräusche wirkte das Ganze wie eine Karikatur – kurzröckige Zeichentrickfiguren, die unerwartet einmal in die eine und einmal in die andere Richtung sprangen. Der Teppich roch nach Schaumreiniger, und ein Rest von einem Putzmittel, das nach Kiefern duftete, hing in der Luft.

Richard warf einen Blick in den großen Spiegel an der Wand. Er sah sich einem müde wirkenden Mann mittleren Alters gegenüber, der einen leichten Bauchansatz und vor Stress eingesunkene Wangen hatte. Er strich sich das Haar aus dem Gesicht und richtete sich auf. Hinter sich im Spiegel konnte er Abayomis Hände erkennen, die sich auf seinen Nacken zubewegten, um ihn zu streicheln. Diesmal verstörte ihn die Dunkelheit ihrer Haut auf seinem bleichen Fleisch. Wie die umgedrehte Werbung einer Wohlfahrtsorganisation, dachte er bitter.

Er schob seine Hand in die obere Jackentasche und holte ein sorgfältig gefaltetes Bündel Geldscheine heraus. Das sollte der Test sein, hatte er in der Bar beschlossen. Ob sie diesmal, bei ihrem letzten Zusammensein, Geld annehmen würde oder nicht. Ob sie sein Angebot, sie zu bezahlen, kränken, beschämen oder ob sie das Geld routiniert einstecken würde. Er drehte sich um, ihre Hände noch immer auf seinem Nacken. Aufmerksam beobachtete er, wie sich ihr Blick senkte und auf die Scheine in seiner Hand richtete.

Sie bewahrte ihre Haltung und beugte sich vor, um ihm einen

leichten Kuss zu geben. Ihre Zunge strich wie ein Falter über seine Oberlippe, ehe sie sich wieder zurückzog. War das ein Versprechen, die Andeutung eines intimen Bandes, das zwischen ihnen geknüpft werden sollte? Er widerstand dem Verlangen, seine Zunge in ihren Mund zu schieben, und schloss für einen Moment die Augen.

»Behalte dein Geld, Richard.«

Sie löste sich von ihm und ließ ihn stehen, mit dem Geld in der Hand. Wieder verwirrte ihn ihre unklare Haltung. Wieso musste sie es so formulieren? Warum musste sie das Geld ablehnen und ihm doch das Gefühl vermitteln, verachtenswert zu sein, weil er es angeboten hatte? Weshalb zeigte sie ihm keinerlei Dankbarkeit? Ihr doppeltes Spiel brachte ihn fast zur Raserei. Erneut tobte die Wut in ihm, beraubte ihn seiner Entschlusskraft, lähmte ihn. Sie holte ihn wie eine Leine ein, um ihn dann wieder loszulassen, genau wie er das beim Angeln gelernt hatte.

Ehe er etwas sagen konnte, nahm sie ihm das Geld aus der Hand und schob es in seine Jackentasche zurück. Dann begann sie sein Hemd aufzuknöpfen und ihre Wange an der seinen zu reiben. Er nahm ihren erdigen Duft wahr. Wie Sandelholz und feuchte Rinde. Leise sank sein Hemd auf den Teppichboden, und ihre Finger fingen an, sich seinem Gürtel zu widmen. Kurz darauf stand er nackt vor ihr. Seine Erektion presste gegen ihre Jeans. Zumindest der Anblick der geschwollenen Eichel, die gegen sie drängte, befriedigte ihn ein wenig. Ihre Finger liebkosten die Seiten seines Glieds und kitzelten ihn unter dem Hoden, so dass er die Beine ein wenig spreizte, damit sie besser zwischen seine Schenkel greifen konnte.

Er vermied es, einen weiteren Blick in den Spiegel zu werfen, wo sein Spiegelbild auf ihn wartete, grausam spottend. Abayomi knöpfte ihre Bluse auf. Ihre Brüste waren zur Hälfte von einem weißen BH umhüllt, der ihrer Haut einen noch satteren Braunton verlieh. Sie fasste hinter sich, und der BH fiel wie zerknittertes Papier zu Boden. Dann schälte sie sich aus ihrer engen Jeans. Ihr Tangaslip bestand nur aus einem schmalen Dreieck zwischen den Schenkeln und einem dünnen Band um die Taille.

»Wir haben kein Massageöl«, meinte sie lächelnd. »Ich habe zwar eine kleine Tube mit Creme in meiner Tasche, aber die wird nicht reichen.«

»Keine Massage.« Die Rauheit seiner Stimme überraschte ihn, und ihr Lächeln wurde angespannter. Noch immer rauschte der Alkohol durch sein Blut. Er fühlte sich draufgängerisch und in grausamer Laune. »Heute will ich nur dich. Alles von dir.«

Sein Ton klang drohend. Sie trat einen Schritt zurück, auch wenn ihre Finger noch immer spielerisch über seinen Bauch strichen. Richard schob seine Hände unter das Band ihres Tangas und zog ihn herab. Dazu ging er in die Hocke, so dass sich sein Gesicht auf einer Höhe mit ihrem kurzen Schamhaar befand. Er beugte sich vor und vergrub einen Kuss in ihrem Venushügel. Ihre Hände hielten seinen Kopf und sein Haar. Er spürte, dass sie sein Gesicht zwar fester gegen ihren Körper presste, ihn jedoch gleichzeitig auch davon abhalten wollte, tiefer zu wandern. Er gab nach.

Sogleich überkam ihn eine seltsame Kälte, eine ruhige Entschlossenheit, die jeglichen Zweifel beiseite schob. Entweder waren sie ein Paar, oder sie war eine Hure. Was es auch immer sein mochte – heute würde er sich endlich das nehmen, was ihm zustand. Das war der neue Test. Das war das einzige Spiel, das sich zu spielen lohnte.

Er wanderte züngelnd zu ihrem Bauch hoch, wo er die Überreste von Puder in ihrem Nabel schmeckte, um langsam bis zu ihren Brüsten vorzustoßen. Zuerst umkreiste er sie in einer Achterform, um dann die härter werdenden Brustspitzen in den Mund zu nehmen, daran zu saugen und sie sanft zu beißen. Sie stöhnte laut auf und zog seinen Kopf zu ihr, so dass sein Gesicht gegen ihren Brustkorb drückte.

Ist das auch nur gespielt?, dachte er. Jetzt würde diese Farce endlich ein Ende haben. Er löste sich von ihr, stark und entschlossen. Ohne ihr in die Augen zu sehen, wanderte sein Blick über den Schwung ihrer Schultern, die Festigkeit ihrer Brüste und die zusammengezogenen Brustwarzen bis zu ihrem flachen Bauch und den runden Hüften hinunter. Er sah einen Körper vor sich, einen weiblichen Körper, der auf ihn wartete, der ihm gehörte. Er würde diesen Körper unter seine Kontrolle bringen, ihn zu dem seinen machen. Er würde ihn mit seiner Macht und Stärke in Besitz nehmen.

Das Wort »ficken« lag ihm auf der Zunge, nicht als gedankenlos ausgesprochenes Schimpfwort, sondern als ein böse ausgespuckter Ausdruck von Gefühlen. Es drängte sich ihm so sehr auf, dass er sich fragte, ob er es laut gesagt hatte. Abayomi beobachtete ihn schweigend.

Richard legte seine Hand auf ihre Brust und schob Abayomi langsam, aber bestimmt Richtung Bett, bis ihre Kniekehlen den Rand berührten und sie nach hinten fiel. Seine Knie drängten sich sogleich zwischen ihre Beine. Er öffnete ihre Schenkel und offenbarte ihr Geschlecht. Abayomi sah ihn noch immer an. Inzwischen lächelte sie nicht mehr, sondern wirkte nur noch verwirrt. Ohne zu zögern, lehnte er sich über sie, seine Arme an ihren Seiten, und begann sich hochzuarbeiten. Er spürte, wie ihre Schenkel gegen seine Hüften drückten.

»Richard.« Sie runzelte die Stirn. Ihr Vertrauen schien ins Wanken zu kommen. »Was willst du?«

»Du weißt, was ich will. Du weißt, dass ich das von Anfang an gewollt habe. Das Einzige, was du vor mir zurückgehalten hast. Ich will dich, alles von dir.«

Sie blickte weg und erklärte dann ohne zu zögern: »Nein. Du

weißt, dass das nicht geht. Bitte, du kennst die Regeln … unsere Regeln.«

Er beobachtete ihren Mund anstatt ihrer Augen – die Art, wie sich ihre Lippen bewegten, sich öffneten und schlossen, die Feuchtigkeit ihrer Zähne und ihrer Zunge. »Keine Spielchen mehr. Ein erstes und letztes Mal. Und zwar richtig.«

Er ließ sein volles Gewicht auf sie sinken, um so seiner Forderung mehr Ausdruck zu verleihen. Ihre Lippen zitterten, blieben aber aufeinandergepresst. Sie schloss die Augen, und einen Moment lang triumphierte er. Ein animalischer Zwang ergriff ihn und verlieh ihm neue Entschlossenheit. Selbstbewusst und aggressiv hielt er sich, von seinen Armen abgestützt, über ihr und schob sich weiter nach oben, bis er das Kitzeln ihres kurzen Haars an seiner Eichelspitze spüren konnte.

Dann ließ er sich langsam nach unten sinken. Er drückte den Rücken durch, glitt mit der vollen Länge seines Penis über ihren glatten Körper und stieß leicht gegen die federzarte Wärme ihres Geschlechts.

Dann blickte er an ihren Körpern hinab, begierig darauf, miterleben zu können, wie er sie besiegte. Sein Bauch hing schlaff, fleischfarben und wulstig herab, während Abayomi geöffnet und regungslos unter ihm lag. Er sah zu ihr auf. Noch immer hatte sie die Augen geschlossen und die Lippen aufeinandergepresst – als ob er sie getötet hätte. Entsetzen ergriff ihn. Das alles war völlig falsch. Es konnte keine lustvolle Befriedigung, keinen hemmungslosen Geschlechtsverkehr zwischen ihnen geben. Der Anblick, der sich ihm bot, war nur eines: erschreckend.

In ihm wallte der Zorn auf. Er drängte gegen sie, suchte nach ihrer Wärme. Jetzt wollte er nur noch in sie eindringen und das Ganze zu einem Ende bringen. Doch wieder war er gefangen, konnte nicht aufhören, vermochte seinen Weg nicht zu finden. Er merkte, dass seine Erektion ihre Kraft verlor, sein Penis schlaffer wurde und sich nach vorn bog. Panisch versuchte er, seine Potenz zurückzugewinnen, sich an seine Begierde für Abayomi zu erinnern, an ihre spielerischen Annäherungen und die zärtlichen Berührungen. Der Spiegel lauerte zu seiner Rechten, wie ein lüsterner Exhibitionist, der seinen Namen flüsterte, damit er endlich hinsah. Sein Stoßen wurde immer verzweifelter, so dass sein nur noch halb erigiertes Glied hoffnungslos zwischen ihren Beinen hin und her glitt. Verschwitzt und mit pochendem Herzen zog er sich schließlich zurück und stand auf, bezwungen.

»Ich gehe ins Bad«, murmelte er verstört.

Vor dem Waschbecken vermochte er nicht, sich seinem Anblick im Spiegel zu stellen. Stattdessen betrachtete er Abayomis Spiegelbild hinter sich. Sie lag regungslos da, die Augen noch immer geschlossen. Ihre einzige Bewegung bestand darin, dass sie langsam ihre Beine schloss. Richard konzentrierte sich auf das Wasser, das über seine Hände floss und sich wie warme Eidechsen zwischen seinen Fingern kringelte. Eine Weile stand er über das Waschbecken gebeugt da, verzweifelt und unfähig, sich auf den nächsten Schritt zu besinnen. In seinem Kopf dröhnte es.

Nach einiger Zeit hörte er im Zimmer ein Geräusch. Abayomi flüsterte in ihr Handy. Er richtete sich auf und trocknete die Hände, einen Finger nach dem anderen. Dann wickelte er das Handtuch um seine Hüften und kehrte zu ihr zurück. Sie hatte sich angezogen und saß auf dem Bett. Als er hereinkam, sah sie ihn nicht an.

»Ich habe Sunday angerufen, damit er mich abholt. Er ist ganz in der Nähe und sollte gleich hier sein. Ich warte unten auf ihn.«

Sie machte keine Anstalten aufzustehen, und ihm wurde mit Schrecken bewusst, dass sie Angst vor ihm hatte.

»Bitte warte hier.«

Er konnte sich nicht dazu überwinden, mehr zu sagen. Wie hässlich er in ihren Augen aussehen musste, nackt in einem Hotelzimmer, nur mit einem Handtuch bedeckt. Er schüttelte sich angewidert, sammelte seine Kleidung zusammen und ging damit ins Bad zurück, um sich anzuziehen. Doch stattdessen setzte er sich auf den geschlossenen Deckel der Toilette und schlug die Hände vors Gesicht. Er wollte weinen, schaffte es aber nicht, in den Kern seiner Verzweiflung vorzudringen. Es schien, als müsste er sich auf etwas Konkretes besinnen, um überhaupt etwas zu fühlen.

Wie bin ich an diesen Punkt gelangt?, dachte er. Wie soll ich jemals wieder von hier wegkommen?

Seine Gedanken wurden von einem leisen Klopfen an der Zimmertür unterbrochen, gefolgt von gedämpftem Gemurmel. Richard blieb, wo er war. Er hoffte, dass Abayomi einfach gehen würde, auch wenn ihm das gleichzeitig Angst machte.

Sunday erschien unter der Badezimmertür. »Die Spinne, die weiß, dass sie gewinnen wird, verlässt nie ihr Netz. Aber diejenige, die zu früh losstürzt, wird niemals etwas fangen.«

Richard blickte nicht auf, konnte aber an der Stimme hören, dass Sunday diesmal nicht lächelte.

»*Haba? Gerrout of here, dundi.* Du glaubst wohl, Abayomi ist eine *Ashewo*, du glaubst …«

»Bitte lass mich allein, Sunday. Bring sie einfach weg. Und kümmere dich um sie. Ich weiß nicht … Ich bin momentan zu fertig, um etwas gutmachen zu können. Vielleicht wird es nie mehr gut.«

»Du hast recht, mein Freund.« Sunday legte eine Hand auf Richards Schulter. »Übertritt niemals deine Grenzen. Ich habe zwar kein *home training*, *Oyinbo*, aber eines weiß ich. Ich weiß, dass man nie vergessen sollte, wie weit man gehen darf, o!«

Er zog etwas aus seiner Hosentasche, ehe er fortfuhr. »Das

Leben wird nicht besser, mein Freund. Wir können nur hoffen, es manchmal zu vergessen.« Auf seiner offenen Handfläche lagen zwei rosafarbene Pillen in Form von Rauten. Auf ihrer Oberfläche waren winzig kleine, zarte Flügelpaare eingeritzt. »Ich glaube, das hier kann dir dabei helfen nachzudenken. Und zu vergessen. Einen Moment lang wirst du dich besser fühlen. Aber letztlich wird es nichts ändern.«

Richard nahm die beiden Pillen in die Hand. Die winzigen Flügelpaare faszinierten ihn. Der Gedanke zu fliegen, die Arme auszubreiten und sich in den Raum hineinfallen zu lassen, wo er schwerelos schweben könnte, hatte etwas unglaublich Reizvolles. Vielleicht würde er vergessen, und wenn er aufwachte, wäre alles fern wie ein Traum. Oder vielleicht würde er auch sterben. Ist das noch wichtig?, dachte er. Seine Verzweiflung machte ihn unbesonnen.

»Hilft mir das zu fliegen?«

Die seltsam unwirkliche Frage kam ihm zwischen den engen Wänden des schäbigen Badezimmers irgendwie angemessen vor. Mein nigerianischer Dealer bringt mir etwas zur Beruhigung, während meine Nutte im Nebenzimmer sitzt und schmollt, dachte er düster. Er befand sich im freien Fall, und dieser nächste Schritt kam ihm nur folgerichtig vor.

»Du wirst wie ein Vogel fliegen, *Oyinbo*. Wie ein Vogel. So wahr ich hier stehe.«

Ohne weiter nachzudenken, warf sich Richard die Pillen in den offenen Mund und stand auf, um aus dem Hahn einen Schluck Wasser zu trinken.

Zu seiner Überraschung war das Zimmer nebenan leer, als er dorthin zurückkehrte. Sunday geleitete ihn wie einen Invaliden zum Bett, wo er die Überdecke mit einer geschickten Bewegung herabzog. Richard genoss den kühlen Stoff des sauberen Lakens auf seinem Rücken. Seine Beine fühlten sich bleiern schwer an, was vermutlich noch immer mit dem Alkohol zu tun hatte. Er war froh, sich hinlegen zu können. Danke, Sunday, dachte er und wollte es auch sagen, schaffte es aber nicht, seinen ausgetrockneten Mund zu öffnen.

Er begann sich im Kopf leicht zu fühlen, während in seinem Bauch Funken aufzublitzen schienen. Sind das die Pillen?, überlegte er. Seine Lider kamen ihm müde und schweißfeucht vor, sein Kopf drückte in das weiche Kissen. Er schloss die Augen, um zu schlafen.

Minuten später hörte er Abayomis rufende Stimme wie aus weiter Ferne an sein Ohr dringen. »Was hast du ihm gegeben?« Er versuchte sich aufzusetzen, vermochte aber sein eigenes Gewicht nicht nach oben zu wuchten. »Was hast du getan, Sunday? Du hast aus allem ein furchtbares Chaos gemacht!«

Sundays Antwort klang verschwommen. Richard hörte, wie er protestierte. »Nichts … Er wird happy sein …« Abayomi rief irgendetwas. Dann vernahm er wieder Sundays Stimme: »Mach dir keine Sorgen …«

Die Worte drifteten davon. Eine Tür fiel ins Schloss. Richard öffnete die Augen. Abayomi beugte sich über ihn, der Blick zärtlich vor Sorge. Ihre Brüste drückten gegen den Stoff ihrer Bluse. Er versuchte sich aufzurichten, um seine trockenen Lippen an dem Baumwollstoff zu reiben, aber er schaffte es nicht, seinen Kopf zu heben. Leicht beunruhigt sah er, dass sich sein Arm wie eine Schlange um ihren Rücken gelegt hatte. Er hatte sich nicht mehr unter Kontrolle und spürte auch nichts bei der Berührung. Arm und Hand schlängelten sich um ihre Taille und begannen, ihren Bauch hochzuwandern, die kleinen Finger züngelnd wie Tiere.

Er blinzelte und sah noch einmal hin. Sein Arm lag wie tot neben ihm. Abayomi rückte ihm sehr nah, schien ihn fast zu ersticken. Warum lässt sie mir nicht mehr Raum?, dachte er. Es fiel ihm schwer, ruhig zu atmen. Sie hielt etwas in der Hand: Sundays CD-Player und sein Kopfhörer. Langsam beugte sie sich über ihn und zog das Kabel mit den Ohrstöpseln auseinander. Er wollte sie warnen, vorsichtig zu sein. Das Kabel war dünn und konnte leicht reißen. Wieder versuchte er etwas zu sagen, aber sein Mund war zu trocken, um ihn zu öffnen.

Sie schob ihm die kleinen Stöpsel in die Ohren. Ein grellgrüner Laserstrahl, klar, gerade und unerträglich hell, schoss durch seinen Kopf hindurch und trennte sein Gehirn in zwei Hälften. Das schmerzende Licht und die seltsam vereisende Hitze, die er dabei spürte, waren unerträglich und doch eigenartig belebend. Ein hohes, beinahe unhörbares Wimmern dröhnte in seinem Kopf. Der Ton schien sich nicht von der Stelle zu bewegen und pulsierte auch nicht, sondern brannte nur lodernd in seinem Schädel.

Sein Bewusstsein wurde durch den grellen Lichtstrahl in eine grauenvolle Dunkelheit gestürzt. Er wollte aufschreien, aber seine Lippen verzerrten sich nur zu einem makabren Grinsen. Das Einzige, was er sehen konnte, war dieser Lichtstrahl. Also schloss er die Augen.

Jetzt verwandelte sich der Strahl in eine Welle, pochte und schlängelte sich im Takt des Bassbeats der Musik, schleuderte große Krümmungen aus oszillierendem Laserlicht an seine Schädeldecke. Der Strahl donnerte wie ein Zug, der in der Nähe vorbeiraste, und Richards Körper begann zu zittern. Er konnte sein Gehirn vor sich sehen, rosa und grau schattiert wie eine Koralle, immer wieder erhellt von aufflackernden Blitzen und Explosionen, bis die Welle schließlich an seinem Schädelinneren abprallte und auslief.

Sanft schwappten die Korallen in einer klaren Flüssigkeit hin und her. Dann verdüsterten sie sich und tauchten ab. Mit kräftigen Zügen schwamm er auf die Spalten seines Gehirns zu und ließ sich von ihrer glitschigen Haut berühren. Unter dem Rand einer korallenfarbenen Lippe sah er leuchtend gelbblaue Segelflosser, die durch einen zufälligen Lichtstrahl getroffen ins Dunkle davonschossen. Wieder wurde alles erhellt. Diesmal schimmerten die Fische in einem tiefen Orange und schwammen in kleinen Schwärmen herbei, um an der Unterseite seines Gehirns zu nagen. Der Strahl wanderte weiter, und Richard tauchte tiefer in die schwarze Spalte hinein. Hellrosa Quallen mit runden pulsierenden Mündern umgaben ihn jetzt, ohne jedoch seine Haut zu verätzen. Sie liebkosten vielmehr seinen Bauch mit ihren winzigen Tentakeln, ehe er noch tiefer hinabtauchte. Hier unten durchdrang der Lichtstrahl die Schwärze seltener. Richard schwebte zwischen winzigen Punkten aus Licht, erzeugt von den durchsichtigen Kreaturen, die ihn hier umgaben.

Plötzlich sauste eine Lichtkugel wie ein Feuerball in den Abgrund hinab. Er sah eine wunderschöne Muräne aus ihrer Höhle in den Felsen kommen. Ihre gewaltigen Muskeln kräuselten sich auf der Oberfläche ihrer Haut, die sich spannte, als sie näherschwebte. Sie schwamm auf ihn zu, wobei sie nicht bedrohlich wirkte, sondern eine verschwenderische Langsamkeit an den Tag legte. Elegant schlängelte sich ihr fast schwarzer Körper durch das Wasser. Ihre Schnauze berührte seine nackten Füße, und sein Körper reagierte mit einem wohligen Schauder.

Das Tier war warm und glatt, als es sich mühelos um sein ausgestrecktes Bein schlang. Vor Erregung bekam er eine Gänsehaut. Das Wesen glitt knapp über seinem Schoß vorüber und presste dann sein volles Gewicht auf Richards Schenkel. Er konnte sehen, wie die Augen der Muräne aufmerksam zu ihm aufblickten, während sie seinen Bauch hochkletterte, ihre gewellte Mähne im Wasser hinter sich herziehend. Die Berührung ihres Bauchs war elektrisierend, und er drückte den Rücken durch, um das Vergnügen zu steigern. Dann begann sie, sich weiter zu schlängeln, über seine Brustwarze zu gleiten und unter seiner Achsel hindurchzutauchen. Er spürte, wie sie neben seinen Schulterblättern über seinen Rücken glitt, wo sie ihn schmerzend umschlang. Seufzte sie, als sie ihr Gewicht von seiner Hüfte herab zwischen seine Schenkel gleiten ließ? Bereitwillig spreizte er die Beine, so weit er konnte, und schlang sie um das Seemonster.

Der riesige Kopf tauchte unter seinem Ohr auf, knabberte an seinem Kinn und stieß sein Gesicht nach hinten. Seine Muskeln zuckten zusammen, und sein ganzer Körper begann zu schmerzen und hart zu werden. Das Gleiten der Tierhaut über seine Erektion hatte etwas Gnadenloses und brachte das Blut in seinen Ohren zum Rauschen. Immer noch schwamm das Ding um ihn herum, wickelte ihn enger und enger ein. Es gab kein Entrinnen mehr. In seinem Kopf dröhnte es nun, ein unglaublicher Druck schien seine Augen von innen nach außen zu pressen. Er öffnete den Mund, um zu schreien, aber der Schrei verlor sich im Wasser. Noch einmal rieb sich der seidige Bauch an ihm. Als er glaubte, nicht länger an sich halten zu können, sondern jeden Augenblick blutend ins Wasser zu explodieren, fand er auf einmal wunderbare Erlösung.

Aber selbst als der Druck verschwand und die Muskeln in Schenkeln und Gesäß zusammenzuckten, merkte er, dass ihn die Kreatur nicht aus ihrem Griff entließ. Mit jeder pulsierenden Ausschüttung klammerte sie sich enger an ihn. Seine kurzfristige Befriedigung wurde von Panik und Entsetzen abgelöst. Der schlängelnde Körper glitt über seinen Hals und wickelte sich um seinen Hinterkopf. Enger und enger drückte er zu. Schon bald konnte er nicht mehr atmen, und in seiner Brust tobte ein furchtbarer Schmerz, während er im Wasserstrudel heftig um sich schlug. Jetzt verstand er: Das Monster wollte ihn erwürgen.

Richard setzte sich ruckartig auf. Das Licht brannte in seinen geröteten Augen. Er war schweißgebadet. Seine Zunge fühlte sich dick wie eine Kröte an, die gegen seine Zähne und seine Mundhöhle stieß. Das Handtuch, noch immer feucht, lag zusammengeknüllt am Fußende des Bettes. Im Zimmer war es totenstill. Der CD-Player bohrte ihm in die Schulter, die Kopfhörer baumelten über der Rand der Matratze herunter.

Es fiel ihm schwer, sich zu orientieren. Mit bangem Herzen erinnerte er sich daran, dass er Abayomi getroffen hatte. Und dass Sunday dazugekommen war. Er hatte ein paar Pillen geschluckt, sich aufs Bett gelegt und einen kurzen schrecklichen Traum gehabt.

Es konnte höchstens Mitternacht sein. Andererseits passte das nicht zu dem grellen Sonnenlicht, das durch das Fenster ins Zimmer fiel. Mühsam hob er den Arm und richtete den Blick auf seine Armbanduhr. Halb neun. Eine Weile starrte er das Zifferblatt an und versuchte, einen Sinn daraus zu machen. Seine Kleider waren nirgendwo zu sehen. Dann fiel ihm ein, dass sie noch im Badezimmer sein mussten.

Er hörte sein Handy piepen. Amanda hatte drei Nachrichten hinterlassen, eine SMS und zwei Voice-Messages. Richard wurde übel, als er ihre Stimme hörte. Sie klang schrill und verstört. Er hatte nicht die Kraft, sie anzurufen. Also schickte er ihr eine SMS: ›Hab die orientierung verloren. Bin gestolpert und gestürzt. Tut mir alles so leid.‹

Ihre Antwort klang überraschend bestimmt: ›Du solltest nach hause kommen. Wir warten hier auf dich.‹

Noch während er ihre Nachricht las, traf eine weitere SMS ein: 'Ifasen heute morgen freigelassen. A.«

21

Das Erste, was Richard bemerkte, war die Tätowierung einer Schlange und einer nackten Frau. Svritsky saß da und sog unter einem »Rauchen verboten«-Schild demonstrativ an einer Zigarette. Dicke Rauchschwaden hüllten die Ecke des Flurs ein, wo er saß. Richard, der sich nun neben ihm niederließ, wurde fast schlecht durch das Gemisch aus Rauch und Körperschweiß, das der Russe verbreitete. Svritsky schwieg. Zwischen den beiden herrschte eine seltsame Spannung, die Richard beunruhigte. Das Tattoo auf Svritskys Arm schwoll an, als er die Zigarette zu seinen gierigen Lippen führte.

»Sie sehen nicht gut aus«, sagte er, in Rauch eingehüllt. »Und warum zum Teufel schauen Sie mich so an?«

»Entschuldigung«, murmelte Richard. »Ihre Tätowierung hat mich nur an etwas erinnert.«

Svritsky brummte und hielt in einer obszönen Geste seine Faust zwischen seine Schenkel. Richard versuchte nicht, ihn davon abzuhalten. Riedwaan Faizal lief am anderen Ende des Korridors auf und ab, während er in sein Handy sprach. Er bemerkte, dass Richard ihn beobachtete, und verbeugte sich spöttisch. Auch Svritsky nahm die Geste wahr. Normalerweise wäre das für ihn Anlass genug gewesen, um einen weiteren Schwall Flüche von sich zu geben, aber diesmal blieb er ungerührt sitzen und schwieg. Richard runzelte die Stirn. Irgendetwas stimmte nicht.

Sein Kopf schmerzte, und seine Muskeln waren von der Nacht auf der Couch im Fernsehzimmer steif. Er hatte nicht versucht, Amanda alles zu erklären. Zuerst einmal musste er selbst begreifen, was geschehen war, um dann die richtigen Worte zu finden. Zu seiner Überraschung schien sie ihn zu verstehen und drängte ihn zu keiner Erläuterung. »Ich erwarte, dass du mir irgendwann alles erzählst«, hatte sie ihm erklärt, »aber das muss nicht sofort sein.« Er hatte stumm genickt, auch wenn er in diesem Moment noch weit davon entfernt war, den Aufruhr zu begreifen, der in ihm tobte. Würde er wohl jemals so weit sein, seiner Frau alles verständlich machen zu können?

Für den Moment zumindest herrschte Waffenstillstand zwischen ihnen, ein Waffenstillstand, der allerdings auf höchst wackeligen Füßen stand. Sie meisterten ihr gemeinsames Leben, indem sie sich mit ausgesuchter Höflichkeit begegneten und oberflächliche Nettigkeiten austauschten. Richard hatte inzwischen aufgehört, sich immer wieder zu übergeben, doch Übelkeit und ein trockenes Würgen quälten ihn weiterhin. Seine blutunterlaufenen Augen hatten ihre ursprüngliche Farbe wiedererlangt, aber der Schmerz in seinem Kopf schien immer tiefer in die Höhlen zu sinken.

Er versuchte, seinen Magen unter Kontrolle zu bekommen, doch er verkrampfte sich zusehends. Svritskys Zigarettenrauch und das selbstsichere Grinsen des zuständigen Polizisten halfen nicht gerade, dass es ihm besser ging. Er strich die Falten an seiner Anzughose glatt und bemühte sich darum, seine Gedanken zu ordnen. Dann holte er tief Luft und begann den Plan für den ersten Prozesstag zusammenzufassen. »Also, Stefan, es scheint ganz so, als ob …«

Sein Mandant hob die Hand, um ihn zu unterbrechen. »Heute wird es nicht so laufen wie sonst, mein Guter. Sparen Sie sich Ihre Worte für später auf.«

Richard sah ihn an und versuchte herauszufinden, ob das nur das übliche Kampfgeschrei des Russen war oder ob er ihm gerade gedroht hatte. Svritskys Miene war jedoch völlig ausdruckslos. Sie gab nichts preis.

Richard zuckte mit den Achseln und stand auf, um den Staatsanwalt zu finden. Besorgt beobachtete er, wie sich Faizal auf Dumbela stürzte, als dieser sein Büro aufschloss, und die beiden – sogleich in ein Gespräch vertieft – darin verschwanden. Richard drehte sich zu Svritsky um. Da entdeckte er seinen geschäftig herbeieilenden Kollegen Max Bernberg, der den Gang entlang auf ihn zukam. Er stöhnte innerlich auf. O Gott, dachte er, nicht auch noch der. Diesen Idioten kann ich jetzt wirklich nicht gebrauchen.

»Richard!«, rief Bernberg, als er noch einige Meter von ihm entfernt war. Richard überlegte einen Moment lang, ob er einfach nicht reagieren und um die Ecke verschwinden sollte. Doch im Korridor war es derart still, dass er nicht einfach vorgeben konnte, er hätte ihn nicht gehört. Seufzend wartete er, bis Bernberg ihn erreicht hatte. Ohne Herzlichkeit schüttelten sich die beiden die Hände, wobei sie sich abschätzend wie Jungen auf dem Spielplatz ins Visier nahmen. Richard hatte an diesem Tag nicht die Nerven für dieses Spiel und wandte sich ab, um sich wieder hinzusetzen.

»Stefan, Sie sollten sich zu uns gesellen.« Bernberg sprach Svritsky direkt an, wobei seine Aufforderung wie ein herrischer Befehl klang. Richard verblüffte sowohl der Ton als auch die Tatsache, dass Bernberg den Vornamen seines Klienten kannte. Noch überraschender war allerdings, dass Svritsky gehorchte. Er drückte seine Zigarette in dem Betoneimer neben der Bank aus, stand auf und trat zu den beiden Anwälten. Richard warf ihm einen erstaunten Blick zu. Sein Herz begann schneller zu schlagen. Er wusste, dass etwas Ungewöhnliches vor sich ging, begriff aber noch nicht, worauf das Ganze hinauslaufen würde.

Bernberg räusperte sich. »Mr Calloway, ich bin Mr Svritskys neuer Anwalt. Sie sind hiermit von Ihren bisherigen Pflichten entbunden. Entlassen, wenn man das so brutal formulieren möchte.« Er ließ ein kurzes Kichern hören, wobei er seine Lippen aufeinanderpresste.

»Was reden Sie da für einen Scheiß?« Richard war zu bestürzt, um auf seine Ausdrucksweise zu achten. Verständnislos wanderte sein Blick von Svritsky zu dem übergewichtigen Bernberg und dann wieder zurück zu Svritsky. Auch jetzt noch spiegelten sich in der Miene des Russen keinerlei Gefühle wider. Bernberg hingegen schien die Situation zu genießen. Er holte dramatisch Luft und grinste, als amüsierte er sich über einen besonders gelungenen Scherz.

Langsam strich sich Richard mit der Hand über den Mund. Er brauchte Zeit, um die Lage besser einschätzen zu können.

»Also, Calloway«, fuhr Bernberg fort und versuchte dabei, Richard am Arm zu fassen. »Es ist jetzt für uns alle wichtig, dass Sie Ruhe bewahren.« Er hob bedeutsam die Augenbrauen. Richard zog seinen Arm weg. »Da gibt es einiges, was ich Ihnen sagen muss und was Ihnen möglicherweise nicht gefallen wird.«

Für einen Moment zeigte sich auch in Svritskys Augen eine Art von Belustigung – wie das kurze Aufblitzen einer Messerklinge.

Richard konnte nicht länger an sich halten. »Verdammt, Bernberg! Was zum Teufel quatschen Sie da? Sie haben mir also meinen Klienten abspenstig gemacht? Seit wann? Wie lange war das schon geplant?« Empört wandte er sich an Svritsky. »Stefan, was soll das? Wovon, verdammt noch mal, redet er?«

Der Russe antwortete nicht. Bernberg hielt beide Hände hoch und stieß beschwichtigende Laute aus, als müsste er ein hysterisch schreiendes Baby beruhigen. »Richard, Richard … Das Ganze ist ausgesprochen unappetitlich und kompliziert. Lassen Sie es mich für den Moment so formulieren: Ich glaube, es wäre das Beste, wenn Sie erst einmal zuhören und dann reagieren würden.«

Diesmal zeigte sich ein gehässiges Grinsen auf Svritskys Gesicht. Das kalte Grün seiner Augen hielt Richard davon ab, etwas zu erwidern. Das Wort »unappetitlich« hing wie ein schlechter Geruch in der Luft. Als sich Bernberg sicher war, dass Richard schwieg, beugte er sich vor und durchsuchte seinen Aktenkoffer. Seine Halbglatze schimmerte im morgendlichen Licht. Nach einer Weile zog er gemächlich zwei zusammengeheftete Blätter heraus.

»Das, mein Lieber…« Er hielt um der größeren Wirkung willen inne und wedelte dabei vor Richards Nase mit den Papieren. »Das ist die fehlende Zeugenaussage.« Wieder machte er eine Pause, ohne die Dokumente aus den Händen zu geben.

Richard warf ihm einen finsteren Blick zu, sagte aber nichts. Die Unterstellung, dass er seinen Mandanten im Stich gelassen habe, weil er der Staatsanwaltschaft Gelegenheit gegeben hatte, nun doch noch die fehlende Zeugenaussage zu liefern, war lächerlich.

»Es ist die Aussage des Zeugen, den die Staatsanwaltschaft inzwischen ausfindig gemacht hat und den sie gleich in den Zeugenstand rufen wird«, fügte Bernberg erklärend hinzu.

Richard entriss seinem Rivalen die Papiere und fuchtelte damit wütend vor Svritskys Nase herum. »Sie haben Ihren Verteidiger ausgetauscht, weil man den Zeugen gefunden hat? Gütiger Himmel, Stefan, was glauben Sie denn? Halten Sie das für meinen Fehler? So etwas kann doch kein Grund sein, im letzten Moment den Anwalt zu wechseln?« Plötzlich wurde ihm klar, was die beiden vorhatten: Sie wollten einen Anlass für eine Vertagung der Verhandlung.

Voller Hass wandte er sich an Bernberg. »Sie verdammter Idiot! Wenn Sie glauben, dass ein Wechseln des Anwalts zu diesem Zeitpunkt noch eine Verschiebung der Verhandlung ermöglicht, sind Sie ein Narr. Es gibt keinen Grund, den Verteidiger auszutauschen, und ebenso wenig Gründe, um jetzt noch einmal eine Vertagung zu erreichen. Sie kennen die Richterin ebenso gut wie ich, Max. Das können Sie sich abschminken.«

»Richard, Sie sollten mich eigentlich besser kennen«, entgegnete Bernberg. »Das hat nichts mit dem Versuch zu tun, noch eine Vertagung herauszuschlagen. Lesen Sie sich die Aussage erst einmal in Ruhe durch, und dann sagen Sie mir, wer hier der verdammte Idiot ist.«

Richard warf erneut einen Blick zu Svritsky, der aber wieder seine undurchsichtige Miene aufgesetzt hatte. Also überflog er das Dokument. Hastig wanderte er mit den Augen von einem Satz zum nächsten. Diesem Protokoll zufolge hatte der Zeuge den Unfall mit angesehen. Er hatte beobachtet, wie das Fahrzeug die Kontrolle verloren hatte, auf die falsche Seite der Straße geraten und auf den Bürgersteig gefahren war, wo es gegen das Opfer prallte. Der Mann hatte dann miterlebt, wie der Fahrer ausstieg und dem Opfer, das auf dem Boden gelegen hatte, einen Tritt versetzte. Daraufhin hatte sich der Fahrer nach unten gebeugt und seine Hand auf den Hals des Opfers gelegt, ehe er es erneut trat und anschließend davonfuhr. Der Zeuge beschrieb zudem genau das grüne Ford Coupé, auch wenn er das Nummernschild nicht wahrgenommen hatte.

Richard hielt bei der Beschreibung des Fahrers inne. Sie passte auf Svritsky, aber in einem Kreuzverhör gab es sicherlich noch genügend Spielraum für Zweifel. Eine Gegenüberstellung hatte bisher nicht stattgefunden.

»Also hat die Staatsanwaltschaft ihren Zeugen. Na und? Er lässt den ganzen Vorgang zwar ziemlich kaltblütig erscheinen, aber das lässt sich mit unterschiedlichen Wahrnehmungsmustern erklären. Schließlich war das kein Zugunglück. Ich kann im Kreuzverhör spielend Zweifel an diesem Augenzeugenbericht aufkommen lassen.« Frustriert wandte er sich wieder an Svritsky. »Diese Aussage kann hinterfragt werden. Wenn es das ist, was Sie dazu veranlasst hat, mitten im Rennen die Pferde zu wechseln, sind Sie nicht ganz bei Trost, Stefan.«

»Nicht so hastig, Richard«, erwiderte Bernberg. Die Farbe von Svritskys Augen verdunkelte sich bedrohlich. »Werfen Sie doch einmal einen Blick auf den Namen des Zeugen. Seinen echten Namen.«

Erst jetzt las Richard die standardisierten Einführungszeilen. Er wurde kreidebleich. Er versuchte unbeeindruckt zu wirken, aber der Schock versetzte ihm einen heftigen Schlag. Der Korridor um ihn herum begann sich zu drehen, und er befürchtete umzufallen, wenn er sich nicht gleich irgendwo hinsetzen konnte. Unwillkürlich stöhnte er auf.

Bernberg grinste grimmig. »Sie kennen doch Mr Ifasen Obeyi, nicht wahr?«

Richard starrte ihn entsetzt an. »Sind Sie nicht mehr ganz bei Trost?« Bernberg zuckte zusammen, erwiderte aber nichts. »Das ist doch der reine Wahnsinn. Ifasen Obeyi kann gar nicht der Zeuge sein. Machen Sie sich nicht lächerlich. Ich habe erst vor einigen Tagen mit ihm im Gefängnis gesprochen.« Noch während er sprach, wurde ihm mit einem Mal bewusst, wie tief der Abgrund war, in den er gerade zu stürzen drohte.

Bernberg nickte bedächtig. »Ifasen Obeyi ist Ihr Mandant, Richard. Sie sollten für ihn Kaution beantragen, aber er wurde vorher entlassen, und zwar nachdem er mit der Staatsanwaltschaft einen Deal ausgehandelt hat. Seine Freiheit … und im Gegenzug dafür seine Zeugenaussage gegen Ihren … früheren Mandanten. Und genau da liegt der Hund begraben. Sie sind der Anwalt des Hauptbelastungszeugen der Staatsanwaltschaft. Tatsächlich repräsentieren Sie sowohl Mr Svritsky als auch Mr

Obeyi, und zwar gleichzeitig. Das stellt einen Interessenskonflikt dar, wie er mir in meiner ganzen beruflichen Laufbahn noch nie untergekommen ist.« Bernberg schien um einige Zentimeter zu wachsen, während er sprach. Er blies die Backen auf, als er über den bedenklichen Ernst der Lage nachzudenken schien.

»Natürlich«, fuhr er schließlich fort, »interessiert sich das Gericht nicht wirklich für Ihren persönlichen Konflikt in dieser Sache. Es geht vielmehr um die Rechte des Angeklagten. Und diese wurden meiner Meinung nach empfindlich verletzt.«

Endlich begriff Richard, was Bernberg mit dieser Strategie bezweckte. Wütend fuhr er ihn an. »Jetzt aber mal hübsch langsam, Max! Stefans Rechte wurden in keiner Weise durch irgendetwas, was *ich* getan haben soll, verletzt. Wenn Sie versuchen, das auch nur anzudeuten, werde ich Sie schneller vor die Anwaltskammer zerren, als Sie ›schuldig‹ sagen können. Sie kleiner mieser Zwerg, wagen Sie ja nicht, mich zu benutzen, um für Ihren *neuen* Klienten einen Sieg herauszuschlagen! Und falls Sie tatsächlich vorhaben, so vorzugehen, dann können Sie ihn von mir aus gleich als Ihren Mandanten behalten.«

Rote Flecken zeigten sich auf Bernbergs rundlichem Gesicht. »Also wirklich, Calloway, ich verstehe ja, dass Sie aufgebracht sind«, fauchte er, »aber deswegen müssen Sie mich noch lange nicht beleidigen. Ich werde keinen Augenblick lang zögern, Sie meinerseits wegen unprofessionellen Benehmens vor die Anwaltskammer zu bringen, wenn Sie sich weiter so aufführen. Ich bin noch nicht fertig mit meinen Ausführungen. Sie sollten besser noch warten, ehe Sie mich als miesen Zwerg bezeichnen.«

Richard kämpfte gegen das Verlangen an, dem widerwärtigen Kerl einen Schlag ins Gesicht zu verpassen. Aber Svritskys breiter werdendes Grinsen ließ ihn vorsichtig sein. Man hatte ihn in eine Falle gelockt – so viel war klar –, doch noch wusste er nicht, aus welcher Richtung der tödliche Hieb kommen würde.

»Zum einen, Calloway, verletzt die Vertretung sowohl des Angeklagten als auch des Hauptbelastungszeugen sehr wohl die Rechte meines Mandanten. Glauben Sie wirklich, dass das Gericht mit einer solchen Situation glücklich ist? Wie könnte so etwas denn ein faires Verfahren für den Angeklagten *nicht* in Frage stellen? Wir werden einen Antrag auf Abbruch des Verfahrens stellen, und zwar aufgrund der Tatsache, dass Mr Svritskys Rechte unwiderruflich untergraben wurden. Das Ganze ist im Grunde nichts anderes als ein Ablehnungsgesuch wegen Befangenheit, wobei es in diesem Fall um den Verteidiger des Angeklagten geht und die Befangenheit nicht einfach dadurch aufgehoben werden kann, dass ein anderer dessen Vertretung übernimmt. Unserer Meinung nach ist das schlichtweg unmöglich, und ich denke, dass wir Erfolg haben werden.« Bernberg lächelte matt.

Richard hasste diesen Gebrauch des Wortes »Wir«, versagte sich aber eine diesbezügliche Bemerkung. Das Adrenalin, das er ausschüttete, hatte seine Übelkeit noch verstärkt, und er befürchtete, jeden Augenblick würgen zu müssen. Schweißperlen sammelten sich auf seinem Nacken, und seine Achselhöhlen fühlten sich feucht an. Er wünschte, die Welt würde für einen Moment stillstehen, damit er seine Gedanken ganz auf die Katastrophe richten könnte, die sich vor seinen Augen angebahnt hatte.

»Aber es wird noch schlimmer«, sagte Bernberg und bereitete den Todesstoß vor. »Und zwar viel schlimmer. Denn jetzt kommen wir zu dem *unappetitlichen* Teil der Angelegenheit.«

Richard runzelte die Stirn, sagte aber nichts. Sein Rivale hatte ihn die ganze Zeit über direkt in die Augen gesehen, doch jetzt ließ er seinen Blick auf Richards Hemd und ein Stück nach unten wandern. Er senkte zudem die Stimme. »Jetzt kommen wir zu Ihrer Affäre mit Mr Obeyis Frau.«

Richard packte ihn blitzschnell am Hals, bevor irgendjemand

reagieren konnte. Vor seinem inneren Auge sah er, wie er dem dicken Mann die Gurgel wie einen Gartenschlauch aus dem Hals riss und diese blutspritzend hin und her schlug. In Wahrheit fühlte sich die Haut des Mannes ekelhaft feist und glitschig an, und Richards Bedürfnis, ihn zu erwürgen, beschränkte sich auf den bloßen Wunsch, ihn nicht aus dem Griff zu lassen. Bernberg kreischte wie ein Schulmädchen, während er entsetzt zurückwich. Die beiden Anwälte taumelten ein paar Schritte. Richard versuchte, sein Opfer richtig zu fassen zu bekommen. Bernberg prallte gegen die Wand auf der gegenüberliegenden Seite des Korridors, wo ihn Richard nach oben schob. Er wollte ihn gegen die Mauer pressen, so dass die Füße des Anwalts nicht mehr den Boden berührten. Doch Bernberg war zu schwer. Richard ächzte vor Anstrengung, während er den glitschigen Hals immer fester zudrückte.

Dann stürzte sich Svritsky auf Richard, indem er ihn mit seiner muskulösen Schulter seitlich rammte. Er traf seinen bisherigen Verteidiger mit voller Wucht am Brustkorb unterhalb der Achsel. Der Aufprall war so heftig, dass Richard für einen Moment keine Luft mehr bekam und zur Seite fiel. Er ging zu Boden, wo er sich auf den Rücken rollte und verzweifelt versuchte, seine Lungen wieder mit Luft zu füllen. Bernberg lehnte sich keuchend an die Wand. Gesicht und Hals hatten eine ungesund rötliche Farbe angenommen. Der Russe baute sich vor Richard auf, die Fäuste geballt und das Gewicht gleichmäßig auf die beiden stämmigen Beine verteilt. Richard hielt schwach die Hand hoch, um ihn abzuwehren, während er zu atmen versuchte.

»Was um Himmels willen ist hier los?« Amtsrichterin Abrahams stand unter der Tür zum Gerichtssaal und betrachtete entsetzt die Szene, die sich ihr bot. Angewidert verzog sie das Gesicht, als ihr Blick von Bernberg zu Richard wanderte. »Gütiger Himmel, Gentlemen. Sind wir schon so weit gesunken? Faustkämpfe im Korridor? Ich möchte Sie auf der Stelle in meinem Zimmer sehen.« Dann wandte sie sich an den Russen. »Und was Sie betrifft, Mr Svritsky: In diesem Gebäude versuchen wir uns zivilisiert zu benehmen und nicht wie wilde Tiere. Ich möchte Sie bitten, das in Zukunft nicht zu vergessen.« Die Tür fiel hinter ihr ins Schloss.

Einen Moment lang rührte sich keiner der drei Männer von der Stelle. Dann trat Svritsky einen Schritt zurück und klopfte sich lässig eine Zigarette aus der Schachtel. Bernberg beugte sich vor und begann lauthals zu husten. Richard hingegen stand mühsam auf, wobei er merkte, dass er an der linken Seite empfindliche Prellungen erlitten hatte. Bernberg starrte ihn finster an, blieb aber vorsichtshalber auf Abstand.

»Passen Sie genau auf, was Sie tun, Bernberg«, knurrte Richard. »Ich warne Sie. Halten Sie sich von mir fern und wagen Sie es ja nicht, auch nur zu erwähnen, dass ich mit …« Er verstummte, während er nach dem richtigen Wort für Abayomi suchte. Die Tatsache, dass ihm keines einfiel, bestätigte in seinen Augen nur noch die katastrophale Situation, in die er geraten war.

»So gern ich das tun würde, Calloway«, erwiderte Bernberg, »aber ich sehe keine Möglichkeit, diese Frau aus der Sache herauszuhalten. Schließlich lässt es sich nicht leugnen: Sie haben eine heiße Affäre mit der Frau des Hauptbelastungszeugen. Mir scheint, dass Sie in diese Geschichte offenbar in mehr als einer Hinsicht verwickelt sind. Wer weiß, welches Bettgeflüster da vor sich gegangen ist.« Trotz seiner selbstbewussten Entgegnung wich er immer weiter zurück, bis er schließlich in sicherer Entfernung von Richard stehen blieb.

»Bernberg, Sie Wahnsinniger! Verstehen Sie denn nicht, dass man mir hier eine Falle stellt? Svritsky hat mir von ihr erzählt. Er war es, der mich mit ihr zusammengebracht hat. Niemand sonst.«

»Calloway, Stefan hat mir bereits erzählt, wie sich das abgespielt hat. Er hat sich vor einiger Zeit von dieser Dame massieren lassen. Ein einziges Mal. Er hielt sie für recht gut und hat Ihnen vorgeschlagen, sie auch mal auszuprobieren. Aber er steht in keinerlei Verbindung mit ihr. Im Gegensatz zu ihm scheinen Sie jedoch etwas weiter gegangen zu sein. Oder sollte ich besser sagen: *etwas tiefer?* Jedenfalls ist das Ganze für Sie eine recht unangenehme Verkettung unglücklicher Umstände, wenn ich das so formulieren darf.«

Er wich zurück, als Richard erneut auf ihn zukam. Diesmal trat Svritsky allerdings sofort dazwischen und stellte sich mit seinem breiten Oberkörper Richard in den Weg.

»Mein Klient«, sagte Bernberg, der hinter seinem neuen Klienten verborgen stand, »hatte keine Ahnung, dass Ihre Moralvorstellungen derart… derart flexibel sind. Und ich vermute, dass auch die Anwaltskammer recht überrascht sein dürfte, wenn Sie von Ihrer losen Moral erfährt… Und noch eines, Calloway«, fügte Bernberg hinzu. »Vergessen Sie nicht, dass es so etwas wie ein Anwaltsgeheimnis gibt. Ich denke, Sie stecken schon tief genug in Schwierigkeiten, um nicht auch noch diesen Ehrenkodex brechen zu wollen. Was auch immer Svritsky Ihnen anvertraut hat, bleibt vertraulich.« Richard begann zu protestieren, aber Bernberg hob die Hand. »Hören Sie – mein Klient möchte Sie nicht der Anwaltskammer melden müssen. Aber falls Sie sich nicht an Ihr Schweigegebot halten, wird es meiner Meinung nach nicht mehr möglich sein, die Kammer da herauszuhalten.« Er grinste zufrieden. »Ich denke, Sie sind schachmatt.«

Richard betrat wütend das Zimmer der Richterin. Bernberg folgte ihm und brachte sich hinter einem Stuhl in Sicherheit. Diese Vorsichtsmaßnahme wurde allerdings hinfällig, als Richard Richterin Abrahams' Miene sah. Ihr Ausdruck ließ seinen Zorn schlagartig verfliegen.

»Wollen Sie beide des Gerichts verwiesen werden, meine Herren?«, fragte die Richterin. »Denn ich versichere Ihnen: Wenn ich diesen Vorfall der zuständigen Behörde melde, wird das Ihr Ende bedeuten. Jedenfalls für Sie, Mr Calloway.«

Richard sah aus dem Augenwinkel, dass Bernberg eine abfällige Geste machte. Die Richterin wandte sich ihm voller Abscheu zu. »Glauben Sie ja nicht, Mr Bernberg, dass Sie an dieser widerwärtigen Farce unschuldig sind. Es ist unvertretbar. Sie sollten sich beide schämen. Wir mögen vor Gericht vielleicht mit tiefen Abgründen menschlicher Existenz zu tun haben, aber das bedeutet noch lange nicht, dass wir auch selbst so tief sinken müssen.«

Richard murmelte eine Entschuldigung, aber die Richterin ließ sich nicht leicht besänftigen. »Ich will keine Entschuldigung hören, Mr Calloway. Und ich will auch nicht wissen, was zwischen Ihnen vorgefallen ist. Ich bin nicht Ihre Schulleiterin. Aber ich verlange von Ihnen, dass Sie die Angelegenheit klären und schnellstens aus dem Weg räumen.«

Bernberg räusperte sich, um das Wort zu ergreifen, aber Richard kam ihm zuvor. »Euer Ehren«, sagte er. »Ich werde als Mr Svritskys Anwalt zurücktreten. Mr Bernberg wird für mich die Verteidigung übernehmen. Leider ist dieser Schritt unumgänglich. Augenblicklich bin ich allerdings nicht befugt, Ihnen den Grund für meinen Rücktritt zu nennen. Aber soweit ich informiert bin, wird Mr Bernberg verschiedene Anträge stellen. Ich bin mir sicher, dass daraus hervorgehen wird, warum ich Mr Svritsky nicht länger vertreten kann.«

Die Augen der Richterin wurden bei dieser Nachricht schmal. Sie blickte zuerst Richard und dann Bernberg an. »Falls es Ihnen um ein Vertagen der Verhandlung geht, Mr Bernberg«, sagte sie, wobei sie offenbar bereits seine Rolle als neuer Verteidiger akzeptiert hatte, »dann würde ich vorschlagen, dass Sie Ihre Taktik noch einmal überdenken. Und zwar grundsätzlich.«

»O nein, Euer Ehren«, beteuerte Bernberg unterwürfig, als hätte er niemals auch nur im Entferntesten an so etwas gedacht. »Um Ihre Formulierung zu verwenden – es geht um etwas Grundsätzlicheres. Wir beantragen die Einstellung des Verfahrens.«

Die Augen der Richterin wurden noch schmaler. »Ich verstehe, Mr Bernberg. Verstehe. Ich sehe Sie dann in zehn Minuten im Gerichtssaal.«

Richard bedankte sich und wandte sich zum Gehen.

»Mr Calloway, noch auf ein Wort, wenn ich bitten darf.«

Bernberg hob die Augenbrauen und verließ das Zimmer. Die Tür zog er hinter sich ins Schloss.

Richterin Abrahams wurde sichtbar entspannter und bat Richard, sich zu setzen. Er ließ sich dankbar auf einen Stuhl nieder. »Richard, Sie sind ein guter Anwalt, und ich habe Ihnen immer Respekt entgegengebracht. Ich weiß zwar nicht, was heute passiert ist, aber Sie sehen schrecklich aus. Sie haben Ihre Karriere als Anwalt heute Morgen da draußen beinahe gegen die Wand gefahren. Werfen Sie nicht weg, wofür Sie so hart gearbeitet haben.« Sie bedachte ihn mit einem beinahe zärtlichen Blick, und Richard hatte alle Mühe, nicht in Tränen auszubrechen.

»Ich danke Ihnen, Euer Ehren. Ich bedauere zutiefst, was heute geschehen ist. Und ich danke Ihnen für Ihre Worte. Vielleicht werde ich es Ihnen eines Tages erklären können … Aber leider wird das noch eine Weile dauern. Es scheint so, als ob ich trotz meiner Erfahrungen vor Gericht naiv geblieben bin. Einige Leute haben sich als wesentlich hinterhältiger herausgestellt, als ich das jemals angenommen hätte.«

»Meiner Erfahrung nach tun sie das beinahe immer, Richard.« Sie lächelte. »Es tut mir leid, Sie in diesem Fall zu verlieren, aber ich bin mir sicher, dass wir uns schon bald in anderen Verhandlungen wiedersehen werden.«

Richard dankte ihr und stand langsam auf. Vor seinen Augen drehte sich alles, und er wartete noch einen Moment lang, ehe er zur Tür ging und das Zimmer verließ. Bernberg und Svritsky standen draußen auf dem Korridor und redeten leise miteinander.

»Und?«, wollte der Anwalt wissen, als Richard an ihnen vorbeiging.

Richard hob abweisend die Hand und wandte sich stattdessen an Svritsky. »Sie sind wirklich ein mieses Stück Dreck, Stefan. Ich weiß nicht, wie Sie das hingekriegt haben, aber ich werde es herausfinden. Sie haben mich von Anfang an belogen: was den Unfall betrifft, in puncto Bernberg und Aba … die Masseurin. Einfach in jeder Hinsicht.«

Svritsky rührte sich nicht, sondern betrachtete ihn nur, die obere Lippe zu einem spöttischen Grinsen verzogen, die Arme in die Hüften gestemmt. »Warum halten Sie sich für etwas Besseres?«, fragte er schließlich. »Glauben Sie etwa, Sie haben nicht Ihre Rolle gespielt? Warum sollen wir alle in diesem Stück mitgewirkt haben, und nur Sie … Sie allein denken, Sie stünden über dem Ganzen? Sie halten sich für etwas Besseres. Für etwas Besonderes – oder? Mr Calloway, der große Anwalt, was? Aber in Wahrheit haben Sie genauso wie alle anderen Ihre Rolle gespielt.«

Er bohrte seinem früheren Anwalt den Finger in die Brust. Richards schmerzende Rippen ließen ihn zusammenzucken. »Sie, Richard«, sagte Svritsky, »haben von Anfang an eine wichtige Partie übernommen. Willkommen im Spiel des Lebens, mein Freund.«

22

Sein SLK surrte leise vor sich hin, während Richard unentschlossen hinter dem Lenkrad saß. Die Straße war unbelebter als damals, als er Abayomi tagsüber hier abgeholt hatte. Manchmal betrat jemand das Gebäude und warf dabei einen neugierigen Blick in seine Richtung. Der Südostwind blies heftig und wirbelte Tüten und Blätter vom Bürgersteig hoch. Richard konnte die Sandkörner hören, die vom Strand einen Block weiter dahergeweht kamen und gegen seine Windschutzscheibe prallten. Schmutz sammelte sich unter dem Gummi seiner Scheibenwischer und ließ den Glanz der Motorhaube stumpf wirken.

Er schaltete den Motor und die Scheinwerfer aus. Die Dunkelheit, die nun herrschte, überraschte ihn. Er bemerkte, dass die Straßenbeleuchtung ausgeschaltet war. Allein die Neonröhren im Foyer des Wohngebäudes gaben ein unheimliches Licht ab, das auf den Bürgersteig und die Straße fiel. Ein Mann kam aus dem Haus und zog sich eine Kapuze über den Kopf, als ihm der Wind Abfall und Schmutz entgegenblies. Er trat aus dem Lichtkegel und senkte den Kopf, um gegen die Böen anzukämpfen.

Richard hielt es kaum mehr auf seinem Sitz. Dennoch war er nicht in der Lage, seine Wut auf einen bestimmten Menschen zu richten. Es gab keinen eindeutig Schuldigen, was ihn noch zorniger machte und zugleich erschöpft zurücksinken ließ. Das Gefühl, ungerecht behandelt worden zu sein, breitete sich quälend in ihm aus. Seine Mitmenschen hatten sich gegen ihn verschworen, aber er besaß nicht die Kraft, sich zur Wehr zu setzen. Das Exotische jener Welt, die er für einen Moment kennengelernt hatte, war belebend und aufregend gewesen. Doch jetzt erfüllte ihn nur noch Misstrauen und ein Gefühl, gejagt zu werden.

Das Leder des Lenkrads war ölig, und er wischte sich die Hände an den Seiten seiner Hose ab. Er war seit dem Zusammenstoß vor Gericht nicht mehr nach Hause gefahren und roch nach altem Schweiß und abgestandenem Rauch. Die Rippen, die Svritsky mit der Schulter gerammt hatte, schmerzten noch immer, und er sehnte sich nach einem kalten Bier und vielleicht ein paar Bahnen in seinem Pool. Allein der Gedanke an das kühle Wasser ließ ihn am ganzen Körper kribbeln. Er schloss einen Moment die Augen.

Das Geräusch von Schritten riss ihn aus seiner Lethargie. Ein Mann lief nah am Auto vorbei und überquerte dann die Straße, auf das Haus zu. Als ihn das Licht traf, sah Richard, dass es Ifasen war.

Als Richard das Foyer erreicht hatte, war Ifasen bereits im Treppenhaus verschwunden. Dem fernen Hall der Schritte nach musste er schon im ersten oder zweiten Stock angekommen sein. Richard wartete, bis die Schritte ganz verhallt waren, und folgte ihm dann.

Im Treppenhaus stank es nach verkochtem Gemüse und feuchtem Schimmel. Graffiti war auf die abblätternde Farbe und die Risse in der Wand gesprüht worden. Das Geländer war verrostet, und die seitlichen Geländerpfosten waren großenteils herausgebrochen. Der Handlauf, der vermutlich aus Holz bestanden hatte, war inzwischen ebenfalls verschwunden, so dass nur noch die Bolzen wie verlorene Soldaten aus dem übrig gebliebenen Metalllauf herausstanden. Säcke mit Müll begrüßten ihn in jedem Stockwerk. Einige davon waren aufgerissen und hatten ihren stinkenden Inhalt auf den Boden ergossen. In der dritten Etage war der Gestank so stark, dass sich Richard die Nase mit seinem Hemd zuhielt, um nicht würgen zu müssen.

Endlich erreichte er den sechsten Stock und ruhte sich einen Moment lang aus, um wieder zu Atem zu kommen. Dann stieß er die Tür zum Treppenhaus auf und trat in den Flur hinaus. Das fluoreszierend kalte Licht war nur spärlich verteilt. Zwischen den nackten, flackernden Röhren gab es immer wieder Stellen völliger Dunkelheit. Viele der Türen hatten keine Nummern. Dennoch entdeckte er problemlos die Wohnung, die er suchte. Die Tür war nur angelehnt, und er konnte im Inneren Stimmen hören, die zu ihm nach draußen drangen.

»Sie sind hier nicht erwünscht«, erklärte eine Stimme, die er als Ifasens erkannte. Überrascht schob Richard die Tür weiter auf. Erst da bemerkte er, dass Ifasen nicht ihn gemeint hatte, sondern seine Worte an einen gedrungenen schwarzen Mann gerichtet waren. Es war Mandla, den Richard im Club kennengelernt hatte. Mandla richtete gerade seinen Finger auf Ifasen und wollte etwas erwidern, als er bemerkte, dass sich die Tür hinter ihm bewegte.

Richard trat ein. Sein Auftauchen rief allgemein ein entsetztes Schweigen hervor. Ifasen starrte ihn ungläubig an. Abayomi erschien unter der Küchentür und blieb wie angewurzelt stehen, den Mund weit aufgerissen.

Mandla reagierte als Erster. »Ach, sieh mal einer an. Sie also. Kommen Sie nur herein. Ich wollte gerade gehen.« Er zeigte noch immer mit dem Finger auf Ifasen und richtete jetzt auch wieder seinen Blick auf ihn. »Vergiss nicht, wer du bist, Obeyi. Vergiss das niemals.«

Dann zog er seine Lederjacke vorn zusammen und drängte sich an Richard vorbei. Abayomi, ihr Mann und Richard blieben schweigend zurück, während Mandlas Schritte auf dem harten Boden des Treppenhauses immer leiser wurden.

Abayomi sagte etwas mit angespannter Stimme auf Igbo zu Ifasen, wobei sie so leise sprach, dass sie kaum zu hören war. Ihre Hände zitterten, und sie presste eine Hand auf die andere, um das Beben zu unterbinden. Gleichzeitig sah sie ihren Mann auffordernd an. Offensichtlich wollte sie, dass er sich der Sache annahm.

Ifasen begann ihr zu antworten, brach dann aber ab und richtete seinen erstaunten Blick auf Richard. »Was tun Sie hier? Man hat mich freigelassen, und letztendlich musste ich überhaupt keine Kaution bezahlen. Ich bin mit dem Staatsanwalt zu einer Übereinkunft gekommen. Man hat die Anklage … wie sagen Sie … Man hat die Anklage fallen gelassen. Schulde ich Ihnen vielleicht noch Geld?« Er klang vorsichtig und höflich.

»Nein, Ifasen. Sie schulden mir kein Geld. Sie schulden mir lediglich eine Erklärung.« Richards Augen wanderten von Abayomi zu ihrem Mann und wieder zu ihr zurück.

Sie weigerte sich, ihn anzusehen. Ängstlich wartete sie darauf, dass ihr Mann verstand, worum es ging. »Er hat kein Recht, hier zu sein, Ifasen. *Chei!* Nicht hier in unserer Wohnung. Er muss gehen. Auf der Stelle.« Ifasen runzelte die Stirn, weil sie sich einem Gast gegenüber derart unhöflich zeigte. »Bitte, Ifasen«, flehte sie ihn an. »Khalifah wird bald nach Hause kommen. Dieser Mann muss von hier verschwinden.«

Richard hob die Hand, um sie zu beruhigen, auch wenn er merkte, wie sein Zorn wieder größer wurde, jetzt, da er die beiden vor sich stehen sah. »Ich bin nicht hergekommen, um mich zu streiten. Ich will einfach nur wissen, was vorgefallen ist. Mein Leben ist plötzlich ein heilloses Durcheinander. Und ich verstehe nicht, warum. Oder wie das geschehen konnte. Ihr beide kennt die Antworten auf meine Fragen. Nur deshalb bin ich hier.«

Ifasen wirkte jetzt noch verwirrter. »Sie haben mir erklärt, dass Sie Abayomi Geld für meine Kaution gegeben haben. Wie viel war das? Wollen Sie dieses Geld jetzt zurück, nachdem man mich freigelassen hat? Sind Sie deshalb gekommen?«

»Nein«, antwortete Richard, der nun ebenfalls verwirrt war. »Ich habe nie irgendein Kautionsgeld bezahlt. Ich habe Geld dafür bezahlt, dass Abayomi ihre Aufenthaltsgenehmigung erneuert bekommt.« Noch während er den Satz aussprach, wurde ihm bewusst, dass er gar nicht mehr an das Geld gedacht hatte, das er Sunday gegeben hatte. Wieder wallte Wut in ihm auf. »Aber deshalb bin ich nicht hier, obwohl ich dieses Geld gern zurückhätte.«

Abayomi lachte ungläubig. »Geld für meine Aufenthaltsgenehmigung? Wovon redest du? Meine Genehmigung ist noch für acht Monate gültig. Sie muss noch nicht erneuert werden.«

Jetzt war es an Richard, sie ungläubig anzustarren. Er begann etwas zu stammeln, doch sie unterbrach ihn mit einem einzigen Wort. »Sunday?«

Er nickte. Ifasen fluchte leise. Doch Abayomi begann schallend zu lachen und warf dabei den Kopf zurück. Sie lachte derart heftig, dass ihr Tränen über die Wangen liefen. »Oh, mein Gott«, keuchte sie immer wieder. »Oh, mein Gott.«

»Bei solchen wie euch ist doch alles nur Blendwerk«, platzte Richard wütend heraus. »Das hältst du also für lustig? Sunday hat mich um mein Geld betrogen, das ich nur deinetwegen bezahlt habe … unseretwegen. Und jetzt hältst du das für lustig! Verdammte Scheiße!«

Ifasen trat auf ihn zu und schüttelte den Kopf. »Nein, nein, nein.« Sein Finger wedelte hilflos wie der Schwanz eines Hundes hin und her. »Sie können nicht einfach zu uns nach Hause kommen und auf diese Weise mit uns sprechen. Bitte, gehen Sie jetzt. Wie es scheint, ist Sunday ein Dieb. Uns ist inzwischen klar geworden, dass er auch uns bestohlen hat. Wir werden Ihr Geld zurückfordern.«

»Ich will mein verdammtes Leben zurückhaben, nicht mein verdammtes Geld!« Richard war derart außer sich, dass er brüllte. Speichel spritzte ihm aus dem Mund, während er sich immer mehr in seine Wut hineinsteigerte. Abayomi war noch immer hysterisch am Lachen. Sie verspottet mich, dachte Richard, sie lacht über meine Dummheit, über meine europäische Leichtgläubigkeit. Einen Moment lang stellte er sich vor, wie er ihr mit der Faust mitten ins Gesicht schlug, um sie endlich zum Schweigen zu bringen.

»Wer ist dein Boss, Abayomi? Oder lass es mich so formulieren: Ist es dieser Gangster, der gerade hier war? Ist er derjenige, der die Fäden in der Hand hält? Sag es mir!«

Sie hörte zu lachen auf und trocknete sich die Augen. Dann ließ sie erneut ein Lachen hören, das diesmal jedoch nur höhnisch klang. »Mandla? Mein Boss? Nein, Richard, Mandla ist nur der Handlanger. Er macht mir keine Angst. Er ist dumm, langsam und fies, aber er ist ein Nichts. Mein Boss hingegen ist ein Teufel. Er weiß alles, und er sieht alles. Mein Boss ist ein russischer Teufel. Ich glaube, du weißt sehr genau, wer er ist.«

»Stefan Svritsky.« Es war keine Frage. Richard begann allmählich zu begreifen.

»Genau, dein Freund Svritsky«, antwortete Abayomi, die nun auch wütend wurde. »Wenn du es genau wissen willst, war er es, der meine Flucht nach Südafrika bezahlt hat. Ihm gehören viele Mädchen und Frauen. Sie arbeiten in seinen Bordellen und auf der Straße, um ihm die Schulden zurückzuzahlen. Er will alles Geld zurück. Und zwar dreimal so viel, wie er bezahlt hat. Wir müssen ihn immer wieder bezahlen und arbeiten Jahre dafür, um unsere Schulden loszuwerden. Aber es hört nie auf. Es wird nie aufhören. Nur weil ich *gebildet* bin …« Sie sprach das Wort voller Empörung aus. »…hat er mich in seinen Massagesalon gesteckt, in das *Touch of Africa.*«

Richard runzelte die Stirn, und Ifasen schnalzte verzweifelt mit der Zunge. Er hielt die Hände in die Luft, um seine Frau zu beruhigen. Aber Abayomi ließ sich nicht beruhigen. Sie fuhr mit brechender Stimme fort, während ihr die Tränen über die Wangen strömten. »Ja, das gehört ihm auch. Und er droht mir ständig… Willst du wissen, womit er mir droht? Wenn ihm meine Arbeit nicht mehr gefällt, wird er mich woanders hinbringen. Zu einem seiner Häuser in Sea Point. Dort muss ich dann alles geben. Nicht nur eine Massage. Dort wird man mich vielen schmutzigen Händen überlassen und…«

»Hör auf!«, unterbrach Ifasen sie und begann mit den Armen zu wedeln. »Hör sofort auf! Nicht in meinem Haus. Ich will das nicht hören.«

Richard fühlte sich benommen. Er hatte kaum wahrgenommen, was Abayomi gesagt hatte. Durch seinen Kopf schossen Gedanken, Fetzen von Gesprächen, Ereignisse. Jedes Mal, wenn er sich von ihr entfernt hatte – das wurde ihm erst jetzt bewusst –, hatte sie ihn zurückgelockt. Durch Andeutungen, Berührungen, ein vages Versprechen auf mehr. Sie hatte ihn die ganze Zeit über in der Hand gehabt, mit ihrem Boss unter einer Decke gesteckt, ihm eine Falle gestellt, so dass er vor Gericht zutiefst gedemütigt werden konnte. Sie war Svritskys willige Waffe gewesen, seine Handlangerin, die ihm den erhofften Erfolg gebracht hatte. Und er war lediglich ein Opfer, bedeutsam nur insoweit, was sein Niedergang ihnen bringen konnte. Das begriff er jetzt.

»Du… Du verdammte Hure!« Richard stürzte sich auf sie. Er musste Ifasen mit der Schulter beiseitestoßen, wodurch sich dieser wie ein Balletttänzer grotesk um die eigene Achse drehte und sich dann an den Möbeln festhielt, um nicht der Länge nach hinzufallen. »Du hast mich von Anfang an in eine Falle gelockt … Du und dein Charme … Du …«

Mit zitterndem Arm reckte er die Faust hoch und wollte zuschlagen. Aber Abayomis Gesicht war bereits gebrochen, eingefallen und bereit, sich der Brutalität des Angriffs zu überlassen. Sie beobachtete ihn mit denselben Augen, mit denen sie ihn gelockt hatte, ihre Lippen waren dieselben, mit denen sie ihn so zärtlich geküsst hatte, und auch ihre Wange war dieselbe, mit der sie so sanft die seine gestreichelt hatte. Er hielt den Atem an und ließ ihn jetzt in einem langen Zischen aus seinem Mund weichen, während er die Faust langsam wieder senkte.

Doch ehe er sich zurückziehen konnte, traf ihn seitlich an der Brust direkt unter seinem ausgestreckten Arm etwas Hartes und Schweres. Es war ein heftiger Schlag, der seiner Lunge einen schmerzhaften Stich versetzte. Überrascht drehte er sich um, die Hand auf die brennende Stelle gedrückt. Ifasen stand mit vor Zorn verzerrtem Gesicht da und hielt einen Beistelltisch hoch über den Kopf. Richard sah, wie der Tisch in der Luft wankte. Ein kleines Stück des Furniers war an einem der Beine abgesplittert und hatte das billige Pressholz darunter entblößt.

Ifasen brüllte. Es war ein Urschrei, der tief aus seiner Kehle kam, ein ohrenbetäubender Laut, der Richards Kopf dröhnen ließ. Die Zeit schien stillzustehen – Ifasen heulend wie ein Todesengel, Abayomi schreiend und er selbst regungslos in der Mitte. So hörte er nicht das Knarzen der Tür oder die schweren Schritte, die sich von hinten näherten. Und er sah auch nicht die Waffe, die hinter seiner Schulter gezückt wurde. Alles, was er spürte, war ein heißer Luftzug und ein schmerzhaft lauter Knall in seinen Ohren. Als es im Zimmer still wurde, vernahm er nichts mehr außer dem Rauschen des Blutes in seinen Adern.

Die Wohnung begann sich mit dem beißenden Geruch von Schießpulver zu füllen. Die Luft war voller Rauch. Abayomis

Mund stand weit offen, und Richard konnte ihre rote Zunge sehen, ohne jedoch einen Laut zu hören. Er verstand nicht, warum sie schrie und dabei doch keinen Ton von sich gab. Ifasen ließ den Beistelltisch fallen. Er fiel aus seiner Hand, als ob er ihn nie richtig festgehalten hätte, und schlitterte über den Boden. Ifasen taumelte rückwärts. Seine Arme hingen bereits schlaff von seinen schmalen Schultern, und auf seinem Gesicht zeigte sich ein Ausdruck von Verblüffung. Er schien durch Richard hindurchzustarren, bis sein Kopf nach hinten fiel. Dann sackte sein Körper zusammen, und er stürzte. Sein Kopf knallte mit voller Wucht auf den Boden.

Eine Hand packte Richard an der Schulter und schubste ihn zur Seite. Von ferne, hinter dem Rauschen seines eigenen Blutes, konnte er Abayomis lautes Wehgeschrei hören.

Ein Mann in einer Lederjacke trat vor, aufrecht und mit gezückter Pistole. Er richtete die Waffe auf die Brust des Niedergestürzten, bis er über ihn gebeugt stand. Dann schob er sie zufrieden in sein Pistolenhalfter, kniete sich neben Ifasen und legte zwei Finger auf dessen Hals. Der Mann wandte sich zu Richard und zwinkerte ihm zu – ein eindeutiges, verschwörerisches Zwinkern.

»Glück gehabt, dass ich gerade vorbeigekommen bin – was?«, meinte er und zwirbelte seinen Schnurrbart. Richards Ohren schmerzten noch immer von dem Schuss, und die Stimme des Mannes klang gedämpft. »Der kleine Nigel hier hätte Ihnen mit diesem Ding sonst den Kopf abgeschlagen …« Der Mann hielt einen Moment lang inne und fuhr in einem offiziell klingenden Tonfall fort, der so gar nicht zu der Situation zu passen schien. »Ich bin übrigens Inspector Jeneker. South African Police Service.«

Der Beistelltisch lag zertrümmert auf dem Boden, die Beine abgebrochen und zersplittert. Er wirkte seltsam harmlos und zerbrechlich, wie ein verletztes Tier auf schlaksigen Beinen. Ein roter Fleck breitete sich auf Ifasens Brust aus.

Abayomi hielt sich schluchzend am Türrahmen fest. Ihre Knie gaben nach, und sie glitt zu Boden, die Beine vor sich ausgestreckt. Ihr Weinen riss schmerzhaft an Richard, traf ihn wie kurze Messerstiche, die in seiner Haut tiefe Löcher hinterließen. Er wollte, dass sie aufhörte, wusste aber nichts zu sagen, um sie zu beruhigen. Fassungslos starrte er auf Ifasens leblosen Körper.

Als Erste sprach Abayomi wieder. Ihre Stimme zitterte. »Du warst ein Test«, schluchzte sie. »Er hat mir gesagt, dass du jemand Besonderer seist. Ein spezieller Freund. Ich musste ihm beweisen, dass ich es wert bin, im Studio zu bleiben. Dafür sollte ich mich besonders aufmerksam um dich kümmern. Das war alles. Ich weiß nicht, warum. Ich weiß nicht, warum. Ich weiß nicht, warum.«

Der letzte Satz wurde zu einem Mantra, das sie durch ihre Tränen hindurch immer wieder heiser flüsterte. Sie streckte die Hand aus, um ihren getöteten Mann zu berühren, doch stattdessen strichen ihre Finger durch die Luft, als ob sie versuchte, seinen Körper zu sich zu locken. Nach einem Moment hielt sie inne und blickte mit blutunterlaufenen Augen zu Richard auf. »Und jetzt schau dir an, was du angerichtet hast.«

Richard musste dringend aus dieser Wohnung heraus. Er bahnte sich einen Weg zur Tür, wobei er die Hand auf den Mund presste, um sich nicht zu übergeben, und floh – durch die offene Tür, den Korridor entlang und die Treppe hinunter, immer zwei Stufen auf einmal nehmend, seine Fußgelenke schmerzten bei jedem Schritt. Mit der Schulter stieß er gegen die Wand und rieb noch mehr Farbe ab. Unten schlug ihm der kalte Wind entgegen, als er aus der Haustür stürzte. Er kniff die Augen zusammen und rannte atemlos über die Straße zu seinem Wagen.

Dort wartete bereits ein Mann auf ihn. Er lehnte an einem

schwarzen Mercedes, der vor Richards SLK geparkt war. Der Mann richtete sich auf, als er näher kam.

»Wohin so eilig? So leicht kommen Sie nicht davon.« Mandla gab in der Dämmerung eine eindrucksvolle Figur ab, wie er mit hochgezogenen Schultern dastand und sich dem Wind entgegenstemmte.

Richard zögerte. Er hatte bereits die Autoschlüssel gezückt und strich mit dem Daumen über den Knopf des Türöffners.

Da öffnete sich die hintere Tür des schwarzen Mercedes. Svritsky stieg heraus, ein Handy an sein Ohr gepresst. Er trug einen dicken Wollpullover und eine Trainingshose. Mit einem lauten Knacken ließ er das Handy zuschnappen. »Aha, Richard – der Mann, mit dessen Hilfe alles so wunderbar funktioniert hat. Bleiben Sie doch ein bisschen. Wir brauchen Sie noch für ein Weilchen.«

Richard war es müde zu toben und zu brüllen. Er war seine ziellose, machtlose Wut leid. Am liebsten hätte er nur noch geweint. Er wollte festgehalten werden, sich die Decke über den Kopf ziehen und für eine lange Zeit schlafen. Ihm wurde auf einmal schmerzlich bewusst, dass ihm Amanda fehlte.

»Richard, mein Freund, Sie sind leicht übers Ohr zu hauen«, brüstete sich Svritsky. »Wir wussten die ganze Zeit über, dass dieser Mann der Zeuge war.« Mandla schnaubte hämisch und wies mit der Hand in Richtung des Wohnblocks. »Sie halten sich vielleicht für klug, aber wir haben diesen Mann sofort ausfindig gemacht. Sofort. Wir wussten schon die ganze Zeit über, wer er war. Wir mussten ihn nur noch dazu bringen, nicht auszusagen. Würde er unseren Anweisungen folgen, würde es keine Probleme geben. Aber für den Fall, dass etwas schieflief, habe ich Sie zur Massage geschickt. Verstehen Sie? Als … wie nennt man das … als Vorsichtsmaßnahme. Und Sie, Sie tun, was man von Ihnen verlangt. Es ist so … so vorhersehbar.«

Richard starrte ihn an.

»Es stimmt. Sie ist wirklich gut. Aber Sie dürfen nicht böse auf sie sein, Richard. Sie hatte keine Ahnung, was da vor sich ging. Sie hat nie gewusst, worum es eigentlich gegangen ist. Nie.« Svritsky holte eine Zigarette heraus und hielt schützend die Hand vor, um sie zu entzünden. Nach mehreren Versuchen glühte das Ende auf, und er sog heftig an dem Glimmstängel.

»Doch dann lässt sich ihr bescheuerter Mann verhaften. Wie dämlich kann man eigentlich sein?« Der Russe blickte zu dem Wohnblock hoch, wo der Polizist vermutlich gerade damit beschäftigt war, den Tatort zu manipulieren. »Und selbst unser lieber Freund Jeneker ist im Gefängnis nicht richtig an ihn rangekommen. Wir haben befürchtet, dass er vielleicht einen Deal aushandeln würde. Also haben wir beschlossen, unsere Waffe für den Notfall einzusetzen. Und diese Waffe sind Sie. Der große Herr Anwalt, der clevere Herr Anwalt mit dem harten Schwanz. Und der macht das auch noch umsonst. Das war ein gutes Geschäft, mein Freund.«

Svritsky lachte. Es war kein amüsiertes Lachen, sondern klang wie ein dunkles, bedrohliches Gurgeln. »Ein gutes Geschäft. Perfekt. Wenn Sie ihn rausgeholt hätten, wären wir aufgekreuzt und hätten uns um ihn gekümmert. Wenn Sie ihn nicht rausgeholt hätten, wäre das auch kein Problem gewesen … Wir konnten ja immer noch die Tatsache nutzen, dass Sie mit seiner Kleinen vögeln, um die ganze Verhandlung einstellen zu lassen. Egal, wie es gelaufen wäre – sie hätte mich immer gerettet und ihren Ehemann zerstört, ohne auch nur die leiseste Ahnung zu haben. Nicht die leiseste Ahnung. Frauen, was? Man kann ihnen einfach nicht trauen, mein Freund, man kann Frauen einfach nicht trauen.«

Richard stotterte vor Fassungslosigkeit. Vor seinen Augen drehte sich alles. »Wie konnten Sie mir … mir … das … antun? Wie konnten Sie ihr so etwas antun?«

»O nein. Nein, nein, so nicht, mein Freund. Sparen Sie sich Ihre Predigten. Was wissen Sie schon von ihr? Ich war derjenige, der sie in Lagos gefunden hat, ein flennendes Mädchen, verheiratet mit einem nutzlosen Mann. Sie hatte niemanden. Niemanden. Ihre Mutter … die war tot. Und ihr Vater … na ja, über den wollen wir nicht reden.« Svritsky sog an seiner Zigarette und blies den Rauch wie Dampf aus seiner Nase und seinem Mund. Weiße Schwaden stiegen in den nächtlichen Himmel.

»Was ist mit ihrem Vater passiert?« Richard schrie die Frage beinahe heraus, so dringend wollte er endlich erfahren, was geschehen war, auch wenn er sich vor der Antwort fürchtete.

Svritsky sah ihn neugierig an. »Ach, dann wissen Sie das gar nicht?«

Richard blickte auf den Boden. Ihm wurde bewusst, wie angreifbar er sich gemacht hatte. Svritsky hatte recht: Was wusste er schon über Abayomi? Dass er so wesentliche Einzelheiten ihres Lebens von seiner Nemesis erfahren musste, stimmte ihn tieftraurig. Er schüttelte den Kopf.

Der Russe grinste hämisch. »Ach, wissen Sie … Er hat in Nigeria einige Schwierigkeiten gemacht, ihr Vater. Ich weiß das, weil ich damals zufällig dort war, um ein paar Waffengeschäfte zu machen. Jemand hat der Miliz von ihrem Vater erzählt.«

Er machte eine Pause, ohne jedoch den Blick von Richard zu wenden. »Man hat ihn, als sie fünfzehn war, vom Esstisch weggerissen, das Essen lag noch auf seinem Teller. Vor ihren Augen haben sie ihm den Hals durchgeschnitten und den Bauch aufgeschlitzt. Wie einer Ziege. So hat sie es mir erzählt.« Er beobachtete Richard, der den Kopf schüttelte und sich mit den Fingern durch das ungewaschene Haar fuhr. »Man sagt, dass er ein guter Mann war. Aber auch ein Unruhestifter. In dieser Welt gibt es keinen Platz für gute Menschen.«

Mandla murmelte kehlig und dunkel etwas auf Zulu. Svritsky beachtete ihn nicht.

»Aber ich war derjenige, der sie gerettet hat, mein Freund. Ihr Ehemann … der war nutzlos. Ein schwacher Mann. Ich habe ihnen geholfen, hierherzukommen, um ein besseres Leben zu führen. Mit einer Hoffnung auf eine Zukunft. Und mit Arbeit. Also sparen Sie sich Ihre ›Ich bin der große Anwalt‹-Allüren – okay?«

Er blies eine weitere Wolke Rauch in die Luft, die von einer Böe davongetragen wurde. »Wenn du einmal miterlebt hast, wie so etwas deinem eigenen Fleisch und Blut passiert, dann geht es nur noch ums Überleben, mein Freund.« Für einen Moment glaubte Richard das Aufflackern eines echten Gefühls in dem Russen zu sehen, etwas, das ihm bisher verborgen geblieben war. »Dann ist alles möglich. Dann gibt es nichts mehr, gar nichts mehr, was du nicht tun würdest.«

Eine Einkaufstüte wehte vorbei und blieb an Mandlas Bein hängen. Er schüttelte sie ab, als ob es sich dabei um ein gefährliches Tier handelte. Svritsky wartete, bis es wieder ruhig war.

»Aber wissen Sie was, mein Freund?«, fuhr er schließlich fort. »Sie haben mir den Tag versüßt. Sie haben mir wirklich den Tag versüßt.«

»Wie meinen Sie das, Stefan?« Richard konnte es kaum ertragen, noch länger zuzuhören. Aber er wusste, dass er die ganze Geschichte hören musste, bevor er beginnen konnte, die Scherben zu sichten und seinen Platz darin zu finden.

Svritsky schnaubte und blickte weg.

»Was zum Teufel meinen Sie, Stefan?«

»Okay, okay, beruhigen Sie sich. Ich sage es Ihnen ja. Der Zeuge liegt dort oben, mit einer Kugel im Herzen. Und ich habe ihn nicht angefasst. Nein, ein Polizist hat *Ihr* Leben gerettet, indem er ihn erschossen hat. Das Leben des großen Anwalts dieses Zeugen. Mein ehemaliger Anwalt. Mein ehemaliger Anwalt, der mit der Frau des Zeugen vögelt. Kein schlechter Plan, oder?« Er ließ die Zigarette aus seinem Mund fallen. Einige Funken zerstoben, als sie auf dem Boden aufkam. Die brennende Glut rollte über die Straße und verschwand unter Richards Wagen.

»Deswegen bleiben Sie auch noch hier. Verstanden, Richard? Sie dürfen sich jetzt übrigens gern verbeugen, mein Freund.«

Der Russe begann zu applaudieren, ein langsames schmetterndes Klatschen, das von den Böen aufgenommen und fortgeweht wurde.

EPILOG

Richard sperrte die Tür zu der kleinen Kanzlei auf. Die Schrift auf der Milchglasscheibe – »Calloway & Partner« – kam ihm weiterhin schief angebracht vor, aber der Kleber hatte sich nun festgesetzt und konnte nicht mehr abgemacht werden. Er verspürte noch immer Herzflattern, wenn er seinen Namen in den großen kraftvollen Lettern sah. Manchmal klappte er das Register der Rechtsanwälte auf, nur um befriedigt seinen Namen und seine Adresse eingeklemmt zwischen zwei großen Kanzleien lesen zu können.

Das Büro war nur spärlich möbliert. Ein halbes Dutzend dünne Akten lagen auf dem Schreibtisch – die bisher einzigen Fälle, die er seit seinem Ausscheiden aus der Firma bearbeitet hatte. Es war ihm zu Ohren gekommen, dass nach seinem Weggang ein neuer Partner berufen worden war, der sehr viel Verantwortung übertragen bekam. Trotzdem hatte Quantal Investments beschlossen, eine der anderen großen nationalen Kanzleien zu wählen, offenbar angelockt von der umfangreichen Erfahrung und den teuren Essenseinladungen. Selwyn Mullins hatte daraufhin verkündet, in den Ruhestand zu gehen.

Nadine hatte sich ernsthaft überlegt, gemeinsam mit Richard die Kanzlei zu verlassen und weiterhin als seine Sekretärin zu arbeiten. Aber als sie schließlich erklärte, auch sie brauche dringend einmal eine Pause, war er im Innersten seines Herzens erleichtert. Er stand noch immer in losem Kontakt mit David Keefer, der zwei elende Wochen von Charmaine getrennt in der Wohnung der Stripperin verbracht hatte, bevor er reumütig wie ein verlorener Welpe zu seiner Frau zurückgekehrt war.

Die Medien berichteten, dass die Anklage gegen Svritsky fallen gelassen worden war. Bernberg hatte sich ungewöhnlich menschenfreundlich gezeigt und gebeten, seinen Antrag auf Niederlegung der Anklage hinter geschlossenen Türen stellen zu dürfen. Richterin Abrahams hatte sich angehört, was er zu sagen hatte, und dann angeordnet, die Akten und die Aufzeichnungen der Staatsanwaltschaft zu versiegeln. Das Einzige, was an die Öffentlichkeit drang, war eine Erklärung des Gerichts, derzufolge »die Grundrechte des Angeklagten verletzt worden waren und eine weitere Verfolgung der Anklage unter den gegebenen Umständen unrechtmäßig gewesen wäre«. Gründe für diese Entscheidung erfuhr die Öffentlichkeit allerdings nicht.

In den Fernsehnachrichten hatte man Stefan Svritsky gesehen, wie er finster in die Kameras gestarrt und gedroht hatte, den Staat wegen Verleumdung zu verklagen. »Man hatte nichts gegen mich in der Hand. Das machen sie ständig mit mir. Und warum? Weil ich aus Russland komme«, verkündete er hitzig. »Weil ich Ausländer bin. Aber ich bin ein ehrlicher Mann, der nur versucht, in diesem Land sein ehrliches Auskommen zu finden.«

Die Journalisten fragten ihn, wie es mit seinem nächsten Verfahren aussah. Cerissa du Toit hatte einige Tage zuvor die staatliche Beschlagnahmung seines Nachtclubs aufgrund von organisierter Kriminalität beantragt. Der Fall sollte vor dem obersten Gerichtshof verhandelt werden.

»Richter van Wyk … Er ist ein sehr erfahrener Mann. Ein guter Richter«, sagte Svritsky. »Er wird das richtige Urteil fällen.«

Man konnte einen strahlenden Max Bernberg hinter ihm erkennen, der seinen runden Kopf hochreckte, um nicht ganz von den breiten Schultern seines Klienten verdeckt zu werden. Ein wütender Faizal wurde gefilmt, als er aus dem Gericht stürmte. Er weigerte sich, mit der Presse zu sprechen.

Richard war daheim ausgezogen. Seine Trennung von Amanda war zwar traurig und voller Reue, aber weniger verbittert als erwartet verlaufen. Er hatte versucht, seiner Frau seine verworrenen Gefühle zu erklären, doch das Ganze war höchst ermüdend und letztlich unbefriedigend gewesen. Amanda wusste, dass sie sich zu weit voneinander entfernt hatten. Ihre Beziehung war nur noch auf alltägliche Gewohnheiten zusammengeschrumpft gewesen. So gab es von beiden Seiten viele Entschuldigungen und wenig Bezichtigungen. Sowohl er als auch sie hofften, dass eine vorübergehende Trennung ihre Gefühle füreinander vielleicht noch einmal entfachen würde. Aber Richard war mit der Zeit immer sicherer, dass sich der Riss zwischen ihnen als irreparabel herausstellen würde. Die Turbulenzen waren derart heftig und unerwartet gewesen, dass nach diesem Sturm kaum mehr etwas heil geblieben war.

Er wohnte jetzt in einer kleinen Mietwohnung in der City Bowl. Das Appartement befand sich in einem heruntergekommenen dreistöckigen Wohnhaus und hätte dringend renoviert werden müssen. Richard hatte sich nur wegen der großen Fenster, die über die Stadt blickten, für die Wohnung entschieden. Nachts lag er mit offenen Vorhängen in seinem Bett und beobachtete, wie die Lichter unter ihm funkelten und leuchteten. Er schlief ein, während er sich die verschiedenen Gruppen von Menschen vorstellte, die sich in der Stadt verbanden und wieder trennten, trafen und auseinanderdrifteten, kamen und gingen.

Abayomi hatte Ifasens Leichnam nach Nigeria überführen lassen. Sie hatte allerdings nicht genügend Geld, um selbst zur Beerdigung nach Hause zu fahren. Diese Aufgabe musste sie

Na'imah und Hussain überlassen, die stumm vor Trauer neben dem Grab standen, in dem ihr Sohn seine letzte Ruhe fand. Danach meldeten sie sich nie mehr bei ihrer Schwiegertochter.

Abayomi saß oft an Khalifahs Bett und zeigte ihm die Hochzeitsbilder seiner Eltern. Das strahlende Lächeln auf Ifasens Gesicht versprach Liebe und unzählige Möglichkeiten für ihre Zukunft. Nachts hielt sie es vor Qualen kaum aus und klammerte sich an ihren Sohn, während sie gemeinsam einschliefen.

Nach einer Woche kehrte Abayomi an ihre Arbeit zurück. Sie stand aufrecht unter der Tür und begrüßte ihren neuen Kunden, ohne aus dem Schatten des Hauses zu treten. »Hallo, willkommen im *Touch of Africa*.«

Der grauhaarige Richter lächelte anerkennend, als sie seinen Unterarm berührte.

»Ich heiße Abayomi. Mein Name bedeutet ›Alle Freude, die man sich vorstellen kann‹.«

ANHANG

DANK

Dies ist ein fiktionales Werk, und jegliche Ähnlichkeit mit lebenden Personen oder deren Situation ist rein zufällig. Dennoch möchte ich mich bei den Mitgliedern der nigerianischen Community und anderen afrikanischen Immigrantengruppen in Südafrika bedanken, die sich die Zeit genommen haben, mir ihre Geschichten zu erzählen. Danke auch dem Team von Zebra Press, vor allem Robert Plummer und Marlene Fryer, sowie meiner Lektorin Martha Evans. Mein besonderer Dank gilt jedoch meiner Frau Patti – nicht nur für ihre umfassenden Recherchen, sondern auch für die Geduld, mit der sie den Schreibprozess dieses Romans begleitet hat. Am Ende des Buches findet sich eine kurze Bibliografie mit den interessantesten Quellen zum Thema Nigeria, auf die wir gestoßen sind.

GLOSSAR

Ajebota: jemand, der es gewöhnt ist, nur das Beste zu bekommen; verwöhnter Mensch (nigerianischer Slang, Pidgin)
Arrange yua sef: Bereite dich auf das Schlimmste vor (nigerianischer Slang, Pidgin)
Ashewo: Prostituierte (nigerianischer Slang, Pidgin)
Babi: Baby; hübsches Mädchen (nigerianischer Slang, Pidgin)
Bakkie: Bezeichnung für einen Pick-up im südlichen Afrika
BEE (=Black Economic Empowerment): Förderprogramm der südafrikanischen Regierung für Gruppen, die zu Zeiten der Apartheid benachteiligt waren
Bergie: Bezeichnung für einen Obdachlosen in Kapstadt (Afrikaans)
Boet/Boetie: Bruder/Brüderchen (Afrikaans)
Bole: geröstete Essbanane
Boytjie: kleiner Junge, Bürschchen (Afrikaans)
Braai: Grill (Afrikaans)
Chei/chai: Du meine Güte! Himmel! (nigerianischer Slang, Pidgin)
Chin-chin: keksähnliche, frittierte Süßigkeiten, besonders beliebt in Nigeria und Westafrika
Chineke: Gütiger Gott! (nigerianischer Slang, Pidgin)
Dodo: in Scheiben frittierte Essbananen
Dundi: Narr, Idiot (nigerianischer Slang, Pidgin)

Edumare jomo tuntun o dagba: Möge Gott ihn mit einem langen Leben segnen, auf dass er sich vermehre (Yoruba)

Edikang Ikong: traditionelle Suppe des Volks der Efik im Südosten Nigerias; der Legende nach geben junge Mädchen diese Suppe ihren Liebsten, um sie an sich zu binden

Egunje: Bestechung (nigerianischer Slang, Pidgin)

Gari: fester Brei aus Maniok

Génocidaire: wörtl.: Völkermörder; Bezeichnung einer Person, die 1994 am Genozid an den Tutsi in Ruanda aktiv beteiligt war

Gerrout of here: Verschwinde von hier (nigerianischer Slang, Pidgin)

Haba: Gütiger Himmel (nigerianischer Slang, Pidgin)

Home training: gute Erziehung (nigerianischer Slang, Pidgin)

Ikokore: nigerianischer Yamswurzelbrei

Iyan: schlichter nigerianischer Yamswurzelbrei

Jiga: parasitärer Wurm; Parasit (nigerianischer Slang, Pidgin)

Joke na joke: Mach keine Witze (nigerianischer Slang, Pidgin)

Kaffer: rassistische Bezeichnung, die von europäischen Kolonialisten im südlichen Afrika zunächst nur für die dort lebenden Xhosa verwendet wurde; inzwischen in Südafrika und Namibia als »hate speech« verboten

Kikoi: süd- und ostafrikanische Form des Sarong bzw. Wickelrocks

Kulikuli: nigerianische Erdnusspaste

Laik dat: auf die Tour, auf diese Weise (nigerianischer Slang, Pidgin)

Machel, Samora: erster Präsident des unabhängigen Mosambik

Mai sista: meine Schwester (nigerianischer Slang, Pidgin)

Mannetjie: kleiner Mann, abfällig (Afrikaans)

Mei bru: mein Bruder (Afrikaans)

Meneer: mein Herr (Anrede) (Afrikaans)

Mense, dis nou iets om aan te vat: Mann (wörtlich: Leute), da lohnt es sich zuzugreifen (Afrikaans)
Mista: Mister (nigerianischer Slang, Pidgin)
Moyin: pikanter nigerianischer Bohnenpudding
Natin spoil: Keine Sorge! Reg dich nicht auf (nigerianischer Slang, Pidgin)
Nè: nicht (Afrikaans)
Nee fok, jou fokken fairie: derbe Beschimpfung mit homosexueller Konnotation; wörtl.: Nicht ficken, du verfickte Schwuchtel (Afrikaans)
Net vir jou, my lekker lady: Nur für Sie, hübsche Lady (Afrikaans)
Netzannone: auch Ochsenherz genannt, knollenartige Frucht des kleinwüchsigen Annonengewächses
Nko: Wen kümmert's? (nigerianischer Slang, Pidgin)
No bi: Nicht wahr? (nigerianischer Slang, Pidgin)
Obe ata: nigerianischer Pfeffersuppeneintopf
Obobo canda: abfälliger Begriff für hellhäutige Person (nigerianischer Slang, Pidgin)
Odu: zwielichtiges Geschäft (nigerianischer Slang, Pidgin)
Olomo lo laiye: Ein Kind bringt Freude ins Leben (Yoruba)
Opskop: großes Fest (Afrikaans)
Ogbono: Kerne der Buschmango, zur Suppenverdickung verwendet
Oyinbo: weißer Mann (nigerianischer Slang, Pidgin)
Parra: Parasit; Schmarotzer (nigerianischer Slang, Pidgin)
Poes/Poese: abfällige Bezeichnung für die weiblichen Genitalien; auch als Schimpfwort verwendet (Afrikaans)
Puff Puff: traditionelles nigerianisches Schmalzgebäck aus Erdnussmehl
Salomies: südafrikanisches Fladenbrot, gefüllt mit malaiischem Curry

Sebi: Einverstanden? Nicht wahr? (nigerianischer Slang, Pidgin)

Skommel met die vroumens: sich mit den Frauen balgen (Afrikaans)

Slacki: Dummkopf; nicht der Schnellste (nigerianischer Slang, Pidgin)

Stoep: erhöhte Veranda vor dem Haus (Afrikaans)

Suya(-Kebab): nigerianische Variante des Kebab, meist aus Rindfleisch, Fisch, Huhn oder Taube und gewürzt mit Pfeffer und Zwiebeln

Tapping: Diebstahl (nigerianischer Slang, Pidgin)

Throway: missbilligend, abfällig (nigerianischer Slang, Pidgin)

Tik: Methamphetamin (umgangssprachlich Meth oder Crystal); in Kapstadt weit verbreitete Droge

Tory don wowo: Die Sache wird ungemütlich (nigerianischer Slang, Pidgin)

Voertsek: abfällige Art, jemandem mitzuteilen, zu verschwinden; wörtl.: Verpiss dich (Afrikaans)

Wat die fok kyk jy?: Was glotzt du so? (vulgär) (Afrikaans)

Woes: wütend (Afrikaans, Slang)

Zobo: Getränk aus dem Saft der afrikanischen Malve (Roselle)

BIBLIOGRAFIE UND QUELLEN

Für eine gute Einführung zum Thema Nigeria möchte ich auf die informativen Webseiten www.motherlandnigeria.com und www.chiamaka.com verweisen. Bei Interesse an nigerianischem Slang und seinem Gebrauch sollte man einen Blick in das amüsante Wörterbuch »Babawilly's Dictionary of Pidgin English Word and Phrases« auf der Webseite http://www.ngex.com/personalities/babawilly/dictionary/pidgina.htm werfen.

Wenn man sich ausführlicher mit Nigeria und seiner Geschichte beschäftigen möchte, wären folgende Bücher zu empfehlen, die auch bei der Recherche für diesen Roman herangezogen wurden:

Toyin Falola: The History of Nigeria. Westport/Connecticut: Greenwood Press 1999.

Paul E. Lovejoy / Pat AT Williams (Hg.): Displacement and the Politics of Violence in Nigeria. Leiden (NL): Brill 1997.

Ikenna Nzimiro: Nigerian Civil War. A Study in Class Conflict. Enugu (Nigeria): Frontline Publishing 1982.

Adebayo Oyebade (Hg.): The Transformation of Nigeria. Essays in Honor of Toyin Falola. Trenton, New Jersey: African World Press 2002.